D1865885

Grigori Kanowitsch

Sklaven winkt kein Paradies

Historischer Roman

Aus dem Russischen
von Waltraud Ahrndt

Verlag Volk und Welt
Berlin

Erläuterungen zu den geographischen Bezeichnungen
am Schluß des Bandes

ISBN 3-353-00142-5

1. Auflage
© Verlag Volk und Welt, Berlin 1987
(deutschsprachige Ausgabe)
L. N. 302, 410/7/87
Originalausgabe: *I net rabam raja;* © Leidykla „Vaga“, Vilnius 1985
Printed in the German Democratic Republic
Alle Rechte vorbehalten
Redakteur: Ingrid Göhringer
Einbandentwurf: Gerhard Medoch
Satz, Druck und Einband: Karl-Marx-Werk Pößneck V 15/30
LSV 7201
Bestell-Nr. 648 736 0

00960

„Wächter, ist die Nacht bald hin?
Wächter, ist die Nacht bald hin?"
Der Wächter aber sprach:
„Wenn auch der Morgen kommt,
so wird es doch Nacht bleiben."

Jesaja

1

Ihm träumte, er sei eine Frau, und nicht einfach eine Frau, sondern eine Greisin, und nicht einfach eine Greisin, sondern eine gebrechliche Jüdin mit komischer Perücke, die wie stachliges Igelfell ihren winzigen Vogelkopf bedeckte, in langem, vom vielen Waschen löcherig gewordenem Kattunkleid, in unverwüstlichen breiten Schuhen mit Schnüren, dünn wie ihre Gesichtsfalten, und von zähem Marktdreck überkrustet.

Fern und fremd stand sie da, nicht in der Reihe der Fischhändlerinnen auf dem heimischen Marktplatz neben ihrer sommersprossigen Konkurrentin Chaja-Lea, sondern im geräumigen, kirchenhaft öden Saal des Gouvernementsgerichts Ecke Georgijew-Prospekt und Gendarmengasse; rechts neben dem Stellvertreter des Staatsanwalts, neben Alexej Nikolajewitsch Turow, stand sie, mit der Nase – dieser vertrockneten Birkenflöte – schniefend, und schnarrte unverschämt heftige, zusammenhanglose Worte.

Mehrmals bemühte sich Miron Alexandrowitsch Dorski aufzuwachen, aus diesem einen Traum in einen anderen zu schlüpfen, wie er als Kind aus dem dunklen, muffigen Hof, wo er geboren und aufgewachsen war, in den hellen hinüberkroch, wo es immer nach Zimt aus der Bäckerei duftete, doch der dunkle Hof schien endlos, und jedesmal – sobald er nur die entzündeten, vor Müdigkeit geschwollenen Lider schloß – erstand sie wieder in ihm, die alte Frau, und redete auf Turow ein in sonderbarem Kauderwelsch aus gebrochenem Russisch, dem von Dorski fast vergessenen Jiddisch und einem geschraubten Latein, das überhaupt nicht zum Fischhandel paßte.

Alexej Nikolajewitsch Turow, der Stellvertreter des Staatsanwalts, stämmig, untersetzt, mit Popenbart – storr und trocken wie fürs Herbarium –, die Uniform bis obenhin zugeknöpft, saß unbeweglich auf seinem Anklägerstuhl und sah die Alte an, wobei seine dichten Wimpern über den wäßrigen, stets hochmütigen Augen zuckten.

Der schwanke Faden des Traums verband Dorski abwechselnd mit dem mürrischen, wortkargen Turow und mit der Greisin, die hartnäckig im Saal verweilte und ungestüm mit ihren knochigen Händen fuchtelte, die von Altersflekken und Fischschuppen besprenkelt waren. Zuweilen riß der Traumfaden ab, und eine warme Welle der Erleichterung überflutete Dorski, eine Art vom Himmel bescherte Sündenvergebung, doch ach, nicht lange. Dann erstand die Alte mit ihrer Perücke wieder so unabwendbar wie zuvor, und er erbebte in seinem Federbett, als würde er bei etwas widerwärtig Beschämendem, Grauenvollem ertappt. Am meisten verwirrte und bedrückte sein vom nächtlichen Spuk gequältes Hirn der Umstand, daß er, Dorski, im Gerichtssaal niemanden sah außer Turow und der Alten, weder den Gerichtspräsidenten Boris Jewgenjewitsch Tschistochwalow noch die Geschworenen noch Publikum, vor allem aber – er sah sich selber nicht. Er war nicht dort, alles geschah ohne ihn, außerhalb seines Willens, doch dabei so peinvoll deutlich, so traurig unabänderlich, daß er laut und hilflos stöhnte, aber sein Stöhnen zerriß nur die Stille der Wohnung und brach sich an der hohen stuckverzierten Decke.

Der Traum, der seinen Willen fesselte, sog ihn auf, wie ein Fluß eine leere Flasche verschlingt: sie schwimmt dahin, wiegt sich auf der Strömung, und plötzlich, bis zum Hals voll Wasser, sinkt sie auf den Grund, und dort unten umschwärmen stumme Fische sie und stupsen ihre platten, schleimigen Mäuler gegen das Glas.

Genauso schleimig umhüllte es auch ihn, der unsichtbar und wie aus Glas war, angefüllt mit trüber Brühe unbestimmten Grauens.

„Wer sind Sie?“ fragte der Traum-Turow die Traum-Greisin und verzog das Gesicht, als hätte er Zahnweh. (Dorski hörte deutlich seine tiefe, etwas heisere Stimme, doch Turows Gesicht konnte er nicht sehen.)

„Was denn, das wissen Sie nicht?“ antwortete die Jüdin dummdreist mit einer Gegenfrage und schlug die knochigen Hände zusammen, die in der Luft erstarrten.

Dorski spürte im Traum, wie Turows Irritation wuchs, sich aufblähte, doch einzumischen wagte er sich nicht. Der Stellvertreter des Staatsanwalts verabscheute es, wenn man ihn während der Verhandlung ohne zwingenden Grund unterbrach, er wies jeden mit grober Direktheit zurecht und trommelte mit den Knöcheln seiner kurzen Finger so erbarmungslos auf den eichenen Richtertisch, daß es einem Kugelhagel glich.

„Ich bin Slata, die Mutter“, erklärte die Alte bereitwillig. Ihre Hände hingen immer noch in der Luft, halb sahen sie aus wie ein Tragejoch, halb wie ein zerbrochenes Schwert.

„Wessen Mutter?“ fragte Turow unverändert gleichmütig.

„Von Meilach ... dem Anwalt“, nuschelte sie und kämpfte mit der seitlich verrutschten Perücke.

„Von Mironalexandrytsch?“ wunderte sich der Stellvertreter des Staatsanwalts, Vor- und Vatersnamen des Advokaten wie stets zusammengezogen aussprechend. Er schnappte wie ein Fisch, und aus dem bodenlosen Schlund wehte Dorski ein Hauch von Verachtung und Sibirien entgegen.

„Für manche ist er vielleicht Miron Alexandrowitsch, aber für seine Mutter war er immer Meilach und bleibt es auch. So hieß mein verstorbener Vater, sein Großvater. Meilach – das ist jiddisch und heißt König.“

Das Geschwätz der Alten brachte Turow auf. Was interessierte es ihn, wie ihr verstorbener Vater geheißen hatte! Die Jüdin aber hörte nicht auf, sie plapperte ununterbrochen, spuckte die Worte wie Kirschkerne.

„Herr Stellvertretender Staatsanwalt!“ rief Dorski im Traum, doch Turow schien ihn nicht zu hören. Er sah die alte Frau weiterhin lauernd an, auf neue Geständnisse wartend und die Entdeckung eines unerhört wichtigen Geheimnisses schon im vorhinein genüßlich auskostend.

„Moment, Moment!“ Turow verfinsterte sich. „Mironalexandrytsch – ist er etwa Jude?“

„Wir sind alle Juden“, sagte die Alte und gab den Kampf mit der rutschenden Perücke auf, indem sie sie abnahm und auf den eichenen Richtertisch legte.

„Wer – alle?“ Der Stellvertretende Staatsanwalt war starr vor Staunen.

„Alle Wainsteins, Goldsteins, Kagans, Kogans, Mandels, Spiwaks.“

„Moment, Moment! Was hat Mironalexandrytsch damit zu tun? Er heißt doch Dorski!“ verteidigte Turow den Rechtsanwalt mit geheucheltem Zorn.

„Für manche vielleicht Dorski, aber für die eigene Mutter war er immer ein Wainstein und bleibt es auch ... Mit keinem Dorski, der Schlag soll mich treffen, habe ich jemals zusammengelegen.“

Turow sah die Alte an, dann die Perücke, die schwarz auf dem sauberen Richtertisch lag, und Schrecken, vermischt mit Mitleid und Neugier, zeichnete wie ein rundes rotes Brandmal seine unnachgiebige steile Stirn und seine sensiblen Ohren mit den weißen länglichen Ohrläppchen.

„Hören Sie nicht auf sie! Jagen Sie sie fort!“ flehte Dorski. „Herr Stellvertretender Staatsanwalt! Gnädiger Herr Alexej Nikolajewitsch! Ich habe nicht die Ehre, sie zu kennen!“

„Was reißt du das Maul auf, Bengel?“ tadelte ihn die Alte und wandte dann ihren kahlgeschorenen (so wollte es der Brauch) ergrauten Kopf – dieses herbstliche Stoppelfeld – zu Turow hin. „Er ist schon von Geburt an so ... ein Schreihals ... Als unser Mohel*, ich bitte um Verzeihung, bei ihm die Beschneidung gemacht hat, hat er so gebrüllt, daß den Engeln das Trommelfell geplatzt ist.“

„Gnädiger Herr Alexej Nikolajewitsch!“ krächzte Dorski, von Angst zerrissen. „Gestatten Sie, ich führe sie raus ... Im Handumdrehen ... Hat hier ein Marktgezeter losgelassen!“

„Na und? Bin ich etwa nicht auf dem Markt?“

„Wie bitte?“ Nun erregte sich auch der beherrschte Turow. „Das Gericht soll ein Markt sein?“

„Alles ist ein Markt. Der Markt ist ein Markt, und auch das Gericht ist ein Markt. Ich handle mit Karpfen, Sie mit dem

* Vollzieher der Beschneidung

Gesetz. Sagen Sie bitte, was kostet heutzutage bei Ihnen ein Pfund Gerechtigkeit?"

„Hinaus!" Turow riß die Geduld.

„Hinaus!" stimmte Dorski in seinen gerechten Zorn ein.

Zu seinem größten Erstaunen und zu seiner Freude gab die Alte keine bissige Antwort, sondern bewegte sich langsam, die Hände in die Seiten gestemmt, zum Ausgang, vorbei an den von vielen Hintern blankgewetzten Gerichtsbänken.

„Und die Perücke?" rief Turow auf einmal, und Dorski krümmte sich innerlich vor Angst, die Alte käme zurück und verschwände niemals mehr aus seinem Traum, aus dem Saal, aus seinem Leben. Stumm, mit verzerrten Grimassen, mit bittendem, nahezu flehendem Blick versuchte er dem Stellvertreter des Staatsanwalts Zeichen zu geben: Um Gottes willen, Alexej Nikolajewitsch, halten Sie sie nicht auf, soll sie doch friedlich abziehen, zurück zu ihren Fischen, zu ihren Küchenschaben, auf ihren Markt, wo jeder, vom Polizeichef Nesterowitsch bis hin zum Schulmeister Leiser (wenn er noch lebt), sie kennt, und die Perücke nehme ich weg und verbrenne sie. Doch Turow war nicht zu erweichen. Die Perücke, die den Richtertisch verunzierte, weckte in ihm unverhohlenen Widerwillen. Der Stellvertreter des Staatsanwalts hegte kaum Zweifel, daß es darin nur so wimmelte von ekligem Ungeziefer, dem man nur freien Lauf zu lassen brauchte, und schon würde es sich vermehren und den Vormarsch antreten, vom Tisch zu ihm, von ihm zu Boris Jewgenjewitsch Tschistochwalow, dem Präsidenten des Gouvernementsgerichts, vom Präsidenten des Gouvernementsgerichts zum Generalgouverneur und vom Generalgouverneur bis in den Palast zum Monarchen persönlich.

„Die Perücke!" rief er, ohne auf Dorskis Grimassen und Blicke zu achten. Das fehlte noch, daß Tschistochwalow in seiner Uniform oder auf dem Tuch des Tisches oder in einer Akte eine fette Kopflaus fände!

„Die Perücke! Die Perücke!" kreischte nun auch Dorski und stellte sich lebhaft vor, wie der Gerichtspräsident Tschistochwalow, grauhaarig, adrett, mit Goldrandzwicker, für seine treuen Dienste für Thron und Vaterland mit dem Wladimir-Orden Dritter Klasse ausgezeichnet, aufs Tuch des Tisches glotzt, über das eine einsame Laus aus dem Marktflekken kriecht. Mit Tschistochwalow ist nicht gut Kirschen essen. Er steht mit dem Generalgouverneur auf bestem Fuße. Ein Wort von ihm, und er, Miron Alexandrowitsch, ist ein Nichts, eine Null, ein Regenwurm, nicht mehr der Advokat Dorski, sondern wieder Meilach Wainstein. Und schuld an allem hat nur eine einzige ekelhafte Laus aus der Perücke seiner Mutter! Herrgott, Herrgott!

Mit dem Namen des Allerhöchsten auf den Lippen erwachte er.

Dorski lag da, in kalten Schweiß gebadet, das Deckbett hatte er abgeworfen, so daß seine dürren, borstig behaarten Beine bloßlagen, widerlicher Schweiß bedeckte ihm Stirn und Schläfen und strömte warm in seinen üppigen, gelockten Backenbart herab. Er atmete schwer – ihm war, als hätte man in seinem Innern ein Feuer entzündet, Wasser darübergegossen und als entströme der Rauch glimmenden Reisigs seinem Brustkorb, seiner Nase, all seinen Poren.

Zerschlagen und deprimiert, wie Dorski war, wagte er sich nicht zu bewegen.

Die Stuckdecke hing über ihm wie ein verzierter Sargdekkel, und der Leuchter wirkte wie ein wundersames Grabblümchen mit Blütenblättern aus Porzellan. Wieviel hatte er eigentlich dafür bezahlt? Zehn Mark wohl. Er hatte ihn in Weimar gekauft, während seiner ersten Auslandsreise, bei einem schnurrbärtigen Deutschen mit einer dicken stinkenden Tabakspfeife zwischen den Lippen und mit wunderlichen Stiefeln fast bis zum Knie.

„Gnädige Frau! Gnädige Frau!“ hatte der Deutsche geliebedienert und war um Krystyna herumscharwenzelt.

Beim Gedanken an Krystyna wurde Dorski noch schwerer ums Herz, und erneut brach ihm der Schweiß aus und überströmte sein gequältes hageres Gesicht. Als Krystyna noch lebte, hatte er nie so etwas geträumt. Niemals. Als sie noch lebte, flogen die Nächte dahin wie vom Wind getriebene Wolken, und zurück blieb nur ein zartes Rascheln von Haar und Haut in der Dunkelheit. Damals träumte Dorski überhaupt nichts – weder von der Mutter noch vom Gericht, weder von Russen noch von Juden, denn die Nacht war keine Tageszeit, sondern ein Zustand, eine Flamme, vor der alles hinwegschmolz außer der Flamme selbst.

Dorski blickte sich im leeren Schlafzimmer um, er sah das hohe Bett aus gebeizter Eiche, neben sich das unberührte Kissen mit dem Monogramm K. D. auf dem Bezug, und abermals stieg in ihm bittere Trauer auf, er hätte laut heulen mögen.

Der weiche, gleichsam milchige Morgendämmer, der ihn sonst stets beruhigte und besänftigte, vergiftete jetzt seine Seele und breitete sich träge und trübe übers Bett und über den flauschigen Perserteppich, wo die Pelzpantoffeln ihren Herrn erwarteten wie zwei junge Hunde.

Auf einmal wünschte Dorski gierig zu rauchen – gleich hier auf dem Federbett eine Zigarette oder eine stinkende Pfeife in den Mund zu nehmen und zu qualmen, zu qualmen, bis auch die letzten Reste des Traumes verflögen, der in ihm Angst oder Scham oder Wehleidigkeit geweckt hatte. Vielleicht auch alles auf einmal, denn der Mensch empfindet ja niemals nur ein einziges Gefühl, nicht einmal, wenn er glücklich ist.

Es wurde hell. Dorski schaute zum unberührten Kissen neben sich hinüber, doch er sah nichts außer blendendem Weiß. Seltsam, mußte er denken, vor gar nicht allzu langer Zeit hatte er noch Haare von ihr gefunden. War wirklich in den zwei Jahren seit Krystynas Tod nicht einmal ein Härchen von ihr geblieben? Niemals hatte Dorski etwas von ihren Sachen zum Waschen gegeben: kein Handtuch, kein Kleid, keinen Bettbezug … Lächerlich und dumm …! Die Zeit ist die beste Wäscherin. Sie wäscht alles weg. Alles. Blut und Erinnerungen und Gerüche. Dann hat man nichts mehr, sich zu trösten und zu betrügen. Was bedeutet schon ein gefundenes Härchen im Vergleich zu einer ganzen Haarpracht, die nach Äpfeln und nach Sünde duftet … Oh, wie süß sind diese beiden Gerüche, wenn sie sich vermischen!

Noch immer lag Dorski unbedeckt, kalt wie ein Leichnam, und war nicht imstande, seine Apathie zu überwinden. Um sich von dem Alptraum abzulenken, dachte er an alles mögliche – an das Dämmerlicht, wie Milchkaffee so trüb, an seine Pelzpantoffeln, an die verstorbene Krystyna, an den Weimarer Händler. Doch sosehr er sich auch mühte, seine Gedanken kehrten verstohlen, wie Lausbuben in einen fremden Garten, immer wieder auf den Marktplatz im heimatlichen Flecken zurück, in die Reihe der Fischhändlerinnen, wo so viele Jahre – wie viele, wußte er selbst nicht! – eine große, hagere Frau mit frischem Flußfisch gehandelt hatte, eine Frau mit einem Namen, klangvoll wie Münzengeklingel: Slata. Slata, Slata, Slata!

Dorski wälzte ihren Namen im Mund, so wie einstmals, vor undenklichen Zeiten, der berühmte Demosthenes seine Steine. Dessen Bronzebüste stand in seinem Arbeitszimmer auf dem Schreibtisch und weckte den Neid seiner Freunde, besonders des Arztes Samuel Jakowlewitsch Garkawi, mit dem Dorski im herrlichen, beeindruckenden Petersburg zusammen studiert hatte.

„Slata“, sagte Dorski laut und verstummte rasch.

Er strengte sein Gedächtnis an, wollte sich an die Mutter erinnern, doch ein flüchtiger Erinnerungsblitz erhellte ihm nur für einen Augenblick den heimatlichen Marktplatz, schwere heugepolsterte Bauernwagen, in Leinensäcken quiekende Ferkel, zeitlose kluge Pferdeköpfe, Kuhfladen, eindrucksvoll und unwiderruflich wie Siegel, das Gesicht der Mutter jedoch kehrte nicht wieder, seine Erinnerung spiegelte nur vergrößert die rutschende Perücke, die breiten Schuhe und das vom Waschen löcherig gewordene Kattunkleid, in dessen Schoß er seinen allerlei Mutwilligkeiten ausheckenden Lockenkopf barg.

„Lausbub!“ schalt ihn die Mutter dann wohl zärtlich. „Bist wieder aus dem Cheder* fortgelaufen zum Fluß!“

„Dort lernt man ja nichts.“

„Und was lernst du vom Fluß?“

„Dort schlagen sie uns.“

„Wenn ihr nicht geschlagen werdet, ihr Taugenichtse, was soll dann aus euch werden? Einen Juden, Meilachke, muß man schlagen …“

„Warum?“

„Damit er nicht vergißt, daß er ein Jude ist.“ Sie lachte tö-

* jüdische Elementarschule

nend und fügte hinzu: „Jetzt gebe ich dir ein Rätsel auf. Hör zu! Wer hat es besser – eine Gans oder ein Pferd?“

„Die Gans. Die Gans wird mit der Gerte getrieben, das Pferd mit der Peitsche.“

„Ach, du Schlaumeier! Falsch! Besser, Meilachke, hat es das Pferd. Weil es nämlich, im Unterschied zur Gans, niemals in die Suppe gerät und seinen Herrn noch überlebt.“ Und abermals lachte die Mutter übermütig.

Lange, ach, lange hatte Dorski nicht mehr an sie gedacht, und wäre nicht dieser alberne Traum gewesen, schwerlich hätte er sie wieder aus dem Sumpf der Vergangenheit herausgeangelt. So seltsam es war, das einzugestehen – er wußte nicht einmal, wann sie gestorben war und wo sie begraben lag. Diese Unkenntnis quälte ihn, er fühlte sich schuldig gegenüber ihr und seinem Onkel Naftali Spiwak – ohne dessen Hilfe hätte Dorski, ebensowenig wie seine eigenen Ohren, weder das Gymnasium noch die Universität zu sehen bekommen –, er schickte Briefe nach Hause in den Marktflecken, nahm sich auch vor, in den Ferien hinzufahren, doch stets hielt ihn etwas mit Gewalt davon ab: Angst, die Aufenthaltsgenehmigung zu verlieren (womöglich ließe man ihn, wenn er verreiste, nicht wieder in die Hauptstadt zurück), tiefgreifende Entfremdung (er würde ja mit niemandem in der Heimat mehr etwas zu reden haben, sie waren dort alle versackt in kleinlichen Problemen und Sorgen, in Klagen über die Beamten, diese Halsabschneider) und wohl auch seine frühe Ehe mit Krystyna, der Tochter des namhaften Wilnoer Advokaten Stanisław Dorski (er konnte sie doch nicht mitnehmen in die Einöde, mitten ins jüdische Siedlungsgebiet, er konnte sie nicht vor aller Augen auf der einzigen Straße des Ortes spazierenführen, so daß eine Chaja-Lea mit Haaren auf den Zähnen oder eine scharfzüngige Schejne-Rochel spöttisch die Mundwinkel krümmte und jahrtausendealte Verwünschungen flüsterte).

Von Jahr zu Jahr verschob Dorski seine Reise, er fand immer überzeugendere fatale Ausreden, bis ihm die Heimat schließlich so weit entrückte, daß sie nur noch schmerzender, körperloser Schall war, etwa wie das Kreischen einer Säge auf dem Holzplatz, das Rattern einer Nähmaschine oder die monotone näselnde Stimme des Trödlers Mottl: „Kaufe Knochen, Federn, Lumpen, alten Plunder!“

Es kam vor, daß Dorski bitterböse mit sich ins Gericht ging, weil er sich allerlei Kleinigkeiten noch deutlich erinnerte – der Pejes* seines ersten Lehrers, Leiser, beispielsweise oder des Fuhrwerks ebenjenes Trödlers Mottl –, während die Mutter im Laufe der Jahre ihre charakteristischen Züge verlor und zu einem abstrakten Symbol wurde, das nach Fisch roch, ein billiges Kattunkleid trug und mit ihm redete in einer erstarrten, sich nicht mehr ändernden Sprache aus abgegriffenen Worten, aus zum Gähnen langweiligen Moralpredigten und Klagen über ihr bitteres Witwenlos.

Zuweilen, als Dorski schon Rechtsanwalt war und in Wilno lebte, blieb er wie angewurzelt stehen, wenn ihm auf der Straße eine hagere Jüdin in weitem Umschlagtuch begegnete, die auf erschreckende Weise derjenigen ähnelte, welche ihn an ihrer vor Liebe überquellenden, lange Zeit nicht versiegenden Brust genährt hatte. In solchen Augenblicken fühlte er eine mit nichts zu vergleichende Erregung, sein Körper wurde bleischwer, und Tränen verschleierten seinen Blick, unwillkürliche aufrichtige Tränen trauernden Erinnerns. Natürlich wußte Dorski, daß diese Ähnlichkeit rein zufällig war, nur äußerlich und zu nichts verpflichtend, doch nach solchen Begegnungen verschloß er sich, wurde mürrisch und düster, saß stundenlang tatenlos in seinem Arbeitszimmer und schaute auf die Wand mit der bunten Tapete, auf der allerlei Schmetterlings-, Tier- und Fischmuster waren, und ihm schien, dies wären keine gemalten Fische, sondern die lebendigen Brachsen und Schleie seiner Mutter, der Slata Wainstein, die zu ihm in die Sawalnaja-Straße geschwommen waren, von dort, vom heimatlichen Marktplatz, aus dem rostigen Eimer, der tief und bodenlos war wie das Meer, aus der Welt seiner Kindheit, die ihm zerzaust und fröstelig vorkam wie ein junger Sperling. Wahrscheinlich wäre er für immer dort geblieben, wäre seine Mutter nicht zum Liegen gekommen, hätte man sie nicht ins Krankenhaus gebracht, nach Kowno wohl oder nach Schawli oder vielleicht auch nach Ponewjesh.

* (jidd.) Schläfenlocken gläubiger Juden

„Sei brav bei Onkel Naftali“ sagte sie damals mit fieberheißen Lippen. „Ich komme bald zurück ... Dort in der Kammer sind Fische. Geh auf den Markt und verkaufe sie! Dann hast du ein bißchen Geld. Der Mensch muß immer etwas Geld haben ...“

Wie alt war er damals? Sechs oder sieben?

Als die Mutter fort war, schlüpfte er in die Kammer, fand die Fische – Slata kaufte sie immer in den umliegenden Dörfern bei litauischen Fischern –, trug sie durch den ganzen Ort zum Markt, stellte sich neben die sommersprossige Chaja-Lea, eine erfolgreiche Händlerin, die zwei Körbe voll Schleie bei sich hatte, samtig wie Rabbi Uris Scheitelkappe, und stimmte aus vollem Halse in ihr Schreien ein: „Frische Fische! Frische Fische!“

Chaja-Lea wurde ihren Fisch los, er aber nicht. Er stand in der Reihe der Fischhändlerinnen, biß sich vor Zorn die Lippen wund, und Wut auf die ganze Welt gärte in seiner Brust, brodelte in seinem Magen.

„Warum kaufen sie mir nichts ab?“ fragte er die sommersprossige Chaja-Lea.

„Du bist noch zu klein“, antwortete die Händlerin. „Wart es nur ab. Später kaufen sie auch bei dir.“ Und nach kurzem Schweigen fügte sie hinzu: „Eines Tages werden sie dich selber kaufen ...“

Dorski erhob sich vom Bett, schob die Füße in die Pelzpantoffeln, warf sich einen Frotteemantel über und begab sich schwankenden Schrittes, heftig hustend, ins Badezimmer, ohne sich jedoch gleich zu waschen. Er trat vor den Spiegel und betrachtete sein zerknittertes, gleichsam wächsernes Gesicht. Er sah sich an wie einen Fremden, mit übertriebenem Mißtrauen, beinahe verächtlich, er zog die Nase kraus, malmte wild mit den Kiefern, entblößte die Zähne, raffte die Handvoll Haare auf seinem Kopf zusammen und warf sie von links nach rechts, massierte sich mit leichtem Fingerklopfen Stirn und Schläfen. Meinje, ich brauche ja selber schon bald eine Perücke, dachte er, und abermals überfiel ihn ein heißer Schweißausbruch und Schüttelfrost.

Das wäre ein Ding! Das wäre ein Schauspiel! Rechtsanwalt Miron Alexandrowitsch Dorski, der glänzende Redner, der Rhetoriker vor dem Herrn, erscheint zur Gerichtsverhandlung mit Locken! Welch ein Jux! Reichlich zwanzig Jahre ist er fast glatzköpfig aufgetreten, und auf einmal – Locken!

Dorski schaute wieder in den Spiegel und versuchte sich vorzustellen, wie er ohne Halbglatze aussähe, nicht nur mit dem dichten Backenbart, Überbleibsel früherer Pracht, sondern mit üppigem blauschwarzem Haar wie in seiner Jugend. Nein, lieber nicht! Schwarzes Haar ist freilich etwas Herrliches, doch es würde nur seine Abstammung unterstreichen. Ihm reichte ein für allemal die Höckernase und die leicht schnarrende Aussprache, beides von der Mutter ererbt! Inoffiziell nannte man ihn wegen seiner Augen ohnehin schon „den Franzosen". „Seht, da kommt unser Franzose! – Unser Franzose, das ist ein Kerl! Wie er Tschistochwalow hereingelegt hat!" Dorski wußte um diesen Spitznamen. Er wußte es und duldete es. Sollte man ihn getrost einen Holzklotz nennen, Hauptsache, man warf ihn nicht ins Feuer. Das Feuer im Imperium nämlich, das war nicht von Pappe, darin wurde einer ganz schnell zum verkohlten Scheit! Und außerdem hatte er, Dorski, den Mund zu halten. Wenn man auch gelegentlich spöttelte, so schätzte und achtete man ihn doch. Freilich, wäre er, mit seinem Elan und seinen Fähigkeiten, kein Konvertit gewesen, kein „rechtgläubiger Jude", so hätte er sie alle in die Tasche gesteckt und hätte womöglich auf einen Posten im Ministerium rechnen können, in der Metropole Piter – mindestens als Stellvertretender Minister. Immerhin hatte Dorski auf der Universität zusammen mit einem Minister die Hörsaalbank gedrückt, war sogar mit ihm befreundet gewesen. Was heißt befreundet – sie hatten auf der Moika gemeinsam eine Studentenbude bewohnt, ihre Betten standen nebeneinander, seins, Dorskis, am Fenster und das des künftigen Ministers gegenüber, unter einem Bild, welches die Leiden Christi darstellte. Sein Schlafgenosse, wie Dorski ihn scherzhaft nannte, hatte denn auch den Popen überredet, das junge Paar zu trauen.

Ob er, der jetzt dem Monarchen so nahestand, sich wohl

noch erinnerte, wie sie auf der Wassiljew-Insel mit Sekt Brüderschaft getrunken hatten?

„Von heute an, Miron, gehörst du zu uns, als Rechtgläubiger“, hatte sein Studienfreund ausgerufen, als ihre Arme sich kreuzten.

Dorski rasierte sich – das tat er stets selbst, er konnte Barbiere nicht leiden und wandte sich nur im äußersten Notfall an sie –, wusch sich den Restschaum vom Gesicht, trocknete sich ab, äugte zu Krystynas Handtuch hin, das am Haken hing wie früher, als sie noch lebte, und wunderte sich noch einmal mißgestimmt über die rätselhafte Magie des Traumes – was hatte der alles aufgewirbelt, was hatte er zutage gefördert aus Tiefen, in die er, Dorski, schon lange nicht mehr hinabgetaucht war, nicht einmal in Gedanken. Wenn man da erst einmal eintauchte, kam man nicht wieder hoch, blieb man stecken, inmitten kläglicher Scherben, versackte man im Bodenschlamm und verwandelte sich aus einem lebendigen Menschen in eine Mumie, die keiner brauchte. War nicht sein Leben, bevor er sich aus dem Marktflecken losriß, solch ein zäher, das ganze Wesen lähmender Schlamm gewesen? War es nicht ein Leben im Sumpf? Ja doch, im finstersten Sumpfe! Im Pferch. Hier bist du geboren – hier sollst du auch krepieren, und kein Schrittchen vorwärts, keines zur Seite, wie deine Väter und Vorväter, wie deine Großmütter und Urgroßmütter. Und alles nur deshalb, weil sie aus dem falschen Stall kamen, den falschen Glauben hatten. Aber ein kluger Mensch muß auch einen vernünftigen Glauben haben. Also nicht den Glauben derer in der Tiefe, sondern den Glauben derer, die da oben sitzen ... Wäre er dort im Marktflecken geblieben, was wäre er jetzt? Ein Schneider vielleicht oder ein Trödler oder – mit etwas Glück – ein Ladenbesitzer, der zehn Schlösser vor sein bißchen Hab und Gut hängt, als da sind: Eisenwaren, Eggen, Pferdegeschirr, Teer, Heringsfässer und billiger Kattun, wie ihn alle armen jüdischen Mütter tragen.

Zugegeben, früher einmal hatte er davon geträumt, ein Trödler zu werden – die schienen ihm Krösusse zu sein. Immerhin, sie fuhren herum durch Stadt und Land und kauften alles auf, was abgetragen, verschimmelt, überlebt war.

Damals, in jener fernen, fast nicht mehr vorstellbaren Zeit, wollte auch er Aufkäufer sein, wollte alle Armut, alle Pejes und Bärte, alle Krankheiten und Nöte aufkaufen und mit seinem Fuhrwerk aus dem Marktflecken schaffen. Doch bald, sehr bald mußte er einsehen, daß, gäbe es auf der Welt auch solch ein Fuhrwerk samt Pferd, doch keine Käufer vorhanden wären. Und auch niemals dasein würden. Wem sollte man das alles andrehen?

Die Standuhr mit dem großen vergoldeten Zifferblatt, dessen römische Ziffern im Dämmerlicht kupfern glänzten, zeigte acht, und Dorski mußte sich beeilen: Um neun, pünktlich um neun mußte er im Lukischki-Gefängnis sein, und für elf Uhr war die Verhandlung wegen der Fälschung des Testaments des Kaufmanns der Ersten Gilde Julian Semjonow anberaumt. Dorski verspätete sich nicht gern, ins Gefängnis oder ins Gericht kam er normalerweise eine halbe Stunde früher, es konnte ja alles mögliche passieren: vielleicht begann die Verhandlung schon drei Viertel elf, vielleicht wurde sein Mandant drei Viertel neun urplötzlich zur Vernehmung geführt, vielleicht war auch die Uhr über Nacht auf einmal vorgegangen.

Dorskis Pünktlichkeit war sprichwörtlich in der Stadt. Die Hausbewohner und auch die Kollegen vom Gericht machten sich sogar ein wenig darüber lustig. Doch er hielt streng an seinen Grundsätzen fest, die bereits aus der Studienzeit stammten. Ein Konvertit im Russischen Reich, meinte Dorski, muß alles besser machen als die anderen – sei es nun Schneidern, Löten, Verzinnen, sei es Handeln, Verteidigen, dem Vaterland dienen –, wenn er im Leben etwas erreichen will.

Außerdem hatte Dorski die Angewohnheit, bei jedem Wetter – ob es nun wie aus Eimern goß, ob es hundekalt war oder die Sonne nur so brannte – stets zu Fuß zu gehen, mit flinken jugendlichen Schritten, er nahm nie eine Droschke, nicht weil es ihm um den halben Rubel leid tat, sondern weil er das Gerüttel und den Geruch von Pferdeschweiß nicht ertrug.

Jetzt, nach Krystynas Tod, konnte Dorski nicht mehr so lange schlafen, er mußte früher aufstehen, um unterwegs irgendwo eilig und appetitlos zu frühstücken. Gewöhnlich kehrte er bei Pan Młynarczyk ein, aß in dessen Caférestaurant Spiegelei mit Schinken, trank ein Täßchen Kaffee türkisch – Pan Młynarczyk war Soldat gewesen, hatte am russisch-türkischen Feldzug teilgenommen und aus Bulgarien nicht nur eine Narbe mitgebracht, die von seinem unbezweifelbaren kriegerischen Heldenmut zeugte, sondern auch die Fähigkeit, einen starken orientalischen Trank zu brauen, der nicht weniger anschaulich von seinem unbedingten kommerziellen Geschick zeugte.

Beim Kaffeetrinken pflegte Dorski flüchtig die Morgenzeitungen durchzusehen, die allerlei Unsinn enthielten und im letzten halben Jahr von Schilderungen über Unruhen und Pogrome im Süden der Ukraine strotzten, dann begab er sich, mit dem angenehmen Gefühl von Sättigung und völliger eigener Sicherheit, stets zum Gericht Ecke Georgijew-Prospekt und Gendarmengasse oder ins Lukischki-Gefängnis zu seinen Mandanten.

Fälle hatte er viele – Kriminal- und Zivilfälle, leichte, bei denen der Gewinn außer Frage stand, und hoffnungslose, wo von vornherein alles klar war, man hätte gar nicht erst zu verhandeln brauchen. Solche Fälle nannte Dorski im engeren Kreis die „sibirischen", genüßlich erzählte er Doktor Garkawi oder einem anderen seiner Freunde ihren komplizierten, ungeheuerlichen Inhalt und malte alle Einzelheiten von Körperverletzung, Vergewaltigung oder Totschlag aus.

In der ersten Zeit, gleich nachdem Dorski die Petersburger Universität absolviert und den Titel Rechtsanwalt erworben hatte, übernahm er wahllos alles zur Verteidigung – sei es ein kleiner Diebstahl oder daß der Kleinbürger Borodowski seine Bettgenossin, die Kleinbürgerin Spirina, geschlagen hatte. Doch in dem Maße, wie es mit ihm bergauf ging, bevorzugte er immer mehr die Fälle mit großer Skandalresonanz, wie er das nannte, Fälle, über die sich die ehrenwerten Beamten, die sonst vor Langeweile fast umkamen, in ihren Amtsstuben die Mäuler zerrissen, über die geredet wurde von adligen Damen, von Stammbesuchern der Pferderennen, von Schreiberlingen und sentimentalen Gymnasiastinnen, die von heftigen Leidenschaften träumten und von der Veränderung der Welt, so wie auch sein unglückseliger Sohn Andrej, der das Vaterhaus verlassen und sich unter die Proletarier gemischt hatte.

Ganz entschieden und kategorisch lehnte Dorski politische Fälle ab. Ich bitte Sie! Seien Sie so gut, sich einen anderen Anwalt zu suchen! Man kann es drehen und wenden, wie man will – mit der Politik bringt man's nicht weit im Imperium. Gewiß, es ist ein edelmütig Ding, irgend so eine Vera Sassulitsch von provinziellem Zuschnitt zu verteidigen, einen kümmerlichen Judensprößling mit wie unterentwikkelte Flügel hervorstehenden Schulterblättern oder ein blasses, kuhäugiges Mädchen, das vom elterlichen Geld eine Bombe gekauft und sie dem Generalgouverneur, einem leidenschaftlichen Liebhaber von Nelken und Gladiolen, ins Gartenbeet gelegt hat. Ergebensten Dank für die Ehre! Er, Miron Alexandrowitsch Dorski, war ein nüchterner Mensch: Diese Art Edelmut ist verdächtig, und man gräbt sich damit letztendlich nur das Wasser ab. Zweifellos ist es angenehm, sich in der Öffentlichkeit den Ruf eines Anwalts der Unterdrückten zu erwerben, den Ruhm eines unerschrockenen Kämpfers vor Gericht. Aber man könnte ihm dafür einen Denkzettel erteilen! Und ob! Einen Denkzettel erteilen und gegen ihn ermitteln. Wen nehmen Sie denn da unter Ihre Fittiche, hochverehrter Miron Alexandrowitsch? Abtrünnige, Feinde des Thrones, solche, die an den Grundfesten rütteln? Na, vielleicht sind Sie selber so einer, Meilach Wainstein! Vielleicht machst du's genauso, du Schuft, schläfst ganze Nächte nicht und heckst irgendeine Gemeinheit aus, ein Verbrechen gegens Imperium, gegen das Land, das dir alles gegeben hat: den Titel eines Rechtsanwaltes und eine christliche Ehefrau und ein Haus im Zentrum von Wilno, in der Sawalnaja-Straße, und ... Sie könnten ermitteln, durchaus. Und sie hätten recht.

Sie waren ihm schon mehr als einmal auf den Pelz gerückt, sowohl zu Beginn seiner Karriere als auch später, da sein Name in den Zeitungen zu erscheinen begann, und schließlich erst vor kurzem, als Turow, seinen Popenbart kraulend, ihn geradeheraus fragte: „Mironalexandrytsch!

Warum sollten Sie, mein Lieber, sich nicht des Falles Lechem annehmen?“

„Lechem?“ fragte Dorski mit geheucheltem Erstaunen.

„Rechtsanwalt Tichwinski, scheint mir, haßt die Juden, sogar wenn sie im Recht sind, gar nicht davon zu reden, wenn sie schuldig sind ...“

„Ich, gnädiger Herr Alexej Nikolajewitsch, ich mache keine Ausnahmen ...“

„Tichwinski behauptet, daß alle Juden Gesinnungsgenossen sind“, sagte Turow mit sardonischem Lächeln. „Gesinnungsgenossen und Rebellen ... Sie wollen entschuldigen“, fügte er nach einer Pause hinzu und strich sich gemächlich den Heidekrautbart. „Ich habe mir gedacht, Sie haben da den besten Einblick ...“

Nein, nein! So leicht war Dorski nicht zu übertölpeln. Ob Lechem oder Iwanow – für ihn waren sie alle gleich. Politische verteidigte er nun einmal nicht, und wenn man ihm goldene Berge dafür verspräche und wenn man ihn zum Staatsrat beförderte. Er hatte einen anderen Kreis von Schuldigen (oder Unschuldigen). Und der war groß genug. Politische? Politische waren kein Geschäft. Wucherer gab es in Massen, Vergewaltiger gab es in Massen, Betrüger gab es in Massen, aber Politische gab es nur einzelne – einen, zwei, und Schluß. Für die würde das Gericht genügen, der Staatsanwalt, ein Pflichtverteidiger. Dafür wurde er, Dorski, nicht gebraucht. Mit denen wurde das Imperium auch ohne ihn fertig ...

Dorski trat auf den Balkon.

Ein schöner Tag kündigte sich an. Der Himmel war klar und jungfräulich blau.

Der Kopfschmerz, der Dorski nach der bedrückenden Nacht gequält und beinahe wieder ins Bett getrieben hatte, war vergangen, trotzdem beschloß er, für alle Fälle etwas einzunehmen – zum Glück hatte Doktor Garkawi ihm einen ganzen Haufen Pülverchen, Pillen und widerlich süße Mixturen verschrieben, die Dorski akkurat und mit mönchischem Aberglauben dreimal täglich schluckte, in den unterschiedlichsten Kombinationen.

Er ging vom Balkon ins Schlafzimmer zurück, griff in das

Schubfach des Nachttisches, holte eine Tablette heraus, doch die blieb ihm im Halse stecken, Dorski bekam sie einfach nicht hinunter. Ein Brechreiz seines nüchternen Magens stieß sie wieder heraus, und Dorski, abgequält und knallrot im Gesicht, spie sie auf den Teppich.

Gerade bückte er sich, um die Tablette aufzuheben, da klingelte jemand an der Wohnungstür.

Pani Katarzyna, Dorskis Haushälterin, war für eine Woche zu einer Trauerfeier nach Grodno gefahren, und so mußte er selbst öffnen gehen. Er richtete sich auf und lauschte: anhand der Stärke und Häufigkeit des Klingelzeichens konnte er genau erkennen, wer kam.

Doktor Samuel Jakowlewitsch Garkawi klingelte so, wie er sprach: scharf, abgehackt, rücksichtslos. Pani Katarzyna, wenn sie aus Zerstreutheit den Schlüssel vergessen hatte, zerpickte mit ihrem Läuten die Stille, wie ein Spatz die von Gott gesandten Krümchen vom Kopfsteinpflaster pickt: furchtsam, zaghaft, leise. Sohn Andrej – Dorski brachte es kaum noch über sich, ihn Sohn zu nennen! – zerrte an der Klingel, als wolle er sie abreißen, schlug pausenlos aus vollen Kräften Lärm, bis man ihm öffnete.

Doch dieses Klingelzeichen war anders als alle.

Aus unerfindlichem Grunde zertrat Dorski die Tablette, dann lief er in Pelzpantoffeln und Frotteemantel unruhig zur Tür, sich den Kopf zerbrechend, wer da wohl käme. Wahrscheinlich irgendein in die Klemme geratenes Subjekt, vermutete er. Hat's eilig in aller Herrgottsfrühe. Ulkige Leute! Die denken, sie brauchen nur zu klingeln, und schon öffnet ihnen die Gerechtigkeit höchstpersönlich...! Aber Gerechtigkeit gibt es weder vor noch hinter der Tür. So ist das, meine Herrschaften!

Dorski ließ das Schloß schnappen, und in die Diele trat ein riesiger, breitschultriger Jude mit ruhigem, etwas kühlem Blick, mit schweren langen Armen, die aus den Mantelärmeln ragten, sauberen Stiefeln – offenbar hatte er auf der Treppe draußen lange den Schmutz von ihnen abgetreten – und ohne Mütze, sie steckte vorn unterm Mantel.

Allem Anschein nach kam er von weit her. Vielleicht sogar aus Dorskis Traum.

Der Ankömmling nickte einen Gruß und sagte, ohne weiter hereinzukommen: „Mich schicken Ihre Landsleute."

„Meine Landsleute?"

„Ich irre doch nicht: Sawalnaja-Straße siebzehn?"

„Ja."

„Meilach Wainstein?"

„Miron Alexandrowitsch Dorski", korrigierte der Hausherr trocken, beinahe feindselig.

„Bei uns ist etwas Schlimmeres passiert", erklärte der Ankömmling kurz und schob seine Mütze noch tiefer unter den Mantel.

„Bei wem?"

„Fünf Mann wurden verhaftet ... darunter auch Ihr Onkel, Naftali Spiwak."

„Ach – Naftali Spiwak lebt noch? Sind sie schon lange inhaftiert?" fragte Dorski völlig deplaziert; er war durchaus nicht zu einem langen Gespräch aufgelegt.

„Seit kurz vor Pessach* ... Zwei Monate nun schon ... Ein wahres Unglück ..."

„Leider habe ich gar keine Zeit ... Bin sehr in Eile ... Und außerdem ..."

Dorski wußte nicht, was tun. Bleiben konnte er nicht, den Mann fortjagen erst recht nicht. Um neun, Punkt neun war er mit Strelnikow verabredet. Der hatte seine eigene Frau umgebracht, ein schwieriger Fall ... Mein Gott, mußte er sich auch wegen der Tablette aufhalten!

„Gut, dann komme ich später wieder, wenn Sie gestatten", sagte der Fremde, drehte sich um und ging hinaus.

Dorski kam gar nicht dazu, zu widersprechen. Mein Traum ist eingetroffen, dachte er, während er den Frotteemantel fester schloß und sich umschaute.

* (hebr.) jüdisches Osterfest zur Erinnerung an den Auszug der Juden aus Ägypten

2

Es kommt selten vor, daß katholisches und jüdisches Osterfest gleichzeitig gefeiert werden. Doch diesmal fielen sie zusammen – offenbar gefiel es dem Allerhöchsten, allen ohne Ausnahme Freude und Frieden zu bescheren.

Der Schankwirt Josua, vorsorglich darauf bedacht, sich für die Feiertage mit genügend Ware einzudecken, besonders mit Wodka, fuhr zur Schnapsbrennerei, nicht nach Wiłkowyszki, wie üblich, sondern nach Rossieny. Zwar würde man ihm in Rossieny ein paar Groschen mehr abknöpfen, doch Josua wollte nicht weit fahren, wollte nicht lange von zu Hause wegbleiben, und zwar aus einem weitaus wichtigeren Grunde als Geiz und Knauserei.

Er hätte übrigens gar keine Spirituosen zu kaufen brauchen: im Keller war noch reichlich Wodka, fast ein ganzes Faß voll, und während der Fastenzeit vor dem Fest tranken die Leute ohnehin nur tröpfchenweise – gelegentlich kam ein Bäuerlein und verlangte eine Flasche, gelegentlich kehrte auch ein abgerackerter Holzfäller ein, leerte ein Gläschen, ächzte, strich sich mit der rindenharten Hand über die rindenharten Lippen, sagte danke schön, und dann konnte man wieder eine Woche lang warten, ehe der nächste sich in die Schenke verirrte.

Der Wodka war nur ein Vorwand für die Fahrt.

In Wirklichkeit veranlaßte etwas anderes Josua, sich auf den Weg zu machen, ein unerhörtes Ereignis, das seine Seele mit unsagbarer Freude und gespannter Ungeduld erfüllte.

Morta erwartete ein Kind.

Niederkommen würde sie kurz nach Pessach oder vielleicht sogar gerade zum Pessachfest – dies hielt Josua nicht nur für ein gutes Zeichen, sondern für eine unerhörte Gnade, die der Herrgott, der allmächtige Beschützer der Juden, ihr erwies, weil sie, Morta, Josuas Liebe und auch seinen Glauben angenommen hatte, allem zum Trotz: trotz Verleumdungen und übler Nachrede (es hieß, sie sei nur scharf auf den Besitz des Alten), trotz Fluchens und Schmähens, ihrer eigenen Vergangenheit und vielleicht auch ihrer

Zukunft zum Trotz. Wo gab es so etwas, daß eine Christin freiwillig zum Judentum übertrat! Wenn ein Jude seinem Stamme untreu wird, sich den Bart und auch die Seele umfärbt – das ist in Ordnung, das ist der Lauf der Dinge. Niemand, außer seinen Verwandten, verliert darüber ein böses Wort. Bitte schön – laß dich taufen, gleich morgen, wenn du willst. Der Kreispolizeichef Nuikin persönlich klopft so einem auf die Schulter und hilft ihm, aus dem Kirchenkalender einen Namen auszusuchen. Du, Pejssach, möchtest ein Pawel werden – nur zu! Du, Schaja, willst Alexander heißen – gut, schreiben wir: Alexander. Aber daß eine Christin wünschte, eine Tochter Israels zu werden! Das war schließlich etwas anderes, als eine Haube gegen ein andere zu vertauschen – runter vom Kopf mit der alten, her mit der neuen, und immer hübsch weiterspaziert! O nein! Das war so, als schlüpfe man aus einer Haut ohne Schrammen und Schwären in eine andere, voller Brandblasen und Prügelnarben, und vor allem wie Nutzvieh gezeichnet mit einem Mal, das auch durch Blut nicht abzuwaschen ist.

Man kann sagen, was man will, überlegte Josua, während er seine treue braune Stute betrachtete, die den vom üppigen Frühjahrsregen aufgeweichten Weg entlangtrottete, nicht jeder wagt solch einen Schritt wie Morta. Und dabei geht es gewiß nicht um Liebe – weshalb sollte sie ihn, Josua, lieben? Wegen seines Alters, das wie eine drohende Wolke auf ihn zukam? Wegen eines Stückes Brot? Ach, das könnte Morta nicht nur in der Schenke bekommen, sie brauchte nur beim Pfarrer Anicetas in den Dienst zu treten und wäre versorgt. Vielleicht hatte die Verzweiflung sie zu diesem Opfer getrieben? Sich mit einem Greis zu verbinden, das ist schon ein Opfer, und mit einem Greis, der Jude ist – erst recht. Vielleicht sprechen die bösen Zungen die Wahrheit, und Morta spekuliert auf einen Batzen Geld, auf seinen, Josuas, Reichtum? Aber was ist das schon für ein lächerlicher Reichtum? Die Silberleuchter auf der Kommode, ein Faß Wodka im Keller, die im Erdboden halb versackte Schenke und der geistesgestörte Semjon, der ganze Tage im Wald an der Kreuzung zubringt?

Sosehr Josua sich auch mühte, Mortas Tat zu verstehen,

sie schien ihm – wie immer er es drehen und wenden mochte – unbegreiflich, und gerade dieses Unbegreifliche, dieses Glück, das so plötzlich über ihn gekommen war, versetzte ihn in einen Zustand stillen, lichten Wahnsinns.

Gott war Zeuge, Josua hatte keinerlei eigennützige Ziele verfolgt. Ihn quälte keine Leidenschaft, ihn drängten keine sündigen Wünsche, er war auch zu Chawa selten ins Bett gekrochen, hatte allein geschlafen, auf der Lagerstatt mit den hervorspießenden Sprungfedern.

Manchmal in der Banja, wenn Josua sich mit der Birkenrute peitschte oder sich mit Wasser übergoß, konnte es schon vorkommen, daß sein Blick auf sein bemoostes Gemächt fiel, auf sein schlaffes Würzelchen, doch dieser Blick enthielt weder Furcht noch Bedauern, sondern nur ein trauriges Sich-Abfinden. Nichts zu ändern. Die Zeit verschont auch das nicht, was nicht benutzt wird. Alles blüht auf und verblüht wieder, sogar Flüsse trocknen aus.

Er brauchte Morta für Wichtigeres als nächtliche Vergnügungen. Er konnte es selbst nicht recht benennen: Flucht vor der Einsamkeit, Angst vorm unvermeidlichen Tode oder Herausforderung an die ganze Welt, die ihn zu einer Existenz verurteilte, die zwar auskömmlich, ihm jedoch zuwider war?

Zuweilen ergriff Josua eine unbezwingliche Furcht, quälend wie Sodbrennen, wenn er sich als Mortas Ehemann sah, wenn er sich vorstellte, neben ihr im Bett zu liegen, in demselben Bett, in dem er so viele Jahre lang den von keinerlei Wollust getrübten, gleichmäßigen Hühneratem Chawas, die Erde möge ihr leicht sein, gespürt hatte und in dem ohne Liebe die selige Chana und der meschuggene Semjon gezeugt worden waren. Er stellte sich vor, er würde sich auskleiden, sich neben Morta legen und erstarren wie ein Holzklotz, sie nicht zu berühren wagen, vom Umarmen ganz zu schweigen, und sie, gekränkt durch seine Kälte, stieße ihn vom Bett, und er, Josua, läge auf dem Fußboden, linkisch, behaart, sich seiner gleichgültigen Nacktheit schämend, und er würde verloren in die Dunkelheit starren wie ein faul gewordener Kater, der das Mäusefangen verlernt hat und sich an der eigenen Faulheit gütlich tut.

Vielleicht war das der Grund, daß Josua anfangs, als er von Mortas Entschluß erfuhr, keine besondere Freude zeigte – Morta war unberechenbar, nur Gott allein wußte, was sie morgen anstellen würde –, sondern behutsam nach den Ursachen zu forschen begann, die sie zu solch unerhörtem Schritt trieben, ja, daß er es ihr sogar auszureden versuchte: „Sieh mal, wir leben schon so lange so, dabei kann es doch bleiben, wichtig ist nicht das Aushängeschild, sondern die Ware."

Morta hörte ihm zu, ohne ihn zu unterbrechen, während er redete wie aufgezogen und sein ängstliches Erstaunen zu verbergen suchte.

„Dann laß du dich taufen", sagte sie, seiner Ausflüchte und Argumente überdrüssig.

„Niemals", erwiderte Josua knapp.

„Also, ich kann den Glauben wechseln, aber du – niemals?"

Ihr Gesicht wurde blaß, ihre Brauen zogen sich zusammen, und sie verkniff die erstarrenden Lippen zu einem dünnen Strich. In solchen Augenblicken erwachte in ihr eine dumpfe Herbheit, etwas Rächerisches, beinahe Raubtierhaftes, das sich in ihrer ganzen stämmigen Figur und in ihrem unguten Schweigen ausdrückte, und Josua war dann zumute, als befände er sich im dichten Walde am Neman, wo es weder Weg noch Steg gab und wo die stummen Bäume eine dunkle, explosive Drohung bargen.

„Niemals!" wiederholte er. „Sie würden mich auslachen! Sie würden mit Steinen auf mich werfen!"

„Und mich, denkst du, werden sie mit Blumen bekränzen?"

Was wahr ist, ist wahr. Mit Blumen würde man sie wahrhaftig nicht bekränzen. Ohnehin hatte sie es nicht leicht, die Ihrigen wandten sich von ihr ab, ließen sie schon nicht mehr in die Kirche, geh doch in die Synagoge, riefen sie, und die Fremden sahen sie schief an, lächelten zwar, wenn sie ihr begegneten, aber er, Josua, wußte sehr wohl, was dieses Lächeln, trüb wie das Glimmen eines Kerzenstummels, wert war.

„Du bist noch jung", versuchte er sie zu trösten.

„Hm!“ lachte Morta auf.

Einst war sie wirklich jung gewesen. Doch ihre Jugend war vergangen, dahingewelkt, im Kneipenrauch verblichen, hart und rissig geworden vom Wäschewaschen, Fußbodenwischen und vom Flicken ihrer Hosen und Lapserdaks* – als könnten sie sich keine neuen kaufen!

„Die Sünden der Jugend sind keine Sünden, sondern Tugenden“, schmeichelte Josua ihr.

Jetzt fürchtete er schon, Morta könne es sich anders überlegen, ihre Absicht aufgeben, sie alle zum Teufel schicken, wenn er sich nicht taufen ließe, doch er regte sich umsonst auf.

„Laß uns fahren“, sagte Morta eines Tages.

„Wohin?“ Er war verdutzt.

„Wohin fährt man bei euch in solchem Falle? Zur Synagoge?“

„Zu Jerucham“, murmelte Josua.

Sic horchte auf. „Und wer ist das?“

„Der Rabbiner von Miškiniai.“

„Also fahren wir ... Ich kann nicht mehr. Für die einen bin ich keine Christin, für die anderen keine Jüdin.“

Josua zwinkerte heftig, seine Stirnadern schwollen, seine Nase war plötzlich wie mit Bienenwachs verklebt, er schneuzte sich laut, einmal, zweimal, und in diesem krampfhaften Schneuzen, in diesem Geflecht, das seine Stirn überzog, mit bläulichem, gar nicht greisenhaftem Blut angefüllt, erspürte Morta Verwirrung und Entschlossenheit zugleich.

„Genug! Spann an!“ flüsterte sie und wandte sich erstmals in ihrem Leben an ihn nicht als Herrn, sondern als Mann.

Er bemerkte die Veränderung in ihrer Stimme, in ihrem Gebaren, und so ging er gefügig, die Braune anzuspannen. Er brauchte dazu lange, wie sonst nie, als bereite er sich wirklich schon auf die Hochzeit vor – er zog den Bauchgurt fest, untersuchte gründlich die Zugstränge und die Hufeisen, schmierte die Räder, polsterte den Boden des Wagens mit knisterndem Stroh. Das Pferd wieherte gutmütig, stupste ihn mit dem Maul, als wolle es ihn zur Eile treiben und ihm seinen Segen geben. Alle sind gegen uns, dachte Josua, wäh-

* langschößiger Rock polnischer und galizischer Juden in früheren Zeiten

rend er mit dem Zaumzeug hantierte. Alle, außer dem Pferd ... Nur die Braune versteht alles. Sagt man ihr: zum Popen, dann fährt sie einen zur Kirche, sagt man: zum Rabbiner, dann trabt sie nach Miškiniai. Für sie gibt's weder Soutane noch Talles*. Für sie ist jeder entweder ein Kutscher oder ein Reiter.

Als Josua mit Anspannen fertig war, eilte er ins Haus und holte ein großes, fast nicht benutztes Umschlagtuch der verstorbenen Chawa, das nach Mottenpulver roch, reichte es Morta und sagte: „Ohne Tuch darfst du nicht zu Jerucham kommen."

„Vorerst darf ich noch", erwiderte Morta. „Und wenn dieser Jerucham uns nun davonjagt?"

„Das tut er nicht. Nimm's um!"

Morta hüllte sich in das Tuch, sie betastete seine Fransen, weiß und weich wie Weidenkätzchen, und der Wagen rollte vom Hof.

Josua hatte auch früher schon den Rabbi Jerucham aufgesucht, doch meist wegen Kleinigkeiten.

Der Rabbiner von Miškiniai war in der ganzen Gegend berühmt ob seiner Gelehrsamkeit und Weisheit. Es ging die Rede, an Verstand käme ihm keiner gleich in ganz Žmud, vielleicht sogar keiner im ganzen Nordwestgebiet. Wäre er nicht schwerhörig, so säße Jerucham nicht in diesem Nest, sondern würde irgendwo in Kowno oder in Wilno brillieren. Doch Taubheit ist nur beim Herrgott verzeihlich, nicht aber bei seinem Diener.

Nicht nur ein Kenner der Heiligen Schrift war der Rabbiner von Miškiniai, sondern auch ein Heilkundiger. Von seinen Heilkünsten erzählte man wahre Wunder. Jerucham heilte nicht mit Kräutern, auch nicht mit Besprechen, sondern mit seinen Händen: Er brauchte einen Kranken nur zu berühren und die Hände eine Zeitlang über der schmerzenden Stelle zu halten wie über einem Feuer, schon war die Krankheit wie weggeblasen! Josua hatte auch Semjon zu ihm gebracht. Der Rabbi Jerucham hatte seine wundertätigen Hände über ihn gebreitet, sie jedoch gleich wieder weggenommen und gesagt, diesen Kranken hätte man ihm frü-

* (jidd.) Gebetsmantel

her vorführen müssen, als sein Hirn noch keine leergebrannte Wüste war, sondern ein Brachland voller Disteln und Kletten. So mußten sie unverrichteterdinge wieder heimfahren.

Mit abgewetzter Samtmütze, mit dunkler Brille, die seine tiefliegenden, sich gleichsam vor der Welt verbergenden Augen farblos erscheinen ließ, mit einem schweren Uhrgehänge, das er nicht aus seiner vertrockneten zauberkräftigen Hand ließ – so hörte der Rabbiner von Miškiniai Josua an und fragte dann, ohne Morta auch nur anzublicken: „Und was, Reb Josua, wird unser Kreispolizeichef dazu sagen?"

Dem Schankwirt verschlug es den Atem. Bekümmert sah er erst den Rabbi Jerucham an, dann die eingeschüchterte Morta, er knöpfte sich den Hemdkragen auf – so konnte er besser nachdenken –, leckte sich ungehörigerweise die vor Schreck trockenen Lippen und preßte schließlich mühsam hervor: „Ja, was hat denn unser Kreispolizeichef damit zu tun, Rabbi?"

„Lauter, bitte!" forderte Jerucham und neigte, immer noch ohne Morta anzublicken, dem Schankwirt sein rechtes Ohr zu, das groß war wie eine Opferschale.

„Ich sage: Was hat unser Kreispolizeichef damit zu tun?"

„Aha, jetzt höre ich", freute sich Jerucham wie ein Kind. „Was unser gnädigster Herrgott dazu sagen wird, das dürfte ich wissen. Er wird sagen: Sehr gut!"

„Nun, Rabbi, das reicht uns doch."

„Lauter, bitte!"

„Ich sage: Das reicht uns doch", trompetete der Schankwirt. „Unser Kreispolizeichef kann sich doch mit unserem Herrgott nicht messen."

„Ihr seid ein kluger Mann, Reb Josua, aber Ihr stellt dumme Fragen", bremste der Rabbiner von Miškiniai Josuas Eifer und spähte hinter seiner Brille hervor zu der starr stehenden Morta. „Nur für den Herrgott gibt es keine überflüssigen Juden, aber für den Kreispolizeichef ist jeder Jude einer zuviel. Versteht Ihr mich?"

„Nichts verstehe ich", erregte sich Josua, und sein Blick blieb an Morta hängen.

„Lauter, bitte!"

Lauter, lauter, äffte der Schankwirt in Gedanken Jerucham nach. Was für einen Unsinn verzapfte dieser Schwerhörige? Drohte mit dem Kreispolizeichef, als hätte er, Josua, jemanden umgebracht! Juden hatte es schon vor dem Kreispolizeichef gegeben, und es würde sie, Gott sei Dank, auch nach ihm geben. Sie hatten bereits viele Polizeichefs überlebt!

„Ein kluger Mann, und doch begreift Ihr nichts", ärgerte sich Jerucham. „So weit zu fahren und nicht zu begreifen ... Hättet Ihr lieber das Pferd geschont ..."

„Was hat das Pferd damit zu tun?" Josua wurde bockig.

„Ich habe zwar nicht verstanden, was Ihr gesagt habt, doch ich kann es mir denken. Was hat dies und jenes damit zu tun?" spottete Jerucham. „Alles auf dieser Welt, Reb Josua, hängt miteinander zusammen: der Herrgott und das Pferd und der Polizeichef und auch Ihr und ich ... Das Dumme ist nur: Was dem Polizeichef recht ist, ist dem Herrgott nicht recht, und was für uns gut ist, das ist schlecht für das Pferd ..."

Der Rabbiner von Miškiniai drehte seine Uhrkette in der Hand, sah abermals hinter den Brillengläsern hervor auf Morta und sagte gemessen, als spräche er vom Thorapult aus: „Vermutlich erwartet ihr, daß ich euch sage: Seid glücklich! Doch das werde ich nicht sagen. Ich sage euch: Seid nicht unglücklicher als andere! Und der Himmel behüte euch."

„Danke!"

Josua griff in die Tasche seines Halbpelzes, ertastete ein Geldstück, doch Jerucham kam ihm zuvor: „Wer bezahlt denn eine Mutter nach der Geburt?"

„Was für eine Mutter?" rief Josua aus.

„Was ist nur mit Euch los? Ich habe doch nicht eine Henne in einen Hahn verwandelt ..." Und auf einmal trat Jerucham an Morta heran, seine tiefliegenden Augen tauchten plötzlich aus ihrer Versenkung auf, wurden größer, füllten sich mit einer Art dankbarer Besessenheit, seine Hand ließ die Uhrkette los, streckte sich der Frau entgegen, blieb in der Luft hängen, der Rabbi riß sich schnell wieder zusammen, rückte seine Kopfbedeckung zurecht und sagte: „Und du wirst es nicht bereuen?"

„Nein", antwortete Morta.
„Du wirst dich und uns nicht verfluchen?"
„Nein."
„Sei dir da nicht so sicher ... Du weißt nicht, was es heißt, eine Jüdin zu sein."
„Doch ... die Hauptsache ist, ein Mensch zu sein."
„Lauter, bitte!"
„Die Hauptsache ist, ein Mensch zu sein."
„Ein Mensch, ein Mensch", wiederholte der Rabbiner von Miškiniai. „Was ist denn das: ein Mensch?"
Morta schwieg.
Auch Josua schwieg. Die Weisheit anderer bedrückte ihn stets. Wozu das Gerede? Zeit ist Geld, die Schenke muß geöffnet werden, sie haben sowieso schon einen halben Tag verloren, und bis sie heimkommen, wird es fast Nacht.
„Danke!" sagte Josua.
„Ja, ja, ja", plapperte Jerucham. „Ein Mensch, das ist wohl das, was wir niemals werden ..."
Und seine Augen verbargen sich wieder hinter der dunklen Brille. Vielleicht auch schlossen sie sich wie Wunden.
Noch jetzt erinnerte sich Josua, wie sie in der Abenddämmerung von Jerucham aus Miškiniai zurückgefahren waren. Morta saß in sich zusammengesunken, sie hüllte sich in Chawas Tuch, zupfte mit den Fingern an dessen weichen Fransen, ihre Schultern bebten, vielleicht vom Rütteln des Wagens, vielleicht auch vor Kälte – es war im Herbst gewesen, Anfang Oktober –, vielleicht auch durch das Wissen darum, daß sie von nun an nicht mehr Morta war und dennoch Morta, welchen Namen immer man ihr als Ersatz böte, Jerucham hatte sogar biblische Namen vorgeschlagen – Esther, Sulamith –, desgleichen aber auch ganz gängige, wie sie sie jeden Tag auf dem Markt und in der Schenke und in Naftali Spiwaks Laden, als dieser noch heil war, zu hören bekam – Riwka, Braine, Fejge. Ach, man konnte sie erstechen, man konnte sie vierteilen, sie war doch Morta und würde bis ans Grab Morta bleiben.
Es reizte Josua sehr, sie zu fragen, was sie dachte, doch sein Gespür riet ihm, lieber abzuwarten. Sollte sie sich erst gewöhnen, sollte sie die Anfechtungen hinter sich bringen,

von denen der Rabbi Jerucham gesprochen hatte, sollte sie erst einmal mit ihm, Josua, schlafen, mit ihrem gesetzlichen Gatten vor Gott und den Menschen, wenigstens eine Nacht, sollte sie am Feiertag Jom Kippur* die Schwelle des Bethauses überschreiten, dann würde sie sich gewiß auch ohne Fragen mitteilen, würde sich öffnen wie eine Tür vor dem Wind.

Was die Synagoge betraf, überkamen Josua allerdings Zweifel – sie würde nicht hingehen, keine zehn Pferde brächten sie dazu, die Weiber würden sie ja auch mit Getuschel überschütten wie mit kochendem Wasser. Kein Wunder: Im Ort gab es sieben Witwen, und er alter Knochen, er Sünder, die Erde möge ihn verschlingen, wen nahm er sich – seine Dienstmagd! Einfach eine Schande. Eine Schande, jawohl, doch er, Josua, er pfiff auf das Gerede der Leute. Wenn man liebt, erträgt man alles. Und er liebte, Gott war sein Zeuge, er liebte wie niemals zuvor. Wie er nie jemanden geliebt hatte. Morta würde ihm ein Kind schenken, einen Sohn oder eine Tochter, vielleicht auch Zwillinge, bei solcher Blutvermischung war alles möglich.

Das einzige, was Josuas Freude trübte, war Semjon.

Sogar Mortas Übertritt zum Judentum konnte die bösen Vorahnungen des Schankwirts nicht zerstreuen. Doch was tun? Der Wahnsinn hatte Semjon davor bewahrt, wegen Mordes ins Zuchthaus zu kommen, aber was sollte ihn vom Wahnsinn retten? Was? Da stand er nun an der Kreuzung, bei Regen, Frost und Hitze, und wartete. Wartete nicht einfach so, sondern auf den Messias selbst, und mit nichts konnte man ihn von dort weglocken, und so ging das nun schon das dritte Jahr. Er aß nicht, er trank nicht, er stand einfach nur da. Dank sei Morta, sie lief dreimal täglich zur Kreuzung, brachte ihm Essen und fütterte ihn mit dem Löffel wie ein kleines Kind.

Josua hätte bei der Thora schwören mögen, daß Morta damals, als sie von Jerucham zurückfuhren, nicht an die Vorhaltungen des weisen Seelenhirten dachte, auch nicht daran,

* (hebr.) Versöhnungstag, ernstes Fest, strenger Fast- und Bußtag, der heiligste des Jahres. An diesem Tag entsühnte der Hohepriester im alten Israel das Heiligtum, das Volk und sich selbst

was das Leben nun für sie als Jüdin bereithielte, sondern an ihn, an Semjon.

Einmal, als Morta, naß bis auf die Haut, von der Kreuzung zurückkam, hatte sie, während sie sich in der Diele das Haar auswrang, vorwurfsvoll gesagt: „Daran bin ich schuld."

„Woran?" fragte Josua verständnislos.

„Daß er so geworden ist ..."

„Um Gottes willen!" sagte der Schankwirt zornig. „An allem ist er selber schuld, der Taugenichts!"

„Ich bin schuld, ich ..."

„Wenn schon ein Schuldiger gefunden werden muß, dann steht er hier." Josua tippte sich auf die Brust.

Sosehr der Schankwirt sich auch um Semjon sorgte, so hatte er doch noch größere Angst vor etwas anderem, und diese Angst preßte ihm das Herz von Tag zu Tag mehr zusammen, wie eine Motte kroch sie ihm unters Hemd, unter die Haut, legte dort ihre Eier ab, aus denen krochen Raupen, die wimmelten und rumorten in seinem Hirn, und von diesem hornissenähnlichen Rumoren befiel Josua am ganzen Körper immer wieder ein feiner rötlicher Ausschlag, vor dem es keine Rettung gab.

Josua hatte Angst, Morta würde ein totes Kind zur Welt bringen.

Deshalb auch fuhr er jetzt vor den Feiertagen nach Rossieny, wo ein Arzt und Geburtshelfer namens Sajontschik wohnen sollte, den wollte der Schankwirt gegen ordentliche Bezahlung für ein, zwei Wochen vor der Entbindung in den Marktflecken bitten, damit er dem Kind nach allen Regeln der Kunst in die Welt hülfe – von einer Hebamme wollte Josua nichts wissen.

Sollte Sajontschik sich sperren, so hoffte der Schankwirt sich mit ihm gütlich zu einigen und Morta kurz vor der Entbindung nach Rossieny bringen zu dürfen, wo er für sie ein Zimmer mieten wollte, damit der Geburtshelfer, ohne seine Praxis länger im Stich zu lassen, ihr rechtzeitig zu Hilfe kommen konnte, sowie sie ihn rufen ließe.

Josua hatte schon etwas zur Anzahlung bei sich – zwei Goldstücke mit dem Bildnis von Seiner Hoheit, dem Imperator des Großen Russischen Reiches, der sollte mit seinem

Monarchenantlitz sozusagen seine, Josuas, alleruntertänigste Bitte unterstützen.

Das Geld hatte Josua im Hafersack versteckt, diesen dann bis obenhin gefüllt und im Wagen verstaut. Es konnten ja, wer weiß, Räuber über ihn herfallen, ihn bis aufs Hemd ausplündern, ihn zu Tode erschrecken, aber dem Pferd würden sie nichts tun, den Hafer nicht anrühren – wozu brauchten sie auch Hafer, die Schufte?

Das Gewehr, jenes, mit dem Semjon den unglückseligen Pilger, der in der Welt umherstreifte und fremde Sünden sammelte, umgelegt hatte, das Gewehr hatte Josua im Fluß versenkt. Und er hatte recht daran getan: Der Untersuchungsführer, der den Mord an dem Schuhmacher Zwi Aschkenasi aufklären sollte, war peinlich genau und wenig umgänglich, er verhörte jeden des langen und breiten, sogar den Rabbi Uri, und suchte mit geradezu wollüstiger Hingabe nach Beweisstücken.

Josua war klar, daß es mit zwei Goldstücken nicht getan war, er war auch bereit, noch das Doppelte zuzulegen, wenn nur alles gut ging. Obwohl der Schankwirt nicht die geringste Ahnung hatte, wie ein Mensch zur Welt kommt, zweifelte er dennoch nicht, daß die Geburt schwer werden würde: Morta war nicht mehr zwanzig oder dreißig, da konnte alles mögliche passieren – sie konnte eine Fehlgeburt haben oder sogar dabei sterben. Auch Golda, Aschers Witwe, war ja gestorben, nachdem sie einen toten Sohn geboren hatte!

Wenn das Kind lebte, aber Morta stürbe – wäre das für ihn, Josua, etwa leichter? Der Herrgott sollte sich ihrer erbarmen und sie beide am Leben lassen. Immerhin, nicht nur wir sind ihm etwas schuldig, sondern auch er ist unser Schuldner. Wer rechnet aus, wieviel er jedem schuldet?

Beim Gedanken an den Allerhöchsten erbebte Josua, hob die Schultern, zog seinen Bärenkopf in den Schafpelzkragen und ließ dann flott die Peitsche knallen, um die Braune anzutreiben.

Und wenn sich der Allerhöchste nun nicht erbarmte, wenn er ihn nun vor die Wahl stellte: entweder – oder? Wen würde Josua wählen: das Kind oder Morta?

„Nimm mich“, würde er sagen.

Doch darauf würde der Allmächtige nicht eingehen. Wie vom Vorvater Abraham würde er von ihm, seinem Knecht, eine einfache und klare Antwort fordern. Doch die Antwort eines Knechtes, eines Sklaven – das ist keine Antwort, sondern ein Urteilsspruch. Weil davon immer jemandes Leben abhängt. Und Josua hatte noch nie jemanden zum Tode verurteilt.

„Wir alle sind dazu verurteilt“, würde der Allerhöchste sagen. „Wähle!“

Und wen würde wohl Morta wählen? Das Kind natürlich. Was bedeutet ihr schon er, Josua Mandel, der Schankwirt, der alte Knorren, der schäbige Bär, der um seine verräucherte, nach Schnaps und Bauernschweiß riechende Höhle zittert? Warum also sollte seine Wahl anders ausfallen? Das Kind, natürlich das Kind. Morta würde ihm ja nicht noch ein weiteres gebären. Keines.

Josua schämte sich seiner Gedanken, zog den Schafpelz fester zusammen, streckte die steifgewordenen Beine aus.

Der laue Gegenwind umspielte seine Wangen, kühlte ihm den Kopf, ließ die zottige Mähne der Braunen leicht flattern, liebkoste ihre in der Mittagssonne glänzende Kruppe.

Zu beiden Seiten des Weges dunkelte Kiefernwald, von herbem Harzgeruch gesättigt. Josua atmete in vollen Zügen den Duft, und allmählich wich von ihm die zehrende Angst, die sich wie mit Nagezähnen in seinen immer noch kräftigen Körper gebohrt hatte. Wenn der Herrgott ihm etwas im Überfluß gegeben hatte, so war es Kraft, unverbrauchte, unbändige Bärenstärke.

Der Weg war frei, es fuhr sich leicht und angenehm.

Zuweilen holperte der Wagen über Radspuren, dann zügelte Josua das Pferd mit festem Griff und lenkte es seitwärts an den Wegrand.

Als er es überdrüssig wurde, nach vorn auf den langweiligen, eintönigen Weg zu schauen, ließ der Schankwirt seinen Blick über den Wald schweifen, über dichte, undurchdringliche Fichtenpflanzungen, über pilzreiche Birkenhaine, die im Dunst des Frühlingstages glänzten wie Silberleuchter mit brennenden Kerzen. Ihr Licht war warm und fließend.

Während Josua sie betrachtete, fiel ihm plötzlich ein, daß

er selbst auch im Frühjahr geboren war, Anfang Juni, an der Grenze zwischen Frühling und Sommer, da die Natur sich gleichsam auf Fruchtbarkeit einstellt, sich vorbereitet zum erstaunlichen Wechsel von Empfängnis zu Wachstum, von sparsamer, umsichtiger Anreicherung zu wilder, großzügiger Üppigkeit, und diese Erinnerung ließ in ihm ein rätselhaftes Wonnegefühl emporfluten, wie er es vielleicht noch nie empfunden hatte.

Er war gerührt. Er brachte das Pferd zum Stehen, spannte es aus, nahm die Goldstücke aus dem Futtersack, und dann führte er die Braune am Zügel zu einem Waldsee, der glitzerte wie eine frischgeprägte Münze. Das Pferd, erstaunt über die unerwartete Güte seines Herrn, lief den schmalen Weg entlang, der sich durch die Fichten schlängelte, und erwiderte mit dankbarem Wiehern das perlende Gezwitscher der Vögel, die die vom Winterfrost befreiten Zweige bevölkerten.

Josua, angespornt vielleicht vom Wiehern seiner Braunen, vielleicht auch vom Singsang der im Zweiggewirr unsichtbaren Vögel, begann auf einmal ebenfalls zu singen.

Die Braune warf stolz den Kopf zurück – sie hatte schon gehört, wie ihr Herr manchmal schrie, wie er mit Semjon oder den Stammgästen der Schenke schimpfte, auch wie er in den Schnapsbrennereien um jeden Groschen feilschte, wie er den Ortspolizisten oder den Kreispolizeichef verfluchte, aber daß er sang, das war bei ihm noch nie vorgekommen!

Josua sang das alte jüdische Lied vom Hirten und seinem verlorengegangenen Schäflein, wobei er selbstvergessen immer wieder ein und dieselbe Strophe anstimmte.

Doch plötzlich brach der Schankwirt ab und stieß einen Laut aus, der eher einem Hilferuf ähnelte als einem Lied.

„Sieh nur! Sieh!“ sagte er flüsternd, beinahe tonlos, zu dem Pferd.

Er zeigte mit dem Finger ins Fichtendickicht, und die Braune, an jede seiner Bewegungen gewöhnt, wandte den Kopf und erblickte durchs Zweiggewirr einen zu Boden gestreckten Knaben. Er lag unbeweglich auf dem winterüber dunkel gewordenen Moos, durch das junge grüne Grasspitzen spießten, das abgewetzte schirmlose Mützchen war ihm in die Stirn gerutscht, er trug Leinenhosen, an den Knien zerrissen, und lehmverkrustete Holzschuhe. Ein dünnes Rinnsal getrockneten Blutes umzog seinen mageren Hals wie eine Kette.

Die Braune, vom frischen Gras angelockt, wollte zur Seite gehen, doch Josua straffte die Zügel und rief: „Brrr!"

Das Pferd stand starr.

Ohne die Zügel loszulassen, näherte sich der Schankwirt der spitzwipfligen Fichte, unter deren dunklem Baldachin der Junge lag, er beugte sich nieder, sah ihm in die von Nadeln bestreuten Augen, pustete ihn an wie eine Kerze, die am Verlöschen ist, dann zog er ihm die Mütze vom Kopf, den leichtes Haar, wirr wie Mistelgezweig, bedeckte, richtete sich wieder auf, stand eine kleine Zeit neben dem Leichnam, beugte sich abermals nieder, nur diesmal anders, ließ sich auf die Knie sinken, nahm die Mütze, preßte sie zwischen seinen Händen, als wolle er sie erwärmen, bedeckte dann mit ihr das sommersprossige, noch nicht blau angelaufene Gesicht des Toten und versank in Nachdenken.

Neben ihm zupfte die Braune mit trockenen Lippen Gras und verscheuchte mit dem Schweif ab und an die dicken Waldfliegen, die von ihrer Kruppe zu dem Knaben hinflogen, der unter der Fichte zu schlafen schien.

Der Teufel muß mich geritten haben, das Pferd zum Tränken zu führen, dachte Josua und wußte nicht, was tun.

Sein erster Gedanke war, den Toten liegenzulassen, das Pferd zu tränken, zum Weg zurückzukehren und in aller Eile nach Rossieny zu fahren. Die Verwandten würden den Jungen vermissen, sich auf die Suche begeben und ihn vielleicht noch vor Einbruch der Dunkelheit finden.

Bloß schnell fort, redete Josua sich selber zu. Sonst geht es los mit der Fragerei: Wo und wann hast du ihn gefunden, war er noch am Leben, oder hat er schon nicht mehr geatmet? Wozu sollte er, Josua, sich in fremde Angelegenheiten mischen – er hatte ohnehin genug eigene Sorgen. Den Jungen konnte sowieso niemand wieder lebendig machen. Die Eltern würden weinen und weinen und ihn schließlich zu Grabe tragen. Offenbar hatte ihn ein hungriger Wolf gerissen, oder er war bei einer Treibjagd an einen Keiler geraten. Hier lag ja so viel dunkle Losung, sie mußten ganz in der Nähe ihr Standquartier haben.

Doch irgend etwas hielt Josua zurück. Er wußte selbst nicht, was es war – Mitleid, Verantwortungsgefühl? Wie konnte er auch anders? Finden und im Stich lassen? Das war ja keine verendete Krähe, kein ins Fangeisen geratener Marder! Das war doch ein Mensch! Und einen Menschen, selbst wenn er tot war, den ließ man nicht einfach im Stich. Das verzieh der Herrgott nicht. Offenbar gefiel es ihm, dem Allerhöchsten, Josua noch einmal zu prüfen. Und wenn er auch diese Prüfung bestand, dann würde Morta vielleicht glücklich und zur rechten Zeit entbinden. Nein, er durfte den Unglücklichen nicht einfach liegenlassen, auf keinen Fall. Was wollte es schon besagen, daß es außer der braunen Stute weit und breit keinen Zeugen gab? Das Pferd war Zeuge, und was für einer, wenn auch ein stummer. Er, Josua, könnte ihm ja nicht mehr ruhig in die Augen schauen, das Gewissen würde ihm schlagen. Und der Herrgott, der war auch Zeuge. Ebenso stumm wie das Pferd, doch auch seinem Auge bleibt nichts verborgen. Wenn manche auch behaupten, es gäbe ihn nicht – und womöglich gibt es ihn wirklich nicht! –, doch im Leben kommen Tage, da übernimmt der Mensch, der schwache, sterbliche Mensch, gleichsam Antlitz und Allmacht des Allerhöchsten, denn täte er das nicht – in welchem Schmutz, in welchem Kot, wie sündig und lästerlich verbrächte er sonst sein langes kurzes Leben.

Bis zum nächsten Dorf war es sicherlich nur ein Katzensprung. Josua würde den Jungen zum Wagen tragen, ihn so aufs Stroh betten, daß der Futtersack mit dem Hafer und den Goldstücken ihm als Kissen diente, er würde ihm den Schafpelz überdecken und ihn dorthin bringen, wo er gestern noch unsterblich war wie alle Kinder, und dies würde Josua angerechnet werden im Himmel und auf Erden, so daß die Schuld des Herrgotts ihm gegenüber vielleicht um ein Prozent anwuchs.

Josua hob den Toten auf und schlug sich durch das verflixte Fichtendickicht, geradewegs – jedenfalls schien es ihm so – auf den Wagen zu, der am Wegrand wartete. Unter seinen Füßen knackte Bruchholz, trocken und anheimelnd wie Scheite im Ofen, spitze Zweige bohrten sich in sein Gesicht wie Blutegel, doch der Schankwirt arbeitete sich hartnäckig vorwärts, blindlings, ab und zu nach dem Pferd rufend, das ganz durcheinander war, ihm aber folgte und sich aus lauter Ergebenheit Flanken und Lippen zerkratzen ließ.

Sie gingen schon länger als fünf, ja länger als zehn Minuten, jedoch noch immer war kein Weg zu sehen, und Josuas bemächtigte sich nagender Zweifel, ob sie sich nicht zwischen diesen endlosen, stummen, gleichförmigen Fichten verirrt hätten.

Die Zweige streiften die Beine des Knaben, und dann baumelten diese wie lebendig und schlugen Josua gegen Oberschenkel oder Leiste, was sein Herz wild loshämmern und dann wieder stocken ließ.

Um sich Mut zu machen, flüsterte Josua leise und beruhigend vor sich hin, während er seine leichte Bürde – der Jungenkörper wog nicht mehr als ein leeres Wodkafaß – bequemer faßte, und er betete zu Gott, dieses Umherirren im Dikkicht, das zäh war wie Teer, möge bald ein Ende haben.

Endlich riß der Fichtenwald ab – das Licht, das von allen Seiten einbrach, trennte ihn wie ein Messer von der weiten Lichtung, die sich auftat, und Josua erreichte den Weg etwa eine halbe Werst vom Wagen entfernt.

Der Knabe lag barhäuptig in Josuas Armen, die Mütze war offenbar zwischen den Fichten verlorengegangen. Von seinem wirren Haar wehte Josua der Geruch feuchten Mooses und vorjährigen Schimmels an.

Josua legte den Toten in den Wagen, spannte die Braune ein und fuhr weiter.

Diese Gegend kannte er wie seine Westentasche.

Einstmals – da war er noch kein Schankwirt – hatte er sie kreuz und quer durchwandert. Zu jener Zeit kannte Josua, ein junger Hausierer mit flinken, unermüdlichen Beinen wie ein Wolf, nur eine einzige Furcht – die Furcht vor der Armut.

Und jetzt?

Jetzt war von dem früheren Hausierer nicht die Spur mehr

übrig – weder die Figur noch jene segensreiche Furcht, die ihm keine Ruhe ließ, die ihn beflügelte und über andere hinauswachsen ließ, wenn auch nicht so hoch, wie er es gewünscht hätte, doch immerhin bis zur Höhe des Wirtshausdaches.

Ob sich wohl jetzt noch jemand in den Dörfern seiner erinnerte? Es war ja inzwischen fast ein halbes Jahrhundert vergangen!

Hier irgendwo in der Nähe mußte Rasčiai liegen. Das Dorf, wußte er noch, lag direkt am Walde. Dort hatte es einen Teich mit einem seltsamen fremdländischen Schwan gegeben. Dieser Schwan schimmerte weiß in Josuas Erinnerung bis auf den heutigen Tag. Später hatte er niemals wieder solch einen Vogel gesehen.

Ich bringe den Jungen hin, binde das Pferd am Pfahl fest und gehe wenigstens mal kurz zum Teich. Am Ende kommt er angeschwommen, der Schwan meiner Jugend?

Unsinn, Unsinn, schalt Josua sich in Gedanken. Der Schwan ist längst krepiert, und der Teich wird ausgetrocknet sein. Und überhaupt – wie kann ich an den Schwan denken, wo ich doch einen Toten im Wagen habe, wo Semjon an der Kreuzung steht wie angewurzelt und wo Morta jeden Augenblick niederkommen kann.

Nur schnell den Jungen loswerden, mit dem Geburtshelfer ins reine kommen und nach Hause zu den eigenen Hühnern und Gänsen zurückkehren!

Doch der Schwan ging ihm nicht aus dem Sinn.

Auf einmal überfiel ihn das unbedingte Verlangen, ihn zu sehen, nun ja, wenn nicht ihn selbst, so seine Nachkommen, Schwäne ziehen doch Junge groß, er wollte über den Steg zum Wasser gehen und seinen Blick auf ihre weißen Flügel, auf ihre königlichen Hälse heften.

Sehen und ... kaufen!

Kaufen und heim in den Marktflecken bringen, für sie, für Morta. Welcher Jude hatte seiner Frau je einen lebenden Schwan geschenkt? Ein Haus – ja, einen Eichhörnchenpelz – ja, aber einen Schwan, einen Schwan – niemals.

Das würde einen Trubel geben, da würden sich die Gemüter erhitzen, da würden sie ihre Zungen wetzen! Habt ihr schon gehört – Josua Mandel, genau wie sein Sohn, ist ganz und gar meschugge geworden ... hat seiner Schickse zu Pessach eine trejfene* Gans mitgebracht! So hätte er mit Chawa umgehen sollen!

Josua erreichte den Ortseingang von Rasčiai.

Es gab nicht viele Häuser im Dorf, zwei Dutzend etwa, vielleicht noch weniger, und alle waren sie bemoost, windschief, von niedrigen Staketenzäunen umgeben, mit Balkenbrunnen und mit löcherigen kleinen Ställen und Schutzdächern.

Der Schankwirt hielt am ersten Haus an, stieg vom Wagen, kämmte sich mit den Fingern den Bart, rückte seine Mütze zurecht, straffte sich, ließ absichtlich laut die Pforte klappen, ging den von Thujen gesäumten Weg entlang zum Haus und klopfte an die Tür.

„Guten Tag", sagte er, als die Tür geöffnet wurde und auf der Schwelle ein schmächtiges Bäuerlein erschien, in viel zu großen Hosen aus Hausmacherleinen und mit Holzschuhen an den bloßen Füßen.

Das Bäuerlein sah Josua verwirrt und interessiert an, es überlegte offenbar, ob es ihn hereinbitten sollte oder nicht.

„Ich bringe etwas ... Vielleicht daß Ihr mal schauen könntet ...", stammelte der Schankwirt.

„Danke, danke", erwiderte das Bäuerlein mit Würde. „Wir haben alles. Petroleum haben wir vorige Woche genommen ... Wir brauchen nichts."

„Ich habe kein Petroleum ...", versuchte Josua das Bäuerlein aus dem Konzept zu bringen.

„Danke, Herr, danke."

Und das Bäuerlein verschwand hinter der Tür.

Ich hätte geradeheraus sprechen sollen, ohne Umschweife, schalt Josua sich. Was für einen Unfug hab ich gequasselt: „Ich bringe etwas ... Vielleicht daß Ihr mal schauen könntet ..." Dem einfachen Volk muß man keine Rätsel aufgeben, mit ihm muß man kurz und einfach reden.

Nachdem Josua die über einen Hügel verteilten Häuser gemustert hatte, entschied er sich für das, welches ihm das wohlhabendste schien – mit schnitzereiverzierten Fensterlä-

* unkoscher

den, mit einem Garten und einem direkt an den Wald grenzenden großen Stall, aus dem unzufriedenes Grunzen und ärgerliches Muhen drang.

„Ich bringe einen toten Jungen", sprach Josua leise, bemüht, seiner Stimme Trauer zu verleihen.

„Was für einen Jungen?" fragte der junge Hausherr erstaunt.

„Das weiß ich nicht ... Vielleicht, meine ich, ist er aus Eurem Dorf."

„Wo ist er?" fragte der junge Hausherr abermals und sah Josua starr an.

„Dort im Wagen."

„Zu uns gehört er nicht", sagte der junge Mann, warf seinen Schafpelz ab und ließ steinharte Muskeln spielen.

„Zu wem dann?"

„Weiß ich nicht."

Damit wandte er sich böse ab und ging weg, nicht zum Haus, sondern zum Stall – er wollte wohl das Vieh versorgen und zur Ruhe bringen.

Josua suchte noch ein Haus auf und noch eines, doch keiner identifizierte den Toten.

Sich beinahe selbst hassend wegen seiner Schwäche und Unbedachtsamkeit, bestieg der Schankwirt wieder den Wagen und verließ Rasčiai, wobei er seinen angestauten Zorn an der Stute ausließ.

Ich will wenigstens das Pferd tränken, dachte er, als er sich dem Teich näherte. Gott allein weiß, wie lange wir noch durch die Dörfer zuckeln müssen.

Es erstaunte Josua, daß der Teich von Rasčiai noch genauso war wie in seiner Jugend, tief, mit einem goldenen Schimmer, leicht gekräuselt, aber nicht vom Wind, sondern vom Zittern der ihn umgebenden Pappeln.

Nur der Schwan fehlte. Statt dessen plätscherten im Teich träge Enten und tauchten von Zeit zu Zeit ihre Schnäbel ins schillernde, abgestandene Wasser.

Während das Pferd trank, starrte Josua auf die klare Wasserfläche, und in ihm plätscherte, wie eine Ente, die Wehmut, gierig nach den Brocken schnappend, die sich wie durch ein Wunder in der Tiefe erhalten hatten.

Weder in Rasčiai noch in Užežerėliai noch in Juodgiriai konnte der Tote identifiziert werden, und Josua blieb nichts anderes übrig, als den Leichnam nach Rossieny mitzunehmen – er würde ihn auf dem Polizeirevier abgeben, dort sollten sie weiter ermitteln, die wurden ja dafür bezahlt, und zwar nicht gering. Sowie er nach Rossieny käme, würde er die Braune festbinden, und dann fix zu Sajontschik, dafür ist ein Geburtshelfer doch Geburtshelfer, daß er jederzeit zur Verfügung steht. Nun, und wenn er ihn nicht empfängt, um sich rar zu machen und den Preis hochzutreiben, dann muß Josua eben in einer Herberge übernachten und frühmorgens zum Arzt galoppieren. Die Sache duldet keinen Aufschub mehr.

Doch weder am Ankunftstag noch tags darauf noch eine Woche später gelangte Josua zu Sajontschik – er wurde am selben Abend noch festgenommen.

„Weswegen?! Ihr habt kein Recht dazu!“ empörte sich Josua zuerst.

Er trommelte mit den Fäusten an die Zellentür, er schrie, doch sein Schreien blieb unbeantwortet.

Josua senkte den Kopf wie ein Stier und begann gegen die gleichgültige Wand anzurennen.

Schließlich konnte er nicht mehr. Er ließ sich auf den Lehmfußboden nieder und brach in dumpfes, wölfisches Heulen aus.

3

Dorski hatte bei Pan Młynarczyk gefrühstückt, in Schmalz gebratene Würstchen gegessen, eine Tasse Kaffee ohne Zucker getrunken – Doktor Garkawi riet ihm, den Süßigkeitenverzehr einzuschränken, um nicht zuckerkrank zu werden –, er hatte auch bezahlt, doch gegen seine Gewohnheit blieb er noch an seinem Lieblingsplatz am Fenster sitzen, von wo aus der Fahrdamm, kurz wie ein Würstchen, und das Trottoir, schmal wie ein Bettelstab, zu überschauen waren.

„Wünschen Sie noch etwas, Pan Advokat?“

Das Wort „Advokat“ sprach Pan Młynarczyk mit Betonung auf der zweiten Silbe aus. Immer höflich, in einer Jacke aus chinesischer Rohseide, die ihn zehn Jahre jünger machte, schlank, ohne eine einzige Speckfalte, mit flott und verführerisch gezwirbeltem Schnurrbart – so kam er an den Tisch geeilt und sah den Rechtsanwalt, den irgend etwas bekümmerte, teilnahmsvoll, aber unaufdringlich an.

„Nein", entgegnete Dorski zerstreut. „Höchstens vielleicht ein Gläschen Xereswein."

„Sofort!" Pan Młynarczyk verbeugte sich und ging von dannen, wobei seine Füße seinen Familiennamen auf den Fußboden zu schreiben schienen wie auf ein Aushängeschild.

Wein trank Dorski niemals am Morgen und nur in Gesellschaft; überhaupt verachtete er Alkohol, noch nie hatte er sich erlaubt, mehr als ein Glas zu trinken. Doch heute wollte er eine Ausnahme machen, um sich Entspannung zu verschaffen, die Müdigkeit zu überwinden und den Kopfschmerz loszuwerden, der erneut zu ticken begann.

Bis er zum Gefängnis kam, würde der Weingeruch verflogen sein, aber der Xeres würde ihm zu Ausgeglichenheit und seelischer Gelassenheit verhelfen, die in seinem Beruf so überaus nötig waren.

„Bitte sehr, Pan Advokat!" sagte Młynarczyk und stellte den Wein auf den Tisch. „Frisch aus dem Keller, so wahr mir Gott helfe."

„Danke."

Das „Danke" war Pan Młynarczyk zu wenig. Es bereitete ihm stets unschätzbares Vernügen, mit Pan Dorski zu plaudern. Doch heute war dieser nicht zu Gesprächen aufgelegt. So düster und bekümmert wirkte er nicht einmal auf dem Friedhof, wo sie sich übrigens im vorvorigen Jahr kennengelernt hatten, einen Monat nach dem Tode von Pani Krystyna, als der Pan Advokat mit einem üppigen Strauß Herbstblumen, Astern wohl, dort hinkam. Damals gab es noch nicht einmal den Grabstein, nur ein eisernes Kreuz stand da, mit einem Blechschild: „Krystyna Dorska ... In stiller Trauer: Gatte und Sohn."

„Unsere Gräber haben uns zusammengeführt", pflegte Dorski manchmal zu scherzen.

„Eben, eben", nickte Pan Młynarczyk dann zufrieden, „sie

liegen ja nebeneinander, unsere Frauchen, meine unter der Linde und Ihre unter freiem Himmel."

Pan Młynarczyk war es auch, der Dorski auf den Gedanken gebracht hatte, für sich selbst Vorsorge zu treffen. Er, Pan Młynarczyk, hatte bereits vorgesorgt – er hatte für sich eine Grabstelle erworben, ebenfalls unter der Linde, nahe bei seiner verstorbenen Frau. „Sie sollten auch nicht zögern, Pan Advokat; das Leben rast dahin wie ein Pferderennen ..."

Der Friedhofsaufseher, ein Buckliger mit krummen Beinen und Augen wie ein verwilderter Hund, sperrte sich: „Bei uns werden nur Christen beerdigt. Die Juden haben einen eigenen Friedhof."

Dorski war einfach platt. Woher wußte diese Mißgeburt, diese häßliche Vogelscheuche, daß er Jude war? Stand ihm das etwa auf der Stirn geschrieben? Und gab es auf der Welt nicht genug Leute mit schnarrender Aussprache und Hökkernase – Tataren, Georgier, auch Polen? Der Präsident des Gouvernementsgerichts, Boris Jewgenjewitsch Tschistochwalow, sah aus wie ein waschechter Jude, dabei war er in Wirklichkeit ein reinrassiger Adliger. Wie würde es dem ergehen, wenn er zu solchem Buckligen käme?

„Ich werde mich beschweren", drohte Dorski dem Friedhofsaufseher.

„Beschweren Sie sich, soviel Sie wollen", krächzte dieser.

Dorski wollte zum Bürgermeister gehen, und wenn der ihm nicht half, wollte er beim Generalgouverneur persönlich um Audienz bitten. Was soll das heißen, Euer Hochwohlgeboren, nicht genug, daß wir nicht wohnen dürfen, wo wir wollen, nun dürfen wir auch nicht ins Grab, wo wir wollen? Nun ja, natürlich hätte Dorski sich gehütet, dergleichen zu quasseln – ein Wort ist kein Sperling, es kann einen, einmal entschlüpft, ganz schnell nach Sibirien bringen –, er hätte andere Worte gefunden, beherrschte, korrekte, er hätte dem Generalgouverneur erklärt, er habe sein ganzes Leben als Christ gelebt und niemand habe das Recht, ihm die Möglichkeit zu nehmen, auch als Christ zu Grabe getragen zu werden, selbst wenn in seinem Ausweis stehe, daß er ein rechtgläubiger Jude sei.

Dorski zweifelte kaum, daß der Generalgouverneur seiner

Bitte entsprochen hätte. Letztendlich konnte man sein Herz ja auch mild stimmen – ihm durch Vertrauenspersonen etwas in die Hand drücken lassen. Bei den Mächtigen beginnt doch seit eh und je das Herz mit der Hand.

Pan Młynarczyk aber hielt ihn von solch unbedachtem Schritt zurück und versprach, alles ohne Audienzen und große Worte zu regeln.

„Geld, Herr Advokat, öffnet das Tor zum Paradies und auch zur Hölle. Verlassen Sie sich ganz auf mich, ich bringe das in Ordnung ...“

„Wieviel?“ gab Dorski nach.

„Kommt drauf an, wie hoch sie den Preis treiben“, entgegnete Pan Młynarczyk ausweichend.

Dorski bekam nie heraus, wie hoch der Preis für die Grabstelle auf dem christlichen Friedhof getrieben wurde. Je nun: Ein getaufter Jid ist wie ein amnestierter Dieb – so oder ähnlich drückte sein Amtskollege, der Rechtsanwalt Tichwinski, sich zuweilen aus.

Dorski hatte bezahlt, wobei er nicht ohne Grund vermutete, daß die Hälfte des Geldes in der Tasche von Pan Młynarczyk steckenblieb. Nichts zu machen. Auch er, Dorski, war nicht ganz uneigennützig, auch er nahm für Vermittlerdienste lieber Bargeld als gute Worte, auch er verteidigte niemanden umsonst. Für Gerechtigkeit muß gezahlt werden, genau wie für ein Grab.

Jetzt war der Bucklige wie umgewandelt. Jetzt faßte er Dorski mit Samthandschuhen an: „Was steht zu Diensten, gnä' Herr?“ Unkraut gejätet hatte er nicht nur auf Krystynas Grab, sondern auch auf seinem künftigen; Blumen hatte er gepflanzt, die Kanaille, den Weg mit weißem Kies bestreut, ein Bänkchen gezimmert, der Teufel: „Nehmen Sie Platz, gnä' Herr!“

Der Xereswein kam offenbar wirklich direkt aus dem Keller, vom Eis, er hatte einen leichten Walnußgeschmack.

Dorski merkte gar nicht, wie er das ganze Glas leertrank. In seinem Magen verbreitete sich Wärme, sein Kopf wurde klar.

„Nun, wie steht's mit diesem Strelnikow, Pan Advokat?“ fragte Młynarczyk.

„Der hält sich wacker“, antwortete Dorski strahlend.
„Wieviel wird er kriegen?“
„Zehn ... Sofern man ihn für zurechnungsfähig erklärt.“
„Heilige Muttergottes! Zehn Jahre Zuchthaus! Er hätte eine andere heiraten sollen, dann hätte er sich den Ärger erspart.“
Pan Młynarczyk schnalzte teilnahmsvoll mit der Zunge und reichte Dorski den leichten, seidengefütterten Übergangsmantel.
„Töten ist manchmal leichter, als zum zweitenmal heiraten“, sagte Dorski zum Abschied.
Aus Pan Młynarczyk wäre ein hervorragender Geschworener geworden – großmütig, verständnisvoll, einer, der mit sich reden läßt. Und genommen hätte er nicht mehr als für die Grabstellenvermittlung, weniger als der Zuckerfabrikant Trussow, der alle über einen Kamm schert: Wenn du vor Gericht gekommen bist, bist du auch schuldig; oder der Infanteriemajor a. D. Woskoboinikow, der während der Verhandlungen an den Fingernägeln knabbert, nicht aus Mitgefühl für die Angeklagten, sondern vor Langeweile; oder der alte Polizeispitzel Lyssow, der sich als Ausbund an Tugend und Unnahbarkeit aufspielt, dachte Dorski, während er die Bolschaja-Straße hinabschritt und über den Kathedralenplatz zum Lukischki-Gefängnis ging. Deren Unnahbarkeit und Tugend kennen wir. Die kennen wir, wiederholte Dorski, durcheinander, wie er war, im Takt seiner Schritte. Im vorvorigen Sommer hatte nur seine, Lyssows, Stimme gefehlt für den Freispruch jenes unglücklichen Zigeuners, der des Pferdediebstahls angeklagt war. Was denn – wenn er Zigeuner ist, ist er auch Pferdedieb. Dabei hatte nicht er aus dem Samoilow-Betrieb die Orlowtraber entführt, die Samoilow in alle Länder Europas und sogar Amerikas lieferte. Nicht er, sondern der Neffe des Stadtoberhauptes, ein Spieler und Betrüger. Doch Lyssow war offenbar der Meinung, daß für einen Zigeuner sogar die Gefängniszelle noch besser sei als das Zelt, in der Zelle gibt’s jeden Tag was zu essen, und die Kälte dringt nicht bis auf die Knochen wie auf offenem Feld.
Sosehr er, Dorski, sich auch mühte, sosehr er auch lavierte, er konnte seinen Mandanten dennoch nicht retten.

Und alles nur, weil der schuldige Bürgermeistersneffe dem Vaterland mehr wert war als ein rechtschaffener Nomade.

Jedoch was Dorski eigentlich zu schaffen machte, das war nicht der Gedanke an die Geschworenen, nicht an den geriebenen Pan Młynarczyk, nicht einmal an den fünfundzwanzigjährigen Strelnikow, diesen Othello aus der Poguljanka, der aus Eifersucht seine leichtsinnige Frau erstochen hatte, sondern an den morgendlichen Besucher, der sein Landsmann sein wollte, von dem Dorski ein stechender kalter Hauch angeweht hatte und der die Fortführung seines bedrückenden Traumes zu sein schien.

Was ist bloß bei ihnen dort passiert, zerbrach sich Dorski den Kopf. Zehn Menschen nimmt man nicht von ungefähr in Gewahrsam. Haben sie etwa rebelliert? Doch Naftali Spiwak, soweit Dorski sich erinnern konnte, war alles andere als ein Rebell. Vielleicht haben sie geklaut? Obwohl, ein Jude ist viel eher zur Rebellion bereit als zum Diebstahl. Und wen im Marktflecken sollten sie auch bestehlen! Dort gab es nichts zu stehlen. Höchstens die Not, aber wer ist scharf auf fremde Not, wenn er genug eigene Nöte hat?

Dorski ging in Gedanken alle möglichen und unmöglichen Verschulden und Verbrechen durch: Brandstiftung, Schmuggel, Totschlag, doch sofort widerlegte er mit eiserner Logik seine Vermutungen. Wegen Brandstiftung oder Schmuggel hätte man nicht aus so weiter Ferne einen Boten zu ihm geschickt.

Einerseits konnte es Dorski kaum erwarten, zu erfahren, was vorgefallen war. Wie auch immer, es handelte sich um seine Heimat, dieses kleine Inselchen, das verloren inmitten der dichten Wälder von Žmud lag, um Menschen, die ihm, dem Waisenknaben, in ferner, beinahe irrealer Kindheit geholfen hatten, zu überleben, sich aus der Armut herauszurappeln, sich auf eigene Füße zu stellen, zu Rang und Würden zu gelangen – sein Höhenflug war ja wohl nicht dem bißchen Geld zu verdanken, das er seinerzeit für die Brachsen bekommen hatte! Was wäre aus ihm geworden, wenn nach Mutters Tod (sie kam nicht mehr aus dem Krankenhaus zurück) alle sich von ihm abgewandt hätten; ihn mit dem Zehnkopekenstück, das er damals vom Markt heimbrachte, allein gelassen hätten? Wie hätte sich sein Leben gestaltet, hätte nicht Naftali Spiwak ihn in sein Haus aufgenommen, ihn zum Lernen und Studieren geschickt, zuerst nach Wilki, dann nach Kowno, zuletzt nach Petersburg?

Andererseits quälten Dorski böse Vorahnungen, und er hoffte sehnsüchtig, der Gast vom Morgen werde nicht auf ihn warten, sondern wieder abreisen oder sich an einen anderen Advokaten wenden. Es gab deren jetzt in Wilno so viele wie Sand am Meer! Da war der ehrbare Lew Solomonowitsch Sokol, der Plato und Aristoteles aus dem Effeff kannte, ein Freidenker, beinahe Freimaurer, außerdem Jefim Jeweljewitsch Rabkin, der Gönnerhafte, der auf dem Altar der Judenaufklärung viel opferte, und auch Fjodor Konstantinowitsch Luzki …

Gewiß, auch er, Dorski, war kein kleines Licht. Auch er achtete seine Vorfahren, auch er war kein Knauser und Geizhals, mehr als einmal hatte er etwas für öffentliche Zwecke geopfert, zum Beispiel für ein Waisenhaus, weil er an seine eigene schwere und lehrreiche Vergangenheit dachte.

Trotzdem – besser, der morgendliche Besucher ließe ihn in Ruhe. Manchmal nämlich – was heißt manchmal, durch die Bank war es so! – konnte man den Mandanten mehr schaden als helfen, wenn man mit ihnen bekannt oder gar verwandt war. Sollte Boris Jewgenjewitsch Tschistochwalow oder jener tugendsame Geschworene Lyssow erschnüffeln, daß Dorski aus demselben Žmuder Marktflecken stammte, daß er zu einem Angeklagten in verwandtschaftlichem Verhältnis stand – näher oder entfernter, das spielte keine Rolle –, schon wäre alles vermasselt. „Ein Jude ergreift immer Partei für einen Juden – sei es vor Gericht, auf dem Markt oder im Bethaus. Und solche Verteidigung ist gleichbedeutend mit Rechtfertigung.“ Nach diesem Ausspruch von Turow würden die Geschworenen, selbst wenn sie rein wären wie die Heilige Jungfrau Maria, mit seltener und weitblickender Einstimmigkeit befinden: *Schuldig*!

Außerdem, Gott war Zeuge, steckte er, Dorski, bis über beide Ohren in Arbeit. Was kostete ihn allein die Sache Strelnikow! Sie beschäftigte ihn bereits ein halbes Jahr und würde sicher noch einmal so lange dauern. Dorski hätte sich niemals darauf eingelassen, hätte ihn nicht ein zutiefst menschliches, sozusagen persönliches Interesse geleitet. Sonst nicht, weiß Gott nicht!

Während Dorski zu den wahren Ursachen und Motiven von Strelnikows Verbrechen vorzudringen suchte, identifizierte er sich gleichsam mit ihm, versetzte sich in seine Rolle – des betrogenen, durch die Untreue der leidenschaftlich geliebten Frau verwundeten edlen Ritters und zugleich des mitleidlosen, über und über von fremdem Blut besudelten Mörders. Wie hätte er, Dorski, reagiert, wenn er von einer Untreue Krystynas erfahren hätte? Hätte er sich damit abgefunden oder, wie Strelnikow, zum Brotmesser gegriffen und es ins nachgiebige weiche Fleisch unterhalb des linken Ohrrings getrieben? Wahrscheinlich hätte er sich abgefunden, hätte ihr verziehen, hätte weiter gelitten, wäre wahnsinnig eifersüchtig gewesen – es ist ja töricht, zu verlangen, daß jemandes Liebe nur einem selbst gehört und sonst keinem. Wenn man die Freiheit gleichmäßig verteilen kann, warum dann nicht auch die Liebe? Die Liebe – das ist die wunderbarste Unfreiheit, die es auf der Welt nur gibt, da ist jeder Sklave und zugleich Herr, und jegliche Auflehnung ist nutzlos und führt ins Verderben.

Dorski hatte gar nicht bemerkt, wie er das Gefängnis erreicht hatte.

In dessen Gängen und Zellen ergriff ihn stets ein angenehmes Gefühl – ungeheucheltes Interesse und unverhohlene Selbstzufriedenheit. Selbstzufriedenheit deswegen, weil er nirgends – weder daheim noch zu Gast bei seinen namhaften Freunden – so stark seinen Wert empfand wie hier in den Kasematten. Das Bewußtsein, daß er im Gefängnis *er selbst* war – und im Gefängnis *er selbst* zu sein ist nicht jedem vergönnt! –, daß er dieses Territorium ungehindert betrat und ohne Kontrolle wieder verließ, erhöhte ihn in seinen eigenen Augen. Jeden Gruß eines Aufsehers, Wachoffiziers oder Begleitsoldaten nahm Dorski entgegen wie eine Ehrenbezeugung vom Schicksal selbst.

Manchmal ging er sogar ohne Begleiter durchs Gefängnis, und dieses Vertrauen kitzelte ihn angenehm in der Brust.

In der Tat: Ihm, einem ehemaligen Juden, war es erlaubt, unbeaufsichtigt in einer Anstalt umherzugehen, wo Dutzende seiner Stammesgenossen gefangengehalten wurden, von der Gesellschaft isoliert wegen ihrer subversiven Vergehen – heimliche Zusammenrottung, Anschläge, Verteilen von Flugblättern, die zur Rebellion aufriefen.

Mehr als einmal hatten diese Robespierres und Dantons auch versucht, ihr umstürzlerisches Gedankengut, in Papierröllchen oder Brotknete versteckt, durch ihn in die Freiheit befördern zu lassen. Mein Gott, dachte Dorski in solchen Momenten, worauf hoffen sie, diese Unglücklichen? Was sind das für Gedanken, die auf einem Fetzen Papier oder in einem erbärmlichen Happen Gefängnisbrot Platz finden? Wen wollen sie, diese Verfechter von Freiheit, Gleichheit, Brüderlichkeit, damit erschrecken? Was bedeutet all ihr aus den Fingern gesogener Aufruhr im Vergleich zu dem unaufrührerischen Bajonett eines Postens auf dem Wachtturm, zu diesen unaufrührerischen Steinmauern, zu diesen Fenstern mit den unaufrührerischen Gittern?

Besonders aufdringlich war ein rothaariger Jüngling in langem Sträflingskittel, der ihn aussehen ließ wie einen Mühlsack, aus dem gerade das Korn herausgeschüttet worden war.

In der vergangenen Woche hatte er, vom Sträflingsabort zurückkommend, Dorski abgepaßt und ihm einen Zettel zuzustecken versucht.

„Bringen Sie das in die Stefanowskaja-Straße ... Kleine Stefanowskaja, Nummer acht."

„Entschuldigung", erwiderte Dorski, absichtlich laut, damit der Aufseher es hörte. „Ich verstehe kein Jiddisch."

„Aber Russisch verstehen Sie?"

„Russisch ist meine Muttersprache."

„Dann sage ich Ihnen in Ihrer Muttersprache: Sie sind ein Hund! Ein Wachhund!"

„Du willst wohl in den Karzer?" schrie der Aufseher den Jüngling an und gab ihm mit dem schweren Schlüsselbund einen Hieb in die Seite.

Dorski war weniger über das Schimpfen des Jungen als vielmehr über die Drohung des Aufsehers bestürzt. Was würde sein? Er käme in den Karzer, bei Wasser und Brot. Und dabei hielt sich bei diesem Grünschnabel die Seele sowieso kaum noch im Leibe. Einmal Karzer, ein zweites Mal, und beim dritten Mal konnten sie ihn aufs Fuhrwerk laden und – ab zum Friedhof, sie würden ihn irgendwo verscharren, ohne Grabhügel, ohne ein Zeichen, und dann hatte er seine Brüderlichkeit mit den Würmern und seine Gleichheit mit der kühlen Erde.

Dorski begegnete ihm in der Tat nicht wieder. Offenbar war er in ein anderes Gefängnis überführt worden, oder er hatte seine Seele Gott überantwortet.

Jedesmal, wenn Dorski ins Lukischki kam, hoffte er, er würde den Jungen sehen, dieser würde ihn wieder ankläffen und mit allen möglichen Schimpfnamen belegen. Sollte er doch! Sollte er schmähen, sollte er schelten, sollte er ihn Schakal und Hyäne nennen – Hauptsache, er lebte, und zwar nicht um der Gleichheit und Brüderlichkeit, sondern um seiner unglücklichen Eltern willen. Das Leben braucht Lebendige. Was nützen die untertänigsten Leichen?

Einmal fragte Dorski, ganz entgegen seiner Gewohnheit, den Aufseher – beläufig, um keinen Verdacht zu erregen –, wo denn der junge Kerl sei, der ihn damals – wissen Sie noch? – einen Hund geschimpft hatte.

„Was weiß denn ich ... Gibt viele hier, solche Judenbengels. Was die bloß wollen?“

Dieselbe Frage stellte Dorski auch sich selbst. Was die bloß wollen?

Was wollte sein Sohn Andrej? Er hatte doch wirklich nicht schlecht gelebt – brauchst nur zu lernen, brauchst nur aufzusteigen, Stufe um Stufe, brauchst nur zu nutzen, was dein Vater für dich geschaffen hat, alle Wege stehen dir offen. Aber nein! Da wurde gefaucht, wurden Finten gemacht, da machte er sich zum Märtyrer, zum Richter, zum Ankläger, dies war ihm nicht recht und jenes nicht. Da lebten die Eltern verkehrt, und die Lehrer waren Egoisten und Heuchler, und die Macht war keine Macht, sondern ein Klüngel von Gaunern und Bestechlichen. Wo hatte er das bloß alles her?

Daheim sprachen sie nie über so etwas, weder er, Miron

Alexandrowitsch, noch Krystyna, sie stellten niemanden als „schwarzen Mann“ hin, weder den Zaren noch Gott, und nicht etwa, weil sie mit allem auf der Welt zufrieden waren, nein, auch ihnen gefiel vieles nicht, auch sie waren nicht blind, sie sahen, was sich ringsum tat, und waren empört. Doch sie empörten sich nicht wie grobe Flegel, sondern wie zivilisierte Leute: leise, überlegt, maßvoll, abends im Schlafzimmer oder bei einem Waldspaziergang, wo nur die Bäume sie hören konnten oder die Vögel, die zu allen Zeiten ein und dasselbe Lied singen. Und so taten sie nicht aus Feigheit, sondern aus Vorsicht. Vorsicht ist die Schwester der Weisheit. Und Weisheit besteht nicht darin, daß man vor der Menge, die immer auf Offenbarungen aus ist, das Maul aufreißt, sondern darin, daß man seine Arbeit tut. Arbeit, ja – das ist die einzig wirkliche Offenbarung. Der allergewöhnlichste Schneider ist glücklicher als ein Monarch und ihm überlegen, weil ihm nach jedem beliebigen Umsturz noch immer seine Nadel bleibt, sein ewiges Zepter.

Dorski hatte sich beinahe ein Bein ausgerissen, um seinen Sohn vorm Müßiggang zu bewahren. Auf dem Boden des Müßiggangs nämlich treiben die Blüten von Aufstand und Rebellion. Wenn der Kopf leer ist und die Hände frei sind, ist es am leichtesten, nach Knüppel oder Axt zu greifen. Für Knüppel und Axt braucht man keine Lehre.

Dorski hatte durchaus nicht darauf bestanden, daß Andrej seinen Beruf fortführte. Er hätte, wenn er es wünschte, auch etwas anderes werden können als Advokat, etwa Arzt oder Ingenieur. Ärzte und Brückenbauer sind unter jeder Regierung gefragt. Niemand hätte Andrej etwas in den Weg gelegt – weder in Petersburg noch in Dörpt noch in Kiew. Und schließlich hatte der Sohn noch eine weitere Möglichkeit: ins Ausland zu gehen, nach Zürich oder Heidelberg, und dort eine anständige Universität zu besuchen.

Solch eine Perspektive schien Dorski überaus verlockend.

Ohne darüber ein Wort zu Krystyna zu verlieren, für die eine Trennung vom Sohn unerträglich gewesen wäre, träumte Dorski insgeheim davon, daß Andrej – sofern seine Wahl auf eine ausländische Universität fiele – eine Französin oder eine Deutsche heiraten würde und in der Schweiz oder in Deutschland bliebe.

Den Vorzug gab Dorski der Schweiz. Dort war das Klima milder, und die Menschen waren auch nicht so schwierig wie die Deutschen. Beim Deutschen mußte man immer auf alles gefaßt sein. Zwar schätzten alle seinen Fleiß und sein Können, doch Ausländern gegenüber war er nicht besonders freundlich eingestellt und Juden gegenüber erst recht nicht. Gewiß, Andrej war kein Jude, doch immerhin ... Wer weiß, wie sich für ihn ein solcher Wechsel des Aufenthaltslandes auswirken würde. Zumal er ihm, Miron Alexandrowitsch, zum Trotz gerade seine zweite Hälfte, die nichtchristliche, in den Vordergrund schob, anstatt sie (zu seinem eigenen Wohl!) zu vertuschen. Der naive Junge, der hat noch nichts auszustehen gehabt. Wem will er denn etwas beweisen und was, er, der außer einem geradezu krankhaften Gefühl für Gerechtigkeit und persönliche Anständigkeit keinerlei Beweise hat? Ach Gott, nicht persönliche Anständigkeit, nicht hehre Gefühle treiben heutzutage das Leben voran. Durchaus nicht! Das wußte Dorski aus eigener Erfahrung.

Wie oft hatte Dorski seinem Sohn einzuhämmern versucht, daß es noch niemandem auf der Welt gelungen ist, ohne Opfer und Blutvergießen aus einer unordentlichen Zeit in eine angeblich ordentliche hinüberzuwechseln. Und wenn es ohne Opfer, ohne Blutvergießen nicht geht, wie kann dann von „ordentlich" die Rede sein?

„Also gibt es deiner Meinung nach nur einen Ausweg – gemein sein, wie die Zeit?" fragte Andrej heftig.

„Nein, nein! Gott behüte! Denkst du, ich plädiere für Gemeinheit?" erwiderte Dorski empört.

„Wofür plädierst du dann?"

„Ich plädiere dafür, daß man seinen Lehrer nicht belehren soll. Sonst stellt er dich in die Ecke oder jagt dich aus der Klasse."

„Soll er mich ruhig fortjagen!"

„Ich sehe, du hast nichts verstanden."

„Doch, doch!" ereiferte sich der Sohn. „Du willst, daß ich von der gemeinen Zeit, deinem unordentlichen Lehrer, für mein Betragen gute Zensuren bekomme?"

„Würde dir die Strafbank mehr zusagen … die Folterbank?“

Die Richtung, die Andrejs Gedanken nahmen, erschreckte Dorski ernstlich. Mag sein, deshalb wünschte er so dringend, daß sein Sohn – ehe nicht Wiedergutzumachendes geschah – Rußland verließe. Er sollte fortgehen und zur Ruhe kommen. Dort, in der stillen und friedlichen Schweiz, blendete die Zeit nicht so grell, riß sie nicht so viele Wunden auf. Und davon hatte Andrej übergenug.

Jede Kleinigkeit, jede Bagatelle brachte ihn aus der Fassung, ließ ihn gegen alles und jeden rebellieren, entflammte seinen Haß und seine Unduldsamkeit.

Es gab eine Zeit, da quälte sich Dorski tagelang, um den Ursachen für diese Unduldsamkeit und Unzufriedenheit auf den Grund zu kommen. Er wandte sich sogar um Rat an seinen Freund Doktor Garkawi, doch Garkawi blieb sich treu, er antwortete kurz und ohne Umschweife: „Die Ursache bist du.“

„Ich?“

„Doch nicht etwa ich …“

„Erklär dich bitte genauer!“

„Bereits am zweiten Tag nach seiner Geburt hast du dir vorgenommen, aus ihm einen Streiter für den christlichen Glauben zu machen. Und er wollte vielleicht Rabbiner werden.“

„Ich brauche den Rat eines Arztes, nicht eines eingefleischten Zionisten.“

„Ich spreche ja auch als Arzt“, fiel Garkawi ihm ins Wort. „Denkst du, mit dir könnte man noch als Jude reden?“

So seltsam es war – Garkawi hatte ins Schwarze getroffen. Bis zu des Sohnes zehntem Lebensjahr verheimlichte Dorski ihm, daß er, Miron Alexandrowitsch, ein Konvertit war. Er sah einfach keine Notwendigkeit für solch ein Geständnis, wozu das Kind verstören, seine Phantasie mit aufwühlenden Mitteilungen füttern. Wenn Andrej heranwuchs, würde er es schon erfahren, und wenn er's nicht erfuhr, war es nicht weiter schlimm. Zumal Andrej keinerlei Interesse für seinen Stammbaum zeigte, er genoß die Früchte und war glücklich.

Doch eines Tages kam er aus dem Gymnasium, ganz verheult, mit blauen Flecken, die Jacke an den Ellbogen zerrissen.

„Was ist passiert, Andrjuscha?“ erschrak Krystyna.

„Nichts“, erwiderte Andrej und ging schnurstracks ins Arbeitszimmer des Vaters.

„Was hast du?“ Dorski sank der Mut, er stand vom Schreibtisch auf.

„Nichts.“

„Wer hat dich so zugerichtet?“

„Niemand.“

„Das laß ich nicht auf sich beruhen ...“

„Ich gehe nicht mehr ins Gymnasium“, erklärte Andrej.

„Warum denn das?“

Andrej kniff die Augen zusammen, überlegte kurz und deklamierte dann:

„Jüdlein auf der Treppe stand,
koschres Frühstück in der Hand.
Hallo, Jungens, munter, munter!
Schmeißt den Jid die Treppe runter!“

Dorski starrte seinen Sohn aus großen Augen an und drehte sinnlos einen Aktendeckel in der Hand.

„Alles?“ quetschte er hervor.

„Ja.“

„Wer hat das verfaßt?“

„Natürlich nicht Puschkin.“

„Ich frage: Wer hat das verfaßt?“ Dorski lief rot an.

„Schalikewitsch. Nun zufrieden?“

„Schalikewitsch? Kenne ich nicht.“

„Er sagt, du bist Jude.“

„Dussel!“

„Und ich wäre auch Jude.“

„Was hörst du auf solchen Dussel!“

„Ist das wahr?“

Dorski schwieg bedrückt.

„Ist das wahr?“ wiederholte der Sohn.

„Mach dir nichts draus ... mach dir nichts draus ...“, preßte Dorski hervor.

Jedes Wort wiederholte er mehrmals, wie eine Beschwörung.

Andrej stand vor ihm wie ein Fremder, er war plötzlich reifer, erwachsener geworden. Auf einmal warf er seinen Ranzen weg, griff in das Loch am Ellenbogen, zerrte daran und riß den Ärmel bis zum Handgelenk auf.

Eine ganze Woche lang ging er nicht zur Schule und sprach nicht mit seinem Vater.

Um den Sohn auszusöhnen, kaufte Dorski ihm eine Uhr mit goldenem Armband.

„Nun, was ist mit diesem Dussel Schalikewitsch? Läßt er dich jetzt in Ruhe?" erkundigte er sich, nachdem er beim Direktor des Gymnasiums vorgesprochen und, obwohl es ihm verständlicherweise peinlich war, diesen gebeten hatte, seinen Sohn vor gemeinen und demütigenden Ausfälligkeiten zu bewahren, die seine Entwicklung beeinträchtigen und seiner ungefestigten Psyche, die ohnehin leider zu Übertreibungen neige, schaden könnten.

„Schon", erwiderte Andrej. „Aber immer noch lieber ein Dussel sein als Jude."

Dorski hatte keine Dankbarkeit erwartet, doch solch eine Antwort nun auch nicht. Warum aus der Flegelei eines Klassengefährten gleich solche unbedachten und grundlosen Schlußfolgerungen ziehen? Du wirst noch manches Mal im Leben, Andrjuscha, schlimmere und härtere Worte zu hören bekommen. Wenn man auf jede Flegelei reagiert, kann man leicht den Verstand verlieren.

Aber sosehr Dorski sich auch mühte, das Geschehnis zu bagatellisieren – das Verhältnis zwischen ihm und seinem Sohn hatte einen Riß bekommen, eine kaum spürbare, aber entscheidende Wende zur Entfremdung war eingetreten.

Dorski konnte sich den Augenblick der Schwäche nicht verzeihen, als er sinnlos den Aktendeckel gedreht hatte, anstatt seinen Sohn in die Arme zu nehmen, ihn neben sich zu setzen und ohne Umschweife und Geheimniskrämerei offen mit ihm zu reden. Hör zu, Andrjuscha, so und so stehen die Dinge.

Nicht verzeihen konnte er sich auch, daß er auf Krystyna gehört und dem Sohn zehn Jahre lang die Wahrheit vorenthalten hatte. Mit dem Verschweigen der Wahrheit fängt alles an, haderte Dorski mit sich selbst, obwohl auch sie, diese heißersehnte, so sehr begehrte Wahrheit, kein Allheilmittel ist, sie kann zuweilen schlimmer bedrücken, würgen, verunstalten als eine Lüge. Nur Doktor Garkawi, der sagt seinen Patienten die Wahrheit. Doch wie viele hat er schon – ein paar hundert, höchstens tausend, wohingegen in jedem Haus, jeder Stadt, jedem Dorf Millionen Kranker umherirren, deren einzige Rettung die Unwissenheit ist. Wer nicht Bescheid weiß, der ist gesund. Wem, wenn nicht ihm, Dorski, sollte das genauestens bekannt sein. „Ich schwöre, die Wahrheit zu sprechen, nichts als die Wahrheit!" Ha! In seiner gesamten dreißigjährigen Praxis hatte er sie nie gehört, weder von den Angeklagten noch von den Zeugen noch von den Richtern. Nichts als die Wahrheit? Ha! Nichts als Gerechtigkeit? Ha! Nichts als Menschlichkeit? Ha! Ha-ha-ha!

Dorski wünschte brennend, sein begabter Sohn, der bereits als Kind Französisch gelernt hatte, seine Hoffnung und Stütze, er solle *gesund* aufwachsen.

Doch jener Unglückstag, jener widerwärtige, wer weiß von wem verfaßte Vers hatte alles zerstört, über den Haufen geworfen, vergiftet.

Um dem Sohn wieder etwas näherzukommen, nahm Dorski ihn etwa zwei Jahre später, als der unangenehme Zwischenfall im Gymnasium vergessen zu sein schien, einmal mit ins Gericht. Es ging um einen überaus interessanten und, wie er eifrig versicherte, absolut sicheren Fall. Warum sollte der Sohn nicht Zeuge seines Triumphes sein, seines glänzenden Sieges über Turow und Tschistochwalow?

Doch Dorski verlor den Prozeß.

„Die Treppe runtergeschmissen haben sie den Jid", flüsterte Andrej, als sie den Saal verließen.

„Vor Gericht verlieren sogar Rechtsanwälte, die Fürsten sind", entgegnete Dorski mit mühsam verhaltenem Zorn. „Das ist ein ganz gewöhnlicher Justizirrtum!"

„Ach, Pap, meinst du nicht, daß wir ein Irrtum sind ... Wir ..."

„Wir! Wir!" schrie Dorski den vierzehnjährigen Andrej an.

„Du bist kein ‚wir', du bist einer von ihnen. Schreib dir das hinter die Ohren!"

Ganz in die unguten Grübeleien vertieft, die jetzt zu seinem Alltag gehörten, erreichte er das Tor in der Gefängnismauer, zeigte seinen Ausweis vor und warf einen Blick in den Gefängnishof, wo kahlköpfige Sträflinge mit auf dem Rücken zusammengelegten Händen in grauer Kette ihren Rundgang machten, dann stieg er die Treppe hoch in die erste Etage und betrat in Begleitung eines Aufsehers die Zelle.

Der Aufseher ließ den Schlüssel klappern und schloß Dorski mit Strelnikow zusammen ein.

Dorski wußte schon im voraus, daß er nichts Neues aus Strelnikow herausbringen würde. Der würde abermals über seine Gefühle reden, über die Empörung, die seinen Verstand getrübt und ihm ein einfaches Brotmesser in die Hand gezwungen hatte, und dieses Gefasel würde sich hinziehen, bis derselbc, immerzu verschlafene Beschließer Pjotr wiederkäme und Strelnikow aus der Einzelzelle abholte, zum Untersuchungsführer oder zum Friseur oder ins Bad.

Dorski bestürzte an Strelnikow das gleiche, was auch Andrej eigen war – er hatte die Stirn, sich im Recht zu fühlen, sich für einen Auserwählten zu halten, dem alles erlaubt ist, er kannte keinerlei Reue. Was gab es auch zu bereuen, das Zuchthaus ist dir sowieso sicher, ob du flennst oder nicht.

Zuweilen berief sich Strelnikow auf Gott als Verbündeten, denn der hatte ihm das Messer nicht aus der Hand gerissen, folglich war er auf seiner Seite, beinahe so etwas wie ein Mittäter. Er hatte sozusagen nur Gottes Willen ausgeführt.

Mit Strelnikow zu streiten war sinnlos, doch seine Faseleien brachten Dorski auf einen rettenden Gedanken, der bestürzend war in seiner Schlichtheit, und er griff ihn sofort auf. Wenn Strelnikow von Experten für unzurechnungsfähig erklärt würde, würde alles aufs Irrenhaus hinauslaufen. Ein, zwei Jährchen müßte der arme Kerl dort aushalten, dann wäre er frei.

Auf alle erdenkliche Weise nährte und schürte Dorski Strelnikows irre Phantastereien, er wollte sie behutsam und unaufdringlich in dessen Gehirn verfestigen, um dann darauf ein großartiges und unwiderlegbares Verteidigungsgebäude zu errichten.

Das erste Gutachten hatte leider bei Strelnikow keinerlei psychischen Defekt festgestellt, doch Dorski gab nicht auf. All seine Hoffnung setzte er auf eine neuerliche Untersuchung.

„Aber ich bin doch normal! Normal! Sie können nicht einfach einen Verrückten aus mir machen!“ widersetzte sich der Mandant Dorskis Idee.

„Ganz ruhig, mein Lieber. Niemand will etwas aus Ihnen machen. Vertrauen Sie meiner Erfahrung – weder die Geschworenen noch die Richter haben eine Ahnung von Medizin. Sie sind Juristen, keine Mediziner. Und was brauchen Juristen? Juristen brauchen ein Papier, ein ganz gewöhnliches Schriftstück voller Krakelfüße. Ihr Väterchen wird allerdings noch mal in die Tasche greifen müssen.“

„Was denn, die Experten nehmen auch Bestechungsgeld?“

„Alle nehmen, mein Lieber. Alle. Es gibt keinen, der nicht nimmt. Es gibt nur welche, die nicht geben. Was sollten die Experten davon haben, wenn Sie ins Zuchthaus kämen? Absolut nichts ...“

„Aber man könnte sie selber ... dorthin ...“, widersprach Strelnikow matt.

„Das ist ausgeschlossen.“

„Warum?“

„Weil niemand davon erfährt. Geld hat, genau wie Macht, eine erstaunliche Eigenschaft: es legalisiert alles. Nur helfen Sie mir, mein Lieber, helfen Sie mir ...“

Man sollte es nicht für möglich halten, dachte Dorski, als er wieder durchs Gefängnistor schritt. Hat einen Menschen getötet, aber nicht die geringste Ahnung vom Leben. Leben, mein Lieber, das ist schwieriger als töten. Um jemandem mit dem Messer an die Kehle zu gehen, braucht es wenig Verstand, aber um frühmorgens in den Laden zu gehen und ein Brot zu kaufen, dazu ist Weisheit nötig und Geduld und lange Jahre zuchthäuslerischer Ergebenheit und des Sich-Abfindens mit Untreue, Bosheit, Verrat ...

Drei Viertel elf war Dorski im Gericht, doch die Verhandlung war aufs Monatsende vertagt worden. Turow war erkrankt. Er kränkelt jetzt recht oft, ging es Dorski durch den Sinn. Er wird doch, gottbehüte, nicht schlappmachen noch vor der Pension. Wär schade ... Ist zwar ein scharfer Hund, aber einer, der nicht wahllos zuschnappt. Fast zwanzig Jahre haben wir zusammen abgemacht. Vielleicht sollte man ihn mal Garkawi vorstellen? Der hat ein Gespür für Krankheiten wie der Geier fürs Aas.

Und wenn er, Dorski, nun auch einmal bei dem Aasgeier vorbeischaute? Nach Hause zog es ihn nicht.

Also gut: zu Garkawi!

Dorski war gern mit dem Doktor zusammen. Obwohl er von ihm stets Zunder bekam – wer bekam das nicht von Samuel Jakowlewitsch? –, fühlte er sich wohl in dessen Haus. Ihm imponierten der erstaunliche, grenzenlose Uneigennutz Garkawis – die halbe Stadt behandelte er gratis! – und sein vulkanartiges Temperament, das wie Lava alles niederwalzte: Imperien, Zaren, ganze Epochen.

Nach Krystynas Tod war Dorski fast jeden Abend bei Garkawi gewesen: er hatte sich mit ihm ins Kartenspiel vertieft, Musik gehört – der Doktor spielte ganz hübsch Geige – und sich an die Jugendzeit erinnert, an Petersburg, an die unnahbaren jungen Damen, an die Wasserspiele von Petershof.

Um etwas beneidete Dorski Garkawi sogar – um seine Unabhängigkeit, seine Kompromißlosigkeit, seine Ungezwungenheit, die nicht ungefährlich war.

Wenn man zu ihm kam, legte er gleich los – über Metzeleien, Pogrome, über die Bestechlichkeit der Beamten.

Beim letztenmal hatte er Dorski so erschreckt, daß dieser sich bis heute noch nicht davon erholt hatte.

„Mein Gott!“ hatte Garkawi sich ereifert. „Die Vögel finden einen Nistplatz, die Raubtiere haben ihre Höhlen, und das Nutzvieh wird vom Menschen mit Wiesen und Weiden belohnt. Die Würmer tritt man zwar mit Füßen, aber auch sie finden Zuflucht in der Erde. Nur uns hat man die Luft zugemessen, gerade genug zum Seufzen, und Erde haben wir nur fürs Grab!“

Nein, Garkawi war unverbesserlich! Er sah alles durch eine schwarze Brille, er machte aus allem eine weltweite Tragödie, jeden Pickel am Leib des Imperiums, jede Warze gab er für ein lebensgefährliches Geschwür aus. Eines Tages würde er noch für seine ungezügelte Zunge die Quittung erhalten, und er, Dorski, würde ihn nicht verteidigen können. Sollte er sich selbst herauswinden, der Quasselkopf. Auch Dorski idealisierte nichts, doch warum alles in einen Topf werfen, alles in Bausch und Bogen bekritteln und bemäkeln? Erde nur fürs Grab? Luft nur zum Seufzen? Große Worte, leere Worte! Wer war denn im vorigen Sommer in den Kaukasus gereist? Garkawi! Wer hatte einen ganzen Monat im Schwarzen Meer gebadet, unter Palmen und Zypressen geatmet, georgische Weintrauben gegessen, herrlichen georgischen Wein getrunken? Garkawi! Wer hatte sich am Stadtrand von Wilno eine Datsche mit Garten gekauft? Garkawi! Wen berief man ins Ärztekonsilium zur Gattin des Generalgouverneurs? Ihn, Garkawi! Mußte er den Bogen so überspannen? Er, Dorski, war nicht für Hosianna, aber auch gegen Acht und Bann …

Also zu Garkawi?

Im letzten Moment überlegte Dorski es sich anders.

Er mußte irgendwie die Zeit hinbringen – bis zum Abend, vielleicht auch bis zum Einbruch der Nacht. Nur nicht nach Hause, in diese luxuriöse Ödnis, auf diese einsame Insel, wo ihn niemand erwartete außer dem riesigen Juden mit der Mütze unterm Mantel, der bei ihm aufgetaucht war aus der Einöde, aus dem Unbekannten, aus dem Nichts.

Der würde warten und warten, und schließlich würde er zu Sokol oder Luzki gehen, die in solchen Fällen Erfahrung hatten, und von ihm, Dorski, wieder ablassen.

Dorski konnte selbst nicht verstehen, weshalb er plötzlich wünschte, sich von dem Ankömmling zu lösen, so wie er sich vor reichlich vierzig Jahren von seiner Mutter gelöst hatte, der Fischhändlerin Slata Wainstein, von seinem Heimatort, der inmitten dichter Wälder ewig vor sich hin dämmerte in gewohntem unerschütterlichem Alptraum, und – wie sein durch und durch gegenwärtiger, gerechtigkeitsfanatischer Sohn Andrej sagen würde – von seinem Volke.

Mein Gott, wie lange war es noch bis zum Abend!

4

Mitten in der Nacht schien es Morta, als höre sie auf dem Hof das vertraute Knirschen der Wagenräder.

Die Petroleumlampe in der Hand, ging sie zum Fenster, öffnete den Vorhang und starrte hinaus in die Finsternis.

Der Hof war leer.

Morta trat vom Fenster zurück und ging, ohne die Lampe zu löschen, wieder ins Zimmer, das unbehaglich und wie ausgestorben wirkte.

Im Lampenlicht hoben sich aus der Dunkelheit die riesige vorsintflutliche Kommode, die silbernen Leuchter, jetzt vor Pessach auf Hochglanz poliert, der Eichentisch mit den starken, baumstumpfdicken Beinen, auf dem ein sauberes Tischtuch lag, extra für die Feiertage gewaschen, und die Wanduhr mit dem Pendel, schwer wie ein Senkblei, und dem Zifferblatt, rund wie ein Schwimmer, sie angelte im trüben Flusse der Finsternis nach der Zeit.

Draußen vorm Fenster trieb der Wind, der unruhige Gesell, sein mitternächtliches Wesen, und Morta lauschte ihm aufmerksam und dankbar.

Als sie es schließlich vor Dunkelheit und Einsamkeit nicht mehr aushielt, stellte sie die Lampe auf den Tisch, ging auf den Hof und tastete sich vorwärts, stolpernd über zerbrochene Ziegelsteine – Josua hatte im Herbst den Ofen umgesetzt –, über Reifen von ausgetrockneten und zerfallenen Heringsfässern, über den von Zechern umgekippten Brennholzstapel, bis hin zur Hundehütte.

Der Hund schlief.

Es war derselbe, den Morta vor acht Jahren auf Josuas Befehl mit in die Schenke genommen hatte, als sie nach dem Begräbnis Chawas, die damals Hand an sich gelegt hatte, vom Friedhof kamen.

„Tschernuschka!" rief Morta.

Der Hund vernahm im Halbschlaf ihre Stimme, er regte sich, steckte die Schnauze, vom Dunkel wie von Pech umhüllt, aus der Hütte, bellte freundlich und kam herausgekrochen.

Morta band ihn los und flüsterte schuldbewußt: „Nun hab

ich dich geweckt ... Entschuldige ... Na komm, erzähl mir, was du geträumt hast ...“

Und nahm ihn mit ins Haus.

Hätte Josua das gewußt, dann hätte sie was zu hören bekommen! Das tut man nicht, das gehört sich nicht, pfui! Heute läßt du den Hund rein, morgen schleppst du die Hühner an und übermorgen das Pferd. Jede Kreatur hat ihr eigenes Zuhause. Pfui, pfui ...! Jede Kreatur hat ihre eigenen vier Wände, Josua, aber unser aller Zuhause ist die Erde! Und wenn es einer Kreatur schlecht geht, warum soll sie nicht eine andere zu Hilfe rufen. Dann wird's ihr nämlich gleich leichter ums Herz.

Der Hund saß Morta gegenüber, sah sie mit müden, ergebenen Augen an, blinzelte, vom Licht der Petroleumlampe geblendet, und wartete auf etwas zu fressen oder einen Befehl oder wenigstens eine Liebkosung, die füllt zwar nicht den Magen, ist aber besser als Schlagen.

„Nun, Tschernuschka, was hast du geträumt?“

Tschernuschka wedelte mit dem Schwanz, als wolle sie damit die Frage beantworten.

„Verstehe“, sagte Morta. „Du hast geträumt, du wärst noch ein kleines Hündchen, ja?“

„Ja“, antwortete Tschernuschka mit dem Schwanz.

„Du hättest zwei Brüder ...“

„Ja.“ Und abermals ein zutraulicher Blick, abermals eifriges, zustimmendes Schwanzwedeln.

„Und dann kämen Soldaten und nähmen sie mit ... und brächten sie fort hinter sieben Berge ... nach Sibirien ... und du bliebest allein inmitten der Hühner und Gänse auf dem Schankwirtschaftshof ...“

„Ja.“

„Allein ... ganz allein ... Und du verstehst ihr Gackern und Schnattern nicht ... Und dann bist du auf einmal ein erwachsener Hund, du wirst gefüttert und gepflegt, bekommst eine schöne Hundehütte ... mit warmem Ofen ... mit einem Keller voll Zeugs ... mit Silberleuchtern ... mit Gardinen an den Fenstern ... und du bellst nicht mehr, sondern gackerst und schnatterst wie sie ...“

Der Hund hörte Morta zu, die Worte schläferten ihn ein,

sein zutraulicher Blick erlosch allmählich, wurde glasig, das Tier atmete stoßweise, und schließlich, als es sicher war, nicht bestraft zu werden, streckte es sich zu Frauchens Füßen hin, rollte sich zusammen und lag ganz still.

Heilige Jungfrau Maria, was fasele ich da, dachte Morta, und ihr wurde noch trauriger zumut.

Wo blieb Josua aber auch so lange? Das war früher bei ihm nie vorgekommen. Wenn er sagte, ich komme abends, dann kam er auch am Abend. Vielleicht ein Raubüberfall? Vielleicht war er totgeschlagen worden? Ach nein, jetzt käme er sogar als Toter angekrochen.

Bis zum Abend hatte sie geduldig gewartet und immer noch gedacht, er käme, aber nun in der Nacht? Nachts konnte man nicht einmal jemanden fragen. Sie konnte doch nicht mitten in der Nacht zu Semjon an die Kreuzung laufen. Und außerdem, was wußte der schon, der Narr?

Sie würde den Morgen abwarten und, wenn Josua dann noch nicht zurück wäre, selbst nach Rossieny fahren und ihn suchen.

Aber bis zum Morgen – ach du mein Gott! Bis zum Morgen waren es noch sechs Stunden.

Was tun?

Tschernuschka knurrte im Schlaf und verstummte gleich wieder.

„Was soll ich bloß tun?" sagte Morta laut und umfaßte ihren Leib.

Das Kind bewegte sich. Morta verspürte einen Stoß, strich sich über den Leib und fragte lächelnd: „Hörst du mich?"

Und sofort spürte sie noch zwei Stöße, nur länger und energischer als zuvor.

„Um Gottes willen, nicht so eilig", flüsterte sie. „Lieg noch ein Weilchen still ... den ganzen Winter hast du still gelegen, und nun im Frühling, im Frühling fängst du an zu zappeln ... wie ein Blättchen im Wind ... oder wie ein Kälbchen ... nur fix raus aus dem Stall! Warte noch! Das wird schon ... Laß erst das Gras richtig wachsen, die liebe Sonne richtig wärmen."

Das Kind schien ihre Bitte vernommen zu haben, die Stöße hörten auf.

Morta nahm die Petroleumlampe vom Tisch, ließ den schlafenden Hund in der Stube zurück und ging vorsichtig, so, wie sie sonst durchs Wasser watete, ins Schlafzimmer hinüber.

Die Lampe beleuchtete das neue, auf Bestellung angefertigte Mahagonibett mit dem hohen, schnitzereiverzierten Bettgiebel vor der geweißten Wand.

Morta schüttelte die Kissen auf, auch die waren neu, aber sie legte sich nicht nieder, sondern setzte sich nur auf die Bettkante.

Alles im Schlafzimmer war anders als zu Chawas Zeiten.

Sogar den Fußboden hatten sie neu gedielt, mit gehobelten Brettern, die nach frischem Holz dufteten, und dann mit Farbe aus der Stadt gestrichen, die glänzte im Dunkeln wie Zuckerglasur auf einem Kuchen.

Das einzige, was von Chawa noch geblieben war, war der Spiegel.

„Soll er bleiben", hatte Morta gesagt. „Ich schaue sowieso nicht hinein."

„Warum nicht?"

„Ich tu's nicht", beharrte sie. „Wer weiß, was darin zu sehen ist."

„Wen kannst du denn darin sehen außer dir selbst?" interessierte sich der Schankwirt.

„Wen? Ach, wer weiß ..."

Josua hatte nur gefeixt.

Morta saß auf dem Bettrand, und ihr Leib wölbte sich unterm Kleid wie die aufgehende Sonne.

Als sie noch nicht daran gedacht hatte, den Glauben zu wechseln, als sie noch auf das Wunder hoffte, ihre Zwillingsbrüder Petras und Povilas würden nach Verbüßung der ungerechten harten Strafe aus dem fernen Sibirien zurückkehren, hatte die alte Šmalcienė, diese falsche Schlange, diese scheinheilige Heuchlerin, ihr am Fronleichnamstag in der Kirchenvorhalle zugeflüstert: „Von denen kriegst du eine Mißgeburt! Mit Vogelkopf und Raubtierbeinen!"

Eine Mißgeburt?

Abermals strich Morta sich über den Leib. Nein, bei

ihrem Kind würde alles sein wie bei jedem anderen: der Kopf und auch die Beine!

Sie schraubte den Docht herab, stellte die Lampe ans Kopfende des Bettes und schloß, ohne sich zu entkleiden, die geschwollenen Lider, und abermals eilten ihre Gedanken, aufgestört und verworren, hinter dem Wagen her, hinter der braunen Stute, hinter Josua.

Obgleich Morta nicht an die böse Prophezeiung der Šmalcienė glaubte, versetzte jede Kleinigkeit, wenn etwas nicht klappte, sie in Unruhe, in einen unbeschreiblichen Zustand abergläubischer Furcht vor dem wichtigsten Tag ihres Lebens, da aus ihrem Fleisch und Blut ein Sprößling entspringen sollte, winzig und mit Piepsstimme, ihr geschenkt als Lohn für alle Qualen und für ihr geduldiges Ausharren.

Sie ertappte sich bei dem Gedanken, daß, wenn Josua etwas zustieße, ihres Bleibens hier länger nicht wäre. Sie würde ihr Kind nchmen und fortgehen, wohin auch immer – vielleicht nach Lettland, vielleicht nach Deutschland –, damit niemand sie zu verdächtigen wagte, sie habe dem alten Mann aus Habgier ein Kind geboren, um sein Hab und Gut zu vereinnahmen, um alleinige Besitzerin der Schenke zu werden, die ihr die Jugend vergällt und mit dem von Schnapsdunst gesättigten Wind ihre besten Jahre verweht hatte.

Mit Vogelkopf und Raubtierbeinen?

Wofür denn? Wodurch hatte sie sich so schuldig gemacht? Sie, die bis fast zu ihrem vierzigsten Jahr nicht das kennengelernt und erfahren hatte, dem der Herrgott den Namen *Mann* verlieh.

Sie war geknufft und begrapscht worden, sie hatten ihr die reifen Hinterbacken getätschelt, sie mit fühllosen trunkenen Lippen geküßt, doch keinem – weder Semjon noch Josua noch irgendeinem anderen – hatte sie ihren Bienenstock geöffnet, nicht für Drohnen war ihr Honig da, nicht für flüchtige Passanten ihre Waben …

Morta saß auf dem Bett, streichelte ihren Leib und stellte die unterschiedlichsten Vermutungen über den Grund für Josuas langes Ausbleiben an, und die Nacht, die langsam auf den Morgen zukroch, die Frühlingsnacht ohne Sterne und ohne Geräusche – wenn man vom leisen Murmeln des Windes absah – verlieh ihren Vermutungen etwas Unerbittliches und Schicksalhaftes.

Sie ließ sich dareinfallen wie in einen bodenlosen Schlund, und aus dem Schlund stieg sie auf bis zum Rande des Abgrunds, und von dort aus konnte sie sehen, was das gewöhnliche Auge nicht erblickt, was nicht zu greifen und nicht zu erreichen ist.

In Gedanken wandte sich Morta an die stummen Gefährten – an das Kind, das rumorte wie ein Kälbchen im Stall, an die alte Lampe unterm gläsernen Lampenschirm, die ewig war wie die Sonne, an den in der Stube schlummernden Hund Tschernuschka. Sie sollten ihr helfen, nicht nur die Nacht herumzubringen, sondern auch alle bösen Prophezeiungen und Vorhersagen und alle Ängste vom Tisch zu fegen, zu zerstreuen, in den Wind zu schlagen.

Gott, dachte sie, straft die Abtrünnigen, und seine Strafe ist unvergleichlich größer als seine Gnade. Das Kind, ja, das war eine Gnade, doch was würde die Strafe sein?

Witwentum? Einsamkeit?

Ein Vogelkopf?

Raubtierbeine?

Der Gedanke, sie könne eine Mißgeburt zur Welt bringen, entsetzte sie, ließ ihren Körper mit seiner zappeligen Bürde eiskalt werden, saugte sich wie eine Zecke an ihren Schläfen fest und pickte – Körnchen für Körnchen – alles aus ihrem Kopf, woran sie geglaubt hatte, dem sie sich widerspruchslos so viele Jahre gefügt hatte, wenn sie in einer Ecke der Kirche des Marktfleckens stand und zum Erlöser aufsah, der mit ausgebreiteten Armen überm Altar hing.

Wie sollte sie ihm, der in unzugänglichen und bedrohlichen Himmeln Gericht hielt, erklären, daß sie sich gar nicht verändert hatte, nicht abtrünnig geworden war, sondern noch dieselbe war wie früher, keine Heilige, aber auch keine Hexe? Wo lag der Unterschied: eine verstoßene Christin oder eine vom Schicksal benachteiligte Jüdin, eine einfache Sklavin oder eine Sklavin, die als Herrin galt? So und so galt es, Spott zu ertragen, Fußtritte hinzunehmen, auf der Hut zu sein, um nicht angespien zu werden! So und so blieb das Waschen, Flicken, Kochen, Schleppen, Lastentragen!

Vielleicht war seine Strafe grenzenlos, weil er kein *Mensch* war?

Nur der Mensch erfährt alles am eigenen Leibe, muß alles auf seine Schultern nehmen.

Er aber, der in unzugänglichen und bedrohlichen Himmeln Gericht hält, hat keinen Leib und keine Schultern.

Seine blutigen Wunden sind verschorft, verheilt, vernarbt.

Ihm – die Lästerung möge ihr verziehen werden! – *tut nichts weh.*

Ihr aber, der Sterblichen, ist weh zumute.

Nicht um ihrer selbst, nein, um aller Geborenen und Ungeborenen willen.

Um Semjons willen, der an der Kreuzung auf den Messias wartet, und um derer willen, die an ihm vorüberfahren, zum Basar oder vom Basar zurück.

Ihr blutet, was niemals heilt und vernarbt – die Seele.

Von Kindesbeinen an wußte Morta: Mit dem Schicksal ist nicht zu handeln. Es setzt den Preis fest, der Mensch muß zahlen: mit Unfreiheit und mit Geistesverwirrung, mit einem Vogelkopf oder Raubtierbeinen. Doch was immer geschah, welchen Preis das Schicksal auch bestimmte, Morta war stets bemüht gewesen, mit Liebe zu zahlen.

Was aber ist Liebe anderes als Schmerz?

Was ist Glaube ohne Schmerz?

Wer keinen Schmerz empfindet, der glaubt an nichts – er hintergeht sich selbst und den Allerhöchsten um eines Tscherwonez willen, um einer Deßjatine Land willen, um des Teufels willen, der aus Berechnung zum Gott erklärt wird!

Vogelkopf und Raubtierbeine?

Jetzt, in Josuas Abwesenheit, schien Morta ganz aus solchem Schmerz zu bestehen, der war dicht und elastisch, drang durch und durch, hatte wohl tausend Augen.

Seinerzeit, gleich nach ihrem Glaubenswechsel, hatte sie von Josua verlangt, er solle den Wodkaverkauf um mehr als die Hälfte verringern.

„Was?“ hatte der Schankwirt verblüfft gefragt. „Eine Flasche pro Nase, und Schluß?“

„Es ist Sünde, sich an Unglücklichen zu bereichern.“

„Schon“, stammelte Josua, „aber die Leute verlangen es ... Wenn ich nicht genug gebe, werden sie die Schenke kurz und klein hauen.“

„Sollen sie doch.“

„Was redest du da, Mortele? Denk doch mal nach: Was sind wir ohne die Schenke? Bettler.“

„Lieber ein Bettler sein als ein Reicher, der eine Werst weit nach Erbrochenem von anderen Leuten riecht.“

„Schon gut, schon gut“, stimmte Josua, sich überwindend, zu.

Er wagte Morta nicht zu widersprechen. Wenn es auch in der Heiligen Schrift hieß: Das Weib sei dem Manne untertan, so war Morta doch ein ungewöhnliches Weib, so eine fand man unter Tausenden vielleicht nur einmal – mit Zitaten aus der Heiligen Schrift brauchte man ihr nicht zu kommen, ob man sich darauf berief oder nicht, sie tat dennoch, was sie für richtig hielt.

In der ersten Zeit, vor Mortas Schwangerschaft, solange sie in der Schenke half, rückte Josua nicht mehr als jeweils eine Flasche Klaren heraus, sei es zum Trinken oder zum Mitnehmen.

Er, der fast sein ganzes Leben mit Wodka gehandelt hatte, hatte nicht die geringste Vorstellung, was das bedeutete – eine ganze Flasche auszutrinken. Hätte man ihn gezwungen, eine solche Menge auf einmal zu kippen, er wäre vermutlich nicht wieder aufgestanden, es hätte ihn auf der Stelle umgehauen, aber ihnen, diesen Unglückskerlen, machte das gar nichts aus, als stünde nicht Klarer auf dem Tisch, sondern Brunnenwasser oder kuhwarme Milch, direkt aus dem Melkeimer.

Und so tagein, tagaus, jahrein, jahraus, von jungen Jahren bis ins hohe Alter – sie tranken wie an der Mutterbrust, sie soffen sich zu Tode!

„Was ist los?“ schimpfte einmal der ehemalige Soldat Jerofejew. „Wir trinken, soviel wir wollen. Deine Sache ist das Ausschenken.“

„Ich kann nicht“, erwiderte Josua, Morta zuliebe. „Der Wodka ist alle.“

„Lüge nicht, Alter. Der Wodka wird nie alle. Niemals. Den Zaren und den Wodka, die gibt’s immer, und das Gott sei Dank.“

„Nein.“ Josua wurde ärgerlich. „Hast eine leer gemacht, nun ist es genug. Geh nach Hause – deine Frau guckt sich bestimmt schon die Augen nach dir aus.“

„Wenn’s keinen Wodka gibt, wird’s auch die Schenke nicht mehr geben“, drohte Jerofejew. „Dann setzen wir dir den roten Hahn aufs Dach, und amen.“

Und dann? Die tun das wirklich, die zünden uns an, wie seinerzeit den Laden von Naftali Spiwak, die ruinieren uns, und dann versuch mal, den Schuldigen zu finden – und wer wird Morta und mich aufnehmen, wer braucht uns, wenn wir abgebrannt sind?

Josua klagte Morta sein Leid, berichtete von den Drohungen, doch umstimmen konnte er sie nicht.

Später, als ihr Leib sich rundete und sie nicht mehr in die Gaststube kam, um den Witzen der Betrunkenen aus dem Weg zu gehen und weil sie den bösen Blick fürchtete, ließ Josua sich, von der Unzufriedenheit seiner Gemeinde eingeschüchtert, auf allerlei Tricks ein, damit sowohl die Schafe heil blieben als auch die Wölfe satt wurden: er versteckte leere Flaschen und holte neue, manchmal servierte er den Wodka in Schüsseln, lief dann zum Brunnen und spülte in aller Eile den Fuselgeruch von ihnen ab.

Dort am Brunnen ertappte Morta ihn denn auch, als er die nach Sprit stinkenden Schüsseln abwusch.

„Willst du, daß wir eine Mißgeburt bekommen, mit Vogelkopf und Raubtierbeinen?“ fragte sie.

Josua verstand nicht, wovon sie sprach. Was für ein Vogel, was für ein Raubtier?

Er sah Morta reumütig an, dann den Stapel Schüsseln, den Schöpfeimer und wußte nicht, was tun.

„Verzeih!“ sagte er schließlich. „Der Teufel hat mich geritten.“

Sie stand vor ihm, die Augen zu schmalen Schlitzen verengt, mit hängenden Armen wie Stricke, die Füße gleichsam in die Erde gerammt, sie atmete schwer – immerhin atmete sie für zwei! –, und Josua sah ihr an, daß er nicht auf Verzeihung hoffen konnte.

Seine Worte hätten nur ihren Widerwillen zutage gefördert und vermehrt.

Dieser verborgene Widerwille hatte Josua bereits früher manchmal verletzt, besonders im Bett, wenn Morta sich plötzlich zur Wand drehte, unbefriedigt von seinen Zärtlichkeiten, erregt, voll unverbrauchter Leidenschaft, und bis zum Morgen reglos wartete, er möge einschlummern, zu schnarchen beginnen, schlafen. In solchen Nächten tat Josua kein Auge zu – sonst, bildete er sich ein, würde sie ihn am Ende gar noch erwürgen.

Erst am Morgen, bei Tageslicht, schwanden solche Befürchtungen, dann konnte er schmunzeln über seine Schlaflosigkeit, sein Alter, manchmal sogar über seine Heirat.

Morta ahnte, was er befürchtete, aber sie ließ ihn dabei – sollte er sich ruhig am Hinterkopf kratzen, sollte er nur nicht denken, er hätte sie glücklich gemacht.

Sie wünschte ihn sich einfach anders. Wie, wußte sie selbst nicht recht, doch wenn er nun einmal ihr Mann geworden war, sollte er sich auch ändern, das war doch leichter, als den Glauben zu wechseln.

„Das Unkraut ausjäten müßte man aus dir, aber tüchtig!“ sagte sie einmal, von stiller, mitleidiger Zärtlichkeit ergriffen.

„Und wo willst du anfangen?“ scherzte er. „Mit dem Bart oder den Pejes?“

„Mit dem Kopf“, erwiderte sie, ebenfalls scherzhaft.

„Zu spät“, brummte Jousa. „Für meinen Kopf gibt es noch keine Hacke, dafür ist noch kein Grubber erfunden.“

Nein, es kann nicht zu spät sein, dachte Morta bei sich, und sie träumte davon, aus Josuas Strubbelkopf seine ewigen aufreibenden Rechnereien auszureißen, seine Beutegier – „ein armer Jude ist in Rußland dreifach unglücklich und hilflos!“ –, sein verzweifeltes Mißtrauen gegenüber dem Leben.

Die Schenke – die ist sein Feind, die bringt ihn um, meinte Morta. Wenn man ihn von der Theke losrisse, den

Wodka aus allen Fässern, die im Keller auf ihre Stunde warteten, in den Neman oder in einen Graben gösse, wenn man Josua vom Dunst dieser Goldgrube – und war es denn eine? – befreite, dann würde er der Mensch werden, der er in Wirklichkeit war: gut, aufmerksam, großzügig. Diesen hatte Morta geheiratet, um seinetwillen war sie zu Jerucham gefahren, von ihm würde sie das Kind haben, kein Vogeltier, sondern einen *Menschen.* Und sie wollte nicht, daß ihr Kind von klein auf Gifthauch atmete, diese vom Suff entstellten Fratzen sah, diese stinkigen, zotigen Worte hörte. Nein!

Wenn Josua nun einmal um jeden Preis Handel treiben wollte, dann sollte er mit etwas handeln, was nicht Verderben brachte, sondern leben half – mit Sämereien, Eggen, Pflügen. Konnte man nicht mit allem möglichen handeln außer Wodka?

Jedes Samenkorn, das aufgeht, jede Ähre, die raschelt, jede Furche, die neben ihrem Heimatdorf gezogen wird, würde ihnen nicht Vorwurf, sondern Freude bringen. Wie aber konnte es Freude machen, wenn jemand sich nicht mehr auf den Beinen hielt, wenn jemand ganz und gar widerlich wurde?

Dies alles sagte Morta auch Josua.

„Wegen Wodka kommen sie jeden Tag. Pflug und Egge kaufen sie nur alle drei Jahre“, antwortete der Schankwirt bekümmert.

Morta schwieg.

„Eine Kehle, Mortele, hat jeder, aber Land …“

„Dann verkauf meinetwegen Brot … nur nicht Schnaps“, schlug sie zaghaft vor.

„Wir werden's uns überlegen, Mortele, bestimmt … Ich hab die Schenke ja selber satt.“

Mortas Vorschlag kam für Josua wie der Blitz aus heiterem Himmel. Die Schenke schließen? Nach so langen Jahren voller Mühe, voller Kampf gegen Armut, Mißgeschick, Namenlosigkeit? Er hatte ja sogar ihretwegen, wegen der Schenke, Chawa geheiratet! Und die Schmiergelder! Die Bestechungsgelder, die jahrelangen Bestechungsgelder für den Ortspolizisten Nesterowitsch, für den Kreispolizeichef Nuikin, für jeden popligen Beamten, der dahergelaufen kam und einem sonstwas androhte, sofern nicht geschmiert wurde, bestochen, begütigt. „Die Einigkeit der Rechtgläubigen!“ Ach, diese Wohltäter, ach, diese Eiferer! Man brauchte ihnen nur einen Tscherwonez zuzustecken, schon warfen sie einem dieselben Rechtgläubigen zum Fraß vor.

Verstand Morta überhaupt, was sie verlangte?

Morta verstand es. Auch nach Rossieny hatte sie ihn nur fahren lassen, als er ihr sein Wort gab, dies wäre die letzte Schnapsfuhre – nach Pessach würde er alle Vorräte ausverkaufen, sowohl die im Keller als auch die, die er jetzt noch holte, und dann sollte ihn niemand mehr hinter der Theke stehen sehen, niemand.

Josua hatte es nicht sehr fest versprochen, mit allerlei Wenn und Aber, doch Morta würde erreichen, was sie wollte, sie war ja jetzt nicht allein, sie hatte einen Verbündeten, hier, er strampelte schon ungeduldig in ihrem Leib.

Mit Vogelkopf? ging es ihr abermals durch den Sinn, und in der Finsternis erschien ihrem Blick die füchsische Fratze der Šmalcienė.

Morta faltete die Finger und machte ein Kreuzeszeichen in Richtung Schlafzimmerecke.

„Fort! Fort!“ flüsterte sie.

Und blickte sich ängstlich um.

Das Bellen von Tschernuschka riß sie aus der Erstarrung.

Der Hund kratzte mit den Vorderpfoten an der Tür des Schlafzimmers, wo immer noch, jetzt bereits vom Morgendämmer rosa umspielt, die Petroleumlampe brannte.

War Josua etwa zurückgekommen?

Morta ließ den Hund ein, wich vor seinen mit Flöhen gewürzten Liebkosungen zurück, dann schleppte sie sich mit den Dienst versagenden, beinahe steifen Beinen zum Fenster, lehnte die Stirn ans kühle Glas, doch draußen war weder Josua noch Pferd und Wagen. Und auf einmal spürte sie, unendlich beklemmend, wie sie ein kalter Hauch von bitterem, unabwendbarem Unglück anwehte, und sie empfand ihre eigene, durch die Schwangerschaft vervielfachte Hilflosigkeit.

Plötzlich packte sie das Verlangen, irgendwohin zu gehen, am liebsten zu rennen, nur nicht mehr stillzustehen.

Sie löschte die Lampe und lief, wie sie war, zur Kreuzung, zu Semjon, dem einzigen Menschen, dem sie ihre Besorgnis mitteilen konnte – Semjon würde ihr zuhören, er war schließlich, wie immer es um ihn stand, Josuas Sohn. Möglicherweise würde das Unglück – und daß ein Unglück geschehen war, daran zweifelte Morta nicht mehr – ihn aus seinen Gübeleien reißen, vielleicht erglomm in seinem kranken Hirn, wie in einem erloschenen Ofen, unter der dicken, dichten Asche des Wahnsinns auf einmal ein Fünkchen, und daraus, aus diesem Fünkchen, schlug das, was Morta und Josua und jedermann für so natürlich hielten, für von Geburt an gegeben und unzerstörbar – das *Denken.*

Von der Kreuzung, wo Semjon tagein, tagaus stand, gingen drei Wege ab: einer in den Marktflecken, wo er geboren war, einer nach Wilki und der dritte hinunter zum Neman, zur Fähre, die Fuhrwerke ans andere Ufer brachte, beinahe bis nach Deutschland.

Nachdem Semjons Sinne sich verwirrt hatten, nannte ihn niemand mehr den „Pickligen". Außer Morta und Josua sprach ihn auch kaum jemand mit seinem Namen an. Sein Name und sein Zustand verschmolzen in dem kurzen, beinahe ehrfürchtigen Wörtchen *„ER"*. Das bezeichnete nicht nur seinen Wahnsinn, darin steckte auch eine Haltung, die unverrückbar feststand – eine Mischung aus zur Gewohnheit gewordener Fürsorglichkeit, ängstlicher Anteilnahme und mitleidiger Herablassung.

Seine Stimme, hoch und schrill, dem Todesschrei eines seltsamen Vogels ähnelnd, störte von früh bis spät die Ruhe des Holperweges, der friedlichen Felder, der verstreut liegenden Hütten: „Sterbt, ihr Reichen und ihr Armen! Sterbt, ihr Diebe und ihr Ehrlichen! Sterbt, Unschuldige und Lasterhafte! Dann kommt der Messias, läßt euch auferstehen und führt euch ins Gelobte Land."

Seine Rufe fanden keine Antwort – nur ihr Echo hallte wider, und manchmal kamen die Jungens aus dem Ort zur Kreuzung gelaufen und äfften ihn, sich gegenseitig überschreiend, frech und laut nach: „Sterbt, ihr Reichen und ihr Armen! Sterbt, ihr Diebe und ihr Ehrlichen! Sterbt, Unschuldige und Lasterhafte!"

Und nach jedem Schrei ließ sich einer der Bengels wie tot auf den Weg fallen.

„Husch, fort!“ scheuchte Morta sie ärgerlich. „Husch!“

„Nicht doch“, murmelte Semjon. „Laß sie üben.“

„Üben?“ wunderte sich Morta. „Was üben?“

„Das Sterben“, antwortete Semjon, die Schultern hochziehend und an seinen mauseschwanzdünnen Pejes zupfend.

Ihr schauderte bei seinen Worten, sie wandte den Blick ab, wund von seinem Leid, und in ihrem Herzen erglomm, wie ein einsames Licht im Nebel, etwas Fernes, kaum Wahrnehmbares, Schmerzendes. Unwillkürlich verglich Morta den früheren Semjon, der wild und ungebärdig gewesen war, unberechenbar geradezu, mit dem jetzigen stillen, nachdenklichen, der von einer unsichtbaren Verbindung zu etwas Jenseitigem beseelt war und mit Ketten, die nur ihm selbst zugehörten, gefesselt, nicht an die Kreuzung, sondern an das, was gewöhnlichen Sterblichen nicht einmal im Traum flüchtig nahekommt; und dieser Vergleich nahm ihr die Überlegenheit, auf die vernünftige Wesen sich so viel zugute halten.

Semjons Wahnsinn wurde durchbrochen von kurzen Lichtblicken, grell wie Blitze, die waren erstaunlich und weckten unbeschreibliche Trauer, und dann erschien er Morta außergewöhnlich schön und anziehend. Mit diesem Semjon wäre sie bis ans Ende der Welt gegangen – er hätte sie nur zu rufen brauchen. Doch die Lichtblicke waren nicht nur kurz, sondern auch selten.

Als Morta nach der schlaflosen, durchs verzehrende Warten unerträglich lang gewordenen Nacht aufbrach, fiel ihr ein, wie Semjon im Winter – der erste Schnee war gerade gefallen –, während er ihr das in ein Tuch gewickelte Essen abnahm, ganz leise gesagt hatte: „Du erwartest ein Kind, ja?“

Sie war im dritten Monat, und Semjons Hellsichtigkeit bestürzte sie.

„Du wirst einen Bruder oder eine Schwester bekommen.“

„Wozu?“ fragte er kauend. „Eine Schwester habe ich schon gehabt, und einen Bruder brauche ich nicht. Das sind meine

Brüder.“ Und Semjon zeigte auf die Bäume am Weg. „Siehst du sie?“

„Ja“, sagte sie. „Iß nur, iß!“

Sie fürchtete, er würde noch etwas sagen – etwas Böses, Kränkendes, das sich in seinem Wahnsinn regte wie ein Kücken in der Eischale.

„Gar nichts siehst du“, sprach er ebenso leise weiter. „Ihr seht alle nichts ... nicht einmal euch gegenseitig ... Aber ich sehe alles ... alles ... auch dein Kind ... Aber ich kann ihm nicht helfen ... Der Messias wird es in ein Wolfsjunges verwandeln ...“

„Iß doch, iß“, flüsterte Morta, starr vor Schreck über seine Worte.

Von der Schenke bis zur Kreuzung waren es zwei Werst, nicht mehr.

Morta nahm nicht den Weg – wozu den Leuten unter die Augen kommen –, sondern sie ging durch die Gemüsegärten, dann übers von der Frühlingssonne ausgetrocknete Feld, und die Weite der Wiesen, das aus der Erde brechende junge Grün, der erwachende Wald in der Ferne, in den sie manchmal eilige Pilz- oder Beerenstreifzüge unternommen hatte, dies alles verschärfte nur ihre Unruhe. Der Fluch der Šmalcienė von neulich und Semjons Worte – lange her, aber nicht vergessen – reihten sich auf einmal aneinander zu einer straffgezogenen Lederleine.

Ein Vogelkopf und Raubtierbeine?

Ein Wolfsjunges?

Trug sie wirklich einen jungen Wolf unterm Herzen? Der Himmel möge es verhüten!

Die Leine der Angst scheuerte ihr den Hals wund, und es gab keine Rettung davor.

Schon von weitem erblickte Morta Semjon. Er stand an der Kreuzung, und auf seiner Schulter saß ein Vogel, Dohle oder Rabe.

„Verscheuch den Vogel nicht“, murmelte Semjon, als Morta näher kam.

Der Vogel aber dachte gar nicht daran, wegzufliegen. Er fühlte sich offenbar wohl unter Semjons rechtem Ohr, neugierig drehte und wendete er sein Köpfchen und schaute sich um – wer weiß, wonach er Ausschau hielt, vielleicht nach einer Fliege, vielleicht nach dem Messias, wie Semjon –, und hin und wieder pickte er nach dem Ärmel des abgetragenen Bauernrockes oder nach der Wange, auf der sich das Haar ringelte wie Würmer.

„Dein Vater ist verschwunden“, flüsterte Morta.

„Leise“, bat Semjon. „Leise. Sie hat ihn gesehen.“

„Wen?“ Morta fuhr zusammen wie ein erschreckter Vogel.

„Den Messias“, antwortete Semjon. „Sie ist gerade von dort herbeigeflogen ... aus dem Gelobten Land. Er ist schon unterwegs.“

„Er ist Wodka holen gefahren und nicht zurückgekommen“, fuhr Morta mutlos fort und machte sich schon Vorwürfe, daß sie die zwei Werst umsonst gegangen war. Mein Gott, mit wem spreche ich eigentlich, ärgerte sie sich, während sie den zahmen Vogel ansah, der ungerührt auf Semjons Schulter saß. Mit Semjon zu reden oder mit den Bäumen oder Vögeln – das ist doch alles dasselbe.

Die Dohle flog plötzlich von Semjons Schulter auf in den weiten Frühlingshimmel, sie kreiste noch ein paarmal über der Kreuzung und zog dann ab über den Wald.

Semjon legte den Kopf in den Nacken, sah ihr wohlwollend nach, als wolle er sie segnen, und richtete seinen Blick dann auf die verzweifelte Morta.

Die legte die Hände auf ihren Leib, wie um ihn vor diesem Blick zu schützen – einem stechenden Blick, in dem nicht mehr die geringste Spur von Segen lag.

„Weine nicht“, sagte Semjon unvermittelt.

„Ich ... ich weine doch nicht.“ Morta erbebte unter seinem Blick, sie wurde ganz klein, kleiner als die Dohle, die zum Himmel aufgestiegen war.

„Doch, du weinst ... Alle Tränen trocknen, nur diese nicht ... darum kann man sie auch nicht verbergen.“

„Was für Tränen?“ zwang sie sich zu fragen.

„Diese ... die unsichtbaren ... Sie rinnen aus deinen Augen ... Vögel weinen auch so und Bäume auch ... Und ich trockne sie ihnen, und die Bäume und die Vögel trocknen meine, und es tut uns wohl, gemeinsam zu leiden ... Komm, ich trockne sie dir!“

Semjon streckte die Hand nach ihr aus. Doch die Worte hatten ihm schon genügt, und so griff er sich unter der Scheitelklappe ins Haar und kratzte sich.

Morta wollte sich bereits auf den Heimweg begeben, da hörte sie das Knirschen von Rädern.

Ein Wagen kam aus dem Marktflecken gefahren, und von fern war schwer zu kennen, wieviel Leute darin saßen.

Anfangs dachte Morta, es wären nur zwei, doch als das Fuhrwerk näher kam, sah sie außer dem Ortspolizisten Ardaljon Ignatjewitsch Nesterowitsch, dem Ladenbesitzer Naftali Spiwak und dem Friseur Berschtanski noch zwei weitere – den Synagogendiener und einen Soldaten mit Gewehr über den Knien und Selbstgedrehter zwischen den Zähnen.

Als der Wagen bei ihr und Semjon angelangt war, fragte sie, ohne sich direkt an jemanden zu wenden: „Wohin?"

„Na, ins Gefängnis wahrscheinlich. Auf Pessach", warf der Friseur Berschtanski hin, doch da er einen ärgerlichen Blick des Soldaten auffing, verstummte er schnell wieder und lehnte sich an die Wagenlatten.

Der Soldat blies ihm mit einer Wolke Machorkarauch seine Verachtung um die Ohren.

„Nach Rossieny wollen wir", ließ Nesterowitsch, der das Pferd lenkte, sich zu einer Antwort herab.

Doch weiter verlor auch er kein Wort.

Der Synagogendiener rieb sich die Augen, die vom Wind tränten, und Naftali Spiwak, der offenbar aus dem warmen Bett geholt worden war, sah aus wie ein Uhu ohne Flügel – möchte gern davonfliegen und kann nicht.

„Nehmt mich mit", sagte Morta, dem Wagen nachtrottend.

„Kein Befehl!" brummte der Soldat und stieß heftig weißbläuliche Rauchwolken aus Mund und Nase.

„Sie ist die Frau", stammelte Nesterowitsch, um den Bewacher zu erweichen, „von dem ... na, von dem Schankwirt ... Vielleicht nehmen wir sie doch mit, hm?" Und ohne eine Antwort abzuwarten, sagte er kurz zu Berschtanski: „Rück ein Stück!"

Der Friseur machte Platz, und der Synagogendiener beugte sich über den Wagenrand, um der Schwangeren beim Aufsteigen zu helfen.

Woher kennt der Soldat Josua? fuhr es Morta durch den Sinn. Er hatte doch bis jetzt nie mit Soldaten zu tun.

Hinter Widukli, als es bis Rossieny noch etwa zwanzig Werst waren, fragte Morta, die den ganzen Weg über geschwiegen hatte, auf jiddisch: „Ist was passiert?“

„Maul halten!“ sagte der Soldat finster.

„Mein Gott!“ entfuhr es Naftali Spiwak.

„Maul halten!“

„Weit haben wir's gebracht! Nicht einmal mit Gott darf man reden ...“

„Ich zeig dir gleich deinen Gott, du Großschnauze!“ Der Soldat wurde noch grantiger und hob drohend das Gewehr.

Ardaljon Ignatjewitsch Nesterowitsch, der seine letzten Tage als Ortspolizist abdiente – nach Pessach sollte ihn ein anderer ablösen, der strenger und jünger war, einer aus Wilki –, blickte mitleidig auf Morta, auf Spiwak, dessen Haus seinerzeit abgebrannt war, auf den Friseur Berschtanski, der ihn nahezu ein Vierteljahrhundert kostenlos bedient hatte, einfach nur aus Ehrfurcht gegenüber der Obrigkeit, und auf den kränklichen Synagogendiener, dabei vernachlässigte er aber auch nicht seinen Posten als Kutscher, der ein schwacher Abglanz der untergehenden Sonne seiner früheren Macht war, keiner besonderen Macht zwar, doch immerhin in zaristischen Diensten.

Im Hofe des Gefängnisses von Rossieny ließ der Soldat die Verhafteten absteigen und trieb sie mit gefälltem Bajonett zu dem flachen Steingebäude mit den starkastenwinzigen Fenstern.

Morta erblickte auf dem Hof die angebundene braune Stute, den Wagen, mit dem Josua seine einträgliche und nicht verbotene Ware zu transportieren pflegte, und sie stürzte, erstaunt über ihre eigene Courage, hin zu dem Pferd, als könne dies ihr mehr erzählen als alle ihre demütig schweigenden Weggefährten, mehr auch als der gealterte Nesterowitsch, der wie ein geteerter Ganter wirkte, und mehr als dieser Soldat, dessen Gewehr den ganzen Weg über auf ihren wie ein Frühlingsacker fruchtbaren Leib gerichtet gewesen war.

„Kusja, Kusja!“ flüsterte Morta.

Das Pferd wandte den Kopf, und in seinem großen grünen Auge glitzerte eine Träne.

Sie glitzerte, rann übers Gesicht und versickerte im Fell.

„Wenigstens etwas für die Heimfahrt", vernahm Morta hinter sich die Stimme des Ortspolizisten.

„Warum ist er eingesperrt? Warum?" fragte sie.

„Es heißt, er hätte ... einen Jungen umgebracht ..."

„Ist das wahr, Kusja?" preßte Morta atemlos hervor.

Das Pferd weinte.

5

Wie lange noch bis zum Abend ...! Mußte Turow auch gerade jetzt krank werden! Er hätte doch an einem anderen Tag Blut spucken können oder nach der Verhandlung. Die Verhandlung hätte bestimmt an die drei Stunden gedauert, mindestens, mit der Urteilsverkündung sogar vier. Vier Stunden auf dem Gericht, eine beim Pferderennen – im Handumdrehen wäre der Tag vorüber gewesen, wäre die Dämmerung angebrochen und wären die Sterne aufgegangen. Dorski konnte sich nicht erinnern, je solch sternenreichen Juni erlebt zu haben – man brauchte ja wohl nur auf den Kreuzberg zu steigen und die Hand aufzuhalten, schon fiele das himmlische Almosen hinein.

Jetzt aber war an Sterne nicht zu denken, noch nicht einmal an Mittag, oje!

Wohin also?

Wenn nicht zu Garkawi – zu wem dann?

Über den Fluß nach Saretschje, zu Andrej?

Und wenn er nun hinkäme und von Pani Moczar hören müßte: Er ist nicht da, sie haben ihn abgeholt, mit Handschellen abgeführt?

Wie oft hatte Dorski sich schon geschworen, den Sohn nicht mehr zu besuchen – keinen Fuß setze ich mehr in deinen Saustall! –, doch nach ein, zwei Wochen war sein Zorn jedesmal verflogen, und abermals schlüpfte er, von Ekel gewürgt und sich mit den Zeigefingern die gegen jeden Gestank so empfindliche Nase zuhaltend, in den feuchten Hof, in dem es allenthalben zog, und stieg die kreuzgefährliche Wendeltreppe hinauf, vorbei an der verdutzten Pani Moczar, einer schnurrbärtigen Person mit Hängebrüsten wie Zirkusgewichte und mit einem abgetragenen weiten Mantel aus Waschsamt, die ihn für sonstwen hielt – für einen Polizeispitzel, einen Päderasten, einen Falschspieler, nur nicht für den Vater –, hinauf in die ärmliche Behausung seines Sohnes.

Dorski hatte Andrej vorgeschlagen, wenn ihm das eigene Haus in der Sawalnaja nun einmal so mißfiel, ein teureres und größeres Zimmer zu mieten, er hatte versprochen, ihm mit Geld unter die Arme zu greifen – wozu brauch ich so viel selber? –, doch der Sohn hatte alle seine Vorschläge mit geradezu ekstatischem Starrsinn abgelehnt.

„Mir gefällt's auch hier."

„Du würdest sogar auf der Müllkippe wohnen, Hauptsache – nicht bei mir", regte Dorski sich auf, und ihn quälte immerzu die eine Frage: Weswegen vertauschte sein Sohn, sein einziger Erbe, alles gegen dieses Loch, gegen dieses schäbige Zimmer, das die Kaufmannswitwe Pani Moczar sonst an leichte Mädchen und auswärtige Gymnasiasten vermietete?

Aus Rache?

Aber hatten denn Bakunin und Marx, die Andrej so vergötterte, in Hundelöchern gehaust, sich durch Gestank und Unwohnlichkeit an ihren Eltern gerächt?

Rebellieren kann man auch im eigenen Haus in der Sawalnaja, wo es Bad und Toilette gibt, Flauschdecken und Federbetten. Und wenn du dreimal ein Rebell bist, waschen mußt du dich frühmorgens trotzdem. Keine Revolution schafft Wasser und Seife ab.

Weswegen in einer Dachkammer frieren, am eigenen Körper Wanzen züchten? Als ob deren Stiche die ersehnte Zeit des allgemeinen Wohlergehens auch nur um eine Stunde, eine Minute, eine Sekunde näher brächten! Vielleicht sollte man nicht mit dem Sturz von Väterchen Zar anfangen, sondern beim Ungeziefer – Wanze für Wanze und Schabe für Schabe allen Dreck ausräumen, dann würde sich, wer weiß, alles auf der Welt zum Besseren wenden.

Doch Andrej blieb dickschädlig.

Während Dorski an der sich hinschlängelnden Wileika entlangging, ihrem kindlich murmelnden Geplätscher lauschte, erinnerte er sich an den vorigen Sommer; damals war er vorgeladen worden, nicht irgendwo, sondern bei der Ochrana, der Geheimen Staatspolizei, zu Rittmeister Lirow, und die Erinnerung daran ließ den bereits verrauchten Zorn auf seinen Sohn abermals aufflackern.

Ach, wenn Andrej wüßte, was ihn, Dorski, dieser Besuch gekostet hatte!

Rittmeister Lirow war kein gemeiner kleiner Schalikewitsch, er sang keine Spottverse, Rittmeister Lirow war die Höflichkeit und Jovialität in Person: Bitte sehr, um Gottes willen, nichts für ungut, fühlen Sie sich wie zu Hause (na, na!), Dienst ist Dienst, wird alles nicht so heiß gegessen wie gekocht.

„Nehmen Sie Platz, Miron Alexandrowitsch."

„Danke, danke."

Ach, wenn Andrej wüßte, was ihn dieses kurze, kaum vernehmbare „Danke" gekostet hatte, dieses Platznehmen, schwerfällig, fast wie ein Verurteilter, als befinde sich unter ihm kein Stuhl, sondern ein rotglühendes Kohlenbecken – gleich, sobald er sich niederließe, würde es nach gebratenem Fleisch riechen.

„Ihr Sohn heißt Andrej?" Lirow beugte sich zu ihm über den Tisch, und in dieser Bewegung, genau wie in seiner Höflichkeit, lag etwas Verschlagenes, wie bei einem Wolf, der an einem Spalt in der Wand des Schafstalles schnuppert.

„Ja, Andrej."

„Sein Familienname ist Dorski?"

„Jawohl."

„Nach der Mutter", präzisierte der Rittmeister mit Nachdruck.

„Ja."

Lirow ließ sich Zeit, er zog die Ermittlung in die Länge, und diese hochmütig ausgeklügelte Langsamkeit ließ Dorskis Knie widerwärtig kalt werden.

„Lebt er schon lange nicht mehr bei Ihnen?"

„Das zweite Jahr nicht mehr."

„Das zweite Jahr“, wiederholte Lirow nachdenklich, mit den Fingern auf der Tischplatte trommelnd, und in seinem Ochrana-Gehirn ging etwas vor. „Warum eigentlich nicht?“

„Er wollte nicht mehr“, knurrte Dorski, korrigierte sich aber sofort: „Er wollte unabhängig sein.“

„Lobenswert“, meinte Lirow, und nach einer Pause fügte er hinzu: „Rußland braucht unabhängige Menschen. Doch nicht von Rußland sollen sie unabhängig sein, sondern von seinen Feinden und Verleumdern. Ich hoffe, Sie teilen diese Meinung?“

„Ja.“

„Freut mich sehr zu hören ... Daran kann sich Ihr Sohn ein Beispiel nehmen. Der Name des Rechtsanwalts Dorski genießt einen guten Ruf in Wilno.“

Dorski neigte dankend den Kopf, seine Knie wurden etwas wärmer.

„Ein Jude, der ein guter Untertan ist, der den Zaren und das Vaterland aufrichtig liebt – das ist gar keine Seltenheit in Rußland. Nicht wahr?“

„Ich bin völlig Ihrer Meinung. Aber ...“

Die Wärme stieg von den Knien nach oben, breitete sich in der Leistengegend aus und im ganzen Leib bis über den Nabel.

„Ein ehemaliger Jude ist dennoch ein Jude“, unterbrach Lirow ihn. „Man kann nur hoffen, daß Ihr Sohn Andrej, genau wie Sie, nicht die Anzahl derer vermehrt, die gegen unser Vaterland konspirieren, sondern derer, die es lieben. Unser Vaterland, das dürfte Ihnen bekannt sein, hat noch niemals Liebe mit Haß erwidert.“

Der Rittmeister erhob sich und reichte Dorski wie einen Passierschein die Hand.

„Nun denn, Miron Alexandrowitsch, helfen wir ihm, solange es noch nicht zu spät ist.“

„Ich werde mich nach Kräften bemühen ... Ich tue, was ich kann“, versicherte Dorski eifrig.

Gott sei Dank, noch mal gut gegangen, Gott sei Dank, noch mal gut gegangen, wiederholte er an jenem denkwürdigen Sommertag immerzu, wie einen Kinderabzählreim, während er wie ein Besessener nach Hause in die Sawalnaja eilte. Nur schnell ein kühles Bad nehmen, Schweiß und Demütigung abspülen, Unterwäsche wechseln, ein frisches Hemd anziehen und fix zu Andrej.

An jenem fernen Sommertag hatte Dorski aufrichtig gehofft, alles wäre noch zu ändern, ins rechte Gleis zu bringen. Der Junge hatte Revolution gespielt, wie sie Schlagball spielen, nun war es aber genug, nun ab nach Hause, zu Papa, zu den frischen Brötchen aus Feigenbergs Bäckerei, zum Französischunterricht, zu Geige und Seife!

„Sie sind nicht da ... kommen erst spät ... Sonnabends kommen sie immer erst nach Mitternacht heim“, hielt Pani Moczar ihn auf.

Nach Mitternacht oder nicht – Dorski war fest entschlossen, unbedingt auf seinen Sohn zu warten. Es galt, keine Zeit zu verlieren, der Stier mußte bei den Hörnern gepackt werden, solange er noch niemanden aufgepießt hatte ... solange ... Wenn Andrej nicht in der Sawalnaja wohnen wollte – dann eben nicht, wenn er nicht Arzt oder Ingenieur werden wollte – dann war das seine Sache, aber das eigene Leben zu gefährden und die Ehre seines Vaters! Jaja, die Ehre. Im Handumdrehen konnte Dorski seinen Rechtsanwaltsposten loswerden: Wer würde ihn noch anhören als Vater eines politischen Verbrechers, eines Feindes des Throns! Nicht einmal der Pförtner würde ihn ins Gericht einlassen!

Bis gegen Morgen wartete Dorski in dem kalten Hof auf den Sohn, unter den wachsamen Blicken von Pani Moczar, der er vor einem halben Jahr zwei Rubel monatlich ausgesetzt hatte, damit sie ihn stets informierte. Doch Andrej war auch morgens noch nicht gekommen.

Dorski wußte noch, wie er dem Sohn aufgelauert hatte, wie er ihm dann von seinem Besuch bei der Staatspolizei berichtet hatte, stotternd, vom Hundertsten ins Tausendste kommend, die Gefahr übertreibend – Lirow hatte angeblich Blitz und Donner geschleudert, ihn bis aufs Blut gequält.

Andrej hörte ihm zu, ohne ihn zu unterbrechen, dabei plättete er mit einem verrußten Bügeleisen seine abgetragenen Hosen.

„Da spricht man mit ihm über solche Dinge, und er spuckt seelenruhig aufs Plätteisen“, sagte der Vater gekränkt.

„Ohne Spucke wird das Bügeln nichts."

„Im Lukischki-Gefängnis werden sie dich so bügeln, daß keine heile Stelle an dir bleibt."

„Entschuldige, Papa, aber ich verstehe nicht, was du von mir willst."

„Was ich will? Daß du so bist wie alle. Ist das denn so schwer?"

„Was?"

„Sein wie alle."

„Leben wie alle – das ist leicht, aber sein wie alle – das ist schwer."

„Ich sehe keinen Unterschied."

„Genau wie dein Lirow ... Sicher hat er dich vertraulich mit Vor- und Vatersnamen angeredet? Hat dir wahrscheinlich gesagt, wie sehr sie dich lieben und schätzen?"

„Im Grunde – ja", erwiderte Dorski, ohne in der Frage des Sohnes das Hintergründige zu erspüren.

„Und du hast ihn nicht gefragt, warum es dir weh tut, wenn sie dich lieben? Es tut dir doch weh, Papa?"

Dorski sah seinen Sohn an, dann das flinke Bügeleisen, das auf dem abgeschabten, fast durchgewetzten Stoff hin und her flitzte – wer sich unters Volk mischt, muß einen blankgewetzten Hintern haben! –, und die Hoffnung, der Sohn würde sich besinnen, alles ändere sich und käme ins rechte Gleis, wurde verdrängt von einem Gefühlsgemisch aus Stolz und Mitleid. Es tut weh, natürlich tut es weh. Aber er, Dorski, hat nicht die Absicht, seinen Schmerz an jeder Straßenecke herauszuschreien. Ob man schreit oder nicht – Anteilnahme hat man doch nicht zu erwarten. Liebe, die Schmerz bereitet, ist immer noch hundertmal besser als Gefängnissuppe. Und gebe Gott, daß Andrej nur mit dieser Art Liebe gefoltert wird!

„Wenn sie dich einsperren, das ertrag ich nicht ..."

„So, nun ist die Hose fertig." Andrej legte sie aufs knarrende Bett, als wäre nichts weiter passiert.

„Wenn du selber Vater bist, wirst du mich verstehen."

„Du regst dich ganz umsonst auf, Papa. Bei dir bleibt alles beim alten: Du verlierst weder deinen Titel noch deine Privilegien ..."

„Was denn für Privilegien?“ fuhr Dorski auf. „Mein einziges Privileg bist du!“

„Na, na, außer mir hast du schon noch einige andere Privilegien: das Haus … einen Namen …“

„Unsinn!“

„Wir wollen nicht streiten, Papa. Hab Dank für deine Mühe. Auch ich, um ehrlich zu sein, habe für dich ein bißchen vorgesorgt, um dich nötigenfalls vor Unannehmlichkeiten zu bewahren.“

Andrej ging zu einem Wandschränkchen mit zerbrochener Tür und holte einen Ausweis heraus.

Mit zitternden Händen nahm Dorski das Dokument von seinem Sohn entgegen, starrte es an mit einem Blick wie eine vergiftete Haustaube und brauchte lange, ehe er den schweren Kopf, der vor Hitze flammte wie das Bügeleisen, wieder heben konnte.

„Hab ich bekommen, als ich volljährig wurde“, erläuterte Andrej.

„Das ist ein falscher Ausweis.“ Die Worte gingen Dorski schwer von der Zunge. „Das ist … eine Beleidigung des Andenkens deiner Mutter, die davon geträumt hat …“

„Bitte, Papa, ohne Pathos und Wortgeprassel. Du bist hier nicht auf dem Gericht“, unterbrach Andrej ihn.

„Du bist ein Dorski … Andrej Mironowitsch, und nicht Aaron Meilachowitsch Wainstein … Ein Dorski!“

„Ich muß los, Papa. Der Chef liebt es nicht, wenn wir zu spät kommen, für jede Verspätung zieht er uns fünf Kopeken ab.“

„Ich zahle deinem Chef einen halben Rubel“, sagte Dorski mit matter Stimme, während er sich mühte, seine Gedanken zu sammeln. „Gestatte mir noch zwei Worte.“

„Aber nur zwei!“

„Du weißt: Rebellion und Widersetzlichkeit sind nicht nach meinem Geschmack. Aber wenn schon jemand dafür bestimmt ist, dann jedenfalls nicht wir. Andersstämmigen steht es nicht zu, Rußland umzumodeln und Mores zu lehren.“

Damit trennten sie sich. Es hätte nicht viel gefehlt, so wäre es eine Trennung für immer gewesen: Nach jenem fruchtlosen, erniedrigenden Gespräch mit Andrej erkrankte Dorski heftig.

Das wird schon wieder, redete er sich zu, doch am dritten Tag war die Krankheit nicht mehr zu bremsen. Seine Zunge war ausgedörrt wie ein trockenes Blatt, in seiner Brust miauten heisere Katzen – am Ende aus dem Hof von Pani Moczar? –, und die Beine knickten ihm ein, schon ein Gang zur Toilette konnte ihn zusammenbrechen lassen.

So ein Pech! Dorski hatte gerade nach Petersburg fahren wollen, wieder einmal auf dem Newski entlangspazieren, der Alma mater einen Besuch abstatten, seine ehemaligen Lehrer treffen – Professor Kapustin, der juristische Vorlesungen gehalten hatte, den Kenner des Polizeirechtes Leschkow, der aussah wie eine Popenfrau, und Beljajew, der die Geschichte des russischen Rechts genausogut kannte wie das Vaterunser –, auch wohl, sofern einer von ihnen inzwischen gestorben war, einen Gang zum Nikolskoje-Friedhof machen (dort werden die Universitätsprofessoren bestattet), Blumen auf die Gräber legen, Theater besuchen – im Marientheater war Dorski eine Ewigkeit nicht mehr gewesen, und was wurde nun aus alldem? Nichts! Der Ausflug in die Stadt seiner Jugend, in die Stadt, die ihm unsagbare Begeisterung und Ehrfurcht einflößte, fiel ins Wasser. Statt dessen hieß es im Bett liegen und wurmstichig werden wie ein Pilz, schwitzen von Himbeertee, ekelhafte Pillen schlucken, und das im Hochsommer, wo draußen die Sonne strahlte, wo auf dem Georgijew-Prospekt – kein Vergleich allerdings mit dem Newski! – die Linden blühten, schmucke Dämchen spazierten und im Bernhardiner-Garten eine Militärkapelle spielte.

Als Himbeertee und Pillen nichts halfen, schickte Dorski Pani Katarzyna nach dem Arzt.

Während er sich im Bett herumwälzte, immer wieder die klitschnasse Wäsche wechselte und geduldig auf Garkawi wartete, der in Dorskis Haus französisch „Moulin“ genannt wurde, fuhr er in Gedanken fort, seinen Sohn auszuschimpfen, und das Fieber, das ihn plagte, verlieh seinen Gedanken eine dem Vorgefallenen unangemessene Hitze.

Was denkt der sich eigentlich? Worauf will er hinaus? Als wäre das wunder was für eine Heldentat, sich als Wainstein registieren zu lassen! Das Heldentum besteht nicht im Registrieren, sondern im Leben. Im Le-ben, verehrter Herr Andrej Mironowitsch! Dem Rittmeister Lirow ist es einerlei, welcher Konfession Sie sind. Für den sind alle Andersgläubige, wenn ihr Glauben den Thron nicht stützt, sondern unterminiert. Im Herzen, Andrej Mironowitsch, können Sie glauben, was Sie wollen, aber seien Sie so gut, in Worten und Taten die existierende Ordnung zu lieben und zu achten. Warum haben Sie sich freiwillig hinter Gitter begeben? Außer Lirows Gefängnis gibt es nämlich noch ein anderes, das *Gefängnis des Namens*! Das Schicksal in der Person Ihrer Mutter hat Ihnen die hervorragende Gelegenheit geboten, diesem Gefängnis zu entfliehen, doch Sie, Andrej Mironowitsch, haben diese Möglichkeit nicht genutzt. Im Gegenteil! Am Tage Ihrer Volljährigkeit haben Sie den Kerkermeistern Ihre Absage mitgeteilt ...! Ach, mein Junge! Mein Kind! Wenn du nur wüßtest, wie ich dich liebe, wie ich leide und um dich bange! Ich bange um dich und beneide dich ...!

Dorski bereute schon, daß er Pani Katarzyna fortgeschickt hatte – sie hätte sich noch ein wenig zu schaffen machen, noch einen Fleck vom Teppich entfernen können, diesen dort am Schrank.

Im Schrank hängen Andrejs Sachen: der pelzgefütterte Mantel, die Hemden, die Hosen und die Jacke mit den Lederknöpfen. Er hat nichts mitgenommen, hat alles hier gelassen.

Nun hängen sie nutzlos da, wie nach einem Begräbnis.

Genau wie Krystynas Kleider.

Mein Gott, wieviel Tote gibt es im Haus?

Womit hat denn alles angefangen?

Womit?

Mit ihm, Miron Alexandrowitsch?

Oder ging alles schief, nachdem er Andrej geschlagen hatte?

Aber das hatte er doch verdient! Wirklich, obwohl Dorski früher nie die Hand gegen seinen Sohn erhoben hatte. Niemals! Gegen niemanden hat er je die Hand erhoben, so sehr sie ihn zuweilen auch juckte. Denn das tat sie, o ja!

Dorski zog seine fieberrote Hand unter der Bettdecke hervor und befühlte seine glühende Stirn.

Als erste hatte Krystyna Andrej geschlagen, danach erst er – derb, weit ausholend, bis der Sohn blutete.

Dort neben dem Schrank, auf dem Perserteppich ... Aber Blut ist doch so leicht abzuwaschen ... Nehmen Sie einen nassen Lappen, Pani Katarzyna, und waschen Sie's ab mit kaltem Wasser ...!

Blut, genau wie Kot, ist leicht und einfach abzuwaschen. Ein Eimer kaltes Wasser, eine Bürste und ...

Er hätte ihn nicht schlagen dürfen, nein.

Das Kind hatte nichts Böses gewollt.

Diese Rasselbande aus dem Hof, diese Moischkas, Staskas, Nissons, die hatten ihn einfach gehänselt: Muttersöhnchen ... Reicheleutekind ... eingebildeter Affe! Da wollte er ihnen eben beweisen, daß er genauso war wie sie ... daß er auf den Reichtum pfiff, auf diesen Perserteppich, auf die fünf Zimmer, auf das Porzellan hinter Glas. „Kommt rein", sagte er, „laßt die Hosen runter und ..."

Und er ließ auch die Hosen runter ... gelbkarierte hatte er damals an ...

Und nach ihm – die ganze Rasselbande, all diese Moischkas, Staskas, Nissons.

Und sie schissen das ganze Haus voll.

Jawohl, und dennoch glaubten sie nicht, daß er genauso war wie sie.

Sie werden es auch nie glauben, mein Junge! Weder durch Gestank – und wenn du hundertmal das ganze Haus vollmachtest – noch durch verbranntes Fleisch kannst du dich mit ihnen verbrüdern. Für sie bleibst du immer Andrej Dorski, das Muttersöhnchen, das Reicheleutekind, der kleine Bourgeois, den der Hafer sticht ...!

Dorski verlor sich in Fieberphantasien.

Garkawi kam nicht so bald – bei Bekannten hatte er es nie eilig, alle ihre Wehwechen schrieb er ihrer Ängstlichkeit zu.

„Meine Bekannten sterben nicht, die begraben sich selbst bei lebendigem Leibe", war seine Devise.

„Nun?" fragte er, sich über Dorskis Bett beugend, nahm

seine Hand, holte die Uhr aus der Westentasche und zählte, mit dem Blick den flinken Zeiger verfolgend, die Pulsschläge.

Dorski schlug die ungesund glasigen Augen auf, lächelte Moulin zu, doch was herauskam, war ein gequältes und kümmerliches Lächeln.

Der Arzt öffnete seine Tasche, entnahm ihr das Stethoskop, schlug das Deckbett zurück, setzte das Ende des Hörrohrs auf Dorskis behaarte Brust und begann den Patienten abzuhorchen, wobei er zerstreut zur Stuckdecke aufblickte.

Dann drehte Garkawi Dorski auf den Bauch und setzte das Hörrohr beim rechten Schulterblatt an.

„Hm-ja“, sagte er, nachdem Dorski sich allein wieder auf den Rücken gelegt hatte. „Mach den Mund auf.“

Dorski öffnete gehorsam den Mund.

„In deinem Mund sieht’s aus wie im ganzen Imperium auch: alles verfault.“

Abermals versuchte Dorski mit einem Winkel seines entzündeten Mundes zu lächeln.

„Und in der Lunge geht es zu wie im Gouvernementsgericht nach der Urteilsverkündung – links Geröchel, rechts Geflüster. Hörst du mich überhaupt?“

„Ja, Moulin.“

Durch Hitze, Fieberwahn und Erinnerungsbruchstücke drangen zu Dorski Garkawis Worte, etwas von Mandelentzündung dank Erkältung, von einem Entzündungsherd im linken Lungenflügel und Flüssigkeit im rechten, doch weder die Diagnose noch Moulins Befürchtungen konnten Dorski beunruhigen, sie berührten ihn gar nicht, als spräche der Arzt nicht von ihm, sondern von einem anderen, der nicht das geringste mit ihm, dem Rechtsanwalt, zu tun hatte.

Alles wiederholt sich, alles wiederholt sich, plapperte ein hartnäckiger kleiner Papagei in seinen Schläfen. Die Mutter wurde von Fremden zu Grabe getragen, und auch ihn werden Fremde zu Grabe tragen – sie werden kommen, ihn waschen, ihn ins Leichengewand hüllen wie in ein Badetuch, und dann bringen sie ihn auf den Friedhof, nicht auf den christlichen – er hat ja kein Testament hinterlassen! –, sondern auf den jüdischen Friedhof, nach Antokol draußen, und er kann unterwegs nicht rufen: „Halt!“, nicht befehlen: „Umkehren!“, nicht bitten: „Zu Krystyna, bitte, zu meiner Frau!“, sie werden ihn unweit des Friedhofstores einscharren, an der Steinmauer, und niemand wird am Grabe ein Abschiedswort sprechen – weder Turow noch Tschistochwalow noch Pan Młynarczyk noch der eigene Sohn. Der eigene Sohn wird fern sein – nicht in Dörpt, nicht in Kiew, nicht in Petersburg, auch nicht in der friedlichen Schweiz, sondern auf einem anderen Friedhof inmitten sibirischen Schnees oder beim Bergbau an der Lena oder zur Zwangsarbeit am Ob. Alles wiederholt sich, alles wiederholt sich. Und keine Strafe der Welt ist härter, als wenn sich am Sohn das eigene Schicksal wiederholt. Der Apfel fällt nicht weit vom Stamm.

„Was?“ fragte Garkawi verwundert.

„Der Apfel fällt nicht weit vom Stamm“, sagte Dorski matt.

„Mein Rat: ins Krankenhaus!“ Garkawi schloß seine Tasche und runzelte die dichten Brauen. „Wo hast du dir das bloß geholt?“

Wo, wo?

Bei Lirow, im Amt für Ordnung und Sicherheit, dort zieht es so, Moulin, daß du dich kaum auf den Beinen hältst!

Oder steh mal, Moulin, die ganze Nacht auf dem Hof des Kaufmanns Moczar unter der Balkongalerie, auf einem winzigen Fleck, wo es nach Urin und Sauerkohl stinkt, atme bis zum Morgen diese Miasmen, dann hast du nicht nur im rechten Lungenflügel, sondern auch im Gehirn gelbe Flüssigkeit!

Nur wirst du weder das eine noch das andere von mir erfahren, Moulin. Würde ich dir von Lirow erzählen, dächtest du sonstwas – heutzutage erblickt jeder in jedem einen heimlichen Zuträger und Spitzel! Beklagte ich mich aber bei dir, Moulin, über meinen Sohn, so fingest du gleich wieder an: „Warum wolltest du auch aus dem Kind einen zaristischen Würdenträger machen, jeder muß von klein auf wissen, wer er ist, wo er herkommt und was ihn erwartet!“

Und das Krankenhaus, nimm's mir nicht übel, Moulin, das ist gar nicht nach meinem Sinn.

Lieber zu Hause verrecken. Hier, in diesem Federbett, wo Krystyna entschlafen ist, unter dieser Decke, das ist besser als dort in einem schmuddeligen Krankenhausbett, umgeben von namenlosen Schatten und vor Gesundheit strotzenden barmherzigen Schwestern.

Du kannst es drehen und wenden, wie du willst, Moulin – die beste barmherzige Schwester ist der Knochenmann mit der Sense, der holt nur einmal aus, und schon herrscht Ruhe, Wohlergehen, Ordnung.

Sonderbar, der Gedanke an den Tod schreckte Dorski nicht, sondern beruhigte ihn, ihm wurde sogar leichter davon, dieser Gedanke war unschädlich und befreiend wie Tränen. Er atmete nun gleichmäßiger, die Röte auf seinem Gesicht ebbte ab, seine Pupillen weiteten sich, er sah Garkawi ruhig und feierlich an und hauchte: „Ich habe eine Bitte an dich, Moulin."

„Nur bitte mich um Gottes willen nicht, ich solle dich beerdigen."

Dorski war bestürzt über soviel Scharfsinn.

„Darum wolltest du mich doch bitten, Miron, nicht wahr?" sagte Garkawi.

„Nun und – ist das verboten?"

„Es ist erlaubt", erwiderte Garkawi. „Aber du wirst enttäuscht sein."

„Wieso?"

„Ich beerdige dich auf dem jüdischen Friedhof ... Bitte lieber deinen Sohn. Der wird ja nicht ans eine Ende der Stadt zur Mutter laufen wollen und ans andere Ende zum Vater ... Nun aber genug geredet, Miron, du brauchst absolute Ruhe. Morgen komme ich wieder, und heute abend schicke ich dir Selda."

„Selda?"

„Ein wunderbares Mädchen! Der reinste Engel! Die Tochter vom Holzhändler Fradkin."

„Und wozu brauche ich ... am Abend ... eine Holzhändlerstochter?"

Garkawi prustete vor Lachen.

„Sie wird dir Schröpfköpfe ansetzen. Übrigens, sieh sie dir gut an."

„Warum?"

„Wenn du dich diesmal wieder aufrappelst und erst in fünfzehn oder zwanzig Jahren stirbst, dann hast du noch eine Chance."

Dorski schloß vorwurfsvoll die Augen: Er wollte nichts mehr von Moulin hören, der sollte gehen, sie brauchten beide Ruhe, beide.

Doch Garkawi ließ nicht locker: „Die Chance, neben einer Frau zu liegen, nicht neben der ersten, sondern neben der zweiten."

„Ich bitte dich, Moulin", unterbrach Dorski ihn. „Ich kann nicht mehr."

„Ohne Frau ist das Leben unvollkommen", sagte Garkawi zum Abschied und empfahl sich.

Am Abend kam Selda.

Sie setzte Dorski auf bläulicher Spritflamme erhitzte Schröpfköpfe an, erst vorn auf der Brust mit dem grauen Kräuselhaar, dann hinten auf dem weißen Rücken mit den walnußgroßen rötlichen Fettgeschwülsten, sie fragte, ob es nicht zu sehr brenne, setzte sich auf den Bettrand, und Dorski spürte Erleichterung – mag sein, vom betäubenden Spiritusgeruch, mag sein, durch ihre Nähe, vielleicht auch, weil er nicht wie ein morscher Knorren wirken wollte.

Jeder Besuch Seldas – sie setzte ihm die Schröpfköpfe einen Tag um den anderen an – weckte in Dorski grenzenlose, beinahe rührselige Dankbarkeit. Er wäre gern bereit gewesen, noch einen ganzen Monat krank zu liegen – zum Teufel mit diesem Petersburg! –, doch der Entzündungsherd im linken Lungenflügel erlosch allmählich, und die Flüssigkeit im rechten ging zurück – nichts da, von wegen noch eine Woche glühen, nichts da, von wegen noch ein bißchen blubbern.

Wenn er so lag, ins Kissen geschmiegt, bis zu den Ohren zugedeckt, dann ertappte er sich bei dem Gedanken, daß allein durch ihre, Seldas, Anwesenheit sich im Hause etwas ganz sonderbar verändert hatte, obwohl scheinbar alles so war wie früher.

Mit fieberhafter, geradezu unanständiger Eile versuchte Dorski sich Rechenschaft zu geben, worin diese Veränderung bestand, doch jede Antwort, die er fand, war nur annähernd richtig, oberflächlich, brachte Wesentliches und Unwesentliches durcheinander und verwirrte letztendlich alles.

Eine Frau in meinem Schlafzimmer, grübelte er, als es mit seiner Gesundheit wieder bergauf ging, jung und schön ist sie, nicht der Geruch von Spiritus und Heilsalbe geht von ihr aus, sondern Verführung, und jede Minute durchdringt der Hauch der Verführung alles: mich, diese Wände mit den teuren Bildern und auch den Nachttisch, auf dem eine ebenso junge und verführerische Krystyna eifersüchtig aus vergoldetem Rahmen schaut.

Herrje, wie sinnlos ist es, sich mit Erinnerungen zu trösten, auf dem Kopfkissenbezug nach einem nicht existierenden Haar einer nicht existierenden Frau zu suchen, anstatt sich eine lebendige Locke um den Finger zu wickeln. In einer einzigen lebendigen Frauenlocke liegt mehr Sinn als in all meinen Prozessen, in all meinen väterlichen Ermahnungen, als in meinem ganzen unverrückbaren Lebensstil.

Da kommt so eine Selda und krempelt alles um, das Haus, die Seele, ohne auch nur ein Wort zuviel zu reden, ohne eine überflüssige Bewegung, einfach so, durch ihre bloße Gegenwart.

„Haben Sie keine Schmerzen?“ fragte sie.

„Mir geht es gut“, erwiderte er und unterlegte diesen alltäglichen Worten eine ganz besondere, heimlich-heilige Bedeutung.

Mit welcher Ungeduld erwartete er jedesmal ihr Kommen! Wie unbändig, geradezu kindisch war sein Wunsch zu leben!

Wofür mühte er sich, wofür brachte er sich beinahe um? Lohnte es denn, nur für Andrej zu leben? (Der würde, wie immer man ihm mit Lirow drohte, wie immer man ihn überwachen ließ, sein Leben dennoch so einrichten, wie er es wollte.) Oder dafür, um sich das Recht zu erkämpfen, auf diesem und nicht auf jenem Friedhof zu liegen? (Ein Toter hat nur eine Wahl – das Grab.)

Garkawi hatte recht: Ohne Frau ist das Leben unvollkommen. Er, Dorski, war durchaus noch kein alter Mann, er war noch imstande, seine Brust zu öffnen, nicht nur für Schröpfköpfe, sondern auch für eine andere Hitze, für ein anderes Brennen.

Wenn er jemanden liebgewänne – ob Selda oder eine andere –, dann würde sich alles verwandeln, sein Haus, seine Seele, die ganze Welt, dann würde aus dem albernen Karussell, in dem er sich drehte, aus der tagtäglichen Jagd nach Erfolg, aus der dreimal verfluchten Tretmühle ein einziger unwiederholbarer Name werden.

„Was bin ich Ihnen schuldig?“ fragte Dorski, als keine Schröpfköpfe mehr vonnöten waren.

„Gar nichts.“

Und damit ging sie.

Und seitdem hatte Dorski sie nicht wieder gesehen.

„Sag mal ... deine barmherzige Schwester ... was ist mit ihr, ist sie nicht mehr in Wilno?“ hatte er einmal bei Garkawi angefragt, bemüht, sich nicht zu verraten.

„Bei der Straschun-Synagoge gibt es ein Armenhaus ... dort mußt du sie suchen.“

„Ein Armenhaus?“

„Sie kratzt den Alten die Scheiße unterm Hintern weg“, entfuhr es Garkawi. „Was ist, bist du an die Angel gegangen? Aber du heiratest ja doch keine Jüdin, Miron!“

Herrgott – Armenhaus, Buchbinderei! Der Sohn eines Rechtsanwalts atmet für einen halben Rubel pro Woche Bücherstaub ein, die Tochter eines Holzhändlers kratzt Paralytikern die Scheiße ab! Was für eine Zeit! Was macht die mit unseren Kindern!

... Dorski durchquerte den Bernhardiner-Garten und ging, vorbei an der Sankt-Annen-Kirche, zum Stadtteil Saretschje.

Pani Moczar sah ihn von der Balkongalerie aus kommen, sie stieg hinunter, nahm ihn beiseite und flüsterte, um ihr Geld abzuarbeiten: „Nichts Neues, Pan ... Dieser Fjodor kommt immer noch zu ihm. Sie trinken keinen Schnaps, sie haben auch nichts mit Mädels ... Sie lesen ... und schreiben ...“

Das Geflüster der Pani Moczar roch nach Bier und Denunziantentum; Dorski wurde übel.

Er mußte aufstoßen, hielt sich die Hand vor den Mund, entschuldigte sich, rülpste abermals und spürte im Hinterkopf wieder die dumpfe Schwere wie am Morgen.

Die Witwe Moczar sagte noch etwas, doch ihre Worte prallten an Dorski ab, und er empfand unüberwindlichen Abscheu, nicht so sehr vor ihr als vielmehr vor sich selbst, dem Erbärmling, der den Schluckauf bekam, vor Angst und weil er abhängig war von einer halbbetrunkenen Denunziantin, von irgendeinem unbekannten Fjodor und von dem unerwarteten Boten, den es aufmerksam anzuhören galt, um ihn dann, nach kurzer Mitleidsbezeugung, an Sokol oder Luzki zu verweisen, ohne das Gespräch in die Länge zu ziehen und die Entscheidung hinauszuzögern.

„Wenn der Pan noch ein, zwei Rubel zulegt, dann kaufe ich so ein Dings ... wie heißt das gleich ... einen Feldstecher ... Ich habe da einen Bekannten – der ist Husar, der verkauft ihn mir", plapperte Pani Moczar mit wollüstig gesenkter Stimme.

„Nicht der Mühe wert, nicht der Mühe wert", stammelte Dorski, wie üblich ein und dasselbe mehrmals wiederholend, und wich vor ihr zurück.

Wenigstens ist Andrej in Freiheit, auch das ist ein Trost, dachte er und ging weiter.

Er schlenderte ziellos durch die Stadt und kehrte noch beim Antiquitätenhändler Resnik ein – Dorski sammelte alte Möbel –, dort sah er sich eine Weile um, setzte sich einmal kurz an einen Schachtisch, eine Arbeit italienischer Meister, rückte die schweren mittelalterlichen Figuren – Pfeilschützen und geharnischte Ritter aus Elfenbein –, setzte sich selbst matt und stand wieder auf.

Er wechselte auch ein paar Worte mit Resnik.

Dieser legte ihm stets irgend etwas Besonderes zurück. (Im vorvorigen Jahr, kurz vor Krystynas Tod, hatte Dorski bei ihm einen Sessel aus der Zeit Ludwigs XIV. gekauft. Resnik hatte bei Gott geschworen, darauf habe der französische König höchstpersönlich gesessen, und damit hatte er Dorski drei Tscherwonzen zusätzlich abgeluchst!)

Dorski umkreiste auch das Armenhaus.

Weder vor seiner Krankheit noch danach war er je hier gewesen, jetzt aber warf er aus Langeweile einen Blick hinein.

Auf der gemauerten Veranda saßen zwei zahnlose alte Frauen und blinzelten in die grelle Sonne.

Die eine erinnerte ihn an seine Mutter, die andere an Chaja-Lea, mit der zusammen er einstmals – vor unvorstellbar langer Zeit! – auf dem Markt im heimatlichen Flecken mit Fisch gehandelt hatte, und er floh vor diesen glibbrigen, schuppigen Erinnerungen in eine Seitengasse.

In die Sawalnaja kehrte er zurück, als es dunkelte.

Weder vor der Tür noch auf dem Hof war jemand.

Dorski steckte den Schlüssel ins Schlüsseloch, drehte ihn herum, betrat die Diele, machte Licht, brühte in der Küche Tee, stellte zwei Porzellantassen auf den Tisch, entnahm dem Büfett gezuckerte eingekochte Früchte, und während er die süße scharlachrote Kruste davon abkratzte, begann er zu warten.

6

Solange durch das grobgezimmerte Fenster des Kreisgefängnisses beim Licht des zunehmenden Aprilmondes, der den Himmel beherrschte, noch der Kopf der braunen Stute mit seiner üppigen graublonden Mähne zu sehen war, hielt Josua sich tapfer.

Der Anblick des Pferdes, vom Mondlich bestäubt, ihm ergeben wie eh und je oder vielleicht noch mehr als früher, wie es da stand und auf seine Stimme wartete, auf sein Knurren, sogar aufs Knallen der Peitsche – dieser Anblick erfüllte seine vergiftete, von böser Vorahnung gedemütigte Seele mit vager Hoffnung, flirrend wie das Glitzern des Mondlichts, obwohl er sich eigentlich nicht erinnern konnte, daß irgendwann jemand der Haft leicht und schnell wieder entkommen war. Das Gefängnis glich einem Kramladen, nur daß darin nicht mit Pflügen, Teer oder überseeischen Gewürzen gehandelt wurde, sondern mit der Freiheit, und deren Preis stieg von Jahr zu Jahr an. Aber Gott ist gütig, vielleicht ging doch alles gut ab, er würde freigelassen werden, sich auf den Wagen setzen, sich in den Schafpelz hüllen, „hü-oh!“ rufen, und alles würde wieder so werden wie vorher, bald käme Pessach – das Fest der Befreiung, nicht nur vom ägyptischen Joch, sondern auch von der Rossienyer Gefangenschaft –, und er würde es, mit Morta zusammen, so froh und andächtig feiern wie noch nie. Anders konnte es gar nicht sein, denn er war ja überhaupt nicht schuldig. Mag sein, er hatte mal ein Wodkaglas nicht bis zum Rand gefüllt, mag sein, er hatte jemandem ein Zehnkopekenstück zuviel abgenommen, aber eines Mordes, noch dazu an einem kleinen Kind, war er nicht fähig.

Morgen früh, redete Josua sich zu, wird die Obrigkeit ins Gefängnis kommen, vielleicht der Kreispolizeichef Nuikin selber oder ein anderer von diesen Gaunern, dann gibt es ein Verhör, wie das so üblich ist, und er, Josua, würde in aller Ruhe, ohne etwas zu beschönigen oder zu verheimlichen, erzählen, wie alles gewesen war, von Anfang an bis zum Schluß, bis zu dem Moment, da sie ihn für nichts und wieder nichts wie einen Verbrecher hier reingesteckt, eingeschlossen und sogar noch einen Aufpasser vor die Tür gestellt hatten. Wenn Nuikin und der Untersuchungsführer es wünschten, dann würde Josua, ohne den Doktor Sajontschik aufzusuchen, gleich mit ihnen losfahren und ihnen ganz genau die Stelle zeigen, wo er im Fichtengehölz die Leiche gefunden hatte. Sollten sie sie untersuchen und sich von seiner, Josuas, Unschuld überzeugen. Und den Mörder ausfindig machen, denn, wie es in der Heiligen Schrift heißt, jeder Tropfen unschuldig vergossenen Blutes schreit nach Rache.

Wenn nur Morta nicht vor Schreck eine Fehlgeburt bekam. Noch nie war er, ohne Bescheid zu sagen, der Schenke so lange ferngeblieben. Eine Frau ist eine Frau, sie regt sich leicht auf, gerät in Panik, denkt Gott weiß was und richtet Unheil an.

Auf Zehenspitzen stehend, mit dem bärtigen Kinn beinahe das hochgelegene Fensterbrett berührend, schaute Josua, die Augen voller Leid und Verzweiflung, durch das vom Mondlicht schraffierte Fenster zu seiner Braunen und flüsterte vor sich hin, irgendwelche Worte, die wer weiß woher in ihm aufkamen und deren Sinn ihm völlig gleichgültig war, er berauschte sich nur an ihrem tröstlichen Klang.

Die Stute antwortete mit einem Wiehern, und Josua schniefte laut, lächelte töricht, zwinkerte mit den farblosen Wimpern, und über sein Gesicht rannen Tränen, locker sitzende, reichliche Greisentränen, und mit ihnen kam, wer weiß woher, etwas wie Erleichterung oder auch zaghafte Hoffnung, ihm und Morta würde nichts Schlimmes geschehen.

Er schaute abermals aus dem Fenster, und sein Blick drang, wie ein Faden durchs Nadelöhr, zu der Braunen und durchbohrte sie – sie bewegte sich zwischen der Deichselgabel, wandte ihm den Kopf zu, und das Pferdeauge leuchtete in der Dämmerung, es wurde groß wie der Mond am Frühlingshimmel.

Außer der Braunen schien für Josua jetzt nichts zu existieren. Auf rätselhafte Weise konzentrierte sich alles in ihr, wie sie da verloren und hungrig mitten auf dem von Soldatenstiefeln zertrampelten Gefängnishof stand, wo nur der Wind sein Spiel trieb. In dieser Frühlingsnacht war sie für Josua nicht einfach ein altes Tier mit kümmerlichem Fell und hervorspießenden Rippen, sondern eine Art Symbol, das ihm der Himmel schickte und das gleichsam seine Gegenwart und Zukunft verkörperte.

Solange sie dort angebunden stand, solange ihr ihm zugewandtes Auge, groß wie der Mond, leuchtete, solange kein Wächter sie in den Gefängnisstall führte oder nach Hause zurückschickte, so lange, meinte Josua, hätte er nichts zu befürchten. Verschwände sie aber vom Hof, dann ginge gleich alles drunter und drüber, dann würde sich der Himmel verdunkeln, und alle Hoffnungen würden einstürzen.

Von ihr, der Braunen, zog sich ein unsichtbarer spinnwebdünner Faden nach Hause, zu Morta, zum unglücklichen Semjon, und solange dieser Faden hielt, konnte Josua, so glaubte er, alles ertragen – Entbehrungen und auch Schläge.

Kein Wesen stand ihm jetzt näher als sie. Kein Wunder auch: So viele Jahre hatten sie Seite an Seite gelebt, so viele Werst waren sie zusammen gefahren, so viel hatten sie miteinander durchgemacht!

Sowohl Semjon als auch die selige Chawa hatten manchmal zu ihm gesagt: „Was willst du bloß noch mit der, bring sie zum Abdecker, ehe sie krepiert, und basta. Für dich ist es doch eine Kleinigkeit, nach Smalininki zu fahren und vom Gestüt eine neue zu kaufen – eine Araberstute oder eine aus der Žmuder Zucht!“ Aber Josua war auf nichts eingegangen. „Euch werde ich zum Abdecker bringen“, hatte er gescherzt, „zu ihr kann ich kommen, wenn was ist, wie zum Rabbiner, sie hört mir zu und gibt mir einen Rat und nimmt Anteil an meinem Kummer. Und warum? Weil sie nämlich, wenn’s auch ein Vieh ist, ein menschliches Herz hat, jawohl.“ – „Ein menschliches Herz, haha“, die Angehörigen lachten sich halbkrank. „Die Katze vielleicht auch ... und die Kuh ... und die Flöhe!“ – „Ja, ja“, schrie Josua, „auch die Kuh, auch die Katze, auch die Flöhe! Denkt ihr vielleicht, jedes Menschenherz muß unbedingt auch menschlich sein? Von wegen! Mancher sieht aus wie ein Mensch und hat ein Herz wie ein Vieh ...“

Chawa und Semjon prusteten vor Lachen, verhöhnten ihn, doch er achtete gar nicht auf ihren Spott.

„Anstatt euch so viel einzubilden, ihr Dummköpfe, solltet ihr lieber von ihr lernen. Was? Zu arbeiten, Entbehrungen zu ertragen, zu weinen.“ Sie hatten nie gesehen, wie das Pferd weinte, aber er – ja.

Und zwar mehr als einmal.

Das erstemal, als seine Tochter gestorben war, die minderjährige Channa, der Himmel sei ihr gnädig!

Die Braune stand an der Friedhofsmauer, und große helle Tränen flossen aus ihren Augen, und wo sie auf den Lehmboden fielen, wuchsen übers Jahr gelbblaue Blumen.

„Auf dem Urin sind sie gewachsen“, unterbrach Semjon grob. „Auf dem Pferdeurin.“

„Nein, auf ihren Tränen“, versicherte Josua.

Kaum hatten sie Channa zur letzten Ruhe bestattet, da kam das Fohlen um.

Es verirrte sich in den Sumpf, das Dummchen, und ertrank!

Allmorgendlich vor Tau und Tag, sowie man die Braune unbeaufsichtigt ließ und nicht festband, lief sie zum Sumpf und umkreiste bis zum Abend, manchmal auch die ganze Nacht, den blubbernden, schmatzenden Morast, dabei schlug sie wild mit den Hufen und wieherte aufgeregt, und davon erbebten Wald und Himmel.

Das mochte wohl der Grund sein, weshalb Josua jetzt, da er durch die rohen, feuchten Gefängnismauern hindurch ihre Nähe spürte, nicht die Selbstbeherrschung verlor und bemüht war, das flackernde Hoffnungsflämmchen nicht erlöschen zu lassen, das bald schwächer wurde, bald mit neuer Stärke aufglomm.

Die ganze Nacht, bis zum Morgen, tat er kein Auge zu. Wenn er sich auch gelegentlich an die Wand lehnte und für einen Moment einnickte, so sprang er doch immer gleich wieder auf, stürzte zum Fenster und bohrte seinen Blick in die vertraute, unterm Spiel des Mondlichts körperlos wirkende Silhouette des Pferdes. Dabei trommelte sein Herz so heftig und krankhaft dumpf, daß er erschrak.

Gegen Morgen begann er vor Müdigkeit und Anspannung doppelt zu sehen, und nun erblickte er nicht mehr seine Braune allein, sondern eine ganze Herde, die waberte und wogte durcheinander und schien über dem öden Gefängnishof in der Luft zu schweben.

Während Josua so auf Zehenspitzen stand und versuchte, in der gespenstigen, im Mondschein schwebenden Herde sein eigenes Pferd auszumachen, das einzige und unwiederholbare, hörte er, wie das eiserne Schloß schnappte, und in die Zelle (die eher ein Schweinekoben oder ein verlotterter Stall war) trat ein verschlafener Wärter in abgetragenem langem Mantel, mit einem Riemen gegürtet, und mit einer Mütze, die sich kaum auf seinem übermäßig großen, mühlsteinflachen Kopfe hielt.

„He, du“, rief er Josua an, trat näher und stellte, ohne abzuwarten, bis dieser sich umwandte, auf den Lehmfußboden eine Art Napf oder Schüssel mit einem trockenen Brotkanten obenauf.

Josua wandte sich um.

„Ich habe doch gesagt, eure Speisen darf ich nicht essen“, erklärte er friedlich.

„Darf nicht, darf nicht“, äffte ihn der Wärter nach. „Es gibt keinen höheren Gott als den Magen. Iß! Diesmal hab ich dir gebracht ein koscheres Hühnchen mit Reis ... Suppe mit Röstbrot ... und Kuchen mit Zimt“, spottete er, wobei er den Buchstaben „R“, mit dem die Juden Schwierigkeiten haben, nicht rollend, sondern kehlig aussprach. „Na los! Sonst beißt du noch vor der Verhandlung ins Gras! He, was stierst du die ganze Zeit aus dem Fenster? Die Synagoge ist sowieso nicht zu sehen."

„Ich schau zu meinem Pferd", bekannte Josua plötzlich. „Das nämlich ... das darf ..."

„Was?" Der Wärter begriff nicht.

„Essen", erwiderte Josua. „Es ist schon den zweiten Tag ohne Futter. Bring ihm das Brot", bat er und staunte über die eigene Courage.

„Was ist für das Pferd der eine Kanten?"

„Wer Gutes tut, soll keine Fragen stellen", sagte Josua. „Er soll es einfach tun, weiter nichts. Jede Frage zielt auf Vorteil, und Vorteil lenkt vom Guten ab."

„Du bist mir einer!" rief der Wärter treuherzig. „Hast du denn selber schon viel Gutes getan?"

Jetzt hat er mir's aber gegeben, mußte Josua denken und ächzte geradezu vor Überraschung. Mein Gott, wie sonderbar geht es zu in der Welt! Da lebt man so vor sich hin, dreht und wendet sich, ist nicht mehr als eine unansehnliche kleine Ameise, ein Stäubchen im Wind, und eines schönen oder schlimmen Tages kommt so ein verschlafener, nach Selbstgebranntem stinkender Wächter, blindes Werkzeug des Bösen, treibt einen in die Enge in diesem Schweinestall, wo es nicht mal einen ganz gewöhnlichen Hocker gibt, ganz zu schweigen von einem Bett, wo man sein müdes Haupt hinlegen könnte – treibt einen in die Enge und fragt in deinem Namen, Allmächtiger, lautstark und unerbittlich: „Hast du schon viel Gutes getan?" Was soll man da antworten? Sagt man „viel" – spuckt er einem ins Gesicht, sagt man „wenig" – lacht er sich ins Fäustchen: Siehst du, bist auch nicht besser als ich, wir passen zusammen wie ein Paar alte Latschen.

Der Wärter machte keine Anstalten zu gehen, und Josua, verwirrt, wie er war, konnte nicht begreifen, worauf er eigentlich wartete – auf eine Antwort oder vielleicht darauf, daß er, Josua, die Gewohnheit durchbrach, unter keinen Umständen unkoschere Speisen anzurühren? Möglicherweise hing ihm auch einfach sein stumpfsinniger, eintöniger Dienst zum Halse heraus – Türen auf- und zuschließen, mit zum Abort gehen und wieder zurück.

Ein instinktiver Scharfsinn riet Josua, es nicht mit ihm zu verderben, nicht die Grenze zu überschreiten, wo die Vernunft aufhört und fruchtlose, aufreibende Feindseligkeit beginnt.

Nicht er hatte ihn hier eingesperrt, nicht er würde ihn freilassen.

Hing denn von ihm, dem Knecht, etwas ab? Wenn ihm befohlen würde, zu begnadigen, täte er es; würde ihm befohlen, zu erschießen, so ballerte er los. Er verrichtete seine Dienste für ein paar Groschen, für eine trejfene Wassersuppe, dieser Knecht des Bösen, und war's zufrieden und schwieg, selbst wenn sein Nächster aus vollem Halse schrie oder sich vor ihm im Staub wand. Und nicht etwa, weil er ein Unhold war, sondern weil das Böse seit eh und je seine Diener besser bezahlte als das Gute. Man konnte das Imperium kreuz und quer durchreisen, in jedes Haus, jede Hütte, jede Amtsstube gehen, man konnte beim Selbstherrscher persönlich nachsehen – nirgends fände man auch nur einen, der mit dem Guten sein Glück gemacht hatte. Alle lebten vom Bösen. Alle.

Josua brauchte ja nur sich selbst zu nehmen. War es nicht das Gute, das ihn in diese muffigen vier Wände gebracht hatte, auf diesen Lehmfußboden, der nach Gruft stank? Natürlich das Gute. Er hätte ja den Jungen liegenlassen können, ihn nicht nach Rossieny mitnehmen, er hätte sich schließlich auch unterwegs noch besinnen können, den Leichnam wieder abladen und irgendwo am Wegrand mit Reisig zudecken. Aber nein, er hatte sich nicht besonnen, hatte ihn nicht verbuddelt, er hatte eine Riesendummheit begangen.

Und alles nur, weil er vergessen hatte, wo er hingehörte, vergessen, daß es seine Sache nicht war, Gutes zu tun, wohl aber, Wodka auszuschenken – tags und nachts, ohne Verschnaufpause, bis zu seinem letzten Atemzug!

Wahrscheinlich hatte er auch ihm, diesem Gehilfen des Bösen, diesem stupiden Kerl, irgendwann einmal eingeschenkt, und der war ihm um den Hals gefallen und hatte unter Tränen gebettelt, bis zum Lohntag noch eine Flasche auf Pump zu bekommen, noch eine!

Josua äugte zu ihm hin, als wolle er sich an sein Gesicht erinnern, aber gab es denn etwas zu erinnern? Der Wodka läßt sie alle das Gesicht verlieren: Bauern und Gefängniswärter und Aufrührer.

Vor Zeiten, als Josua noch ein Kind war, hatte er von seinem Großvater einen erstaunlichen Ausspruch vernommen: „Böses, das dem Guten hilft, ist schon ein halbes Gutes."

Am Ende könnte auch dieser Wärter ein halbes Gutes tun – na, wenigstens ein Viertel, wenigstens ein winziges Teilchen.

Soll er wenigstens das Pferd füttern, dachte Josua und entschloß sich, sein kurzfristiges, mit Verachtung gemischtes Wohlwollen zu nutzen. Soll er ihm das Brot bringen, den Hafersack unterm Stroh hervorziehen und ihn dem Pferd vorhängen.

Josua würde gut dafür zahlen – die zwei versteckten Goldstücke. Schade um das Geld, gewiß, doch um das Pferd war es auch schade. Und außerdem würden die Münzen sowieso früher oder später gefunden, man würde den Wagen durchstöbern und sie aus dem Sack angeln. Warum sollten sie umsonst verlorengehen? Ob im Glück oder im Unglück, in Gefangenschaft oder in Freiheit – Geld muß für seinen Besitzer arbeiten, für ihn kämpfen, ihn verteidigen. Das ist ja das Gute am Geld, daß keine Fesseln und keine Gitter dafür existieren. Mal sehen, vielleicht kann er den Wärter damit für sich gewinnen. Von solchem Verdienst wagt der ja gar nicht zu träumen. Für zwei Goldstücke könnte er nicht nur das Pferd füttern, sondern noch ein bißchen mehr tun – Morta in der Schenke Bescheid sagen, daß sie sich nicht sorgen möge, daß sie nicht auf ihn warten, sondern selbst zu Sajontschik fahren soll und daß sie ihn notfalls auch einmal im Gefängnis besucht. Wer weiß, wie lange sie ihn noch hier festhalten – einen Tag oder ein ganzes Jahr. Im vorigen Jahr hatte Nuikin am hellichten Tag den Müller Moische-Bär festnehmen lassen, ihn auf Wasser und Brot gesetzt – ein Mädchen hatte er vergewaltigt! – und ihn nicht wieder nach Hause gelassen, ehe er sich mit einem Hunderter freikaufte.

Wenn dieser stupide Wärter das Geld nähme und die Hilfe ablehnte, dann hätte nur das Pferd den Vorteil, wäre er aber einverstanden, dann würde Josua ihm noch etwas zulegen. Und ausschenken würde er ihm ein ganzes Jahr lang unentgeltlich, von Pessach bis Pessach.

Der Schankwirt beugte sich nieder, hob die Schüssel mit dem Roggenbrotkanten vom Fußboden auf, sah den Wärter eindringlich an und sagte leise und deutlich: „Ich gebe dir zwei Goldstücke."

„Zwei Goldstücke?" Der Mann war baff. „Wofür?"

„Du weißt schon", erwiderte Josua ausweichend.

„Mach keine Faxen, Alter. Sag deutlich, was du willst, ohne eure Fisimatenten."

Er hat angebissen, registrierte Josua erfreut, denn er hörte aus seiner Grobheit keine Absage heraus, sondern Bereitwilligkeit.

„Ich habe doch gesagt: Das Pferd braucht Futter."

„Hör auf mit dem Pferd. Ich kenne euereins aus dem Effeff. Denkst du, ihr seid ohne Grund unbeliebt! Das hat schon seine Gründe ... Ihr wollt das rechtgläubige Volk andauernd bloß um den Finger wickeln."

Josua widersprach nicht: Sollte er seinem Herzen Luft machen, der Muschkote, sollte er sich aussprechen, er hat's auch nicht leicht, soll er getrost ein Weilchen schäumen, und wenn er sich abreagiert hat, dann krieg ich ihn in den Griff. In seinem langen Leben hatte Josua schon mit allen möglichen Leuten zu tun gehabt und dabei festgestellt: Wenn du willst, daß ein Dummkopf oder ein Feind dir hilft, dann wirf ihm niemals Dummheit oder Feindseligkeit vor, sondern, im Gegenteil, lobe seinen Verstand und seine Freundlichkeit und nicke, nicke, nicke. Wer nickt, behält immer recht.

„Hab keine Zeit, hier lange mit dir zu quasseln", sagte der Wärter und nahm Josua die Schüssel mit der Suppe ab. „Her mit deinen Goldstücken."

„Die sind im Hafer."

„Im Hafer?" Der Wärter glotzte. „Also, ihr könnt einfach nicht ohne Lügen, ihr könnt nicht ... die habt ihr mit der Muttermilch eingesaugt!"

„Im Hafer, unterm Stroh", knurrte Josua und beeindruckte den anderen durch seine Gelassenheit. „Du ziehst den Sack raus, steckst die Hand rein, und schon hast du sie! Ich schwör's! Nur vergiß die Stute nicht!"

„Das ist alles?"

„Ja."

„Also das hab ich bis jetzt noch nie gehört, daß die Juden ihr Viehzeug lieben", murmelte der Wärter, und plötzlich biß er – vielleicht vor Aufregung, vielleicht auch vor Hunger – in das Brot und schlürfte von der Suppe aus der Schüssel.

„Was denn, hast du etwa gedacht, sie lieben nur das Geld?"

„Das Geld lieben alle", sagte der Wärter freundlich und aß Josuas Frühstück vollends auf. „Und du führst mich auch nicht an der Nase herum, Alter? Die Goldstücke sind wirklich im Hafer?"

„Wenn ich doch bei Gott geschworen habe!"

„Also gut: Ich füttere das Pferd. Das wird mir keiner übelnehmen – das Pferd, das ist ja unschuldig ... Nur eine Bedingung: Weiter darfst du von mir nichts verlangen. Charkin läßt sich nicht kaufen."

Josua nickte flüchtig. Doch sein Nicken bedeutete nicht sosehr Zustimmung als vielmehr verschwörerisches Verständnis. Alles zu seiner Zeit, klar.

In der Tat, überlegte Josua, nachdem Charkin gegangen war, hätte ich ihn jetzt noch um etwas anderes gebeten, für mich oder wegen Morta – wer weiß denn, wie viele Bitten ein Gefangener hat? –, dann wäre er fuchsig geworden, hätte mich zur Hölle geschickt und nicht mal die Braune gefüttert. Ich muß abwarten. Wer sich übereilt, macht sich nur lächerlich ... Charkin läßt sich nicht kaufen ...? Nun ja, sogar ein Sklave hat ein Fünkchen Ehre im Leib, ein Tröpfchen wenigstens, ein Eiszäpfchen, das irgendwann plötzlich taut, aber wehe, du wischst es weg – warte ab, bis es trocknet oder verdampft. Und es verdampft bestimmt, es ist ja nur ein winziges Tröpfchen. Wer leicht und ohne Schweißvergießen zwei Goldstücke erworben hat, der kommt wieder und will zwei neue, um seine Armut zu vergolden, um seine Sklaverei zu versüßen. Aber war er, Josua, nicht genauso einer?

Natürlich, genauso einer – ein Sklave im Goldmantel, der vor einem Sklaven im Soldatenmantel liebedienerte.

Man mußte sich das mal vorstellen – sogar der Mörder Semjon, sogar der war glücklicher: Er stand, ein freier Mensch, inmitten des riesigen Gefängnisses, das den Namen „Gottes Welt“ trug, und wenn er schon liebedienerte, dann nicht vor einem Lakaien und Speichellecker, sondern vor dem Himmel.

Nun, da Josua wieder allein war, geriet er vollends in Verzweiflung.

Alles – die Sorge um das Pferd, das starrsinnige Hungern, das seine Kräfte aufzehrte, und auch die Hoffnung auf Befreiung – kam ihm jetzt vor wie das nutzlose, krampfhafte Flattern eines Schmetterlings, der mit seinen schwachen Flügelchen das Glas durchstoßen will, weil es der belebenden Luft so ähnlich ist, nur seltsam verdichtet zu einer unnachgiebig festen Masse, die sein Untergang wird.

Der Schweinekoben wurde Josua auf einmal eng wie eine Höhle, wie ein Mauseloch, und er kroch in sich zusammen, am liebsten hätte er sich schleunigst aufgelöst und wäre spurlos verschwunden.

Vom Hof her rief ihn das Wiehern der Stute. Josua raffte sich auf, stürzte zum Fenster und sah, wie Charkin, verstohlen um sich blickend, im Stroh wühlte, es durcheinanderbrachte und breitschleuderte, auf der Suche nach dem Hafersack.

Jetzt hatte er ihn gefunden.

Zog ihn heraus.

Steckte beide Arme bis zu den Ellenbogen hinein.

Schöpfte eine Handvoll Hafer.

Blickte um sich.

Warf den Hafer auf die Erde.

Schöpfte eine zweite Handvoll.

Und warf auch die weg.

Von wer weiß woher – vielleicht vom Dach das Gefängnisses? – kamen ewig hungrige, ganz und gar nicht wählerische Spatzen angeflogen.

Josua sah aus dem Fenster, starr und stumm, die Hand aufs Herz gepreßt, als könne auch das, wie ein Sperling, aus dem Brustkorb entschlüpfen und davonfliegen, von ein paar Körnchen verlockt.

Er wollte Charkin etwas zurufen, doch sein oberen Zähne klopften wie Hagelkörner auf die unteren, ein widerliches Zittern verzerrte seine Lippen und Kiefer, so daß der Ruf, noch ungeboren, schon beim Eintritt in den Kehlkopf zersplitterte und ihn zu ersticken und zu würgen drohte.

Als Charkin zum drittenmal die Arme bis zu den Ellenbogen im Hafer versenkte, schloß Josua die Augen.

Er stand wie blind.

War um ein Jahr gealtert.

Öffnete mühsam wieder die Lider.

Charkin stand vor dem Pferd wie vor einer Mutter, mit ausgestreckten Händen.

Und die Braune schleckte gierig von ihnen den Hafer ab.

„Dank sei dir, Herrgott", flüsterte Josua mit tauben Lippen, und als Charkin dem Pferd den Futtersack vorgebunden hatte, ließ er sich auf den Fußboden sinken. „Vergib, daß ich nicht stehend mit dir rede, daß ich Unwürdiger mich an dich wende vom schmutzigen Gefängnisboden aus ... Ich danke dir für das Pferd, für den Wärter, für diesen Morgen. In deiner Macht steht es, uns zu strafen oder Gnade zu üben. Jedoch ich bitte dich: Laß kein Körnchen ungenutzt umkommen. Mach damit alle satt: Gerechte und Schuldige, Sperling und Geier, den Gefangenen und seinen Wärter, und möge jedes Körnchen in eines jeden Seele aufgehen, nicht als gewinnbringendes Böses, sondern als Saat des Guten."

Er lag auf dem Rücken, den verschleierten Blick zur Decke gerichtet, und durchs Spinnweb von Erschöpfung und Gerührtsein über sich selbst versuchte er den zu erkennen, den es nicht gibt und der doch von Kindesbeinen an unablässig über jedes Stöhnen, über jeden seiner Seufzer wachte, sie nicht mindernd, sondern mehrend.

Und plötzlich drang zu Josua, durch den hilfreichen ohnmächtigen Halbschlaf hindurch, wie durch warmes Badewasser, das Geräusch eines Fuhrwerks.

Anfangs dachte er, seine Sinne würden ihn narren, er kratzte sich sogar ärgerlich in den knorpligen Ohren, in denen rötliches Haar wucherte, doch als das Geräusch sich wiederholte, näher kam, lauter wurde, erhob er sich mühsam vom Fußboden, ganz aufgestört und angespannt.

Sollte dies wirklich das Ende sein?

Fuhren sie wirklich den Wagen weg – sein Leben, seine letzte Hoffnung?

Noch einmal polkte Josua in seinen Ohren, daß es beinahe schmerzte, und das Gefühl des Verdammtseins wich plötzlich einem verächtlichen Staunen – nanu, so schwach war er also schon und so feige, daß er beinahe das Knirschen fremder Wagenräder mit dem der eigenen verwechselt hätte! Dabei scheint es doch nur einem schlechten Fuhrmann so, als knirschten alle Wagen und als wieherten alle Pferde auf ein und dieselbe Weise.

Alles, wozu Josuas Kraft noch reichte, war: sich noch einmal zu recken und auf die Zehenspitzen zu stellen.

Am anderen Ende des Hofes, gegenüber vom Gefängnisgebäude, hielt ein Wagen.

Josua strengte seine Augen an und zählte darin sechs Personen, darunter eine plusterige Frau.

Je genauer er hinsah, desto deutlicher erkannte er sie – ohne Kopftuch, mit windzerzaustem Haar, in braunem handgewebtem Kleid, das den runden Leib straff umspannte.

Das war doch Morta!

„Morta!“ schrie Josua. „Morta!“

Er rieb sich die Augen so heftig, als wollte er sie mit den Fingern aus den Augenhöhlen drücken.

„Morta!“

Doch seine Stimme erreichte sie offenbar nicht, sie prallte vom Fenster ab, zersplitterte, und die Splitter verwundeten Josua schmerzhaft Gesicht und Seele.

Als er neben Morta einen Soldaten mit Gewehr sah, verwirrten sich seine Gedanken, sein Hirn war wie in Rauch gehüllt, eine seltsame Leere umgab ihn, und ringsum blieb nichts außer dieser Leere und seiner eigenen Stimme.

Doch bald verschwand auch die Stimme.

Aus der allumfassenden Leere erstanden abwechselnd Naftali Spiwak, der Friseur Anschel Berschtanski, der Synagogendiener Perez und der Ortspolizist Ardaljon Ignatjewitsch Nesterowitsch, aber seltsamerweise nicht in voller Lebensgröße, sondern teilweise, irgendwie zerhackt: von einem der Schnurrbart, von einem der Kopf, von einem die Hosenbeine.

Eine Zeitlang versuchte Josua noch mit aller Willensanspannung, diese Teile zusammenzusetzen, einen Zusammenhang herzustellen zwischen sich und ihnen, dem Soldaten und dem Wärter, dem einen Wagen und dem anderen, zwischen dem heutigen Tag und dem gestrigen, doch dieser Zusammenhang entglitt ihm wie eine glitschige Schleie, zurück blieb nur bleierne Schwere im Hinterkopf und ein bitterer Geschmack im Munde.

Die Beine knickten ihm ein, er stürzte zu Boden.

Die sanfte Woge der Bewußtlosigkeit hob ihn auf und trug ihn von dannen, aus dem Paradies der Sklaven und Knechte, aus Schenke und Gefängnis hinüber in ein anderes Paradies – das des Todes, der alle frei macht.

Doch Josua war es noch nicht bestimmt, dort anzukommen.

Nach einer halben Stunde verebbte die Woge der Bewußtlosigkeit, und er fühlte unter sich wieder den kalten Lehmboden der Zelle.

Jetzt war er bereits nicht mehr allein.

Sein Schwager, der Ladenbesitzer Naftali Spiwak, düster schweigend, geknickt wegen seiner unverhofften Verhaftung, hockte in einer Ecke, als wollte er sich entleeren, und bohrte den stumpfen Blick in die Mauer, die einen Geruch von Katzenkadaver und Kellerschimmel ausströmte. Ein Stück entfernt von ihm wiegte sich in ekstatischem Gebet der Synagogendiener Perez, und mit jeder Verneigung wurde sein schmaler, beinahe knabenhafter Rücken krummer. Nur der Friseur Anschel Berschtanski, seinen Gewohnheiten und seinem Handwerk treu, ging in der Zelle umher, sah ab und zu auf die verschlossene Tür, wie in seiner Barbierstube in den Spiegel, und kratzte sich am Adamsapfel.

Keiner von ihnen machte Anstalten, als erster mit Josua zu sprechen. Sie hatten auch früher nicht viel für ihn übrig gehabt, hatten ihn verächtlich von oben herab behandelt wegen seiner Ehe mit Morta und weil er Chawa auf dem Gewissen hatte und sogar Semjons wegen, den er weder vor einem Verbrechen noch vorm Irrsinn bewahrt hatte. Naftali Spiwak, der hatte ihm sogar vorgeschlagen, den Marktflecken zu verlassen, um die Verwandtschaft nicht in Verruf zu bringen.

Wäre Josua in Freiheit gewesen, so hätte er nicht einmal zu ihnen hingeschaut, sie hätten ihm gestohlen bleiben können – sie waren schließlich nicht seine Ernährer! –, jetzt aber, kraftlos, zerschlagen und gedemütigt, hoffte er wenn schon nicht auf Herablassung, so doch wenigstens auf Anteilnahme. Hätte nur einer – na, zum Beispiel der Schwätzer Anschel Berschtanski! – gefragt, wie und wofür er, Josua, hierhergeraten war, in dieses Moderloch, worin seine Schuld bestand, aber nein, sie schwiegen und sahen ihn feindselig an. Und das waren nun Juden! Das waren nun seine Glaubensbrüder, der Teufel sollte sie holen!

Dachten sie vielleicht, er hätte sie in dieses siedende Höllenpech geworfen und den Kessel angeheizt?

Natürlich dachten sie das – er sah es ihren Visagen an!

Sie hatten wohl vergessen, daß es von allen Todsünden die leichteste ist, einen Verfolgten zu beschuldigen. Stand es ihnen, den Verfolgten, denn an, einander zu beschuldigen und zu verdächtigen, dies und jenes Hühnchen miteinander zu rupfen? Sollten sie sich nicht lieber zusammensetzen und ihre vielgerühmten jüdischen Gehirne anstrengen, was zu tun war, wie sie aus dem Unheil wieder herauskämen? Denn das Unglück war ganz offensichtlich nicht von Pappe, damit wurde ein einzelner nicht fertig, das war im Alleingang nicht zu bannen. Ein blutiger Verdacht ist wie eine Feuersbrunst: der eine stöhnt in den Flammen, der andere wärmt sich daran die Hände. Ein Funke genügt, und schon fängt jedes jüdische Dach Feuer.

Josua stemmte die Ellenbogen auf den Fußboden, kam jedoch nicht hoch.

Auf den Knien, wie in der Kirche, kroch er zu Berschtanski, ergriff den Saum von dessen Lapserdak und hauchte, gegen Übelkeit und Schwäche ankämpfend: „Anschel! Sei kein Unmensch, geh zum Fenster … schau auf den Hof!“

„Warum?“

„Ist meine Frau dort oder nicht?“

Naftali Spiwak in seiner Ecke spuckte laut aus.

„Bitte geh!“ Josua zupfte den Friseur am Ärmel. „Was macht's dir aus?“

Der lange Berschtanski schielte zu Spiwak hin, dann zu dem sich wiegenden Synagogendiener Perez, nach kurzem Nachdenken tat er einen Schritt vorwärts, blieb aber gleich wieder stehen.

„Ich vergeß dir das nie“, flehte Josua.

„Wie soll ich denn gehen, Reb Josua, wenn Ihr mich festhaltet?“

„Geh, geh, ich komme dir nach“, sagte der Schankwirt, er krallte sich an Berschtanskis Ärmel fest und rutschte auf den Knien hinter ihm her.

„Oi, ich sterbe vor Lachen“, stöhnte Naftali Spiwak, während er seinem kriechenden Verwandten zusah.

Josua wußte durchaus um das Erniedrigende seiner Lage, aber ihm blieb kein anderer Ausweg. Er war am Ende seiner Kräfte, jeden Moment konnte er abermals das Bewußtsein verlieren, ohnmächtig niederfallen und nicht wieder zu sich kommen.

„Ich werde Euch lieber unter die Arme greifen, Reb Josua“, murmelte Berschtanski, den Unsicherheit lähmte. Er wollte dem Schankwirt helfen, doch auch den Krämer, seinen langjährigen Kunden, wollte er nicht erzürnen. Ein Friseur, genau wie sein Rasiermesser, muß es mit allen gleichermaßen halten. Wen man barbieren oder frisieren kann, mit dem darf man sich nicht streiten.

„Schau du nach“, beharrte Josua. „Mich tragen die Beine nicht.“

„Oi, ich sterbe vor Lachen“, wiederholte Naftali Spiwak. „Die Beine tragen ihn nicht, aber er spielt den Liebhaber! Pfui!“

Er hockte immer noch auf dem Boden, und dieses sinnlose Hocken und seine verächtlichen Worte ließen Josuas Herz immer lauter und verzweifelter pochen.

„Nu was?“ stieß er hervor, als der lange Anschel seinen sonnenblumenstengeldünnen, faltigen Hals reckte und aus dem Fenster sah.

„Sie klopft dem Pferd den Rist“, meldete der Friseur.

„Welchem Pferd?“ nuschelte Josua, unzufrieden mit der kargen Antwort.

„Eurem, welchem sonst.“

„Hör zu“, bat der Schankwirt. „Schrei ihr zu und ruf sie! Ich bezahle es dir! Ich kauf dir einen neuen Spiegel! Oder was du sonst willst!“

„Zu weit weg“, knurrte Berschtanski.

„Ruf sie!“

„He, ihr!“ brummte Naftali Spiwak aus seiner Ecke. „Schluß mit dem Affentheater!“

Er wartete einen Moment, stand auf und ging zum Fenster, auf den verstummten Berschtanski zu.

„Weg vom Fenster, Anschel!“ wandte er sich schon von weitem an den Friseur. „Die Alte hilft euch nicht.“

„Die Alte?“ heulte Josua auf. „Sie ist meine Frau! Meine Frau! Vor Gott und den Menschen!“

„Deine Frau ist auf dem Friedhof, in der kühlen Erde ... Solche Frauen hier, die sind wie streunende Hündinnen!“

„Was? Was hast du gesagt, Naftali?“ fragte Josua mit erstikkender Stimme.

„Was du gehört hast ... Du denkst, wenn du mit ihr geschlafen, ihr einen dicken Bauch gemacht, sie zum Rabbiner geführt hast, dann ist sie schon deine Frau? Die pfeift doch gleich morgen auf dich, nimmt dein Geld und angelt sich einen neuen ... aus der anderen Herde.“

„Schweig! Schweig still!“ Josua ließ Berschtanskis Ärmel los, erhob sich mit letzter Kraft, ging seinem Schwager an die Kehle und hielt ihn gepackt.

„Ihr Juden! Ihr Juden! Was tut ihr? Verliert nicht den Verstand!“ zappelte der Synagogendiener Perez. „Reb Josua! Reb Naftali! Um Gottes willen! So würgen wir uns doch gegenseitig ab ...! Soll sie sein, wie sie will, aber von jemand anderem können wir keine Hilfe erwarten. Schrei ihr zu, Anschel, ruf sie! Reb Josua will ihr ja keine Liebeserklärung machen. Nicht wahr?“

Josua schwieg.

Auch Berschtanski antwortete nicht.

Nur Naftali Spiwak bewegte den Kopf, um sich aus Josuas Zangengriff zu befreien, und näselte schniefend: „Du

Stier …! Du Hengst …! Dir sollte man eine gewisse Stelle abschneiden und den Hu-hunden vorwerfen!“

Josua bleckte nur die Zähne.

Der Synagogendiener Perez hüpfte um sie herum und sah jedem in die Augen, wie man zu einem Sterbenden ins Zimmer schaut – erschrocken, ermutigend, demütig hilflos.

„Laßt mich mal“, sagte er plötzlich, in der Hoffnung, dem Streit ein Ende zu machen. „Ich bin leicht. Ich wiege so wenig wie ein Engel. Das hat meine Großmutter immer gesagt. Hebt mich hoch!“

„Ein Engel“, lachte Naftali Spiwak auf, dann spie er aus und wandte sich ab. Biedert sich an, der arme Schlucker, schimpfte er im stillen. Reflektiert wahrscheinlich auch auf ’n Spiegel. Hat sich was mit Spiegel, wenn Nuikin euch von hier in den Himmel schickt.

„Na gut“, sagte Berschtanski aufatmend. „Obwohl sie sich das auch selbst denken und zum Fenster kommen könnte.“

„Woher soll sie wissen, wo wir stecken“, trat Josua für Morta ein.

„Wenn sie kommt, was soll ich ihr sagen?“ fragte der Friseur.

Seine Frage galt weniger Josua als vielmehr Naftali Spiwak. In der Tat, was konnte Josua ihr sagen lassen? Daß er lebte? Daß er bald heimkäme?

Spiwak – das war etwas anderes. Er war der Gebildetste von ihnen, er hatte aus Wilno die Zeitung abonniert. Im Marktflecken setzte er alle Bittschriften auf: an den Kreispolizeichef Nuikin, an die Obrigkeit vom Kreis, einmal hatte er sogar eine Petition an den Zaren höchstpersönlich geschickt.

„Erinnern Sie sich, Reb Naftali, damals kamen Sie noch zu mir zum Haareschneiden, da haben Sie von einem Verwandten erzählt … in Wilno wohnt er … ein berühmter Mann … ein Advokat … Vielleicht, daß wir uns an den wenden?“ fragte Berschtanski, den Schankwirt übergehend, in des Ladenbesitzers Grübeleien hinein.

„Ach was“, seufzte Spiwak. „Das ist mir ein rechter Verwandter – hat sich in vierzig Jahren kein einziges Mal sehen lassen.“

„Aber womöglich kommt er jetzt?“ Berschtanski ließ nicht locker.

„Wir werden auf Gott vertrauen“, sagte der Ladenbesitzer.

„Hier ist nicht Gott am Platze, Reb Naftali, sondern der Teufel ... Gegen den Teufel hilft nur der Teufel. Wissen Sie nicht vielleicht die Adresse?“

„Die hatte ich, die ist verbrannt ... Sawalnaja-Straße ... siebzehn, glaub ich, oder achtzehn ... in der Nähe vom Dampfbad ... genau weiß ich's nicht mehr ... Meilach Wainstein. Wainstein hieß meine Stiefmutter.“

„Was soll das Gerede über den Stammbaum, wie bei den Bojaren“, wies Josua seinen Schwager zurecht. „Schrei ihr zu, Anschel! Es nützt uns doch allen!“

Berschtanski hüstelte, schöpfte tief Luft und rief mit hoher, dünner Tenorstimme: „Morta!“

„Wenn sie kommt, dann sag, daß ich lebe ... daß ich unschuldig bin ... daß ich zurückkomme ... Hörst du?“ sagte Josua eilig.

„Ja“, entgegnete der Friseur aufgebracht. So ein Kerl aber auch! Immerzu bloß von sich, als gäbe es die anderen gar nicht, als wäre nur ihm ein Unglück zugestoßen. Wie eine Spinne, sein Leben lang: mein Netz, meine Fliege. Er lebt? Noch lebt er. Er kommt zurück? Von wegen! Wenn sie ihm nachweisen, daß er den Jungen umgebracht hat, geht er ab nach Sibirien. Und zieht sie alle mit hinein, und dann gibt's nur Eisbären bei Frost zu rasieren. Nicht von ungefähr haben sie ihm, Berschtanski, alle Rasiermesser weggenommen, nicht von ungefähr. Wozu brauchen die denn seine Rasiermesser? Am Ende beschmieren sie noch eins mit Blut von dem Toten und stecken es in Josuas Wagen – wenn sie es nicht schon reingesteckt haben! –, und dann leb wohl, Marktflecken, sei gegrüßt, Zuchthaus und sibirischer Schneesturm! Denen ist alles zuzutrauen, alles. Wer die Macht hat, der hat auch Beweise. So viele er will, zur Auswahl. Sie aber haben nichts und niemanden, außer Morta. Markus Fradkin, der wäre ein Machtfaktor, aber er wird sich nicht einmischen. Ihm ist das einerlei – wenn nur sein Wald nicht angerührt wird, die Späne, die können seinetwegen lichterloh brennen.

„Sag, daß das Geld ... sie weiß schon, welches ... im Federbett eingenäht ist. Sie soll das Bett nur vorsichtig auftrennen, damit nichts kaputtgeht ... Sie soll von Itzik den Doktor holen lassen ... sie weiß schon ... Sajontschik ... Und wenn sie fragt, wo ich bin, warum ich nicht selbst ans Fenster komme, dann sag, sie hätten mich zum Verhör gebracht. Nu, warum schweigst du?“

„Morta!“ kreischte Berschtanski.

„Hat sie's gehört?“ Josua verging fast vor Ungeduld.

„Noch nicht. Aber Euer Pferd hat den Kopf gedreht.“

„Das ist gut, das ist sehr gut“, sagte der Synagogendiener Perez lebhaft. „Wenn das Pferd auf den Ruf eines Fremden reagiert, dann bedeutet das ...“ Er brach plötzlich ab.

„Was bedeutet das? Was denn?“ lachte Naftali Spiwak auf. „Das bedeutet, daß du, Perez, ein Arschkriecher bist.“

„Gut, gut, meinetwegen ein Arschkriecher ... Trotzdem, noch einmal, ihr Juden! Los, alle zusammen!“

„Mor-ta!“ tönte Berschtanski.

„Mor-ta!“ krächzte der Schankwirt.

„Mor-ta!“ winselte der Synagogendiener Perez heiser.

„Herrgott, Herrgott!“ rief Naftali Spiwak beim Anblick ihrer offenen Münder. „Sie sind ganz und gar verrückt geworden! Heulen, wie die Wölfe den Mond anheulen, aber der scheint und schert sich nicht um sie, die heiseren, hungrigen Grauen.“

Und auf einmal erwachte auch in ihm der Wunsch zu grölen – so laut seine Greisenstimme und sein löcheriger Wanst es hergaben, und zwar so, daß die Wände einstürzten, daß mit einem Schlag Schluß wäre mit diesem albernen Schlamassel, mit diesem ganzen Dilemma, in dem man versank wie in einem Sumpf, mit all diesem sinnlosen Hin und Her zwischen Sünde und Tugend, Wahrheit und Lüge, Schuld und Unschuld. Was würde er, Naftali Spiwak, schon gewinnen, wenn man ihn freiließe, und was würde er verlieren, wenn man ihn hier in diesem Loch verfaulen ließe oder an den Galgen brächte? Nichts. Reinweg nichts.

Hatte er also ein Recht, sich den Stab des Gerechten zu eigen zu machen?

War es nicht besser, mit den Wölfen zu heulen, alles zu

vergessen, den eigenen Stolz und die Kränkung und auch die Tatsache, daß dieser Kerl, dieser Egoist, dieser Geizhals, dieser Stier, der sich hier vor den Füßen der anderen wälzte und sie alle ins Unglück gebracht hatte, daß der seine Schwester auf dem Gewissen hatte, die unvergessene, unansehnliche Chawa Spiwak, daß er die eigenen Kinder im Stich ließ, den unglücklichen Semjon und die neunjährige Channa, daß er sie eingetauscht hatte gegen einen Kuckuck aus fremdem Nest? Dazu sind die Menschen ja Menschen, daß sie ihre Sünden zwar getrennt beweinen, aber gemeinsam büßen, und wenn einer vor Schmerz heult, soll sich der andere nicht die Ohren zustopfen.

Auch er, Naftali Spiwak, wird sie sich nicht zustopfen, ebensowenig wie der Herrgott im Himmel.

Und kein verächtliches Wort soll mehr seine Lippen entweihen.

„Morta!" So fügte er ihren Schreien seine Stimme hinzu. Leise, kaum hörbar, vor dem Namen, der ihm so unerfreulich war, noch zurückschreckend.

„Sie kommt! Sie kommt!" verkündete der lange Berschtanski.

„Sie hat's gehört!" Der Synagogendiener Perez drehte sich wie ein Trendel* zum Chanukkafest**. „Was hab ich gesagt, Reb Naftali? Nur Eure Stimme hat noch gefehlt ...! Ein Wunder! Ein Wunder ist geschehen."

„Wirklich, sie kommt?" Josua zitterte, sein Mund war ganz schief vor Unglauben und Freude.

„Wirklich", bestätigte Berschtanski.

„Ich will selber ... selber ... Helft mir", plapperte Josua los.

Naftali Spiwak rührte sich nicht. Er stand da wie gebannt und strich sich den Bart, einzelne Härchen auszupfend wie Splitter.

Berschtanski und der Synagogendiener Perez faßten den Schankwirt unter den Armen und schleiften ihn zum Fenster.

* Kreisel
** achttägiges jüdisches Tempelfest zur Erinnerung an die Wiedereinweihung des Tempels in Jerusalem (165 v. Chr.), wobei am ersten Abend ein Licht, an jedem folgenden eins mehr angezündet wird

Sie stellten ihn auf die Füße.

Sie stemmten ihn hoch wie einen Getreidesack.

Sie konnten ihn nicht halten.

Sich an der feuchten Wand festkrallend, rutschte Josua wieder zu Boden und murmelte mit gesenktem Kopfe: „Nicht so trübsinnig, Anschel! Zuversichtlicher! Du weißt ja, in welchem Zustand sie ist ..."

„Ja doch", erwiderte der Friseur. „Nur keine Bange. Die Meinige hat sechse zur Welt gebracht, und keine einzige Frühgeburt war dabei. Dabei hätte es Grund genug gegeben! Grund genug, Reb Josua."

„Ist sie da?" Der Schankwirt rutschte unruhig hin und her.

„Schon ganz nahe."

„Gott sei Dank, Gott sei Dank!" Er überschüttete sie alle mit seinem Gestammel, dann knöpfte er sich den Kragen auf und kratzte sich die behaarte Brust. Seine Augen blitzten auf, seine Nasenflügel blähten sich, und für einen kurzen trügerischen Augenblick atmete er die Luft des Glaubens – Sauerstoff aller Unglücklichen und Verfolgten. Sein Körper straffte sich jugendlich, seine Falten glätteten sich, und ihm schien plötzlich, es sei wahrhaftig ein Wunder geschehen: Morta durchschritt die Wand wie ein Brennesselfeld, sie kam zu ihm, reichte ihm die Hand, führte ihn über den leeren Gefängnishof zum Wagen, setzte ihn hinein, fuhr ihn heim, und als es bis zur Schenke nicht mehr als hundert Schritte waren, ereilte ihn ein leichter, glücklicher Tod.

Das Schloß klickte, und der Glaube schrumpfte zusammen, der Sauerstoff vertropfte wie Eiter aus einer Wunde.

„Was macht ihr für Radau?" tobte Charkin und blieb auf der Schwelle stehen.

„Gebetsstunde, Herr Natschalnik", sagte der Synagogendiener Perez geistesgegenwärtig und blinzelte Berschtanski zu: Los, fang an.

„Betet meinetwegen, aber leise. Sonst wäscht der Gefängnischef uns allen zusammen den Kopf", meinte der Wärter großzügig.

„Leise – das hört Gott nicht." Vor Angst wurde Perez dreist, und sein ganzes Gebaren stachelte den Friseur an.

„Josua lebt, und wir sind alle am Leben", begann Berschtanski auf jiddisch nach einem Motiv des Pessachgebetes zu singen. „Er ist unschuldig, und wir alle sind unschuldig."

„Alle unschuldig ...", stimmte der Synagogendiener Perez ein.

„Das ganze Geld ist eingenäht im Federbett", sang Berschtanski, die Worte dehnend. „Aber beim Auftrennen sei vorsichtig."

„Beim Auftrennen sei vorsichtig", wiederholte Josua mechanisch, beinahe unbewußt.

Ihre Stimmen, wie im Gebet, ebbten ab, um dann wieder pathetisch anzuschwellen, und Charkin lauschte wie gebannt, mit angehaltenem Atem, dem fremdartigen Psalmodieren, und sein gewöhnlich finsteres Gesicht mit den mongolisch breiten Wangenknochen wurde allmählich weicher, nahm einen weibisch mitleidigen Ausdruck an.

„Ihr müßt schicken jemanden nach Wilno ... Sawalnaja siebzehn oder achtzehn", singsangte Berschtanski in hohem Kantorenton, mit Pausen und Hauchlauten, wie es sich beim Beten gehört. „Zu Meilach Wainstein ... dem Advokaten ... vom Onkel Naftali Spiwak ... dem Stiefbruder von Slata ..."

„Vom Onkel ... vom Stiefbruder der Slata", sang der Synagogendiener Perez, dabei rollte er die Augen, wiegte sich im Takt der Worte und demonstrierte den Höhepunkt der kanonischen Liturgie. „Amen!"

„Amen", sagte Berschtanski

„Amen", hauchte Josua.

„Amen", preßte Naftali Spiwak hervor.

Und plötzlich – ob er nun in der Haltung Berschtanskis, der mit dem Kopf beinahe das Fenster einrammte, etwas Verdächtiges vermutete oder ob er das Alltagswort „Wilno" aus dem Gebet herausgehört hatte –, plötzlich stand Charkin stramm und bellte: „Amen!"

Er gab dem Friseur einen derben Schlag in die Rippen, und als dieser vom Fenster wegwankte, sich vor Schmerz krümmend, blickte er selbst auf den Hof hinaus.

Unten stand im Frühlingswind die plusterige kleine Morta.

„Schämt ihr euch nicht, ihr Gauner, den Herrgott zum

Mitschuldigen zu machen?“ sagte Charkin, die Worte prüfend, wie man ein Goldstück mit den Zähnen prüft. „Hättet anständig bitten sollen, dann hätte ich's schon ausgerichtet.“

Und er feixte verschmitzt.

7

Je mehr die Zeit fortschritt, um so bitterer und schwerer litt Dorski unter seiner Einsamkeit. Sogar in den Tagen vor Krystynas Tod – ach, was heißt Tage, fünf lange Monate – war ihm bei weitem leichter zumute gewesen als jetzt in der leeren, von Pani Katarzyna sauber aufgeräumten Wohnung mit den teuren antiquarischen Möbeln, den schweren Samtvorhängen und den Perserteppichen, wo keine Motte hindrang und kein Floh ihn biß.

Selbst damals, als Garkawi, nachdem er Krystyna ausgiebig untersucht hatte, es nicht mehr für angeraten hielt, das Urteil hinauszuzögern, und in einem Ton, der jeden Widerspruch ausschloß, im Flur zu ihm gesagt hatte: „Ich bin sicher, Miroscha, es ist Krebs ...“ – selbst damals hatte Dorski sich nicht so überflüssig und ruhelos gefühlt wie jetzt.

In jener traurigen Zeit hatte ihn die Gegenwart seiner todgeweihten Frau weniger bedrückt als jetzt die Leere und Trostlosigkeit der Abende und Nächte.

Damals war Krystyna noch ein halbes Jahr lang an seiner Seite gewesen, und so schienen ihm sein Haus und die Welt unerschütterlich, von einem besonderen, nicht alltäglichen Sinn erfüllt.

Dorski gab sich damals alle Mühe, seine Furcht, sein Grauen vor der unvermeidlichen Trennung nicht zu zeigen, im Gegenteil, er betonte auf alle nur mögliche Weise sein Familienglück, er schaffte es, sich unbekümmert und fröhlich zu geben wie ganz am Anfang oder, wie Garkawi sagte, in ihrer Petersburger Zeit.

Scham- und Schuldgefühle überwindend, näherte sich Dorski Krystyna zuweilen leidenschaftlich und nahm sie wie ein Besessener, dabei strich er mit der Hand über die heiße Haut ihres Bauches, heimlich mit den Fingerspitzen nach harten Knötchen am Unterleib tastend, vergeblich nach der tödlichen Geschwulst suchend.

Danach verwarf er Garkawis Verdacht und nahm sie wieder und wieder.

Krystyna begriff nicht, warum er so stürmisch war, doch sie wehrte ihn nicht ab, sie umschlang seinen ergrauten Kopf und flüsterte mit zerbissenen, geschwollenen Lippen: „Was hast du denn, Miron?"

„Nichts", erwiderte er.

„Du bist ja ganz wie ein Jüngling!"

„Ja doch!"

Ein andermal hätte ein solches Lob ihn in höchstes Entzücken versetzt, ihn um zehn Jahre verjüngt, jetzt aber drehte es ihm die Seele um.

„Ganz wie damals ... in Petersburg ... Weißt du noch?" wisperte sie.

„Und ob!"

„Das knarrende Bett ohne Giebel ... die Weißen Nächte ... mein Kleid auf dem Fensterbrett ..."

„Schlaf! Schlaf!" redete er ihr zu, erschüttert durch die Erinnerungen, durch seine eigene Kleinmütigkeit, sie aber schmiegte sich still an ihn, verlangte zutraulich nach weiteren Zärtlichkeiten, und in ihrem Verlangen, in ihrer Unersättlichkeit lag etwas Erschreckendes, Prophetisches, er hätte laut heulen mögen.

Er küßte sie, in jeden Kuß legte er seine Dankbarkeit und auch seine Verwirrung, er betäubte sich damit und suchte Rechtfertigung, er hoffte, sie mit seiner Leidenschaft zu heilen – auch solche Leuchten der Medizin wie Garkawi können sich doch irren!

„Das ist ja, als wolltest du Abschied nehmen, Miron", sagte sie in einer dieser – weißen? schwarzen? farblosen? – Nächte.

„Von wem?"

„Von mir."

Dorski wollte schon lügen – das Lügen war ihm bereits so zur Gewohnheit geworden wie das allmorgendliche Zähneputzen! –, wollte sich an sie pressen, ihre heikle drängende Frage mit Liebe beantworten, doch Krystyna wich ihm aus, schlüpfte unter der Decke hervor, kreuzte die Arme vorm Leib wie eine orientalische Gottheit und setzte sich nackt im Bett auf.

„Was hat er gesagt?"

„Wer?"

Die Kunst des Ausweichens, vor Gericht erworben, funktionierte sogar im Bett, doch es fiel Dorski immer schwerer, sich zu verstellen.

„Garkawi", sagte sie.

Ihre kleinen rosigen Brüste hingen über seinem Kopf, er sah sie unverwandt schweigend an und staunte über ihre Glätte und ihre gesunde Farbe. Herrje, fiel ihm plötzlich ein, ihre Brüste und meine Glatze haben ja die gleiche Farbe. Wie sehr mußte er, der aschgraue alte Ziegenbock, ihr zuwider sein!

„Garkawi hat mir das gleiche gesagt wie dir", sagte er, ohne mit der Wimper zu zucken.

„Lüg nicht."

„Du hast etwas mit der Bauchspeicheldrüse ... oder mit den Lymphdrüsen ... Ehrlich gesagt, ich habe kein Wort verstanden."

„Gar nichts?"

„Gar nichts."

„Ich hab es ohne Worte verstanden."

„Was?" Beinahe hätte Dorski sich verraten.

„Alles."

„Deck dich zu."

„Mir ist nicht kalt."

Er reckte sich zu ihr hin, und um nicht mehr reden zu müssen, umschloß er mit dem Mund ihre Brustwarze.

„Laß. Das tut weh."

Widerstrebend löste Dorski seine Lippen.

„Warum verheimlichst du mir die Wahrheit?"

„Welche Wahrheit?"

„Welche, welche", äffte sie ihn nach. „Was ist das bei euch nur für eine Art, Antworten auszuweichen!"

„Bei euch?"

„Vielleicht lassen wir wenigstens im Bett die nationale Frage beiseite ... Verzeih! Ich wollte dich nicht kränken. Bei

Gott, das wollt' ich nicht ... Warum legst du die Worte auch auf die Goldwaage? Das ist mir nur so rausgerutscht. Verzeih, Miron!"

Auch früher schon, in Augenblicken starker Erregung, war ihr dergleichen herausgerutscht, und dann überkam Dorski jedesmal ein blindes Gefühl der Demütigung, das lange anhielt, dann erwachte in ihm plötzlich der Paria, das Waisenkind, der Sproß der Fischhändlerin, er schwor bei allen Heiligen, Krystyna zu des Teufels Großmutter zu schicken, falls sie noch einmal solch einen falschen Zungenschlag täte, dann sollte sie sich doch lieber einen Pan von reinstem Adel suchen.

„Verzeih!"

Sie umarmte ihn, und Dorski, wie es ihm schon mehrmals passiert war, wurde weich und schmolz dahin, und er fühlte, wie unter der bräunlichen Haut ihr erschrockenes Herz klopfte.

Sie fragte nichts weiter, sie saß unbeweglich und spielte mit seinem spärlichen kurzen Haar, das noch feucht war vom Lieben, und das war ihm unangenehmer als alle ihre Fragen, aber den Kopf wegzuziehen, wagte er nicht.

„Ich habe Angst, Miron."

„Aber wieso denn? Wieso denn? Du bist einfach erschöpft ... Laß uns schlafen, Krysta."

„Nicht vorm Tod habe ich Angst ... vor der Sünde ..."

„Du hast keine Sünden ... Gar keine ... Alle deine Sünden nehme ich auf meine Kappe."

„Und wenn ich nun schwanger werde, Miron? Das ist dir wahrscheinlich gar nicht in den Sinn gekommen."

Das war ihm in der Tat nicht in den Sinn gekommen. Er hatte an alles mögliche gedacht – daran, ihr Leben, wenigstens für ein Jahr!, verlängern zu können, ihr die Qualen zu erleichtern, sie letzten Endes auf die unvermeidliche Trennung vorzubereiten und sie würdig zu bestatten, aber daran – daran hatte er nicht gedacht.

„Es könnte doch sein", fuhr sie fort. „Ich bin noch jung genug."

„Freilich, freilich bist du jung", stimmte er zu, starr vor Schreck über eine solche Möglichkeit.

„Sag mir die Wahrheit", begann Krystyna abermals. „Du bist doch hier nicht auf dem Gericht. Dort könnt ihr lügen, soviel ihr wollt. Ich verlange es, Miron!"

Dorski kroch ganz in sich zusammen.

Sie sah ihn von der Seite an. „Willst du gleich zwei ...?"

„Was – zwei?"

„Begraben ..."

„Um Gottes willen! Niemanden will ich begraben! Niemanden!" preßte Dorski, um Fassung ringend, hervor. Nein, nein! Weder mit Zärtlichkeit noch mit glühendem Eisen sollte sie ihm ein Geständnis entreißen. Lieber ein Lügner sein als ein Henker. Ob sie ihn anflehte oder nicht, er würde ihr nichts sagen. Wozu auch? Die Wahrheit ist nicht einmal denen vonnöten, die am Anfang des Lebens stehen, erst recht nicht denen, die dem Grab nahe sind. Alles würde sich von selbst klären.

„Komm nicht mehr zu mir ins Bett", sagte Krystyna stammelnd, wie bei einer Beichte.

„Wofür solche Strafe?" fragte Dorski, innerlich froh über ihre Bitte.

Nach jener Nacht lebten sie noch ein halbes Jahr, bis zum Frühling, zusammen unter einem Dach (er wollte nicht, daß sie im Krankenhaus starb), ohne einander auch nur einen einzigen Vorwurf zu machen. Dorski schaffte alles allein, ohne fremde Hilfe, er vertraute Krystyna niemandem an – weder Pani Katarzyna noch Pflegerinnen noch dem eigenen Sohn, der ab und zu kurz zu der Sterbenden kam, um dann abermals zu verschwinden, weiß der Himmel wohin. Bis zu ihrem Ende erschien Dorski fast gar nicht vor Gericht, er hatte rechtzeitig all seine Fälle an andere Advokaten abgegeben, ganze Tage saß er an Krystynas Bett, demselben, das sie ihm nunmehr verwehrte, er fütterte sie mit dem Löffel, brachte ihr die Medizin, setzte sie auf den Schieber und trug ihn hinaus, er erzählte ihr von Petersburg, von den Weißen Nächten, von der Zimmerwirtin Marfa Tichonowna, von dem Kirchlein gegenüber, wo Marfa Tichonownas Bruder, Pater Nikolai, flink und fanatisch, in langem Meßgewand und mit einem Kreuz, wie vom Kirchturm abgenommen, auf der eingefallenen Brust, sie beide für ein ordentliches Entgelt getraut und nach allen weltlichen und göttlichen Gesetzen zu Mann und Frau erklärt hatte, er erzählte auch von seinem Heimatort, vom Markt, wo ihre Schwiegermutter Slata mit frischem Fisch gehandelt hatte.

Krystyna, abgemagert und von der Krankheit entstellt, hörte ihm zu, forderte ihn mit mattem Blick auf weiterzuerzählen, streckte ihm ihre ausgedörrte Hand mit dem Ehering am Ringfinger entgegen, als wolle sie ihn bitten, den spärlich behaarten Kopf zu neigen, und als Dorski ihn gefügig beugte, spielte sie mit seinen Haaren und zählte sie.

Dorski dachte sich immer neue Geschichten aus, und in jeder schwang etwas Geheimnisvolles, was er früher nie ausgesprochen hatte.

„Den Priester, Miron, den Priester", bat sie eines Tages, und er stürzte Hals über Kopf in die Kirche, um den Geistlichen zu holen, voller Angst, dieser käme unter Umständen zu spät fürs letzte Abendmahl.

Dorski kannte ihn: Pater Gerassim war einmal in einem Prozeß wegen Diebstahls von Kirchengeldern als Belastungszeuge aufgetreten.

Groß und stattlich, das Gesicht ebenso undurchdringlich wie sein Priesterrock, mit lockeren langen Armen, so ging Pater Gerassim, ohne ein Wort zu verlieren, mit langsamen, geschmeidigen Bewegungen ins Schlafzimmer zu Krystyna. Dorski ließ er im Flur zurück, bei den farbigen Fußbodenläufern, den Pelzpantoffeln, den Mänteln und Mützen, die noch vom Winter her an der Garderobe hingen.

Dorski wußte nicht, was er tun sollte, und so nahm er eine leichte Flauschmütze Krystynas vom Haken – mein Gott, wie gut hatte die ihr gestanden! –, drehte sie in den Händen und begann auf einmal Fusseln herauszuzupfen.

Er sah sich selbst im Spiegel und erschrak: Wie sehr ähnelte er einer alten Jüdin beim Hühnerrupfen!

Welche Ähnlichkeit!

Ich kann mich ausstaffieren, wie ich will, dachte er, kann einen feinen Herrn aus mir machen – die Hühnerfedern werde ich nicht los, auch wenn ich mich vor der ganzen Welt zum Pfau erkläre.

Vorsichtig öffnete Dorski die Wohnzimmertür und lauschte, doch er vernahm keinen Ton.

Kein Stöhnen.

Kein Röcheln.

Keinen Segensspruch.

Aus, dachte er. Sie hat ausgelitten.

Solange Pater Gerassim nicht wiederkam, glomm noch ein Fünkchen Hoffnung in Dorski, doch als er schließlich die gleitenden Schritte des Priesters hörte, fiel ihm die Mütze aus der Hand.

„Sie sollen reinkommen", sagte der Geistliche trocken, wie zu einem Fremden, und verbeugte sich zum Abschied.

Weder Dorskis Erzählungen noch seine Fürsorge, noch nicht einmal das Morphium, das er ihr selbst eingegeben hatte, als die Schmerzen unerträglich wurden – nichts hatte auf Krystyna so gewirkt wie der Empfang des heiligen Abendmahls. Sie lag still und friedlich da, wie von der unerbittlichen Krankheit verschont, und ihre Augen, die ehemals blitzblau mit verschmitzten Fünkchen gewesen waren, hatten noch einmal den früheren Glanz.

„Setz dich", sagte sie zu ihrem erschütterten Gatten und stopfte sich das Deckbett unter, um Platz für ihn neben sich auf dem Bett zu schaffen.

Dorski ließ sich nieder wie auf Kohlen.

„Ich weiß", sagte sie seufzend. „Das ganze Leben hast du dich gequält ... und geschwiegen."

„Ich? Mich gequält?"

Er lachte gekünstelt auf, erschrak und erstarrte, ein Grabmal seiner eigenen Gedankenlosigkeit.

„Das ganze Leben hast du es ... im stillen ... bereut." Das Sprechen fiel Krystyna schwer, und sie machte eine Pause, um Luft zu schöpfen, die stickige Zimmerluft, die nach Fäulnis und Medikamenten roch.

„Gar nichts habe ich bereut."

„Doch, doch. Du warst nicht glücklich mit mir. Verstell dich nicht, Miron."

„Ich war glücklich, ja doch", sagte er, ohne über den Sinn seiner Worte nachzudenken.

„Mag sein ... aber nicht völlig ... Faß dir ein Herz und gesteh es ... Nicht völlig ... Gib mir bitte die Tropfen! Dort aus der Flasche ..."

Mit zitternden Händen ließ Dorski Medizin aus der Flasche tropfen und schüttete sie ihr in den ausgedörrten Mund.

„Jetzt bist du frei ... jetzt kannst du zurückkehren."

„Was soll das, Krysta! Wohin zurückkehren? Zu wem?"

„Zu den Deinigen ... Ich gebe dich frei ... Ich erkläre unsere Ehe für nichtig ... Sei bedankt für dein langes Ausharren ... für dein Opfer ... Geh! Geh! Geh!"

Und damit starb sie, leicht und verklärt.

Dorski drückte Krystyna die Augen zu, barg seinen Kopf im Kissen, umschlang sie mit beiden Armen und blieb, vor sich hin flüsternd, bis zum Morgen so liegen, bis Andrej und der Hausmeister die Wohnungstür aufbrachen und ihn von der Verstorbenen wegzogen.

Jetzt aber, zwei Jahre später, verbanden sich ihre letzten Worte, ihr dreimal wiederholter Abschiedsruf auf seltsame und unbegreifliche Weise mit dem Erscheinen des Mannes *von dort*, aus der Welt seines vergessenen Waisentums, aus dem Lande seiner Väter und Vorväter, das durch die sieben Wände seines Wohlstands von ihm getrennt war, aus den dunklen Wäldern, wo es vor reichlich vierzig Jahren ein schwankes Bäumchen namens Meilach Wainstein gegeben hatte. Dorski war nie Fatalist gewesen, er glaubte nicht an Geister und nicht an das Schicksal. Sein Schicksal aber hatte offenbar die Zeit abgewartet und gelauert, wie ein Bär in seiner Höhle, die Pfote im Maul, hatte ihn nicht belästigt, und er, der Ungläubige, hatte geglaubt, dieser Winterschlaf werde ewig dauern. Doch nein! Der Bär war erwacht, kam auf ihn zu, und nun war er mit einem Almosen nicht abzuspeisen, kein Honig brachte ihn mehr zur Umkehr.

Nun denn, tritt ein, Meister Petz, tritt ein!

Dorski saß am Tisch, auf dem zwei Tassen aus Meißener Porzellan blinkten, und wartete, von Einsamkeit gequält.

Die Standuhr schlug neun. Doch draußen herrschte Juni, auf dem Hof und im Zimmer war es noch hell.

Wahrscheinlich kommt er nicht, dachte Dorski. Ich hab

ihn heute morgen vor den Kopf gestoßen, nun wagt er sich nicht wieder her.

Als Dorski bereits überzeugt war, daß er die zweite Tasse umsonst herausgestellt hatte, wurde die Stille vom Läuten der Türglocke zerrissen.

Es kam aber nicht der, den er erwartete, sondern zu seiner größten Überraschung war es Andrej, in Handwerkerbluse und seinen ewigen an den Knien ausgebeulten Hosen, das kastanienbraune Haar lang bis auf die Schultern, er sah aus wie ein Mädchen in Männerkleidern oder wie ein Klosterschüler.

Er begrüßte den Vater mit Handschlag, dann betrachtete er die Wohnung wie ein Gerichtsvollzieher, der pfänden kommt, und blieb am gedeckten Teetisch stehen.

„Du erwartest jemanden?“ fragte er freundschaftlich.

„Dich!“ erwiderte Dorski, während er mit seinem flinken, an rasche Schlüsse gewöhnten Verstand den wahren Grund von Andrejs Kommen zu erraten suchte. In der Tat, was brauchte der Sohn auf einmal? Geld? Einen Rat? Aber er hatte ja des Vaters Hilfe längst unwiderruflich abgelehnt. Und Ratschläge brauchten sie sowieso nicht, diese Neunmalklugen, die hatten ihre eigenen Ratgeber. „Setz dich! Wir trinken gleich Tee.“

Dorskis Erstaunen erreichte seinen Höhepunkt, als Andrej sofort zustimmte, ohne Ziererei und Ausreden.

In der Küche wärmte Dorski den kalt gewordenen Tee auf, er zog den von Krystyna genähten Topfhandschuh, auf dem ein Zwerg als Koch abgebildet war, über, trug die Teekanne ins Zimmer, goß die Tassen voll, nahm sich Erdbeeren und verrührte die gezuckerten Früchte sorgfältig, mit dem Silberlöffel klappernd, im Tee, dabei schwieg er, um dem Sohn Gelegenheit zu geben, das Gespräch zu eröffnen.

Auch Andrej ließ sich Zeit.

Beide tranken Tee, sahen einander an – aufmerksam, geduldig – und schwiegen.

„Möchtest du noch?“ fragte Dorski, denn er fürchtete nun doch, dem Schweigen könne die Explosion folgen: Der Sohn würde aufstehen, sich für den Tee bedanken, und schon wäre er wieder über alle Berge.

„Gieß nach!“

Dorski goß erst sich ein, dann Andrej und begann wieder mit dem silbernen Löffelchen in der Tasse zu klappern.

Von Minute zu Minute wurde das Klappern schneller und lauter.

„Du machst noch die Tasse kaputt“, warnte Andrej. „Mama hat sie alle gehütet wie ihren Augapfel.“

„Sieh an: Er erinnert sich noch!“ lobte Dorski seinen Sohn, sich höhnisch der dritten Person bedienend.

„Sosehr es dich wundert – ich erinnere mich.“

„Vielleicht geruhst du wenigstens zum zweiten Todestag ans Grab zu kommen? Am ersten warst du nicht auf dem Friedhof. Sogar Garkawi ist das aufgefallen.“

„Entschuldige, Papa, aber ich mag nicht in Meute.“

„Ei gewiß“, sagte Dorski, ebenso höhnisch wie vorhin. „Mit dem Vater auf den Friedhof gehen – das ist in Meute ... In Meute mit allem möglichen Gesindel – bitte schön, aber mit dem eigenen Vater – entschuldigt mich! Ich hoffe, du hast nicht – in Meute oder allein – irgend etwas angestellt? Bist nicht zum Rechtsanwalt gekommen?“

„Nein, zum Vater.“

„Oh!“

Dorski nahm den Löffel aus der Tasse, legte ihn auf die Untertasse, stand auf, zog die Fenstervorhänge zu, kam zum Tisch zurück und fragte pathetisch, da er doch so sehr auf Aussöhnung – nun, wenigstens auf Waffenstillstand – hoffte: „Heimkehr des verlorenen Sohnes?“

Andrej wurde verlegen, warf sich das Zottelhaar aus der Stirn, starrte den Vater an, trank seinen Tee aus.

„Nicht ganz“, sagte er dann, entschlossen, mit der Tür ins Haus zu fallen. In der Kunst des Wortedrechselns konnte er seinem Vater nicht das Wasser reichen. Er mochte sich drehen und wenden, wie er wollte, am Ende würde er sowieso die Karten aufdecken müssen. Schlimmstenfalls würde der Vater ihm eine Moralpredigt halten, ihn wie stets an den Pranger stellen, und damit Schluß. Aber manchmal geschehen ja auch Zeichen und Wunder. Versuch macht klug. „Es gibt da jemanden ... Nun ja, einem meiner Freunde drohen Unannehmlichkeiten ... Könntest du ihn nicht für einige Zeit ... für zwei, drei Wochen hier unterbringen?"

„Soso", nuschelte Dorski enttäuscht. Wieder mal reingefallen! Daß er alter Dummkopf nicht gleich darauf gekommen war! Heimkehr des verlorenen Sohnes? Waffenstillstand? Pustekuchen!

Doch Dorski beherrschte sich. Er streifte den Sohn mit müdem, vorwurfsvollem Blick und fuhr fort: „Also bist du nicht zum Vater gekommen, sondern zum Hausbesitzer? Bist selber abgehauen und willst mir statt dessen irgend so einen Fjodor unterschieben?"

„Du weißt, wen?" erschrak Andrej.

„Was denn – heißt er wirklich Fjodor?" verstellte sich Dorski.

„Nein." Andrej wurde rot. „Und ich will dir auch niemanden an meiner Statt unterschieben. Ich dachte einfach ..."

„Alles klar." Dorski lachte böse auf. „Nur hast du leider mit der falschen Stelle gedacht. Na, was glotzt du mich so an? Hast du mich noch nie gesehen?"

Andrej schwieg bedrückt und beunruhigt. Der Schlag hatte empfindlicher gesessen, als vermutet. Woher ahnte der Vater etwas von Fjodor? Spionierte er ihm etwa nach? Oder interessierte sich Lirow von der Ochrana auch für Fjodor?

„Zwei Eigenschaften sind es, Andrej, die ich an einem Menschen besonders schätze: Aufrichtigkeit und Konsequenz. Das erstere kann man dir nicht absprechen, aber mit dem zweiten steht's bei dir, übrigens genau wie bei deinem ergebenen Diener, nicht zum besten. Denk doch mal nach: Vor kurzem noch war ich für dich die Verkörperung beinahe aller Laster."

„Wieso denn das?"

„Ein Feigling, ein Anpasser, ein Abtrünniger im Glauben. Jaja! Und plötzlich solch ein Umschwung, solch ein Vertrauen ... Weihst mich in ein Staatsgeheimnis ein ... Natürlich, ich brauche deinen Fjodor nur aufzunehmen, und für die Zeit seines Aufenthalts, für drei Wochen verzeihst du mir all meine Sünden, die echten und die eingebildeten. Um des Vorteils willen erklärst du mich für edelmütig, kühn und entschlossen. Stimmt's etwa nicht?"

Dorski sprach langsam, von oben herab, aber ohne Zorn, und Andrej konnte einfach nicht begreifen, worauf er hinauswollte. Er wußte, daß der Vater gern predigte, sich ausließ, sich wichtig tat, ja, aber die Tatsache, daß er zum zweitenmal Fjodors Namen erwähnte, gab dem Gespräch eine verblüffende und beunruhigende Nuance.

„Sag mir doch bitte, inwiefern seid ihr besser als ich?“ erkundigte sich Dorski, immer noch so beherrscht und von oben herab. „Wenn es not tut, paßt ihr euch an, wenn es not tut, gebt ihr euren Glauben auf. Und alles zu demselben Zweck: um zu überleben. Zu über - le - ben! Um eure Stunde abzuwarten und aus Kämpfern für die Gerechtigkeit zum Gegenteil zu werden – zu ebensolchen feigen Mehlwürmern wie wir.“

„Du hast offenbar lange nicht mehr vor Gericht plädiert, Papa“, sagte Andrej finster. „Um meine Bitte abzulehnen, sind solche schönrednerischen Geistesblitze nicht vonnöten. Die solltest du dir für andere Anlässe aufsparen.“

„Wie kommst du darauf, daß ich deine Bitte ablehne?“ knurrte Dorski, ohne die Stimme zu heben.

„So habe ich dich verstanden.“

„Dann hast du mich schlecht verstanden.“

„Du sagst also zu?“ fragte Andrej und sah den Vater mit großen, krankhaft glänzenden Augen unverwandt an.

Dorski zögerte mit der Antwort, nicht weil er nicht dazu bereit war, sondern weil er sie von Andrej selbst hören wollte. Würde er dem Sohn die Bitte abschlagen, so ginge ihre Beziehung vollends kaputt, erfüllte er sie aber, so befände er sich in der wenig beneidenswerten, einem Vater nicht anstehenden Rolle des Hehlers, wenn nicht gar des Mitschuldigen, der gesetz- und rechtswidrige Handlungen begünstigt. Andrej sollte selbst entscheiden.

„Ich kann das Haus keinem Fremden anvertrauen“, sagte Dorski nach langer Pause; er zweifelte nicht im geringsten, daß die Entscheidung des Sohnes mit seiner eigenen übereinstimmen würde. „Die Sache ist die, Andrej, daß ich für eine Woche oder so nach Hause fahren möchte.“

„Nach Hause?“ Solche Worte hatte Andrej von seinem Vater noch nie gehört.

„Was ist daran so verwunderlich? Jeder Mensch – sogar der letzte Landstreicher – hat ein Zuhause. Du bist in Wilno geboren, Mama in Warschau, in der Marszałkowska, und ich in Žmud."

„Ja, nur hast du früher, jedenfalls in meiner Gegenwart, kaum daran gedacht", sagte Andrej, und er fuhr fort, um den Vater nicht zu verletzen: „Gibt es dort noch jemanden?"

„Wie meinst du das?"

„Ob noch jemand am Leben ist."

„Ja ... natürlich, ja ...", antwortete Dorski unsicher. „Dachtest du, die Heimat ist ein Friedhof?"

„Für manchen ist sie nur ein Friedhof ... Ich würde auch gern mal hinfahren ... alles angucken und so ... die Häuser stehen wahrscheinlich noch."

„Wessen Häuser?"

„Großmutters ... und von den Onkels und Tanten ..."

„Deine Großmutter hatte kein Haus. Ihr Haus war der Marktplatz, ihr Dach der Unterstand für die Fischhändler ... Ein Haus hatte Onkel Naftali. Zu ihm eben will ich. Eingesperrt haben sie den Alten."

„Weswegen?"

„Keine Ahnung."

„Und wann fährst du?"

„Ich weiß noch nicht ... Ein Prozeß steht vor der Tür ... der Fall des Kaufmanns der Ersten Gilde Semjonow."

„Der Gauner kann warten."

„Vielleicht bleibst du über Nacht?" schlug Dorski vor. „Das Bett im Kinderzimmer ist bezogen. Denk, was du willst, aber zu zweit ... sogar mit einem Terroristen ... ist es doch angenehmer."

„Du solltest wieder heiraten, Papa."

Dorski wandte den Kopf, sah den Sohn aus den Augenwinkeln an, seufzte tief auf.

„Also was ist nun? Bleibst du?"

Andrej blieb, aber sie konnten noch lange nicht einschlafen, jeder wälzte sich in seinem Bett, ohne einen Laut von sich zu geben, sie lauschten dem Rauschen des heftigen Juniregens vorm Fenster, dem Knarren der Mahagonibetten, der schnurrenden Bewegung des Zeigers der großen Standuhr. Noch niemals wohl waren sie auf so bittere Weise einander nahegewesen, so trostlos und zerbrechlich verbunden wie in jener flüchtigen Nacht ihres gefährdeten Friedens.

Dorski stand ein paarmal auf; nur mit der weißen Unterwäsche bekleidet, begab er sich heimlich, mit affenartigen Sätzen, zur Kinderzimmertür und verharrte wie ein Gespenst auf der Schwelle, er wagte nicht laut zu atmen und betrachtete von fern den schlafenden Sohn, wie seinerzeit das Neugeborene beim Stillen, und sein feines, durch die Einsamkeit geschärftes Gehör erhaschte in der angespannten Stille auf einmal so etwas wie ein leises Schmatzen.

Danach kehrte Dorski jedesmal zitternd und erregt ins Schlafzimmer zurück und war nicht imstande, seine zerfahrenen, ausweglosen Gedanken abzuschütteln.

Er wagte nicht, die Augen zu schließen, um nicht aufs neue in den bodenlosen Abgrund des Traumes zu stürzen, um nicht die alte Frau und die Perücke zu sehen, doch die Wirklichkeit unterschied sich gar nicht vom Traum, und vor ihm, der sich mühsam und starrsinnig wachhielt, waberten und wimmelten, in ständigem Entstehen und Vergehen, immer dieselben Gesichter – seine Mutter Slata, seine Frau Krystyna, das Baby Andrej, an ihrer kleinen rosigen Brust saugend.

Dorski tastete auf dem Nachttisch nach einem Schlafmittel, aber als er es in der Hand hielt, warf er das Pulver im Dunklen an die Wand, vergrub sein Gesicht im Kissen, doch der Geruch von Federn – überall hervorspießenden Federn – drang ihm in die Nase, und er wurde von neuem unruhig.

Aus dem Kinderzimmer drang zu ihm in die Schlafstube ein mäuschenleises Schniefen, mit kleinen Schluck- und Stöhnlauten vermischt. Es erinnerte an Krystynas Atmen, wirkte auf ihn ernüchternd, und er gab sich Mühe, sein abgehacktes, geradezu unanständig lautes Herzklopfen zu unterdrücken, dabei quälte er sich vor Schlaflosigkeit und war ihrer zugleich froh, und er dachte darüber nach, wie ungerecht er seinem Sohn gegenüber war. Stand es ihm, Dorski, denn zu, ihm Vorschriften zu machen? Hatte er selbst sich nicht auch von Vater und Mutter losgesagt, hatte er nicht die Nabelschnur durchschnitten, die ihn mit allem verband, was ihnen heilig war? Hätte er etwa auf sie gehört, wenn sie ihm verboten hätten, seinen eigenen – meinetwegen dornigen, meinetwegen kriminellen – Weg zu gehen, wenn sie ihn mit Krystyna in der Kirche vorm Altar gesehen und mit den schrecklichsten Flüchen verwünscht hätten? Nein, er hätte nicht darauf gehört; ohne mit der Wimper zu zucken, wäre er seinen Weg gegangen, in welche Sackgasse auch immer der führte!

Was verlangte er denn von Andrej? Warum wollte er ihm *sein* Paradies aufzwingen?

Wer sagt denn, daß man im Paradies nicht auch unglücklich sein kann, noch dazu in einem aufgezwungenen?

Auf einmal empfand Dorski so stark, daß es schmerzte und er hätte schreien mögen, seine unzerstörbare Bindung an den Sohn, der gar nicht sein Feind und Widersacher war, sondern sein Fleisch und Blut, sein Doppelgänger und Ebenbild. Ihn ergriff das Verlangen, an sein Bett zu treten, seine Schulter zu berühren, ihn zu wecken und zu sagen: „Bring her, wen du willst – Fjodor oder Mädels oder die ganze Rasselbande von Wilno, tanzt, trinkt, singt, macht ruhig alles dreckig, nur laß mich nicht mehr allein mit dem Rechtsanwalt Dorski, jag ihn fort und bleib bei ... Meilach Wainstein ... Bleib! Bleib! Dorski ist es ja, der um seinen Titel zittert, um sein Haus und sein Geld, aber Meilach Wainstein, dem gilt das alles nichts. Der geht gleich morgen mit dir durch Feuer und Wasser, ins Zuchthaus und aufs Schafott. Meilach Wainstein hat nichts zu verlieren!"

„Warum schläfst du nicht, Papa?" rief Andrej ihn plötzlich an, und Dorski fuhr zusammen, als hätte man ihn in flagranti ertappt. „Es wird bald Morgen."

„Wenn auch der Morgen kommt, so wird es doch Nacht bleiben, wie der Wächter sagt."

„Was für ein Wächter?"

„Aus der Bibel. Schlaf!"

Andrej kuschelte sich im Bett ein und war gleich wieder still.

Dorski verharrte reglos, und seine Gedanken, vor kurzem

noch so entschieden und tollkühn, verharrten ebenfalls und verbargen sich, wie Wanzen beim Aufflammen von Licht.

Wenn es Andrej wirklich interessiert, dachte Dorski, um sie wieder in Fluß zu bringen, dann könnte ich ihn mitnehmen. Soll er ruhig einmal mit den Ursprüngen in Berührung kommen, wie es so schön heißt, soll er die Luft im jüdischen Siedlungsgebiet atmen, soll er sehen, wie sie leben, die wirklichen Juden – die Ausgestoßenen, die Stiefkinder des Imperiums. Vielleicht versteht er dann seinen Vater.

Aber er, Dorski, war ja selbst noch nicht entschlossen, ob er fahren sollte oder nicht.

Ehe er mit Postpferden oder einem Mietfuhrwerk hinkäme in diese verteufelte Einöde, in diese seine gründlich vergessene Heimat inmitten von Sumpf und Morast, hatte man womöglich Onkel Naftali und die anderen Gefangenen wieder auf freien Fuß gesetzt, auch solche Wunder kommen ja im Imperium vor – fix geschnappt und fix freigelassen –, und er, Dorski, stünde da wie bestellt und nicht abgeholt. Tja, und dann gäbe es so schnell kein Zurück, dann könnte er nicht Reißaus nehmen, sie würden ihn an Händen und Füßen fesseln, dann hieße es stillsitzen, Rede und Antwort stehen, wie und was und warum. Warum bist du reichlich vierzig Jahre sonstwo gewesen, hast dich nicht einmal zu Hause sehen lassen? Trägst die Nase jetzt hoch? Bist ein feiner Herr geworden? Hast am Ende deine Muttersprache verlernt? Bist wohl kein Jude mehr? Was soll man da antworten? Keine Zeit gehabt, Geschäfte, Familie, dies und das. Sie hören zu, wiegen den Kopf, streichen sich den Bart, und dann geht alles von vorn los: wie und was und warum? Sagt man die Wahrheit, so verfluchen sie einen, hacken auf einem herum, jagen einen davon, lügt man aber, dann verlangen sie, man solle alles im Stich lassen und dableiben, um ihre Sorgen und Nöte auseinanderzuklamüsern. Und nicht nur auseinanderzuklamüsern – nein, helfen soll man. So ein gelehrter Mann, so ein kluger Mann, so ein reicher Mann, so einer, so einer – wenn der nicht hilft, auf wen dann überhaupt noch Hoffnung setzen? Aus der ganzen Umgebung werden sie zusammenströmen mit ihren Klagen, ihren Bittschriften, ihren Wehwehchen, wie zum Zaren, und wehe, man weist einen ab. Sei so gut und zahl den Preis dafür, daß du anders bist, daß du nicht im abgerissenen Lapserdak rumläufst, sondern im Mantel aus englischer Wolle, daß deine Halbglatze anders glänzt, daß deine Augen anders gucken. Jeder wird natürlich irgendeine entfernte Verwandtschaft mit ihm feststellen: „Eure Mama mit meiner Tante ... Euer Großvater mit meinem Mann ... Eure Schwägerin und mein Stiefvater ...“ – alles um sieben Ecken herum. Da heißt es schweigen, nicken, zustimmen. Nichts zu machen – alle Juden möchten gern glücklich sein. Aber entweder haben sie sich zu stark vermehrt, oder das Glück reicht eben nicht für alle?

Vielleicht lieber doch nicht fahren, dachte Dorski, aber dieser Gedanke brachte ihm nicht die erhoffte Erleichterung.

Und wenn Onkel Naftali nun nicht freikäme? Wenn man ihn verurteilen und auf Transport schicken würde, nach Sibirien, von dem er wahrscheinlich noch nie etwas gchört hatte? Wenn der alte Mann nun schon im Gefängnis den Geist aufgäbe? Er war auch vor vierzig Jahren kein Held gewesen!

Was dann?

Dann gäbe es nicht einfach einen alten Mann weniger, sondern die Sünde des Vergessens wüchse sich zum Verrat aus. Nun ja, er, Dorski, hatte gesündigt, er hatte seine Heimat vergessen, nicht ein einziges Mal die Gräber besucht, nicht im Bethaus des Marktfleckens für die Verstorbenen gebetet, aber er hatte auch ihr Andenken nicht befleckt, hatte niemandem gegenüber eine Gemeinheit begangen. Er hatte sich gelöst, das war alles. Er war der erste nicht, er würde nicht der letzte sein. Es gab wenig genug Leute auf der Welt, die sich an dem Fleckchen Erde, wo sie geboren waren, an ihrem ärmlichen heimischen Herd, an ihrer Heimat festklammerten wie an Mutters Rockzipfel. Angenommen, er raffte sich auf und führe auf ein paar Tage hin. Nun und? Würde sich dadurch etwas ändern? Würden die Toten wieder auferstehen? Würde das Siedlungsgebiet nach seinem Aufenthalt nicht mehr das Siedlungsgebiet sein, sondern zu Amerika werden? Zum Gelobten Land?

Nein, ich muß doch fahren, redete Dorski sich zu, ich muß!

Sonst käme der Bote in den Marktflecken zurück, und auf die ewige jüdische Frage „Nu?“ würde er antworten, daß der Herr Rechtsanwalt, dieser Meilach Wainstein-Dorski, ihn nicht einmal eingelassen habe, daß er zu ihm herausgekommen sei im Frotteemantel, barfuß in Pelzpantoffeln, und gebrabbelt habe, er sei so beschäftigt und habe keine einzige Minute übrig.

Keine einzige Minute für seinen Onkel.

Für seine Heimat.

Für sein unglückliches Volk.

Ich muß fahren, dachte Dorski immerzu, und diese Worte schläferten ihn ein.

Als er gegen Morgen erwachte, war das Kinderzimmer leer.

Dorski gähnte, rieb sich die Augen. Na also, dachte er, alles in bester Ordnung: Er hatte den Sohn nicht abgewiesen, ihm aber auch nicht zugesagt, hatte sich nicht in den Ruf eines Reaktionärs gebracht, war aber auch mit niemandem eine Verschwörung eingegangen.

Als Dorski sich die Wangen einseifte, hörte er die Glocke läuten, er wischte schnell mit dem Handtuch den Schaum ab und eilte zur Tür.

„Ich habe gestern den ganzen Abend auf Sie gewartet“, sagte er, wie um sich zu rechtfertigen. „Kommen Sie bitte herein! Nur zu! Ich freue mich von Herzen, einen Landsmann begrüßen zu können.“

„Itzik Magid“, stellte der Ankömmling sich vor, während er mit seinen Stiefeln den Perserteppich betrat, der wie eine offene Thorarolle dalag. „Vielleicht zieh ich sie lieber aus?“ fragte er schuldbewußt, mit einem Blick auf sein ramponiertes Schuhwerk.

„Hier ist keine Moschee.“

„Ich wollte schon vor zwei Wochen zu Ihnen, aber ich habe Sie nicht gefunden.“

„Nicht gefunden?“ wunderte sich Dorski, während er seinem verwirrten Gast Platz anbot im Louis-Quatorze-Sessel – der sollte merken, mit wem er es zu tun hatte.

„Ihr Onkel ... Naftali ... hat sich in der Adresse geirrt. Er sagte: Sawalnaja Nummer siebzehn, aber dort ist ein Fleischerladen. Zum Glück wußte es Selda. Die kennt Sie nämlich ... hat Ihnen Schröpfköpfe angesetzt."

„Wie geht es ihr? Kommen Sie jetzt von ihr?" fragte Dorski, sich mit dem Handtuch fächelnd.

„Nein. Selda ist in Wilki. Ihr Bruder liegt im Sterben. Selik. Sie verbringen immer den Sommer in unserem Marktflecken, sie haben dort ein Haus ... Selda hat mir Ihre Adresse gegeben."

„Warum haben Sie das nicht gleich gesagt?" fragte Dorski streng.

„Was denn?" fragte Itzik mürrisch zurück.

„Von Selda."

„Aber ... aber ich komme doch wegen einer ganz anderen Sache zu Ihnen."

„Jaja", erwiderte Dorski zerstreut, mit seinen eigenen Gedanken beschäftigt und allmählich immer mehr auflebend. „Erzählen Sie! Oder nein – warten Sie! Wir gehen zu Młynarczyk, das ist nicht weit, zehn Minuten zu Fuß, dort essen wir was, und Sie erzählen mir alles ganz genau. Einverstanden?"

„Na gut", brummte Itzik, der spürte, wie seine Gehemmtheit und Neugier nach und nach in heimliche, ihm selbst nicht ganz bewußte Abneigung umschlugen.

Pan Młynarczyk begrüßte Dorski – wie üblich – laut, übertrieben erfreut, kumpelhaft, er brachte rasch die Speisen, stellte sie auf den Tisch, dann entfernte er sich servil und ehrerbietig, sein ganzer Körper ein Ausrufezeichen.

„Und wird sie lange dort bleiben?" fragte Dorski schmatzend, während er an einer Hühnerkeule nagte.

„Wer?"

„Selda."

„Den ganzen Sommer", zwang Itzik sich zu antworten, er war völlig durcheinander, weil der Rechtsanwalt gar nicht zur Sache kommen wollte. Das hier war ja noch schwieriger als Holzfällen. Nun hatte er, Itzik, schon zwei Tage umsonst in Wilno vertrödelt, und der Baum stand, wie er stand.

„Herrlich", schwärmte Dorski. „Den ganzen Sommer an

der frischen Luft ... am Neman ... in den Kiefernwäldern von Žmud ... Phantastisch!“ Er nahm eine Serviette, wischte sich die fettigen Lippen ab und fuhr ohne Umschweife fort: „Und Sie, verzeihen Sie meine Neugier, was treiben Sie?“

„Ich bin Holzfäller.“

„Oh! Also gibt es auch noch solche Juden!“

„Juden gibt es alle möglichen. Genau wie Bäume.“

„Nur die Axt ist immer dieselbe“, warf Dorski ein und lachte über die eigene geistreiche Bemerkung, wobei er seine bohnengroßen Zähne entblößte. „Möchten Sie noch etwas?“

„Danke. Ich bin satt.“

„Na, ich leiste mir noch einen Kaffee mit Zitrone ... Pan Młynarczyk!“

Pan Młynarczyk ließ nicht auf sich warten.

„Was darf es sein?“

„Kaffee mit Zitrone“, antwortete Dorski mit breitem Lächeln.

„Zwei?“

„Haben Sie es sich nicht anders überlegt, Itzik?“

„Nein“, erwiderte dieser und preßte die Hände zu Fäusten.

„Einen“, sagte Dorski.

„Pan adwokat dzisiaj w pięknym humorze*“, bemerkte Młynarczyk auf polnisch, und Dorski strahlte noch mehr.

„Sie sind alle des Mordes angeklagt“, sagte Itzik heiser. „Die einzige Hoffnung sind Sie.“

„Ich? Was für eine Hoffnung, zum Teufel, kann ich sein? Aber nun mal hübsch der Reihe nach. Wer hat wen wann ermordet?“

„Das ist es ja, daß niemand niemanden nie ermordet hat“, stieß Itzik aufgeregt hervor, er wollte sich ausgesprochen haben, ehe Młynarczyk den Kaffee brachte. „Eine ganz gewöhnliche schmutzige Verleumdung. Und noch dazu vor Pessach.“

„Was hat die Sache mit Pessach zu tun, Verehrtester? Pessach ist lange vorbei.“

„Sie wissen sicher ... Sie haben doch nicht vergessen, daß zu Pessach Mazze** gebacken wird.“

* (poln.) Der Herr Advokat hat heute gute Laune

** ungesäuertes Brot, für die Pessach-Tage vorgeschrieben

„Ja und? Wo ist der Zusammenhang zwischen Pessach, Mazze und einem Mord?“

„Ganz einfach. Josua Mandel ... unser Schankwirt ... der soll im Wald ein Kind erstochen haben, sein Blut in Wodkaflaschen gefüllt haben, und der Friseur Berschtanski, Ihr Onkel Naftali und der Synagogendiener – die sollen ihm, Mandel, geholfen haben ... einer hat angeblich das Rasiermesser gegeben, der andere die Mazze gebacken, der dritte das Kind in den Wald gelockt ...“

„Ihr Kaffee, Pan Advokat“, sagte Młynarczyk, streifte den erregten Itzik mit einem neugierig prüfenden Blick und fragte: „Ist was Besonderes?“

„Nichts Interessantes diesmal“, erwiderte Dorski kurz, verärgert über diese Vertraulichkeit. „Eine Lappalie. Primitiver Einbruchsdiebstahl.“

„Heiliger Gott! Was es alles gibt auf der Welt! Sie stehlen, rauben, brechen ein!“ rief Pan Młynarczyk aus und flatterte davon wie ein Falter, in seinen Hoffnungen getäuscht.

„Soso“, brummelte Dorski, nachdem Młynarczyk fort war. „Häßliche Sache ... Anklage auf Mord zu rituellen Zwekken ... Zwangsarbeit von zehn bis zu fünfundzwanzig Jahren.“

Seine Stimmung schlug plötzlich um, das Hochgefühl, welches die Nachricht über Selda in ihm hervorgerufen hatte, wurde von lastenden Gedanken verdrängt, er war geradezu deprimiert, seine Entschlossenheit, hinzufahren, ließ nach, verflüchtigte sich fast gänzlich, er saß finster da und starrte schweren Blickes in die schnörkelig gebogene Tasse, als wollte er im Kaffeesatz lesen, sein Kopf mit der spiegelblanken Glatze sank nach vorn, und Itzik beobachtete, wie auf ihrer glatten Oberfläche das aufgestörte, lebendige Denken in den Äderchen pulsierte.

„Und Zeugen?“ fragte Dorski gepreßt.

„Nuikin hat welche aufgetrieben.“

„Wer ist Nuikin?“

„Der Kreispolizeichef. Der will schon lange alle Juden aus dem Kreis verjagen. Zeugen kann man kaufen. Dem einen wird Land versprochen, der andere wird von den Abgaben befreit, der dritte kriegt umsonst die Schenke ... Ich habe

schon versucht, mit Fradkin zu sprechen ... Seldas Vater ..."
„Der Holzhändler?"
„Ein reicher Mann. Steht sich gut mit Nuikin."
„Und?"
„Habt euch die Suppe selber eingebrockt, sagt er, nun löffelt sie auch selber aus. Geld, sagt er, geb ich, doch sonst mach ich keinen Finger krumm."
„Aber was kann denn ich tun?" sagte Dorski heftig, an Itziks Verständnis appellierend.
„Sie werden bezahlt, Herr Dorski", entgegnete Itzik mit dumpfer Stimme und warf einen Blick zu Młynarczyk hin, der in angemessener Entfernung verharrte.
„Das ist nicht schön, mein Lieber, das ist nicht schön. Sie denken, wenn einer Advokat ist, ist er zwangsläufig ein Raffer, ein herzloser, gefühlloser Klotz, der nichts weiter tut, als aus fremder Not Geld zu schlagen."
„Bezahlen muß man für jede Arbeit. Ob es nun Holzfällen ist oder Verteidigen."
„Unschuldige zu verteidigen – das ist keine Arbeit, das ist Pflicht. Nur will ich nicht verschweigen: Alles wäre bei weitem einfacher, wenn die Angeklagten keine Juden wären."
„Wieso – sind Juden immer schuldig?"
„Ich bitte Sie! Daran habe ich nicht im Traum gedacht! Die Zeiten sind einfach nicht danach. Oder, wie es bei uns vor Gericht heißt, der Hintergrund ist ungünstig. Hof und Regierung bringen sich beinahe um, um einen Sündenbock zu finden. Sie verstehen?"
„Ja, aber es muß doch Gerechtigkeit geben!"
„Die Gerechtigkeit, nehmen Sie das zur Kenntnis, hat wie alles auf der Welt ihren Herrn. Und wenn der Herr entscheidet, das Schaf anstelle des Wolfes zu opfern, so bewahrt er den Wolf nicht nur vor Strafe, sondern erklärt ihn vor der ganzen Welt zum Musterbeispiel der Schafsliebe. Sie verstehen? Wenn ein Jude verurteilt wird, sagen alle, sie hätte triumphiert, ebendiese Gerechtigkeit, wird er aber freigesprochen, dann denken sie seltsamerweise, triumphiert hätte das Geld. In jedem Fall ist das Resultat beinahe dasselbe – Schmach und Schande!"

„Für wen?“

„Für alle.“

„Also soll man, Ihrer Meinung nach, die Hände in den Schoß legen?“

„Nein. Man muß sie nur vernünftig gebrauchen.“

„Was soll ich denn nun ausrichten?“ fragte Itzik energisch; er wollte dem Gespräch, das sich so lange hinzog und allem Anschein nach doch fruchtlos war, ein Ende setzen.

„Ausrichten?“ Dorski mußte auf einmal an Selda denken. „Ich werde mich bemühen ... Solange die Untersuchung noch nicht abgeschlossen ist, solange der Fall noch nicht vor Gericht ist, werde ich mich damit vertraut machen ... herauszufinden, wo die Verhandlung sein soll – in Kowno oder in Wilno, das ist nicht ohne Bedeutung, ich werde mich mit ein paar Leuten beraten ... Aber fest versprechen kann ich nichts.“

„Wenn es nur nicht zu spät ist. Jeden Tag müssen wir mit einem Pogrom rechnen.“

„Wozu so übertreiben? In Litauen hat es seit Ewigkeiten ... seit der Zeit des Großfürsten Vytautas keine Pogrome gegeben, also kann man annehmen, daß es auch künftig keine gibt.“

„Ihr Wort in Gottes Ohr.“

Itzik wühlte in seiner Tasche, doch mit einer ärgerlichen Geste hinderte Dorski ihn am Bezahlen.

„Wie lange braucht man bis zu Ihnen?“ fragte Dorski.

„Am dritten Tag kommen Sie an.“

„Drei Tage. So weit!“ seufzte Dorski, und als Itzik aufstand, fügte er hinzu: „Wenn Sie Selda sehen, grüßen Sie sie von mir.“

„Wenn ich sie sehe.“

„Und noch was: Holen Sie über jeden Zeugen soviel Erkundigungen wie möglich ein. Und übermitteln Sie ins Gefängnis, die Verhafteten sollen sich ihr Alibi genau durchdenken.”

„Ihr was?“

„Ihr Alibi. Das heißt, wo sie waren, was sie getan haben, mit wem sie zusammen waren zum Zeitpunkt des Verbrechens.“

„Des Verbrechens?“

„Na ja, an diesem Unglückstag … vom frühen Morgen bis zu ihrer Inhaftierung. Haben Sie überhaupt Verbindung zu ihnen?“

„Durch einen Wärter … Charkin heißt er.“

„Seien Sie vorsichtig. Ein bestochener Wärter kann auch der gefährlichste Zeuge werden … Geld ist zwar allmächtig, aber nichts ist auf die Dauer einträglicher als die Liebe zum Thron. Die bringt diesem Charkin ebenfalls Geld ein und macht ihn noch dazu zum Helden.“

„Stimmt schon, aber das ist unsere einzige Hintertür.“

„Wir brauchen keine Hintertür, sondern einen Ausweg“, sagte Dorski, halb für sich selbst zur Ermutigung, halb für Itzik, dann bezahlte er die Zeche.

8

Morta wußte selbst nicht, worauf sie mehr wartete: auf das Kind, das nun jeden Tag zur Welt kommen mußte, oder auf Itzik mit guten Nachrichten aus Wilno.

Als sie damals, ohne Josua gesehen zu haben, ganz finster vor Kummer in den Wagen stieg, matt die Zügel ergriff und von Rossieny abfuhr, war nach einem kleinen Stück Weges ihr erster Gedanke, nicht nach Hause zurückzukehren – sowieso konnte sie dort nicht leben! – oder wenn schon zurückzukehren, dann nicht, um das Federbett aufzutrennen und fremdes Geld herauszuholen, sondern um das Messer zu nehmen, ebenjenes Messer zum Krauthobeln, sich Mut anzutrinken, noch einmal zu beten und sich die Adern aufzuschneiden, um nicht länger leiden zu müssen. Auch in jungen Jahren hatte sie den Tod nicht gefürchtet – wozu auch, der kam, ob man Angst hatte oder nicht, kam angeschlichen wie ein Iltis und erwürgte einen –, sie hatte ihn sogar herbeigerufen, doch er hatte nicht darauf reagiert, er machte Jagd auf andere, die reicher und glücklicher waren, während er sie, Morta, nicht anrührte, sie gar nicht beachtete. Womöglich hätte sie es auch getan, hätte das Messer an ihren Puls gesetzt oder sonstwie Hand an sich gelegt, wäre ihr an jenem Tag nicht unterwegs Itzik begegnet, Itzik mit geschulterter Säge. Er kam aus dem Wald, holte sie ein und warf, ohne zu fragen, seine Säge aufs lockere Stroh, dann sprang er selbst auf das rollende Fuhrwerk. Die Säge schlug klappernd auf den Wagenrand auf, doch Morta zuckte mit keiner Wimper.

„Warum bist du denn so grantig?“ begann Itzik, während er im Stroh raschelte.

„Von wegen grantig“, knurrte Morta, ohne sich umzudrehen, und ruckte heftig an den Zügeln.

„Sag mal, kann Josua etwa kein Pferd mehr lenken?“ sagte Itzik freundlich, um sie milder zu stimmen. „Paß auf! Du wirst noch auf dem Fuhrwerk entbinden.“

Einem anderen hätte Morta sofort die kalte Schulter gezeigt und ihn runtergesetzt – laß mich in Ruh! –, aber Itzik war etwas Besonderes, er war nicht so wie alle, und nicht nur, weil er Holz fällte, obwohl auch das in der hiesigen Gegend eine Seltenheit war, sondern weil er auf sonderbar unverständliche Art lebte: Geld sparte er nicht, sondern gab es für Bücher aus, für jeden gefällten Baum pflanzte er einen Setzling und versicherte jedem, das sei Gottes Wille, er verkehrte mit niemandem, hatte sich als erster im Marktflecken die Pejes abrasiert, trug bäuerliche Kleidung, sprach fließend den Žmuder Dialekt und Russisch, badete winters in einem Eisloch, ging zweimal jährlich – zu Tischa be-Aw* und zum Chanukkafest – auf den Friedhof des Marktflekkens, ans Grab seiner Lebensgefährtin Golda und ihres gemeinsamen totgeborenen Kindes, legte Steine darauf, kratzte den Schnee von der hölzernen Grabtafel, die er selbst gesetzt hatte, oder jätete Unkraut, das er in einen Sack stopfte, zum Fluß trug und am Ufer verbrannte, wobei er in die züngelnden Flammen schaute und in der Asche stocherte.

„Josua ist nicht da“, sagte Morta und begann zu weinen. „Im Gefängnis ist er. In Rossieny.“

Und während die Räder knirschend weiterrollten, erzählte sie Itzik unter Schluchzen alles, was sie den Worten des Ortspolizisten Ardaljon Ignatjewitsch Nesterowitsch ent-

* Trauer- und Fasttag zur Erinnerung an die Zerstörung Jerusalems

nommen hatte, der in Rossieny geblieben war, um Aussage zu machen, und alles, was sie, unterm Gefängnisfenster stehend, aus dem seltsamen Psalmengesang verstanden hatte, der vom Himmel zu kommen schien und aus Satzfetzen bestand, die sie in Angst und Verzagen stürzten.

„Sie haben gebeten, jemand soll nach Wilno fahren ... Dort hat Naftali Spiwak – der ist auch eingesperrt – einen Neffen ... Advokat ist der. Sawalnaja-Straße siebzehn oder achtzehn ... siebzehn oder achtzehn“, wiederholte sie auf jiddisch, um des stärkeren Nachdrucks willen.

„Na dann, fröhliche Ostern“, seufzte Itzik. „Einen kleinen Jungen umgebracht! Nicht mehr und nicht weniger ... Quatsch verdammter.“

„Für dich ist es Quatsch, aber für sie heißt es Sibirien“, sagte Morta schluchzend.

„Warum denn gleich Sibirien?“ Itzik rutschte unruhig hin und her, er wußte nicht, wie er sie trösten sollte. Ihr ganzes Leben, freudlos, angefüllt mit Alltagsmühe, ebenso schwer wie Holzfällen (vielleicht sogar noch schwerer), hatte sich vor seinen, Itziks, Augen abgespielt, fast ohne sein eigenes zu berühren, und nun auf einmal, auf diesem ausgefahrenen Waldweg, der ihm schon zum Halse heraushing, auf diesem Wagen, der wie ein Säufer ewig nach Schnaps roch, verflochten sie sich, ihrer beider Leben, und diese bittere Verflechtung war mehr traurig als tröstlich. So also sprang das Schicksal mit ihr um, solch ein Geschenk brachte es ihr dar auf Pessach! Nein, Josua konnte keine solche Sünde begangen haben. Unmöglich. Das hatte jemand arrangiert! Aus Rache, aus Bosheit. Seht, liebe Leute, sollte das heißen, was für Blutsauger Seite an Seite mit euch leben! Ein unschuldiges Kind, nicht einmal das haben sie verschont. Schmeißt sie raus! Aus den Schenken, den Läden, aus den Wäldern und den Betstuben, aus Friedhöfen, Städten und Dörfern! Schmeißt sie raus!

„Allein kannst du jetzt nicht bleiben“, sagte er, um Mortas Sicherheit besorgt.

„Wieso? Ich bringe das Kind schon irgendwie zur Welt“, erwiderte sie. „Und wenn nicht, dann gibt es eben eine Waise weniger auf Erden.“

„Ich meine doch nicht die Entbindung."
„Was denn sonst?"
„Zuerst wechseln wir mal die Plätze! Du setzt dich hierhin, ich auf deinen Platz! Du liegst ein Weilchen, ruhst dich bißchen aus. Bring das Pferd zum Stehen!"
Morta zog die Zügel straff, das Pferd machte halt, sie setzte sich um, streckte die geschwollenen Beine aus, die schwer waren wie Holzklötze, wischte sich mit dem Ärmel eine Träne ab und lehnte sich an den Rücken von Itzik, der von ihr die Zügel übernommen hatte.
„Hör mal", sagte er mit tiefer Stimme und trieb das Pferd an. „Wenn ich nun eine Weile ... solange Josua noch nicht wieder frei ist ... bei dir wohnen würde?"
„Wohnen? Bei mir? Warum?"
„Ich habe eine Axt", sagte Itzik.
„Hebamme mit Axt, schön." Morta lächelte gezwungen, doch Itzik sah ihr Lächeln nicht.
„Josua wird dankbar sein", sagte Itzik und ließ die Peitsche knallen. „Und du wirst es auch nicht bereuen."
„Und der Wald?"
„Der Wald läuft nicht weg. Ich nehme frei, arbeite es später nach. Schließlich kann alles mögliche passieren."
„Mit wem?"
Wohl nur in ihrer Kindheit, am Schutzheiligenfest, war sie so gefahren: Der Vater saß vorn, und sie, ein kleines Mädchen im Umschlagetuch, krabbelte hinten im Wagen herum, lehnte den Kopf an Vaters Schafpelz, spürte seine Güte und seine Kraft und wünschte sich, die Fahrt möge nie ein Ende nehmen, niemals, nicht einmal in der Kirche, denn nichts auf der Welt war verläßlicher und vertrauter als der breite Rücken des Fuhrmanns, der da nicht das Pferd lenkte und leitete, sondern ihr kleines Leben.
„Mit dir. Du bist jetzt nicht einfach nur die Schankwirtin."
„Ach, was redest du da! Was redest du da!" Morta hatte seine Anspielung sehr wohl verstanden.
„Du weißt es doch selbst", sagte Itzik ernsthaft. „Wenn es so einem Flegel in den Sinn kommt ... er dringt ein, und wenn du ihm keinen Wodka gibst, nennt er dich Judensau, läßt seine Wut an dir aus. Und mit der Wut, weißt du, ist es

wie mit dem Juckreiz: Je mehr du dich kratzt, um so schlimmer juckt es.“

„Ich lasse die Schenke geschlossen!“

„Die brechen sie auf. Gegen Wut gibt’s keine Schlösser. Wenn du nicht willst, daß ich bei dir wohne, dann geh selber weg!“

„Wohin? Zu wem? Wer nimmt mich denn in diesem Zustand auf?“

Itzik wunderte sich weniger über ihren Starrsinn als vielmehr über ihre Arglosigkeit. Begriff sie wirklich nicht, welche Gefahr ihr drohte? Die nächste Schankwirtschaft war in Miškiniai, dorthin gelangte man selbst bei gutem Wetter erst spätabends, und wenn die Wege frühjahrsschlammig waren wie jetzt, schaffte man es nicht bis zur Nacht. Ob sie nun ein Schloß vorhängte oder nicht, sie würden eindringen, die Suffköppe, sie würden die Tür einschlagen, die Fensterläden abreißen und Vergeltung üben: weil es keinen Wodka gab und auch für das Blut in der Mazze ... Der hohe Leib schützte nicht vor Unglück.

„Überleg dir’s“, schlug er noch einmal vor.

Morta wußte: Itzik machte keine leeren Worte, er würde kommen, sobald sie ihn rief, er war nicht feige, er würde sie nicht im Stich lassen, er würde sie beschützen. Nicht von ungefähr hatte er die Axt erwähnt. Sein Vater, Gabriel Magid, hatte irgendwo in der Ukraine einen Polizisten umgelegt, ihm mit der Axt den Kopf abgeschlagen wie mit einem Säbel, und auch dem Sohn würde sicherlich die Hand nicht zittern. Doch was sollte ihr solch ein Beschützer? Blut gegen Blut! Unglück gegen Unglück!

„Weißt du, Itzik, fahr lieber erst nach Wilno. Vielleicht hilft uns der Neffe von Naftali Spiwak wirklich ... Ihr Juden seid doch wie die Ähren auf dem Feld – je stärker der Wind, desto fester rückt ihr zusammen. Fahr! Fahr gleich! Ich komme schon zurecht.“

Das erstemal, im Mai, kehrte Itzik unverrichteterdinge aus Wilno zurück: Er hatte die ganze Sawalnaja abgegrast, aber Spiwaks Neffen dennoch nicht gefunden – der Alte hatte sich in der Adresse geirrt. Wie würde er wohl diesmal zurückkehren?

Wenn dieser Neffe nur half, sie, Morta, würde ihm alles Geld geben, bis zur letzten Kopeke. Für einen Menschen lohnt sich das. Und hier ging es nicht um einen Menschen, sondern um fünf, und alle waren sie beinahe bettelarm. Der Friseur Berschtanski besaß keinen Pfennig, mit dem Rasiermesser läßt sich außer Bartstoppeln nichts anhäufen, noch dazu, wenn ein Haufen Kinder im Hause sind und jedes essen will; der Synagogendiener hatte auch nur was für den hohlen Zahn, mit Beten ist es wie mit dem Rasiermesser, man verdient sich nur das Paradies; und Spiwak, seit er abgebrannt war, war ebenfalls nicht mehr derselbe wie früher, alle Ersparnisse waren für den Wiederaufbau des Hauses draufgegangen.

Ich müßte, wie Josua bestimmt hat, das Federbett auftrennen, dachte Morta, während sie jedem noch so leisen Geräusch nachlauschte und auf Itzik wartete wie Semjon auf seinen Messias. Die Hände gehorchten ihr nicht. Mehr als einmal, mehr als zweimal nahm sie das Messer, ging zum Bett, zog das Kissen hervor, schüttelte es auf, aber das Messer setzte sie nicht an. Wie konnte sie auch! Nicht sie, Morta, hatte das Kissen gestopft, also stand ihr auch nicht zu, es zu plündern. Wenn sie es auftrennt und das Geld sucht, stieben wahrscheinlich Flaum und Federn aus seinem warmen, geheimnisvollen Inneren, die stöbern die ganze Schenke voll, so daß ihr das Atmen vergeht.

Das Messer war groß, mit Sägezacken und verschmutztem Griff, aber scharf wie der Tod; erst kürzlich hatte der Scherenschleifer Juozapas es auf ihre Bitte hin blankgeschliffen, man brauchte nur auszuholen, es zerteilte jedes Spinnweb im Fluge …

Nicht schlechter als Itziks Axt, dachte Morta erschauernd, doch ein dumpfes Gefühl, das sie nicht mehr verließ, bewegte sie dazu, sich jetzt nie mehr von dem Messer zu trennen, sie versteckte es unterm Rock und spürte am Leib die eisige Kälte des Metalls.

Sogar tagsüber hielt sie die Fensterläden fest verschlossen, schloß auch die Schenke von innen ab, denn sie fürchtete die betrunkenen Stammgäste und auch die Gaffer, die einfach so, ohne böse Absicht, zum Fenster hereinschauten.

Nur Selda und den Ortspolizisten Ardaljon Ignatjewitsch Nesterowitsch ließ sie ein. Nesterowitsch, wie es sich für die Obrigkeit gehört, ließ nichts verlauten, beschuldigte Josua nicht und rechtfertigte ihn auch nicht, er trank auf die Schnelle, hinter dem Rücken seiner Frau Lukerja Pantelejmonowna, sein Glas Wodka, wischte sich den Imperatorenschnurrbart und sagte tröstend: „Die liebe Wahrheit ... genau wie den dicken Bauch hier ... kann man nicht verbergen ... Ich persönlich glaube nicht, daß Josua so was gemacht hat ... Kinderblut für die Mazze ... so oft er mich auch bewirtet hat, so was war nie ... na, saurer Geschmack wie von Blut ... nie. Wiedersehn!"

Und er verabschiedete sich bis zum nächsten Glas Wodka.

Was Selda betraf, so war sie von ihrem kranken Bruder in Anspruch genommen und konnte sich nur ein, zwei Tage frei machen, um in den Marktflecken zu kommen. Sie suchte Morta kurz auf, umarmte sie, redete ihr gut zu, fragte, wie lange es noch bis zur Entbindung sei, versprach, noch einmal mit ihrem Vater zu reden, damit dieser seinen ganzen Einfluß geltend mache und der Gerechtigkeit zum Sieg verhelfe.

„Gerechtigkeit gibt's nicht, genausowenig wie im Hintern Licht", sagte Morta.

„Doch!" ereiferte sich Selda. „Doch gibt es sie. Nur daß die Ungerechtigkeit überwiegt. Und darunter leiden nicht nur die Juden, wie Itzik immer sagt, sondern alle ehrlichen Menschen auf der Welt ... Vielleicht ist es dumm, aber ich denke, wer leidet, der ist glücklicher."

„Wieso?"

„Weil nur Leid, nur Qual den Menschen vor der Sünde bewahrt. Wer leidet, der kann nicht ungerecht sein. Verstehst du? Und eines versprich mir: Wehe, du läßt mich nicht rufen, wenn es soweit ist. Ich glaube, du hast noch mindestens einen halben Monat. Was möchtest du lieber – eine Tochter oder einen Sohn?"

„Was Gott mir beschert."

„Du bekommst einen Sohn. Bestimmt! Bei diesem Bauch!"

Und schon war Selda wieder zur Tür hinaus.

Obwohl Morta ihre klugen, verzwickten Reden nicht verstand, war sie dankbar für ihre Besuche und ihre Fürsorge. Ach, Fräulein, Fräulein, seufzte sie, wenn sie wieder allein war, wäre doch alles so, wie Sie es sagen! Wenn es doch so wäre ...! Auch einer, der leidet, kann ungerecht sein! Und wie! Das Leid macht blind, und für blinde Augen sind Gerechtigkeit und Ungerechtigkeit ein und dasselbe, für die ist sowieso ringsum alles dunkel. Und im Dunklen soll erst mal einer herausfinden, wo der Gerechte ist und wo der Schuldige.

Noch einen halben Monat, hatte Selda gesagt, das fiel ihr jetzt wieder ein. Nun blieb kaum noch eine Woche. Und Itzik war immer noch nicht da. Vermutlich würde er, wie beim erstenmal, mit leeren Händen zurückkommen.

Dann gab es nur einen Trost – sie brauchte wenigstens das Kissen nicht aufzutrennen.

Gott sei Dank.

Da plötzlich, bei diesem Gedanken, der Morta von etwas Ungehörigem, Lästerlichem befreite, ertönte lautes, forderndes Klopfen am Fensterladen.

„Aufmachen!“

Zuerst hörte Morta eine Stimme, dann kam eine zweite hinzu, dann eine dritte.

„He, Morta!“

Und abermals Klopfen.

„Oder wie heißt du jetzt? Nechama!“

„Sarah!“

„Riwka!“

„Pessja!“

„Hoho!“

„Hihi!“

„Haha!“

„Aufmachen, Judensau!“

Sie kreischten, grunzten, schrien hysterisch, donnerten mit den Fäusten an den Fensterladen, rannten gegen die Tür an, versuchten sie mit einem Knüppel einzuschlagen, riefen mit betrunkenen Stimmen Zotiges und Beleidigungen, wiederholten immerzu:

„Eins-zwei, los!“

„Eins-zwei, los!“

Morta stand da, halbtot vor Angst, und wußte nicht, was tun. Sollte sie bitten, ihnen Vorwürfe machen, an ihr Gewissen appellieren? Sie einlassen, um des Kindes willen das Schicksal nicht versuchen? Mochten sie doch ein Faß aus dem Keller holen, sich drumherumsetzen und schlürfen, süffeln, saufen, bis sie tot umfielen, bis der Wodka die heiße Glut ihres Hasses löschte. Aber wenn er sie nun nicht löschte, wenn er sie nun noch mehr anfachte? Auch früher schon war es vorgekommen, daß sie mitten in der Nacht die Tür öffnen mußte, in den Keller steigen, ihnen zu trinken geben, ihre Kränkungen über sich ergehen lassen, sie flehend anschauen, sie sogar waschen, damit sie sich nicht am eigenen Erbrochenen verschluckten, aber solch eine Belagerung, solch einen Lärm hatte es noch nie gegeben. Normalerweise tobten sie ein Weilchen und zogen wieder ab.

„Aufmachen!“

Wenn wenigstens jemand durch das Geschrei herbeigerufen würde, wenn wenigstens irgendwo ein Köter anschlüge, aber nein, niemand kam zu Hilfe, alle hatten sich verkrochen wie die Schaben, sie regten und mucksten sich nicht, sie dankten Gott, daß es nicht sie traf, sondern Morta, und dachten vermutlich: Geschieht ihr recht, der Sünderin. Was war das nur für eine Welt? Was waren das für Menschen? Jeder bangte um die eigene Haut, jeder war bereit, mit fremdem Unglück für die eigene Ruhe zu bezahlen!

Gleich würden sie in die Schenke eindringen, alles kurz und klein schlagen, das Oberste zuunterst kehren, das Federbett aufschlitzen, und sie, Morta, würde ersticken vor Angst, von den wimmelnden Daunen und vom Schnapsdunst.

Sie sah ihre Gesichter nicht, aber eine Stimme erkannte sie: die des entlassenen Soldaten Jerofejew, der am Ortsausgang eine eigene Schenke hatte eröffnen wollen, aber einen Wechsel nicht rechtzeitig beglichen hatte und dadurch ruiniert worden war.

„Schlagt die Juden!“

Geschlagene schlagen Geschlagene, dachte Morta erschauernd, während sie mit den Händen schützend ihren Leib bedeckte und bei jedem Schlag zitterte. Auch das Kind in ihr schien zu zittern, es strampelte mit den Beinchen, als suche es einen Ausweg.

Komme, was wolle, dachte sie und beschloß, sich dem Schicksal zu fügen und den Fortgang der Dinge, wie immer er sich gestalten mochte, als vom Himmel gesandt anzunehmen, als Erlösung, als Strafe für die Sünde ihrer Lossagung vom christlichen Glauben (Nechama! Sarah! Riwka! Pessja!). So ging sie zur Kommode, holte unter Tischdecken und Handtüchern, die Chawa noch gewaschen hatte, ihr Brustkreuz hervor – glitzernd wie ein flinkes Silberfischlein –, trat damit ans Bett, legte es aufs Kissen, entkleidete sich und legte sich daneben, mit der Wange das Kettchen berührend, später schob sie es in die Vertiefung zwischen ihren vollen Brüsten, sie schloß die Augen, und alles ringsum verstummte, wie Efeu wucherte über allem eine Stille, wie sie an Sommermittagen auf dem Feld herrscht, nach der Erntearbeit, wenn das Getreide gemäht und in Hocken gesetzt ist, wenn die Schnitter, die Mütze in die Stirn gezogen, unterm offenen Himmel liegen, der ihnen ebenso nah ist wie Sense und Sichel.

Lag es nun an dem Kreuz oder an dieser Erinnerung an sommerliche Ernte oder an ihrer Schicksalsergebenheit, die sie betäubte – gleichviel, sie war geborgen vor der Angst, vor dem dunklen Zorn der anderen, vor sich selbst.

Das einzige, was sie in dieser unglaublichen Stille noch hörte, war das ängstliche und erschrockene Gackern der Hühner, die im Dunklen aus dem Hühnerstall flogen.

„Ko-ko-ko!"

„Ko-ko-ko!"

Und Fußgetrappel.

Und eiliges Laufen.

Und Lachen.

Als Morta am Morgen aufstand, um zu Semjon an die Kreuzung zu gehen, als sie das Essen eingepackt hatte, ängstlich die quietschende Tür öffnete und auf die Vortreppe trat, sah sie als erstes die Hühner leblos unter den Fenstern liegen.

Die toten Hühner mit den umgedrehten Hälsen, die Blutflecken auf den geschlossenen Fensterläden, auf der Tür und den festgefügten Balken der Schenke wirkten entsetzlich, und Morta wurde übel.

Sie ließ den Leinensack fallen und ging blindlings daran, die Hühner einzusammeln.

Direkt an der Vortreppe lag zerfleddert der Hahn – in seinem üppigbunten Federkleid, mit den gefiederumzottelten Beinen immer noch keck anzuschauen, aber mit blutender Brust, und ein Stück entfernt schimmerte rötlich sein Kopf mit dem flammenden Kamm, lodernd wie die untergehende Sonne.

Ich müßte sie unbedingt rupfen, dachte Morta, und das Fleisch, das Fleisch Tschernuschka geben ... Sie war schrekkensstarr und fürchtete einen neuen Übelkeitsanfall.

Doch der Hund war nicht zu hören.

„Tschernuschka! Tschernuschka!" rief sie.

Keine Antwort.

Auch hier Böses ahnend, schleppte sich Morta langsam durchs harte Gras über den Hof zur Hundehütte.

Die Hütte war leer.

Morta ging weiter, bog um die Ecke des Stalles, schrie auf und begann laut zu schluchzen, dabei schwankte sie und schnappte nach Luft.

Der Hund hing kopfunter, mit zusammengebundenen Hinterbeinen, an der Wäscheleine, die glasigen Augen auf die stumme, gleichgültige Erde gerichtet, die ihm nun einmal nicht zur Heimat geworden war.

Mortas Kehle war wie zugeschnürt, sie mußte schlucken und speien, dann ging sie, steifbeinig vor Angst und Grauen, ins Haus zurück, holte ein Messer und einen Spaten, schnitt die Leine durch und befreite Tschernuschka, suchte hinterm Stall eine weiche Stelle im Erdboden und hob mit dem Spaten, immer wieder verschnaufend, eine kleine Grube aus, dort hinein bettete sie den Hund, dann auch Hahn und Hühner, schippte alles wieder zu, ebnete die Erde ein, knöpfte sich schließlich den Rock auf, setzte sich auf ein ausgetrocknetes Faß und blinzelte gegen die Sonne.

Und abermals umfing sie Stille – still, wie bei einer Toten, ruhte ihr Rock, still standen ihre Schuhe, still und reglos verharrte ihr Denken, das Kind in ihrem Leib war still geworden, und erst nach einer guten halben Stunde, vielleicht auch noch später, schlüpfte aus der Stille wie aus einem Ei ein plusteriges gelbes Kücken, es piepste, scharrte, zappelte mit den hilflosen Füßchen, und ihm, dem hilflosen gelben, folgte ein halbblindes braunes Hündchen, das winselte leise, und von diesem Piepsen und Winseln wurde alles ringsumher wieder lebendig, und sie, Morta, erwachte, und das Kind in ihrem Leib regte sich, und die Welt gewann ihre frühere Plastizität und Dichte zurück.

An die Kreuzung zu Semjon kam Morta erst mittags. Während sie Tschernuschka und die Hühner begraben hatte, während sie das Blut von Fensterläden, Tür und Balken wusch, während sie vor dem Bett kniete und betete wie vor einem Altar, war der halbe Tag vergangen.

„Hast du nicht meine Dohle gesehen?“ fragte Semjon unvermittelt.

„Nein“, erwiderte Morta, während sie das Essen auspackte und sorgfältig auf dem Gras ausbreitete.

„Such sie!“ murmelte er.

„Wo soll ich sie denn suchen, Semjon?“ klagte sie, ernstlich verstört. „Die kommt von selbst wieder. Laß mich jetzt an deiner Stelle Wache stehen“, schlug Morta traurig vor. „Du ißt etwas und gehst sie suchen ... im Wald ... Dort ist es kühl ... Du brätst ja hier den ganzen Tag in der Sonne. Bist ganz verschwitzt.“

„Das geht nicht. Du würdest ihn verpassen. Dann kommt er und geht nach Miškiniai oder vielleicht noch woandershin ... Überall wird er erwartet. Von allen. Aber ich führe ihn zu uns, ich nehme ihn einfach bei der Hand und führe ihn. Ich überlasse ihn niemandem. Niemandem. Er soll bei uns anfangen. Die Axt liegt neben dem Baum, und der Baum wächst und grünt immer noch, und er wird wachsen und grünen so lange, bis er kommt, der zu kommen versprochen hat.“

„Und wenn er kommt – was dann?“

„Dann haut er die Sünden ab wie Äste, die Axt verrostet, und der Baum der Bosheit fällt.“

„Jaja“, sagte Morta, ohne etwas zu verstehen. Da wartete er nun auf seinen Messias, und wehe, man wollte ihm einreden, jeder beliebige, der zurückkäme – aus dem Gefängnis, aus Sibirien, aus Verbannung und Vergessen –, könnte der Messias sein ... sogar dieser ehemalige Landsmann, der Neffe von Naftali Spiwak, falls er kam und half.

„Wohin hat sie sich bloß davongemacht, meine Wüstentaube? Heute morgen kam ein Habicht geflogen: Gib mir deinen Vogel, hat er gesagt, der ist meine Beute, Nahrung für mich und für meine Kinder, so wie die Schafe und Ziegen – die deiner Herde und der Herden deines Volkes ... Aber ich, ich hab mir aus dem rechten Oberschenkel ein Stück Fleisch herausgeschnitten“, Semjon zog das Hosenbein hoch, „hab's herausgeschnitten und gesagt: Nimm dieses Stück, Habicht, trag es zu deinen Kindern, sie sollen satt werden, deine Jungen. Und er hat mein Täubchen fliegen lassen, zu seinem Nest, zu seinen eigenen Jungen, zu mir auf die Schulter. Und ich bedeckte die Wunde mit Leinen ... Siehst du – es blutet noch.“

„Ich sehe“, stammelte Morta und dachte an die Blutflekken auf Fensterläden und Tür. „Ja, ich sehe es.“

Sie schwieg einen Moment und fügte hinzu: „Hast du nicht Schmerzen, Semjon?“

„Doch. Alle haben Schmerzen: die Taube und der Habicht, auch ich und du. Fleisch ist die Speise des Habichts, und Schmerz ist die Speise aller.“

So schwer Morta auch ums Herz sein mochte, immer ging sie zur Kreuzung in einem Zustand unerklärlichen Hochgefühls. Jede Begegnung mit Semjon war für sie sowohl lästig als auch ungebührlicherweise erfreulich, konnte sie doch dadurch wenigstens für kurze Zeit, wenn auch um einen bitteren Preis, der Schenke entrinnen, deren sie überdrüssig war, konnte Weite spüren, die reine Luft der Felder atmen, etwas Hehrem und Unbekanntem nahe sein. Die Kreuzung ersetzte ihr gleichsam die Kirche, befriedigte ihr Bedürfnis, zu beichten, sich von allem Garstigen zu reinigen. Früher hatte Morta nicht im geringsten geahnt, sich gar nicht denken können, daß Wahnsinn auf so melancholische Weise anziehend und bezaubernd sein kann. Semjon war für sie ein wunderliches Buch, kein geschriebenes – lesen konnte Morta nicht –, sondern ein sprechendes. Ihm entquollen sonderbare unirdische Worte, eindringlich und zäh wie Honig, und sie hörte zu, ging auf ihn ein, paßte sich seinen Launen und Wünschen an und verfiel dabei selbst für kurze Zeit in einen läuternden Dämmerzustand. Josua war ihretwegen sogar eifersüchtig auf Semjon, er schalt, sie halte sich zu lange an der Kreuzung auf, manchmal trug er selbst das Essen hin, doch für ihn wurde der Umgang mit seinem Sohn eine einzige Qual.

„Fiep, fiep, fiep“, rief Semjon nach seiner Dohle, seiner Wüstentaube, zum Himmel aufstarrend, über den leichte Federwölkchen trieben.

„Semjon!“ sagte Morta. „Ich kann nun nicht mehr zu dir kommen. Verstehst du?“

„Fiep, fiep, fiep!“ rief er selbstvergessen.

„Und dein Vater auch nicht“, fuhr sie fort. „Er ist in Rossieny. Im Gefängnis.“

„Fiep, fiep, fiep.“

„Vielleicht hat sie Angst vor mir?“ fragte Morta und sah sich um.

„Eine Dohle hat vor der anderen keine Angst“, sagte Semjon, und plötzlich wurde sein Blick klar. Morta sah darin sich selbst, nicht ganz, nur den Kopf bis zur Nasenwurzel, und außerdem die leichten Federwölkchen, die sich in Semjons geweiteter Pupille spiegelten. „Die Wüstentaube in einem Nest mit den Habichten.“

Aus seinen Worten wehte Morta nicht Irrsinn an, sondern Mitleid und Verständnis.

„Ich habe dir Fladen gebracht ... Fladen mit Sahne“, sagte sie rasch, seinen lichten Augenblick nutzend. „Die magst du doch ... Deine Mutter ... Chawa hat sie euch immer sonntags gebacken. Weißt du noch?“

„Ja.“

Das sagte er so fest und deutlich, daß sich in Morta abermals ein alter Verdacht regte: Am Ende war er wie alle, wie sie, wie Itzik, verstellte sich nur und hielt jedermann zum Narren? Am Ende erwartete er gar niemanden, hatte sich auf jemandes Anraten – womöglich Josuas? – seinen Messias bloß ausgedacht, um dem Zuchthaus zu entgehen, um an seiner Weggabelung schlicht zu altern, und sie, Morta, war darauf hereingefallen, brachte ihm, dem Nichtstuer, das Essen, buk Fladen und durchschaute nicht seine List, dumm, wie sie war?

„Ja, ich weiß“, wiederholte er. „Fladen … Sahne … Sonntag …“

„Und deine Mutter, ja?“

„Ja? Ja? ‚Ja‘ weiß ich nicht mehr. Ich weiß noch ‚oh‘, ich weiß noch ‚ach‘, aber ‚ja‘ – nein.“

Semjon schwieg einen Augenblick, runzelte die Stirn, dann sprach er im Tone tiefsten, hoffnungslosen Bedauerns: „Es gab kein ‚Ja‘ … es gibt keins. Fort ist's, wie meine Dohle.“

„Setz dich ins Gras und iß“, flüsterte Morta, sich ihres Verdachts schämend.

Sie nahm Semjon beim Ärmel, führte ihn von der Kreuzung, setzte ihn ins Gras, breitete ein Tuch aus, stellte die Speisen darauf, und als er die Fladen in die Sahne tunkte, stand sie auf und nahm seinen Platz an der Weggabelung ein.

Die Mittagssonne brannte ihr auf den Kopf und blendete sie, doch Morta rührte sich nicht und schaute blinzelnd, mit tränenden Augen, in die Ferne, dorthin, wo der Weg sich hinter einer Anhöhe teilte und nach Rossieny weiterführte und wo sich im Dunst wie eine dunkle Wand der Wald erhob, hinter dem Josua im Gefängnis schmachtete. Hin und wieder erhaschte Mortas Blick in der flirrenden Luft etwas Buschwerk oder einen einzelnen Baum auf dem Feld, abgesondert vom Waldesdickicht, und dann kam es ihr doch wahrhaftig so vor, als nähere sich jemand der Kreuzung, und im Gegensatz zu Semjon wünschte sie, das wäre nicht sein erdachter Messias, sondern Josua, ihr Mann, der Vater ihres Stiefsohnes und vielleicht auch ihr Sohnes.

Von Zeit zu Zeit drang an Mortas Ohr das satte, kälberhafte Schmatzen Semjons.

Wenn ihm nur nicht *nach allem* noch etwas geschah! Leicht konnte irgendein Schuft seinem Pferd die Sporen geben und ihn niederreiten, dann würde Semjon seine Knochen nicht mehr zusammenfinden.

Sie merkte gar nicht, wie sich auf ihrer Schulter die Dohle

niederließ, wippte und aufflatterte. Erst als der Vogel sich augenblicks wieder setzte, durchfuhr sie der Schreck.

Morta wollte die Dohle nicht verscheuchen, sie stand reglos und wartete, daß sie von selbst erneut gen Himmel flog, doch der Vogel hatte es nicht eilig, er pickte an ihrer handgewebten Bluse herum, und dadurch färbten sich ihre Gedanken wieder blutrot ein, die Vorahnung unvermeidlichen Unglücks, die mit Tagesanbruch gedämpft worden war, verstärkte sich und nahm ihr die Fähigkeit, ihr Handeln nüchtern einzuschätzen.

„Sei vorsichtig“, sagte sie, als Semjon aufstand und den Vogel von ihrer Schulter nahm, als wäre es ein ausgestopfter.

Zu gern hätte sie Semjon von den Hühnern und dem Hund erzählt, er aber war weniger mit ihr beschäftigt als mit seiner Dohle, er streichelte dem Vogel das Köpfchen, säuberte ihm Federn und Füßchen, drückte das Tier an seine Wange, flüsterte etwas, als vertraue er ihm ein Geheimnis an.

„Er kommt bald. Bald, noch vor dem Winter ... Er ist einfach müd geworden unterwegs, hat sich hingelegt und ist eingenickt ... Aber er wacht wieder auf, mein Täubchen, er wacht auf vom Donner unserer Sünden, vom Lärm unserer Trauer, vom Kreischen unserer ungehörigen Freude ... Flieg zu ihm, flieg!“ Und Semjon ließ den Vogel frei.

„Ich gehe“, sagte Morta.

„Flieg, flieg“, murmelte Semjon, wie aus einem Traum erwachend. „Ich werde ihn bitten, daß er dich für dein gutes Herz belohnt und deine Leibesfrucht aus einem Wolfsjungen in ein Menschenkind verwandelt ... Ich bitte ihn darum.“

„Tu das“, sagte Morta, starr ob seines Versprechens.

Die Sonne strahlte aus voller Kraft, ihr aber schien es, sie ginge in strömendem Regen, in nassem Schnee, der sie wie einen Baum bis obenhin zuwehte. Vom Grunde ihres Bewußtseins trieb abermals Angst auf, jene dumpf lauernde, verzehrende Angst um das Geschick ihres Kindes, ihres Kleinchens, und diese Angst verdrängte all ihre Sorgen um sich selbst, um Josua und Semjon, fegte sie einfach hinweg. Verbannung nach Sibirien –sei's drum, ein Leben lang auf der Kreuzung stehen – sei's drum, in Acht und Bann geraten und zur Hölle fahren – sei's drum, wenn nur ihr Kind lebendig und gesund zur Welt kam, ohne Mal und Makel, alles übrige war läppisch dagegen. Hatte sie sie nicht verdient, diese Gnade, die da erwachen sollte vom Donner der Sünden, vom Lärm der Trauer oder vom Kreischen ungehöriger Freude? Erwachen sollte sie und sich ergießen über dieses Gefängnis aller Gefängnisse, über diesen Kreuzweg aller Kreuzwege – über den Mutterleib ...

„Guten Tag", wurde sie auf dem Hof von Itzik empfangen. „Was ist, freust du dich nicht?"

„Worüber soll ich mich freuen?"

„Ich hab ihn gefunden. Wir sind uns über alles einig geworden. Er ist einverstanden, er kommt."

„Was ist das schon, daß er kommt?"

„Wie redest du? Er ist eine Berühmtheit! Eine Leuchte!"

„Die Hühner und den Hund gibt er uns doch nicht wieder", sagte Morta und blickte scheu auf die Fensterläden.

„Was haben die Hühner und der Hund damit zu tun?"

„Nur so."

„Hauptsache, er holt Josua zurück ..."

„Den Hühnern haben sie den Hals umgedreht, den Hund erhängt."

„Wer?"

„Ich habe nicht gefragt ... Ein Glück noch, daß sie die Wirtin nicht angerührt haben. Sie hätten's gekonnt – kopfüber und auf die Leine."

„Ich hab dir doch gesagt, laß uns zusammen wohnen, Morta."

„Zusammen wohnen kann ich mit meinem Mann ... mit meinen Kindern ... mit meinen Brüdern."

„Bin ich dir nicht ein Bruder?"

„Meine Brüder sind in Sibirien. Und mein Mann kommt auch dorthin."

„Noch ist nicht alles verloren."

„Ich habe schon längst alles verloren. An dem Tag, als mein Vater mich zu euch gebracht hat."

„Zu uns?"

„Zu euch ... Hätte jeder für sich gelebt, wäre kein Unglück geschehen."

„Wie für sich?"

„Die Juden für sich, die Litauer für sich, die Russen für sich. Sie hätten sich gegenseitig besucht, keiner hätte jemanden angerührt. Stimmt's nicht?"

„Nein", sagte Itzik. „Auch die Bäume wachsen nicht einzeln."

„Doch! Und ob sie einzeln wachsen!"

„Trotzdem, wenn einer einzeln wächst, ist es früher mit ihm zu Ende."

„Hast du unterwegs wenigstens was gegessen?"

Itzik zuckte die Achseln.

„Willst du Fladen mit Sahne?"

„O ja!"

„Sie haben gegrölt, gedroht, mich beschimpft, Fensterläden und Wände mit Blut beschmiert", klagte Morta, während sie die Schenke aufschloß. „Und man kann nichts gegen sie tun ... Und sie haben nicht für einen Fünfer Gewissen."

„Mit dem Gewissen ist es wie mit einem Apfelbaum: der gedeiht auch nicht auf Morast."

Morta wärmte die Fladen, stellte eine Schüssel Sahne auf den Tisch, und Itzik, hungrig, wie er war, kaute auf beiden Backen.

„Also dieser Neffe von Spiwak ... diese Berühmtheit – du meinst, der hilft uns wirklich?"

„Bestimmt! Das ist für den ein Kinderspiel. Der beweist dir alles."

„Aber hier gibt es ja nicht mal was zu beweisen."

„Das ist eben das Schlimme. Wenn es nichts zu beweisen gibt, dann mußt du alles beweisen, sogar das, was du nicht einmal geträumt hast. Daß sie unschuldig sind, Morta, darin besteht ihre schwerste Schuld."

„Wieso denn das: unschuldig und Schuld! Du bringst ja alles durcheinander!"

„Nein, nein ... Irgendwer muß auf jeden Fall schuldig sein. Alles ruht auf der Schuld der Unschuldigen. Weil es sonst keine Angst gäbe."

„Wozu dient die Angst?"

„Solche wie Nuikin und Fradkin und sogar Väterchen Zar leben davon: Die Unteren schöpfen den Rahm von der Angst, die Oberen machen Butter daraus."

Itzik schwieg und begann den Sahnerest aus der Schüssel zu kratzen.

„Sieh nur, Itzik!“ rief Morta erschrocken. „Da kommt so ’ne Säuferseele!“ Sie riß das Fenster auf und rief: „Die Wirtschaft ist geschlossen. Für immer geschlossen!“

„Reg dich nicht auf“, sagte Itzik, als der Fremde näher kam. „Ich rede selbst mit ihm. – Hast du nicht gehört: Die Wirtschaft ist geschlossen!“

„Ich komme von Charkin“, sagte der Fremde leise.

„Von Charkin?“

„Dem Gefängniswärter ... Aus Rossieny ... Ich bringe euch eine Nachricht.“

„Sprich!“ forderte Itzik.

Der Fremde druckste, sah zu Morta hin, klopfte auf die Tasche seines Bauernrocks.

„Sprich!“

„Charkin hat gesagt, er bekommt ein Goldstück von Euch.“

„Wofür?“ fragte Morta beunruhigt.

„Für die Nachricht.“

„Wer kauft schon die Katze im Sack? Erst mußt du reden.“

„Ich rede, und Ihr zahlt am Ende nicht!“

„Ich zahle! Ich zahle!“ versicherte Morta eifrig. „Komm rein! Erzähle!“

Der Fremde betrat die Schenke, sah sich um, nahm am Tisch Platz wie ein Bettler, legte die Mütze ab und sagte: „Dort ist einer von den Euren gestorben.“

„Himmel!“ Morta schlug die Hände vors Gesicht.

„Und welcher?“ fragte Itzik leise.

„Der mit dem Laden soll es sein“, antwortete der Bote und schob seine Mütze näher zu Morta.

9

„Man kann sie hassen, die Juden, aber warum muß man mit ihnen zusammen auch die Wahrheit hassen?“ ereiferte sich Samuel Jakowlewitsch Garkawi und durchmaß mit kurzen

Sätzen wie ein angeschossener Hase den mit Bildern vollgehängten weitläufigen Salon seines zweigeschossigen Hauses in der stillen Schloßstraße.

„Die Wahrheit! Die Wahrheit! Was ist denn die Wahrheit deiner Meinung nach? Lies die Morgenzeitung – da stehen alle Wahrheiten drin bis auf eine."

„Ich pfeif auf deine Zeitungen."

„Du kannst vielleicht drauf pfeifen, aber sie werden von denen gelesen, von denen es abhängt, ob deine Wahrheit triumphiert oder verreckt. Da nimmt der Herr Staatsanwalt Turow oder der Gerichtspräsident Tschistochwalow das Blatt ‚Nasch Westnik' zur Hand, und was erfährt er daraus? Was?"

„Lauter dummes Zeug."

„Von wegen ...! Er erfährt, daß ihr ... daß wir ein Haufen Bösewichter sind, Verschwörer, Spione, Blutsauger, die nach der Weltherrschaft streben. Weltherrschaft – was für ein reizendes Wörtchen! Und nun, teurer Moulin, stell dir vor: Im Bezirksgericht wird vor einem riesigen Publikum der Fall von Rossieny verhandelt. Auf wessen Seite ist die Wahrheit? Auf der Seite meines Onkels Naftali oder auf der von Gerichtspräsident Boris Jewgenjewitsch Tschistochwalow?"

„Die Wahrheit muß immer auf einer Seite sein – auf der Seite der Wahrheit. Eine andere Seite gibt es nicht für sie. Und deine Aufgabe, Miron, ist es nicht, sie aufs Niveau irgendeines Turow oder Tschistochwalow herabzuziehen, sondern diese Leute aufs Niveau der Wahrheit zu heben. Sonst bist du keinen Heller wert, sonst bist du genauso ein Schuft wie diese Schreiberlinge von ‚Nasch Westnik', für die die Wahrheit nicht eine geliebte Gattin ist, sondern eine Hure, die mit dem ins Bett geht, der am meisten bezahlt."

Dorski schlürfte den leichten Rosé, den Garkawi aus Georgien mitgebracht hatte, und schaute mit bekümmerter Neugier auf den flinken, früh beleibt gewordenen Freund, der nervös von einer Ecke zur anderen tigerte. Er begriff, dieser hatte recht, staunte jedoch über seine Naivität.

„Wenn ich zu einem Todkranken gerufen werde, existiert für mich nur *eine* Wahrheit – steig in die Droschke, den Planwagen oder die Kutsche und fahr los! Ob ich ihn retten kann oder nicht, das ist eine andere Frage, aber ich fahre, Miron, ich fahre!"

„Du hast es gut. Du bist Richter und Verteidiger und Aufseher in einer Person. Offen gestanden, Moulin, manchmal bereue ich meine Wahl. Ich hätte mit dir zusammen Medizin studieren sollen. Dann führe ich jetzt über Land, würde die Leute abklopfen, abtasten, durchkneten und hätte nichts mit der staatlichen Gerechtigkeit zu tun. Physische Krankheiten machen alle gleich, gesellschaftliche dagegen ... Die gesellschaftlichen ertragen es nicht, wenn man sie heilen will. Oh, wenn der Arzt allzu hartnäckig auf seiner Heilmethode, auf seinen Mitteln besteht, dann wird er entweder beseitigt, oder man erklärt ihn selbst für krank."

„Warum bist du eigentlich zu mir gekommen?" unterbrach ihn Garkawi, ging schnell zum Tisch, goß sich eilig Wein ins Glas, wobei er etwas aufs Tischtuch verschüttete, nahm genüßlich einen Schluck und ließ ihn langsam die Kehle hinunterrinnen.

„Ich hab niemand sonst, zu dem ich gehen könnte", sagte Dorski aufrichtig und starrte den Fleck auf dem Tischtuch an.

„Deine Stimmung gefällt mir nicht, Miron", knurrte Garkawi.

„Mir auch nicht. Aber was soll man machen, wenn, wie der Dichter sagt, die Zukunft entweder trüb oder finster ist."

„Na hör mal, Miron, warum läßt du dich immer so gehen? Inszenierst deine eigene Totenmesse? Reiß dich zusammen! Stell irgendwas an, schlaf mal mit einer Frau. Enthaltsamkeit schwächt den Willen des Mannes. Die zwei Jahre Darben sind dir eindeutig schlecht bekommen."

„Vielleicht lassen wir das lieber."

„Du wirst den Rossieny-Prozeß gewinnen und in die Geschichte eingehen. Ich bin der erste, der hundert Tscherwonzen für dein Denkmal stiftet."

„Ergebensten Dank für die Großzügigkeit", entgegnete Dorski giftig, „aber ich trete meinen Platz auf dem Sockel mit Vergnügen einem anderen ab."

„Na, na, nicht gleich so giftig! Alexandrow hat doch den

Kutaïssi-Prozeß auch gewonnen. Dort ging es ebenfalls um Blut ... und Mazze ... dort gab's auch falsche Zeugen ..."

„Alexandrow, der Himmel sei ihm gnädig, war ein wunderbarer Advokat und unser ganzer Stolz."

„Bist du etwa schlechter?"

„Ja, weil ich ein Dorski aus der Sippe der Wainsteins bin."

„Soviel ich weiß, ist die irdische Rechtsprechung für alle gleich: Was gerecht ist für den Russen, das ist Gesetz auch für den Juden, und was Gesetz für den Juden ist, das ist gerecht auch für den Russen. Das Recht fragt nicht danach, zu welchem Stamm ein Mensch gehört, genau wie die Medizin den Patienten nicht fragt, welcher Konfession er und unter welchem Dach er geboren ist."

„Ach, Moulin, Moulin, wie naiv du manchmal bist! Schleuderst Blitz und Donner und strahlst dann wieder wie die liebe Sonne gleichermaßen über Guten und Bösen."

„Auf jeden Fall lege ich es nicht darauf an, in deiner Art unglücklich zu sein wie ein Adler auf dem Hühnerhof. Nun sag mir knapp und klar, Miron: Fährst du oder nicht?"

„Ich fahre", sagte Dorski und biß in den Kuchen.

„Das klingt schon anders. Kann ich dir irgendwie behilflich sein?"

„Ich wollte dich bitten, daß du dich während meiner Abwesenheit um mein Haus kümmerst. Und daß du mir einen Kutscher empfiehlst. Du stehst doch mit denen auf gutem Fuße. Und außerdem wollte ich mich bei dir nach Doktor Lapin erkundigen."

„Doktor Lapin? Vielleicht Lapiņš?"

„Vielleicht auch Lapiņš. Er hat die Endung seines Namens abgeworfen wie eine Eidechse den Schwanz und ist ein Lapin geworden."

„Lapiņš, Lapiņš?" wiederholte Garkawi, wobei er sich den Namen auf der Zunge zergehen ließ wie vorhin den Wein. „So einer hat mit mir zusammen in Petersburg studiert ... Wir nannten ihn allerdings ‚Herr Scheusal' ... Und warum interessiert er dich?"

„Dieser Lapin, habe ich erfahren, ist der wichtigste medizinische Experte im Rossieny-Prozeß", sagte Dorski.

„Hast du das Gutachten gelesen?"

„Nein. Aber ich kenne die Quintessenz: Schnitt mit dem Rasiermesser in der Halsgegend, drei Zentimeter tief.“

„Woher soll der bärtige Schankwirt ein Rasiermesser haben?“

„Keine Ahnung, keine Ahnung“, sagte Dorski matt, er spürte einen leichten Rausch und machte es sich im Sessel bequem. „Könntest du dich nicht, da ihr euch von früher kennt, mit Lapin treffen ... mit ihm reden ...“

„Was soll das einbringen? Wenn das der Herr Scheusal ist, dann nimmt er seine Unterschrift nicht zurück. Schon auf der Universität war er ein unverbesserlicher Patriot. In Patriotismus der Beste und von Anatomie keinen Schimmer. Dem ist auch vor der Untersuchung schon alles klar gewesen, Miron. Einfache Rechnung: Wenn die Anklage platzt, macht er trotzdem noch ein Plus. Man wird sagen: Lapin hat keineswegs eine falsche Beschuldigung erhoben, nein, er war nur *übereifrig*! Und sollten sie, was Gott verhüten möge, doch verurteilt werden, dann bringen deine Schreiberlinge ihn so groß raus, daß er, du wirst sehen, übers Jahr zum Leibmedikus avanciert. Mit Professor Valentin Petrowitsch Skaskin kann ich sprechen. Ihn schätzt man bei uns und auch in der Hauptstadt. Ein überaus ehrlicher Mann! Ein außerordentlich kluger Kopf! Er ist der beste Pathologe von Rußland!“

Ernüchtert, beinahe mitleidig sah Dorski Garkawi an, und dieser, als schäme er sich seiner Hitzigkeit, seines aufrichtigen, aber vergeblichen Eifers, verstummte, setzte wieder das Glas an die Lippen, nahm einen Schluck, schnupperte an der glitzernden Flüssigkeit und stellte es auf den Tisch zurück.

„Mit dem Kutscher wird es wahrscheinlich einfacher sein als mit Professor Skaskin“, sagte Dorski.

Sie traten auf die Straße und gingen langsam an der Kirche vorüber, wo Peter der Erste Puschkins afrikanischen Urgroßvater Hannibal hatte taufen lassen, dann begaben sie sich über die kleine Brücke, die sich wie ein Kamelhöcker buckelte, auf die andere Flußseite nach Saretschje.

Dort wohnte in einem schäbigen, halb dörflichen Häuschen der König der Wilnoer Kutscher und Fuhrleute – Chaim-Jankel Wischnewski.

Chaim-Jankels Frau, ein dürres, flachbrüstiges Weib, das

auf dem Hof in einem großen Trog Wäsche wusch, sah sie kommen, schlug die nassen Hände über dem Kopf zusammen, warf sich das Haar aus der schmalen Stirn und quäkte mit heuchlerischer Fistelstimme: „Chaim-Jankel! Chaim-Jankel! Der Doktor ist da ...! Der ratzt wie ein Toter. Momentchen, Momentchen! Chaim-Jankel! Gestern hat er ein bißchen ... Sie wissen schon, Herr Doktor ... Ist aus Oschmjany gekommen, hat die Stute in den Stall geführt, sich ein Glas Harten eingeschenkt und wie immer gesagt: ‚Dreh dich um, Fruma!' Ich wollte Sie schon lange fragen, Herr Doktor ..."

„Was denn?"

„Warum spricht er so mit mir? Kaum komm ich auf die Straße, da höre ich von allen Seiten: ‚Die Dreh-dich-um-Fruma! Die Dreh-dich-um-Fruma!' Das hängt mir an wie Pech. Er sollte lieber nicht am Tisch, sondern im Bett so mit mir reden ..."

Garkawi verbiß sich mühsam ein Lächeln.

„Dreißig Jahre lang hab ich mich weggedreht, aber eines Tages platzt mir die Geduld, dann drehe ich mich nicht mehr weg ... Soll er mit mir machen, was er will!"

Die Fuhrmannsfrau trocknete sich am Rock die Hände und trippelte ins Haus.

Während sie ihren Mann weckte, stand Dorski auf dem Hof, betrachtete die wacklige hölzerne Vortreppe, den zerfallenen Schornstein auf dem Dach, den Trog mit der schmutzigen Wäsche, die aussah wie Fischeingeweide oder wie die Blase, mit der er, Meilach Wainstein, als Kind gespielt hatte, er schaute auf die Fenster voller Fliegendreck und konnte sich des Eindrucks nicht erwehren, daß er all dies schon einmal gesehen hatte, nicht hier, sondern hinter den sieben Bergen, dort, wo er jetzt hinfahren wollte, daß sein Gedächtnis – diese fliegendreckbekleckerte Scheibe – jetzt nur hervorholte, was einst gewesen war und sich in reichlich vierzig Jahren nicht verändert hatte – nicht einmal das Wasser im Trog war gewechselt worden, keine einzige Stufe repariert, kein einziges Fenster geputzt. Lohnt es denn, dachte er, sich drei Tage in der Kibitka* des Wilnoer Fuhrmannskönigs

* bogenförmig gedecktes Fuhrwerk

Chaim-Jankel Wischnewski durchrütteln zu lassen, nur um an den eigenen Ursprung zurückzukehren, von nirgendwo nach nirgendwo zu reisen? Hier war sie – seine Heimat, dieses Milieu, wohin sie alle zurückkehrten, der Wind und die Vögel und auch sie, Günstlinge des Schicksals, die ihr ärmliches Nest verlassen und vergessen hatten.

Dorski und Garkawi traten von einem Fuß auf den anderen, wechselten Blicke, als erwarteten sie nicht den Fuhrmann, sondern ihren Urteilsspruch, und von außen wirkten sie gewiß wie Wesen, die sich von einem anderen Planeten hierherverirrt hatten.

Dorski ging ein paar Schritte, trat an den Trog und beugte sich darüber.

„Hast du nichts Besseres zu tun, als schmutzige Wäsche anzustarren?“ knurrte Garkawi.

„Schau, Moulin, hier schwimmen meine Höschen.“ Dorski zeigte in den Trog.

„Du hast ja Halluzinationen, Miron!“ Garkawi starrte den Freund erstaunt an.

„Hast du nie welche?“

„Nein.“

Majestätisch, wie es sich für einen König gehört, trat der breitschultrige, stämmige Chaim-Jankel aus dem Haus, zog sich im Gehen die Hose höher und ließ ein versoffenes oder auch schlaftrunkenes Räuspern hören. Er war von hohem Wuchs, reichte fast bis ans niedrige Dach, hatte ein windgegerbtes großes Gesicht und eine feuerrote Mähne, die ihm etwas von einem Pferd verlieh.

„Ich bringe Ihnen, Reb Chaim-Jankel, einen guten Fahrgast“, sagte Garkawi und wies mit einer Kopfbewegung auf Dorski.

„Möchte der Jude weit?“ dröhnte der Fuhrmann.

„Ja“, erwiderte Dorski. „Bis nach Rossieny ... und noch etwas weiter. Mit Station in Kowno.“

„Wann?“ fragte Chaim-Jankel, ohne viel Worte zu machen, und musterte seinen Fahrgast.

„Morgen.“

„Also gut, morgen.“

„Hören Sie, Reb Chaim-Jankel, fahren Sie diesmal recht

schnell ... Es geht dort um Menschenschicksale“, erklärte Garkawi.

„Doktor?“ wandte sich der Fuhrmann an Dorski, immer noch mit Worten geizend.

„Advokat“, sagte Dorski. „Ich kann auch gleich bezahlen.“

„Der Doktor weiß: Chaim-Jankel nimmt kein Geld im voraus ... Wie möchten Sie ... hin und zurück? Oder nur hin?“

„Hin und zurück, wenn es Ihnen recht ist ... ich bleibe nicht lange dort.“

„Einverstanden ... Advokaten hab ich noch nicht gefahren ...“

„Also ich erwarte Sie ... Sawalnaja siebzehn. Sie können gleich im Hof halten.“

„Ein ulkiger Kerl, dein König ... nimmt kein Geld im voraus ... und die Worte muß man ihm aus der Nase ziehen“, sagte Dorski, als er und Garkawi den Hof verlassen hatten und zur Stadt zurückgingen.

„Wozu braucht es Worte, wo ein Gaul vonnöten ist?“

„Zwei Tage fahren und schweigen?“

„Er schweigt schon nicht. Er wird noch reden, daß dir die Haare zu Berge stehen. Mach dich auf was gefaßt!“

„Worauf?“

„Auf Prügel ... Haben wir etwa keine verdient, Miron? Und ob wir haben! Nur daß wir statt des Hintern Tscherwonzen hinhalten!“

„Vielleicht hätte ich lieber nicht sagen sollen: und zurück ... Ich hätte auch mit Selda zurückfahren können ...“

„Mit Selda? Was denn, ist sie dort?“

„Ja ... Sie verbringen den Sommer in unserem Marktflekken. Sie haben dort ein Haus.“

„Das ist es also! Ach du Heuchler, ach du Gauner, ach du verflixter Rechtsverdreher“, fiel Garkawi über Dorski her. „Also willst du nicht wegen des Rossieny-Falls hin, sondern um dir die Mitgift anzugucken ... Der Rossieny-Prozeß ist folglich nur ein Vorwand ...? Ich erzähle ihm von Lapin, von Skaskin, von einem Denkmal, und er hat Selda im Sinn!“

„Unfug! Bloß ein zufälliges Zusammentreffen ... Ich will nicht leugnen, daß sie mir gefällt, aber zum Rendezvous in solche Ferne – dieser Firlefanz ist nichts für mein Alter ... nicht für meins ... Was allerdings den Prozeß betrifft, so gestehe ich dir ehrlich, Moulin: Ich nehme mich der Sache ungern an. Mag sein, das ist beschämend, vielleicht auch gemein, aber ich tue es ungern. Ich weiß, keiner von ihnen ist schuldig, und dennoch ist es hundertmal leichter, einen Schuldigen zu verteidigen. Du heilst ja auch keine Gesunden ..."

„Ich gebe dir nie mehr die Hand, wenn du desertierst. Und deine Argumente kannst du dir an den Hut stecken."

„Warte! Wo willst du hin?" rief Dorski dem plötzlich abbiegenden Garkawi zu. „Nimm den Ersatzschlüssel!" Und mit klapperndem Schlüsselbund stürzte er ihm nach.

Holte ihn ein.

Blieb an seiner Seite.

„Da redet man mit dir, wie's einem ums Herz ist, und du scheust zurück wie vor einem Aussätzigen."

„Vor Aussätzigen scheue ich nicht zurück. Die behandle ich! Zwei Jahre war ich in Sibirien!"

„Schon gut, schon gut", stammelte Dorski. „Sagt man die Wahrheit, kriegt man eins auf die Schnauze, verschweigt man sie, kriegt man eins ins Genick."

„Deine Ergüsse öden mich an! Tu etwas! Tu was und jage nicht von einer Braut zur anderen. Nimm eine! Sogar wenn du dann bis ans Grab mit ihr unglücklich bist. Das Leben ist kein Harem, wo man täglich die Konkubine wechselt und Verwöhnung garantiert hat. Hast dich verdammt hineingefunden in sie, diese garantierte Verwöhnung!"

„Ich bin vermutlich einfach alt geworden, Moulin."

„Das einzige, Miron, was nie altert, das ist die Anständigkeit."

„Alles altert, Moulin. Alles. Anständigkeit und Unanständigkeit, Mut und Feigheit, Edelsinn und Niedertracht. In der Jugend war ich der eine, im Laufe der Jahre bin ich ein anderer geworden."

„Nein, Miron."

Am Palast des Generalgouverneurs trennten sie sich.

Dorski gab Garkawi seinen zweiten Hausschlüssel, warf einen Blick auf die tüllverhangenen großen Fenster des Palastes, auf jemandes erlauchten Schatten, der sich dahinter bewegte, dann ging er, gleichsam die lautlosen, leichten Bewegungen des Schattens nachahmend, mit hängendem Kopf heim in die Sawalnaja-Straße.

Das Wortgefecht mit Garkawi hatte in Dorski einen bitteren Nachgeschmack hinterlassen. Ihre Beziehung war nie reibungslos gewesen, Garkawi hatte ihm auch früher, in ihren Jugendjahren in Petersburg, die Leviten gelesen, er hatte die Ehe mit Krystyna nicht gutgeheißen, ihn beschimpft, weil er sich taufen ließ, war dagegen zu Felde gezogen, daß er wahllos freundschaftliche Beziehungen anknüpfte, besonders mit den Söhnchen einflußreicher Beamter, die mit ihnen zusammen studierten, er hatte ihm vorgeworfen, übermäßig berechnend zu sein und keinen Idealismus zu haben, doch solch einen Zornesausbruch wie heute hatte er sich noch nie gestattet. Garantierte Verwöhnung! So was aber auch! Er, Dorski, forderte doch von niemandem Verwöhnung. Man sollte ihn bloß in Ruhe lassen. Garkawi würde eifern und zürnen, und eines schönen Tages würde er die Flügel ausbreiten und abrauschen nach Amerika; er verkauft sein Haus und die Datsche bei Wilno, packt seine Instrumente in die Tasche und – good bye, Rußland! – siedelt über nach New York oder Chicago, nagelt ein Kupferschild an seine Tür: „Dr. S. Garkawi", und dann treibt er seinen Tribut ein. Aber er, der Rechtsanwalt Dorski, wo sollte er hin? Wer brauchte denn dort, jenseits des Ozeans, einen Kenner des Gesetzeskodexes des Russischen Reiches? Einen mittelmäßigen Advokaten, der überhaupt kein Englisch konnte? Er, Dorski, war für immer mit Rußland verwachsen, und es hatte keinen Sinn für ihn, sich mit ihm zu zerstreiten. Etwa zwei Jahre würde er noch praktizieren, und dann – dann wollte er sich an seine Memoiren setzen, ein Buch wollte er schreiben, von seinem Leben erzählen, von seinem schwierigen Weg, seinen Aufschwüngen und Niederlagen – sogar von diesem Fuhrmann Chaim-Jankel würde er berichten.

Dorski öffnete den Schrank, entnahm ihm einen Reisemantel, der nach Mottenpulver roch, und einen Filzhut, probierte ihn auf, betrachtete sich im Spiegel und warf ihn in den Schrank zurück. Was anziehen? Wie sich kleiden, um in den Augen der Landsleute nicht als weißer Rabe dazustehen und in den Augen der Beamten von Kowno und Rossieny nicht als schäbiger Fürsprecher, als zerlumpter Halbwilder?

Ein Stück nach dem anderen zog er heraus und pfefferte es mißmutig, mit der Wut eines erfolglosen Schnüfflers, auf Stühle, Tisch und Fußboden.

Seine gesamte Garderobe!

Seinen ganzen eitlen Kram!

All seine eingemottete, muffige, garantierte Respektabilität!

Ich fahre, wie ich bin, beschloß er und schaute auf das von ihm geschaffene Chaos. Wozu sich den Kopf zerbrechen! Die nehmen mich auch so, Federbett, Kopfkissen, Pelzpantoffeln, Frotteemantel und Handtücher bleiben hier. Einen Schlafplatz werden sie mir schon geben und auch sonst ein bißchen was.

Rasierzeug?

Ach was!

Er würde zwei Tage unrasiert bleiben oder sich unterwegs irgendwo rasieren lassen.

Außerdem war Sommer, Juni, da kam er mit wenigem aus.

Mit wenigem, wie vor reichlich vierzig Jahren. So, wie er damals fortgegangen war:

mit handgewebten Hosen, die noch immer im Wäschetrog schwammen;

mit der schirmlosen Leinenmütze, die ihm noch immer bis fast über die Augen rutschte;

mit den großen, wattegepolsterten Schuhen, die noch immer schlappten;

mit dem Empfehlungsschreiben für die Zukunft, das noch immer unter dem Hemd an seiner Brust steckte;

und mit dem Holzköfferchen, das noch immer an seinem rechten Arm zerrte.

Und mit Brom in der Tasche.

Ohne Brom gab es für ihn jetzt in der Heimat keinen Schlaf.

Und eine Scheitelkappe war noch zu kaufen. Wie konnte er

das vergessen? Ohne die würden sie ihn wahrscheinlich weder ins Bethaus noch auf den Friedhof lassen, und zum Friedhof mußte er unbedingt, die Gräber von Vater, Mutter und Verwandten aufsuchen und ein wenig davor verweilen – sofern sie sich reichlich vierzig Jahre erhalten hatten! Er hätte Garkawi fragen sollen, wo es sie gibt, diese Scheitelkappen.

Da hatte er nun so lange gelebt und niemals ein Bedürfnis verspürt nach Scheitelkappen oder Talejssim*. Noch vor kurzem, wenn ihm jemand gesagt hätte, er, Dorski, würde plötzlich aus allem herausgerissen und wie ein Jämmerling aus der Gegenwart in die Vergangenheit geschleudert, er sei gezwungen, auf der Suche nach einer läppischen Scheitelkappe durch die Stadt zu traben und über Rituale nachzudenken, die längst aus seinem Gedächtnis entschwunden waren – er hätte es nicht nur nicht geglaubt, sondern er hätte einen solchen Propheten sogar ausgelacht.

Und in der Tat: Wer fährt schon zu einer Beerdigung, die vor reichlich vierzig Jahren stattgefunden hat, wer begräbt zum zweitenmal, was er bereits begrub?

Ich muß mich beeilen, sonst machen die Läden zu, dachte Dorski.

Er ging hinunter in den Hof, fragte die Nachbarin, wo man eine Scheitelkappe kaufen könne, erfuhr die Adresse und eilte in die Rudnizkaja-Straße.

„Sie wünschen?“ erkundigte sich der Inhaber des Ladens für Bestattungs- und Synagogalbedarf beflissen. „Ein Leichentuch?“ Von einem Leichentuch erhoffte er sich größeren Verdienst als von etwas anderem.

„Nein, nein ... Zunächst brauche ich noch kein Leichentuch ... Ich hätte gern eine Scheitelkappe!“

„Was für eine? Aus Samt, aus Seide? Für Ihre Kopfgröße oder eine andere?“

„Für mich.“

„Wollen gleich mal sehen. Wir haben eine reichhaltige Auswahl!“

Dorski nahm eine Samtkappe, bat den Ladenbesitzer, sie einzuwickeln, dann verließ er das Geschäft, das leichte Päckchen in der Hand und unruhig umherspähend.

* (jidd.) Gebetsmäntel

Was man nicht im Kopf hat, muß man in den Beinen haben, kanzelte er sich in Gedanken ab und beschloß, ehe er sich nach Hause begab, noch einmal ins Gericht zu gehen und Gerichtspräsident Boris Jewgenjewitsch Tschistochwalow von seiner unvorhergesehenen, aber äußerst dringenden Reise in Kenntnis zu setzen.

„Ein Fall in Rossieny?“ wunderte sich Tschistochwalow, nachdem er Dorski angehört hatte. „Davon habe ich noch gar nichts vernommen, mein Lieber. Jedenfalls ist die Sache bislang noch nicht auf meinen Tisch gekommen, und ich flehe zu Gott, daß die Verhandlung nicht bei uns stattfindet, sondern in Kowno. Sie wissen doch selbst: Ritualmorde erregen immer die Gemüter ... heizen ungesunde Leidenschaften an. Denken Sie an Welish! An Saratow! An Kutaïssi! Vermutungen, Klatscherei, Gerüchte! Der ganze Zeitungs- und Presserummel! Aber wem sage ich das!“

Tschistochwalow lächelte breit. Diese Art zu lächeln und das vorgebliche Von-nichts-etwas-Wissen unterschied den Gerichtspräsidenten von allen anderen Mitarbeitern.

„Fahren Sie, mein Lieber! Vielleicht können Sie etwas für Ihre Landsleute tun. Ihnen Mut zusprechen, sie beruhigen ... Glauben Sie mir, es ist nicht im Staatsinteresse, daß Staub aufgewirbelt wird. Das Ausland würde sich sofort aufplustern, die Sache aufgreifen und ohne Rücksicht an die große Glocke hängen. Und das bringt letztendlich Ihren Mandanten mehr Schaden als Nutzen. Sie verstehen?“

„Gewiß, Boris Jewgenjewitsch, aber ich habe mein letztes Wort noch nicht gesprochen ... ich fahre sozusagen erst einmal auf Erkundung ...“

„Das ist recht“, sagte Tschistochwalow und gab zu erkennen, daß die Audienz beendet war.

Dorski schwieg verwirrt, verabschiedete sich und schritt gemessen zum Ausgang, bemüht, seine Würde zu wahren, obwohl er den bohrenden Blick des Gerichtspräsidenten im Nacken spürte.

Gerade wollte er den massiven kupfernen Türgriff drehen, da gebot Tschistochwalows honigsüße väterliche Stimme ihm Einhalt: „Miron Alexandrowitsch! Sie haben Ihr Päckchen vergessen.“

„Ach ja, Verzeihung!"

Dorski sah, wie Tschistochwalow, an Geschenke gewöhnt, mit seinen langen feinen Fingern mit den sorgfältig gepflegten Nägeln die Scheitelkappe vom Richtertisch nahm, sie in der Schwebe hielt und wieder aufs Papier zurücklegte.

„Bitte", sagte er und reichte dem kreidebleichen Dorski das geöffnete Päckchen. „Ein äußerst interessantes Mützchen. Aus reinem Samt. Und ganz neu!"

„Jaja, neu", plapperte Dorski. „Mein Onkel ... er ist Eisenwarenhändler ... er hat mich gebeten, ihm aus der Stadt eine mitzubringen ... bei ihnen dort ... in der Provinz ... da gibt's nicht solche neuen ... aus Samt ... wissen Sie ..."

„Aber ja, natürlich", sagte Tschistochwalow, sich an der Demütigung des Rechtsanwalts weidend. „Ohne Gastgeschenk in die Heimat, das geht nicht."

„Ich darf mich entfernen?" flüsterte Dorski.

„Gehen Sie, mein Lieber."

„Danke, Boris Jewgenjewitsch!"

„Glückliche Reise!"

Und abermals ließ der Gerichtspräsident sein kluges, stahlhartes Gesicht zu einem Lächeln aufblühen.

Mein Gott! Da hatte er sich etwas geleistet. Da hatte er sich ja in die Nesseln gesetzt! Hatte sein Päckchen auf dem Tisch liegenlassen, und Tschistochwalow hatte es prompt für ein Bestechungsgeschenk gehalten! Ein Scheitelkäppchen als Bestechungsgeschenk! Nur gut, daß Tschistochwalow es wenigstens nicht als Beleidigung oder, noch schlimmer, als Verhöhnung aufgefaßt und ihn aus dem Zimmer geworfen hatte. Zu denken, daß er diesem Adligen aus altem Geschlecht so etwas darbrachte – keinen Edelstein, keinen Ring mit Saphir, keine Perlenkette für die Gattin, sondern eine Scheitelkappe! Das war doch wirklich der Weltuntergang!

Das Gerichtsgebäude schien kein Ende zu nehmen. Dorski ging durch die Korridore, grüßte im Gehen die Mitarbeiter – Rechtsanwaltsgehilfen, Schriftführer, Kanzleischreiber, Boten –, er wollte die Scheitelkappe möglichst rasch wieder einwickeln, doch es war wie verhext, das Papier zerriß, die Fetzen fielen zu Boden, Dorski bückte sich immer wieder und hob sie auf – im Gericht war es blitzsauber! –, steckte sie in seine Taschen, schließlich knüllte er die Scheitelkappe zusammen und stopfte sie sich vorn unters Jackett.

In der Sawalnaja angekommen, ließ Dorski sich in den Louis-Quatorze-Sessel sinken, tastete nach der Mütze, die er wie ein angeschossenes Vöglein versteckt hatte, und plötzlich brach er in Lachen aus, daß es durchs ganze Haus scholl, über den ganzen Hof, wohl gar durch die ganze Stadt.

Es schüttelte ihn vor Lachen – das Gelächter ließ ihn nicht los, quälte ihn, er sprang aus dem Sessel hoch, hielt sich den Bauch, fiel wieder hinein und lachte erneut los.

Dorski war selbst nicht bewußt, worüber er lachte – über sein eigenes Mißgeschick oder über Tschistochwalow, der die Scheitelkappe beäugt hatte wie ein prähistorisches Lebewesen, oder über seine eigene Feigheit. Wie Nebel von den Wiesen aufsteigt, so drangen in die Wohnung jetzt abermals Fetzen jenes Unglückstraumes, der Dorskis Verhalten auf ungewisse Zeit vorausbestimmt hatte – für einen Tag, für ein Jahr oder für die Frist, die ihm auf Erden noch blieb.

Es klingelte an der Tür, aber Dorski rührte sich nicht und fuhr fort, schallend zu lachen im Traumnebel.

Ohne zuvor Ordnung im Zimmer zu schaffen, tappte er schließlich mit der Scheitelkappe – diesem prähistorischen Lebewesen – unterm Jackett in die Diele.

Die Stiefmutter des Gattinnenmörders Strelnikow war eine Frau von faszinierender, fremdländischer Schönheit – hochgewachsen, schlank, mit dicht beieinanderliegenden schwarzen Augen im brünetten, von zartem Flaum überhauchten Gesicht, ein leichter Umhang bedeckte ihre schmalen, wie gemeißelten Schultern, ein langes Moirékleid betonte ihre Wespentaille. In der Hand hielt sie ein Lacktäschchen mit Silberverschluß, letzterer offenbar eine Spezialanfertigung eines Wilnoer Juweliers.

„Ich bitte um Vergebung, gnädige Frau, wegen der Unordnung, wegen dieses Tohuwabohu“, murmelte Dorski, während er hinter ihr herschwänzelte wie ein Lakai und unterm Jackett nach der Scheitelkappe fischte.

Endlich hatte er sie erwischt.

Er warf sie in eine Ecke.

Er straffte sich.

„Sehr erfreut, sehr erfreut ..." Flink raffte er die im Wohnzimmer verstreuten Sachen zusammen, trug sie ins Schlafgemach und bot der Besucherin Platz an.

„Ich komme zu Ihnen wegen Sascha", sagte sie und ließ vor Aufregung das Taschenschloß schnappen.

„Ich bin ganz Ohr, gnädige Frau."

„Mir ist es freilich unangenehm ... peinlich ... aber Pjotr Nikolajewitsch ... Saschas Vater ... er hat mir aufgetragen, Ihnen fürs erste fünfhundert Rubel zu geben."

Und abermals ließ sie ihr Taschenschloß schnappen.

„Den Rest erhalten Sie nach der Urteilsverkündung ... wenn das Urteil so ausfällt, wie Sie versprochen haben, selbstverständlich ..."

Dorski hörte ihr zerstreut zu, während er offen, geradezu unverschämt ihre Schönheit bewunderte. Die Strelnikowa wurde verwirrt unter seinen Blicken, sie errötete tief und war nahe daran, sich zu verhaspeln.

„Hier sind genau fünfhundert", sagte sie und hielt ihm das Geld hin.

Dorski neigte den Kopf und küßte ihr Handgelenk, das matt schimmerte, wie aus Elfenbein.

„Mein Gott!" flüsterte er ohne jegliche Zurückhaltung. „Wie froh ich bin!"

Seine Worte waren keine banale Anstandsfloskel, sie hatten auch nichts von der Salonhöflichkeit, die solchen Situationen angemessen ist, noch klangen sie zudringlich frech, sondern in ihnen schwang etwas, was die Strelnikowa in Verlegenheit setzte.

„Herr Rechtsanwalt, nehmen Sie das Geld", sagte sie und entzog ihm ihre Hand.

„Geld! Geld!" schnaufte er. „Damit kann man alles machen, nur eines nicht: es in Erinnerung behalten. Es ist gestaltlos und gesichtslos. Wie gewonnen, so zerronnen. Aber Sie ... Sie, gnädige Frau, sind bei mir eingetreten, und alles ist wie umgewandelt. Um Gottes willen, lachen Sie mich nicht aus ..."

Er verharrte vor ihr, beschämt durch ihr Schweigen, bedrückt ob seines Ausbruchs, die Strelnikowa aber dachte gar nicht daran, zu zürnen, sie sah ihn an mit ihren dunklen Augen, als blickte sie aus einem Medaillon, ein bißchen verwirrt und doch verständnisvoll, ohne Vorwurf, sogar etwas kokett, und ihr Blick brachte Dorski vollends durcheinander.

Er hatte das Gefühl, das Schicksal habe sie ihm eigens deshalb gesandt, damit er vor dem Einsteigen in Chaim-Jankels Kibitka von allem Abschied nahm, was ihm so viele Jahre erreichbar gewesen war, Gegenstand seiner heimlichen und offenen Freude, was ihm Vergnügen und Genuß bereitet hatte, nicht nur sinnlichen, sondern vor allem geistigen und staatsbürgerlichen Genuß. Die Strelnikowa würde gehen, und sobald die Tür hinter ihr zuschlug, würde ein schwerer, undurchdringlicher Vorhang fallen, damit würde sein, Dorskis, eines Leben enden, ein zwar nicht sorgenfreies, nicht immer geruhsames, aber doch im Grunde freundliches Leben, und dann begänne ein anderes, durch und durch voller Kummer und Widerwärtigkeiten, und in jenem anderen Leben gäbe es weder Moirékleider und Medaillonaugen noch ein Haus und Freunde, sondern nur noch Gräber und Schatten, so nah wie jetzt das Geld, und alles würde zu einer indifferenten Masse verschmelzen, zu einem gesichtslosen „Wir", wo für das „Ich" nicht das winzigste Fleckchen blieb, zu einer indefiniten Zeit, wo Gegenwart und Zukunft nicht Fortsetzung der Vergangenheit waren, sondern nur ihr Abklatsch und ihre Kopie, nur erstarrte Spiegelung.

„Das Geld, mein Herr, ist abgezählt", sagte die Strelnikowa. „Wenn Sie es nicht glauben, prüfen Sie es nach. Ich habe noch einen Moment Zeit."

„Ich bin kein Krämer!" Dorski, aufgeschreckt, schrie es beinahe.

Sie verachtet mich, dachte er, und ich wedle vor ihr mit dem Schwanz, lecke ihr die Hand wie ein Hund, schnüffle und stammle etwas vor lauter Glück. Ein Krämer! Ein Krämer, der für einen einzigen Augenblick die Ehre fürstlichen Händedrucks genießen und einen herrschaftlichen Rocksaum küssen darf. Ein Geschäftemacher!

„Eine Quittung wird nicht verlangt?" fragte er kalt und starrte die Strelnikowa mit erblaßten Augen an. Sein Blick traf sie schon nicht mehr aus der Gegenwart, sondern aus der Vergangenheit, vom Marktplatz seines Heimatfleckens, vom schiefen Flechtzaun, auf dem er gesessen hatte, ehe er flügge wurde.

„Was für eine Quittung?"

„Daß ich die fünfhundert Rubel empfangen habe."

„Von einer Quittung hat Pjotr Nikolajewitsch nichts gesagt. Allerdings hat mein Mann die Bemerkung fallenlassen, für diese Summe könnte man Sascha auch einfach freisprechen, ohne ihn für geistesgestört zu erklären."

„Eine solche Formulierung mag Ihnen zuwider sein, aber sie entspricht völlig dem Gesetz. Sie können schließlich auch einen anderen Advokaten nehmen."

„Sascha vertraut Ihnen." Die Strelnikowa zupfte ihren Umhang zurecht. „Und Pjotr Nikolajewitsch ist der gleichen Meinung ..."

„Und Sie?"

„Ich ...? Ich habe Pjotr Nikolajewitsch ja geraten, sich an Sie zu wenden."

„Wie komme ich denn zu dieser Ehre? Wir kennen uns doch kaum, gnädige Frau."

„Mein Mädchenname ist Patschchadse ... Margarita ... Miriam Patschchadse", sagte die Strelnikowa und rückte abermals an ihrem Umhang. „Mein Vater hieß Isaak. Kurzum, mir geht es ebenso wie Ihnen ..."

Dorski klammerte sich mit beiden Händen an die Sessellehne.

„Sie ...? Sie?" stammelte er, vergebens bemüht, in seiner Verwirrung einen zusammenhängenden Satz zu bilden.

„Ja. Meine Eltern haben mich verstoßen, und ich bin mit Pjotr Nikolajewitsch und meinem sechsjährigen Stiefsohn Sascha seinerzeit hierher nach Wilno gekommen."

„Mein Gott!" stöhnte Dorski. „Und ich dachte, Sie sind eine Fürstin ... Sie verachten mich ... ich bin Ihnen zuwider ..." Wie ein Besessener beugte er sich über ihre Hand und bedeckte sie fieberhaft und schuldbewußt mit Küssen.

„Genug! Wenn Sie können, so retten Sie ihn ... Ich lebe seit neunzehn Jahren mit Pjotr Nikolajewitsch und bin glücklich ... nicht mit dem Fabrikbesitzer, sondern mit ihm als Gatten bin ich glücklich. Um das Glück vollzumachen, fehlt mir nur zweierlei – Sascha und Georgien ... Heimat ist ja nicht dort, wo es einem gut geht, sondern dort, wo sogar das Leid ein Geschenk ist."

„Wie sagten Sie? Das Leid – ein Geschenk?"

10

Obwohl Dorski Wagengerüttel und Pferdegeruch nicht gut vertrug, bevorzugte er dennoch die geräumige Kibitka des Wilnoer Fuhrmannskönigs Chaim-Jankel Wischnewski gegenüber der unbequemen, schäbigen Eisenbahn mit ihren gellenden Pfiffen, ihrer verräucherten Zugluft und dem beizenden Kohlegestank von der Lokomotive. Erstens fuhr der Zug nur bis Kowno und nahm von dort, nach kurzem Aufenthalt, eine Richtung, die Dorski überhaupt nichts nützte, nämlich zur deutschen Grenze; also hätte er ohnehin umsteigen müssen – noch dazu vermutlich mehrmals, von Kowno bis Rossieny ist es ganz schön weit! –, und zwar in zufällig des Wegs kommende Fuhrwerke und Bauernwagen. Zweitens wollte Dorski von Anfang an allein sein (der schweigsame Chaim-Jankel Wischnewski zählte nicht), allein mit seinen kreisenden, immer wieder davongaloppierenden Gedanken, um noch vor der Ankunft in Kowno alles in Ruhe zu überlegen und endgültige Entschlüsse zu fassen. Eine Sache ist es, vor dem Freund Samuel Jakowlewitsch Garkawi Schwüre abzulegen, den grimmigen Boris Jewgenjewitsch Tschistochwalow zu überlisten, dem Boten und Holzfäller Itzik Magid das Blaue vom Himmel zu versprechen, eine ganz andere, mit klarem Kopf auf dem Bezirksgericht von Kowno zu erscheinen und, nach Abschütteln der letzten Zweifel, durchdacht und verantwortungsbewußt zu erklären: Hier bin ich, Miron Alexandrowitsch Dorski, Verteidiger der verleumdeten Juden von Žmud, ich bitte um Ihr geneigtes Wohlwollen!

Das Wort ist kein Sperling – einmal entschlüpft, läßt es sich nicht wieder einfangen. Dorski brauchte nur seine Zustimmung zu geben, und schon tags darauf ginge sein Name durch alle in- und ausländischen Zeitungen. „Rechtsanwalt Dorski, gebürtig aus Žmud, verteidigt unentgeltlich die Angeklagten im Rossieny-Prozeß!“ In großen Lettern. Ganzseitig. Mit Bild.

Einfacher wäre es freilich, vorüberzufahren, dachte Dorski, als er in der Kibitka saß und auf Chaim-Jankels unbeweglichen Rücken schaute, der Heimat einen kurzen Besuch abzustatten und dann – zurück in die Sawalnaja, an die Ecke Georgijew-Prospekt und Gendarmengasse, zu den gewohnten, weniger lauten Angelegenheiten und Sorgen, die weder Selbstaufgabe noch Risiko noch Tapferkeit verlangen, sondern nur Können und Geduld, nur Findigkeit und Geschick.

Wer sagte denn, daß er, Dorski, dieses Recht nicht hatte – vorüberzufahren, vorüberzueilen, vorbeizuhasten? Wenn man an jeder Kreuzung hielte, auf Schritt und Tritt, wo Bosheit und Ungerechtigkeit ihr Wesen treiben, dann würde *ein* Menschenleben gar nicht ausreichen. Er hatte also dieses Recht. Aber nur bis Kowno. Hinter Kowno würde sich sein gutes Recht verwandeln, wenn nicht in Schmach und Schande, so doch in Qual. Was besagte es schon, daß er dreißig Jahre lang tagtäglich angehalten hatte, um zu retten und zu helfen, um anderen die Ehre und den Glauben wiederzugeben? Längst hatte er die Namen seiner Klienten vergessen, die Böses getan oder unter Bösem gelitten hatten, vergessen ihre Gesichter, ihren Stand, ihre Titel, und auch sie erinnerten sich seiner gewiß kaum noch. Aber er hegte keinen Groll gegen sie. Grollen muß man nur denen, die von Gottes und des Teufels Sakrament gleichzeitig kosten, nicht aber denen, die empfangene Wohltat vergessen. War es etwa seine Schuld, daß das Böse unausrottbar war? Wie der Tag von der Nacht abgelöst wird, die ihm ein Himmelsfetzchen nach dem anderen streitig macht, so wechselt auch das Gute mit dem Bösen, und es steht nicht in seiner, Dorskis, Macht, den Wandel der Gestirne zu ändern. Vor langer Zeit, die ersten Jahre nach dem Studium, glaubte er noch, vom Menschen hinge etwas ab, damals hielt er den Menschen noch nicht für ein Waisenkind der Menschheit, sondern für ihren Sohn, nicht für ein Käferchen, sondern für den Pfeiler, auf dem die Welt ruht, jedoch auf einmal war dieser Glaube wie ein

Haus bis hoch ans Dach von Schnee verweht und alles ringsumher zu Eis erstarrt.

„Merken Sie sich, Dorski: Wenn zu Ihnen ein Klient kommt, der Gerechtigkeit sucht, so jagen Sie ihn zum Teufel", hatte sein erster Lehrer gesagt, German Porfirjewitsch Puschkarjow, ein echter Sohn der Menschheit.

„Ja, aber ..."

„Was für ein ‚aber', Dorski? Merken Sie sich: Das einzige, worauf ein Klient rechnen kann, wenn er Sie um Hilfe angeht, das ist etwas weniger Ungerechtigkeit."

„Sind Ihre Worte, German Porfirjewitsch, in dem Sinne zu verstehen, daß es Gerechtigkeit als solche auf der Welt gar nicht gibt?"

„Mit der Gerechtigkeit, Dorski, ist es wie mit dem Herrgott: Man kann daran glauben, aber man kann sich ihrer nicht bedienen."

„Wie soll man dann aber leben?"

„Ganz einfach. Essen, schlafen und sich möglichst spät erheben. Warum möglichst spät? fragen Sie. Weil unser Imperium seinen Untertanen eine größere Wohltat als den Schlaf, hm-ja, nicht zu bieten hat. Jedes Erwachen ist Strafe und Ungerechtigkeit."

Nicht von ungefähr erinnerte sich Dorski an Puschkarjow.

Puschkarjow lebte – oder, wie er selbst es ausgedrückt hätte: aß, schlief und erhob sich möglichst spät – in Kowno, nicht weit von der Russischen Kirche, in einem eigenen Haus, dessen Erdgeschoß er an einen Goldschmied vermietet hatte. Dorski war ihm eine Ewigkeit nicht mehr begegnet, seit damals nicht, als Puschkarjow aus Wilno in die Provinz ging, zuerst nach Schawli, später nach Kowno. Ein Mann von seltener Klugheit und besonderer Ausstrahlung, ein glänzender Redner vor Gericht, hatte Puschkarjow völlig überraschend die Stimme verloren und war vom erfolgreichen Rechtsanwalt, der in ganz Rußland Ansehen genoß, zu einem heiseren Durchschnittsherrn geworden, mit erstaunlich ausdrucksvoller Gestik und Mimik, aber total geschwächten Stimmbändern. Wohin er auch zu Kur fuhr – nach Karlsbad, nach Nizza und auf die spanische Insel Mallorca –, an wen er sich auch wandte – an Medizinprofessoren, an Kurpfuscher und sogar an Schamanen (Puschkarjow war aus Krasnojarsk gebürtig) –, nichts half. Dorski, der etwa fünf Jahre bei ihm als Assistent gearbeitet und mit seiner Hilfe seinen ersten Prozeß gewonnen hatte, der von ihm in alle juristischen Spitzfindigkeiten und die Feinheiten der Redekunst eingeweiht worden war, bewog aus Dankbarkeit und Mitleid einmal seinen Freund Garkawi, damals noch gänzlich unerfahren als Arzt und mit Kehlkopfkrankheiten genausowenig vertraut wie mit der Entdeckung Amerikas, Puschkarjow zu untersuchen. In Begleitung Dorskis erschien Garkawi in Puschkarjows Haus in der Schloßgasse, bat um einen Löffel, gebot dem Hausherrn, den Mund weit zu öffnen, wollte gerade etwas Kluges äußern, aber jener kam ihm zuvor: „Die Diagnose ist klar: So muß die Wahrheit eben sein."

„Wie denn?" erkundigte sich Garkawi; er war schrecklich verlegen und wußte nicht, wohin mit dem Löffel.

„Stimmlos", krächzte Puschkarjow lächelnd.

Plädoyers vor Gericht hielt er nicht mehr, erschien aber pünktlich zu jeder Verhandlung, setzte sich in eine Ecke und verfolgte aufmerksam, was die Parteien vorzutragen hatten, immer bemüht, sich kein Wort entgehen zu lassen. In den Verhandlungspausen machte er Jagd auf seine wendigen und stimmgewaltigen Kollegen wie auf Schmetterlinge. So rückte er beispielsweise Luzki oder Rabkin, Wącłowski oder Drosdowitsch auf den Leib und überschüttete sie mit Ratschlägen. Eher aus Mitleid denn aus Notwendigkeit stimmten sie ihm zu, der selbstgefällige Luzki oder der zänkische Rabkin, lobten ausdrücklich seinen Scharfsinn, und wenn sie den Prozeß gewannen, luden sie Puschkarjow zu einem Gläschen Wodka ein. Anfangs lehnte der immer ab, doch dann fand er allmählich Gefallen am Schnaps, trank auch von sich aus, ohne jeden Anlaß, gern einmal, wobei er ungewöhnlich auflebte und nach dem dritten Glas zu seiner Freude eine wunderbare Verwandlung seiner Stimme feststellte – sie schien durch den Schnaps aufzutauen; wie ein Bächlein, das unter der Eiskruste hervorsprudelt, begann sie zaghaft zu tönen, seine Heiserkeit verschwand vorübergehend, vom Wodka weggespült, weggeschmolzen, und zufrieden mit sich selbst, deklamierte er freudestrahlend auf Lateinisch: „O Catilina! Wie lange willst du unsere Geduld noch auf die Probe stellen?“

Oder: „Das Gesetz ist unerbittlich, doch dafür ist’s Gesetz!“

Die Kibitka von Chaim-Jankel Wischnewski rollte auf der birkengesäumten Landstraße dahin, leise und anheimelnd knarrten die gutgeschmierten Räder, ein leichter Fahrtwind wehte, warm und duftend wie frische Milch, Dorski steckte den Kopf hinaus und betrachtete im Morgenlicht die Felder, die wie ein zusammengestückelter Kaftan aussahen – hier ein Flicken, da ein Flicken. Nach einer Stunde wurde er müde und bat den Fuhrmann, die Plane zu schließen. Chaim-Jankel brachte das Pferd zum Stehen, trottete zu einer Baumgruppe, ließ an einer Pappel sein Wasser, kehrte zur Straße zurück und schloß, ohne ein Wort zu reden, die altersschwache Plane.

„Wann sind wir in Kowno?“ fragte Dorski ihn und dachte abermals an Puschkarjow.

„Morgen. Wenn wir nicht verschlafen, gegen Mittag“, antwortete Chaim-Jankel und wollte nun seinerseits wissen: „Wo möchten Sie übernachten? Es geht bei Rudnik, in der Herberge ... Es geht auch unter freiem Himmel.“

„Und Sie, wo übernachten Sie?“

„Sommers im Freien. Wozu soll ich Rudnik für die Wanzen was bezahlen?“

„Nun gut, dann eben unter freiem Himmel“, murmelte Dorski, er konnte sich eine solche Übernachtung kaum vorstellen. Doch da es jetzt in seinem Leben ohnehin drunter und drüber ging, dann seinetwegen auch mit dem Schlafen, wozu sich an alten, überlebten Gewohnheiten festklammern! Warmes Bett, Frotteemantel, weiche Pantoffeln, duftende Seife, Frühstückskaffee bei Młynarczyk – ach was! Seid gegrüßt, stachliger Heuschober und Sterne überm Kopf, seid gegrüßt, ihr Hasen als Geschworene, ihr Füchse als Richter, ihr Feldmäuse als Gaffer und du, Mond, als Staatsanwalt! Sich ins Heu werfen, bis über beide Ohren, bis über die Haarspitzen darin versinken und nicht mehr aufwachen! Erwachen bedeutet Strafe und Ungerechtigkeit. Doch der

Wächter mit dem Schlegel, der hinkende Aufpasser – das Gewissen – weckt dich ja doch, packt dich am Schlafittchen, reißt dich hoch, stellt dich auf die Beine, rüttelt dich und raunzt: Geh! Fahr zu! Verteidige sie! Büße deine Schuld ab vor denen, die du vergaßest, von denen du dich losgesagt hast um deines Wanstes willen, der so warm ist wie dein Bett und so weich wie deine Pantoffeln. Und versuche nicht, zu feilschen mit ihm, dem Wächter, große Worte versteht er nicht, für deine Erklärungen ist er taub, er ist unwissend wie Gott und wie Gott allgegenwärtig, und das Pochen seines Schlegels dröhnt übers Feld, durch die Gerichte, durch Herbergen und Bordelle, durch Stadt und Land, über den ganzen Erdball von Nord bis Süd und von West bis Ost.

„Besser freier Himmel als Wanzen, für die man zahlen muß", fügte Dorski hinzu, und Chaim-Jankel trieb das Pferd an.

Dorski schloß die Augen, verbarg seine Betroffenheit unter den Lidern, dennoch blieb ein Stück Klarsicht und Unerbittlichkeit in ihm zurück.

Wenn Puschkarjow noch lebt, dachte er – und der war ja ein gesunder Mann, ein echter Sibirier –, dann würden sie in Kowno nicht lange nach einem Quartier suchen, sondern gleich bei ihm aufkreuzen, der Alte nähme sie mit Freuden auf.

Er nähme sie nicht nur auf, sondern er könnte auch viel erzählen und raten. Puschkarjow kannte das Kownoer Gericht genau: die Richter, die Untersuchungsführer und auch die Geschworenen.

Vor allem interessierte Dorski der Beamte, der nach Rossieny abkommandiert war, um die Ermittlungen zu führen. Dorski kannte nur seinen Namen – Muchortow. Jeder Versuch, in Wilno etwas über ihn zu erfahren, war fehlgeschlagen.

„Muchortow?" – Man zuckte die Achseln.

„Muchortow?" – Man kratzte sich am Hinterkopf.

„Muchortow? Nein, nie gehört."

Daß es über den Untersuchungsführer keinerlei Informationen gab, wollte noch nichts besagen. In einer Sache wie der von Rossieny vertraute man die Ermittlungen nicht jemand Beliebigem an. Dieser Fall würde allzuviel Staub aufwirbeln, und jeder Fehler bei der Untersuchung wäre rasch in aller Munde und würde den Spießern nicht nur das Bedürfnis nach Wahrheit ersetzen, sondern sogar das tägliche Brot. Daß Muchortow so unscheinbar war, ließ aufhorchen: Was ist das für einer? Steht jemand hinter ihm?

In seiner langen Gerichtspraxis hatte Dorski nicht wenige solcher unscheinbaren Untersuchungsführer gesehen, Vollstrecker fremden Willens, die nach der Pfeife ihrer Vorgesetzten tanzen und selbst lieber im Schatten bleiben. Sie brauchen auch nicht an Ort und Stelle zu ermitteln, sie ergründen die Wahrheit nicht durch Gewissensanstrengung, Genauigkeit und Eifer, sondern mit Hilfe ihrer Fäuste und unter Berücksichtigung irgendeines geheimen Rundschreibens oder einfach von Gerüchten. Wenn Väterchen Zar es befiehlt, loben sie den Teufel, befiehlt er aber zu strafen, so finden sie auch für einen Engel noch einen Knüppel.

Wie das Haupt, so die Glieder, sagte Dorski gern. Ein ehrlicher Mensch ist frei von Vorurteil und Einbildung. Er sieht die Dinge in ihrem wahren Licht. Einbildung jedoch und Vorurteil verzerren das Bild und führen zu unvorhergesehenen und deshalb nicht wiedergutzumachenden Folgen. Ein voreingenommener Untersuchungsführer macht sich keine Sorgen und zerbricht sich nicht den Kopf, für ihn ist die Hauptsache, der Untersuchungshäftling existiert, die entsprechende Version findet er schon und biegt sie nach den Paragraphen zurecht. Solch ein Vorgehen kommandiert die Fakten, wie ein Spieß die Rekruten, und wenn die Fakten nicht gehorchen wollen, werden sie ausgepeitscht und angeschrien: Ich werd's euch zeigen, ihr Hundesöhne! Vor so einem Untersuchungsführer zittert auch das medizinische Gutachten wie Espenlaub. Da kann es vorkommen, man schreibt die Wahrheit, und der unzufriedene Muchortow geht einem an die Gurgel: „Was ist, Lapin, hast du dich an dieses Gesindel verkauft? Wieviel Gold haben sie für dich lockergemacht?“

Unmöglich, daß Puschkarjow nichts über Muchortow wußte. Sofern er am Leben war, wußte er etwas.

Dorski ließ den Gedanken gar nicht aufkommen, Puschkarjow könne nicht mehr am Leben sein. Er lebte! Natürlich lebte er! Luzki hatte ihn im vorigen Jahr getroffen und Grüße von ihm ausgerichtet. Dorski wollte Chaim-Jankel zahlen, soviel dieser forderte, sogar noch mehr, wenn er ihm nur Zeit ließ. Die Akte würde gewiß ganz schön dick sein, fünf, sechs Mappen füllen. Ehe er sich mit den Untersuchungsprotokollen vertraut gemacht, jede Seite gelesen und Auszüge herausgeschrieben hatte, waren im Handumdrehen zwei Tage vergangen. Wenn er, Dorski, den Auftrag nun einmal übernahm und sich ins Gefecht stürzte, dann mußte er sich auch entsprechend vorbereiten, um nicht Prügel zu beziehen: Solche wie Tschistochwalow fing man nicht mit bloßen Händen, die Hände würden im Nu abfrieren.

„Vielleicht muß ich etwas länger in Kowno bleiben", sagte Dorski zu Chaim-Jankel, den nichts aus der Ruhe bringen konnte. „Sie warten doch, einverstanden?"

Der König der Wilnoer Kutscher und Fuhrleute wiegte nur den windzerzausten schweren Schädel und knurrte, ohne sich nach Dorski umzuwenden: „Ich schon. Aber was ist mit den Gefangenen? Die können nicht warten. Die können ganz schnell im Zuchthaus landen."

„Um sie zu verteidigen, muß ich die Akte aus dem Effeff kennen, und die Akte liegt in Kowno."

Chaim-Jankel wandte noch immer nicht den Kopf, er saß auf dem Kutschbock, düster in sich gekehrt, konzentriert, und von seinem Reisemantel, von seiner kurzen scharfen Peitsche, die er in der vierfingrigen Rechten preßte, von seinem dichtbehaarten struppigen Hinterkopf ging etwas aus, was Dorski vertraut anmutete, er wußte selbst nicht recht, was es eigentlich war, aber er spürte von Werst zu Werst stärker diese irritierende Vertrautheit, als würden Staub und Schimmel von seiner Seele abgerieben wie von einem fliegenbeschmutzten Spiegel, und nun erblickte er in ihr, der Seele, den Widerschein all dessen, was zu sehen er gar nicht vermutet hatte: seine Kindheit und seinen Vater, den Glaser Mejer, das Pferd des Trödlers Mottl und auch den Weg von daheim zum Neman hinunter.

„Ich habe schon ein bißchen was über diesen Fall gehört", brummte Chaim-Jankel. „Wir Fuhrleute erfahren immer als erste, wenn es den Juden schlimm ergeht.“ Er nahm den Tabaksbeutel, drehte sich eine Zigarette, schlug Feuer und zündete sie an, dann sog er tief den Rauch des billigen Machorkas ein und sprach weiter, eher an die Straße vor sich gewandt als an Dorski: „Niemand auf der Welt könnte ein Jude sein außer einem Juden.“

Dorski erschauerte, denn diese Worte schienen ihm einen versteckten Vorwurf zu bergen. Für Chaim-Jankel, wie übrigens für die meisten einfachen Leute, war er stets der, der er von Geburt aus war. Ihn verrieten die Höckernase, der Rest pechschwarzen Haares, die aufgeworfenen sinnlichen Lippen und die umflorten Augen. Hätte er jetzt dem Fuhrmann gesagt, er, Dorski, sei Christ, Chaim-Jankel hätte ihn glatt ausgelacht. „Erzählen Sie mir keine Märchen, ich bin kein kleines Kind! Sie sind genauso ein Christ, wie ich der Graf Murawjow bin!“

Mein Gott, was für ein elendes Leben, mußte Dorski denken: Den Juden erzählst du, daß du Jude bist, den Christen, daß du Christ bist, und alles nur, weil du unbedingt Gleicher unter Gleichen sein möchtest, Erwählter unter Erwählten, ein Günstling des Schicksals unter anderen Günstlingen; zu den Deinen aber willst du auch gehören, willst Erniedrigter unter Erniedrigten sein, Paria unter Parias. Wenn man es recht besah, war Dorski weder das eine noch das andere – für einen Günstling war er zu sehr Paria, für einen Paria zu sehr Günstling. Indem er zum christlichen Glauben übertrat und den Familiennamen seiner Frau annahm, hatte er sich nur verdoppelt, verdreifacht, vervierfacht, sein Herz blieb verwurzelt im jüdischen Siedlungsgebiet, inmitten der Wälder von Žmud, und mit dem Verstand, unsicher genug, hatte er außerhalb der Siedlungsgrenze Fuß gefaßt, wenn auch nicht ganz oben, so doch auch nicht auf der untersten Rangstufe.

„Wischnewski – ist das Ihr richtiger Name?“ fragte er plötzlich.

„Sie sind der zweite, der mich danach fragt“, erwiderte der Fuhrmann gelassen.

„Und wer, wenn's kein Geheimnis ist, war der erste?“

„Mein Kommandeur. Oberleutnant Tokmakow.“

„Haben Oberleutnants etwa das Kommando über die Fuhrleute?" versuchte Dorski zu scherzen, besann sich aber sofort.

„Ich habe ihn, als er tödlich verwundet war, aus dem Schlamassel getragen. Zwei Werst hab ich ihn geschleppt ... Mir hat's den Finger weggerissen und die Lunge durchlöchert."

„Sie haben also für Rußland Ihr Blut vergossen?"

„Ein bißchen. Und der Familienname ist mein richtiger. Hü-oh, Jentele, hü!"

Bei ihm ist alles echt und richtig, dachte Dorski, der Name und die Peitsche und auch das Blut, das er irgendwo – am Schipka-Paß vielleicht – zu Rußlands Ehre vergossen hat.

„Hü-oh! Hü, Jentele!" trieb Chaim-Jankel das Pferd an.

Bisher hatte Dorski auch nie gehört, daß ein Pferd mit einem weiblichen Kosenamen gerufen wurde. Jentele ...! So hieß jenes sommersprossige Mädchen mit den kurzen Zöpfen, die Tochter des Altwarenhändlers Mottl, die ihm zur Braut bestimmt gewesen war. Sie trug damals stets ein fußlanges Kleid und versuchte immerzu die Sommersprossen von ihrem länglichen blassen Gesicht zu kratzen, manchmal bis es blutete.

„Jentele!" sprach Dorski dem Fuhrmann nach. „Jentele!"

„Gefällt's Ihnen?" fragte Chaim-Jankel, das Lob seines Fahrgasts auf sich beziehend.

„Ein schöner Name."

„Ich hatte ein Schwester ... sie ist an der Schwindsucht gestorben ... Jentele ... Nu, so hab ich mich eben dazu entschlossen."

„Wozu?"

„Sie auf meine Fahrten mitzunehmen. Damit sie sieht, wie die Leute leben ... wie die Sonne scheint ... wie die Vögel singen ... Meine Fruma sagt, das wäre lästerlich. Aber ich denke, es kann niemals lästerlich sein, sich an einen Menschen zu erinnern ... Warum gibt es denn soviel Kuddelmuddel auf der Welt? Weil es von denen viel zu wenige gibt."

„Von wem?"

„Von den Pferden. Haben Sie schon irgendwann gehört, daß ein Pferd gegen das andere Krieg führt?"

„Nein."

„Krieg führen die, die im Sattel sitzen … Oder daß es unter den Pferden Juden und Litauer gibt? Haben Sie das mal gehört?"

„Natürlich nicht."

„Vielleicht sind Sie mal einem Wallach begegnet, der ein Rothschild war?" Chaim-Jankel geriet ins Plaudern. „Na also … Wie man es auch betrachtet, das Pferd steht höher als der Mensch."

„Die Pferde sind aber auch unterschiedlich", warf Dorski ein. „Oder wollen Sie Ihre Jentele mit den Trabern Seiner Hoheit gleichstellen?"

„Tier bleibt Tier." Chaim-Jankel war nicht aus dem Konzept zu bringen.

„Aber das Zaumzeug! Und die Satteldecke!"

Der Fuhrmann schwieg einen Moment, dann ruckte er mit den Zügeln und preßte hervor: „Na und?"

„Und die Hufeisen? Bei den Rennpferden des Zaren, heißt es, sind die Hufeisen aus purem Gold."

„Unfug!" fauchte Chaim-Jankel. „Zwischen Pferden gibt es keinen Unterschied. Und daß sie verschieden beschlagen und ausstaffiert sind, ist nicht ihre Schuld. Den Unterschied haben die Menschen erfunden."

Sie fuhren auf einer breiten Straße durch den Wald, und Dorski lauschte, wie im Gebüsch und auf den Zweigen die Vögel lärmten.

Auf einer kirchturmhohen knorrigen Kiefer turnte ein Eichhörnchen umher, und Dorski kam es plötzlich vor, als knabbere es an einem Kringel, den er in der Kindheit fallen gelassen hatte. Er strengte seine Augen an, doch außer dem roten Schwanz, der in der Tat wie ein Kringel aussah, erblickte er nichts.

Es ging auf Abend.

Das Pferd bewegte die zottigen, wie bemoosten Beine schwerfälliger, ließ die aufmerksamen Ohren spielen und schlug mit dem Schwanz, um die großen blauschwarzen Waldfliegen zu verscheuchen, die in der Dämmerung über ihm schwirrten wie Sterne.

Chaim-Jankel summte leise vor sich hin, doch es war kein

Lied, eher ein langgezogenes melodisches Stöhnen, ein brummelnder Singsang voll aufbrechender Güte gegenüber allem Lebendigen. Dorski schnappte nach der Melodie wie ein Kätzchen nach dem Fadenende und begann das Knäuel seiner Erinnerungen abzuwickeln. Da war weder ein Zusammenhang noch zeitliche Abfolge, sie ballten sich über ihm wie Nebel, dem er abwechselnd Freude und Kummer entriß.

Aufmerksam, mit einer Art ehrfürchtiger Angst und Besorgnis, ließ er seine Blicke in den Wald zu beiden Seiten der Straße eindringen, wo jeder Baum jetzt nicht einfach eine Anhäufung von Holz war, sondern jemandes Gesicht, jemandes Gestalt, jemandes Bild. Der breitausladende Ahorn dort – Andrej, die Trauerweide hier – die Mutter, die Birke da drüben – Krystyna, die stämmige Eiche – Boris Jewgenjewitsch Tschistochwalow und der junge Ahorn – der Seekadett Wojciech Dorski. Sie lösten einander ab, entstanden irgendwo außerhalb seines Bewußtseins, um dann in es einzudringen und es aufzustören, und Dorski, der nur ein sich bewegender Punkt war, ebenso flüchtig wie der Schatten eines Habichts überm Wald, neigte leicht den Kopf, als wolle er zu verstehen geben, daß er sie sah – alle zusammen und jeden einzeln.

Er sah sie jetzt wahrhaftig alle.

Der Seekadett Wojciech Dorski stand neben dem Ehernen Reiter, schlank wie dieser Ahorn, und schalt seine Schwester aus, ohne auf Miron Alexandrowitschs Anwesenheit Rücksicht zu nehmen; vor Aufregung stotternd, hielt er ihr vor, ihre Eheschließung würde den Vater umbringen, und überhaupt sei es völlig idiotisch, einen Juden zu heiraten, auch wenn er dreimal ein Getaufter sei.

„Bald gibt man ihnen allen den Rest! Ausnahmslos allen, angefangen bei den Reichen bis hin zu den Bettlern, wenn es unter ihnen welche gibt. Informationen aus zuverlässiger Quelle! Besinne dich! Zerstöre nicht deine Jugend! Herr Wainstein wird eine andere finden, die ihn nach Sibirien begleitet!“

„Aber wir lieben uns“, rief Krystyna aus. „Warum schweigst du, Miron? Schlag ihn doch! Fordere ihn zum Duell! Nur schweige nicht, um Gottes willen, schweige nicht!“

„Er kann ja gar nicht schießen!“ verhöhnte ihn der Seekadett.

„Sind Sie noch nicht hungrig?“ fragte Chaim-Jankel, der seinen Singsang eingestellt hatte.

„Nein.“

„Fünf Werst weiter ist nämlich ein Wirtshaus. Vielleicht nehmen wir was zwischen die Zähne?“

Das Wirtshaus war schmuddelig und ärmlich. Außer Dorski und dem Fuhrmann gab es keine Gäste. Der Wirt, ein gebeugter, kurzatmiger Mann in fleckiger Schürze, der auch noch einen Sprachfehler hatte und einen knistrigen, von grauen Fäden durchzogenen Bart trug, wies ihnen den Ehrenplatz in der Ecke an, am einzigen vorhandenen Tisch, bedeckt mit Wachstuch, das – offenbar seit dem ersten Schöpfungstag – nach Hering roch. Ohne zu fragen, was die Gäste wünschten, verschwand er und brachte dann Erbsensuppe und in Gänseschmalz gebratene Kalbsleber.

„Und wie steht es mit Getränken?“ fragte er den Fuhrmann und sprach näselnd weiter, ohne eine Antwort abzuwarten: „Betreffs Essen ist bei uns nicht viel los, muß ich ehrlich sagen, aber betreffs Trinken – wie in den besten Etablissements von Warschau.“

Dorski blickte zu Chaim-Jankel (wieso Warschau?).

„Nicht nötig“, knurrte der Fuhrmann.

Nachdem sie eilig, ohne richtig satt zu werden, gegessen hatten, kam der Wirt flink an ihren Tisch, sah Dorski an und flüsterte verschwörerisch: „Sie sind doch ein gelehrter Mann. Geben Sie uns einen Rat! Meine Frau, also Taibel, die sagt, wir müssen fort!“

„Wohin?“ fragte Dorski höflichkeitshalber.

„Wohin schon? Nach Amerika oder nach Palästina ...“ Und dann, ohne jeden Zusammenhang mit dem Vorhergehenden, stieß er hervor: „Ist es wahr, daß sie in Rossieny die Synagoge zerstört und die Schenke niedergebrannt haben?“

„Ich weiß nicht.“

„Ich will ja nicht weg, aber Taibel sagt immer: Schnür das Bündel, Schmerl. Ich frag sie: Wer erwartet uns denn dort, in deinem Amerika? Aber sie darauf: Und was erwartet uns hier? Schlimasl*.“

* (jidd.) Unglück

Er wollte noch mehr sagen, aber Chaim-Jankel nahm die Peitsche, stand auf und sprach finster: „Auspeitschen sollte man dich für so eine Bewirtung, ehe du nach Amerika abhaust. Ist das etwa Suppe? Ist das etwa Leber?"

„Ist das denn ein Leben?" jammerte Schmerl, steckte das Geld in seine Tasche, rief „Taibel!" und begann sogleich, ohne auf ihre Hilfe zu hoffen, das Geschirr abzuräumen.

Während sie gegessen hatten, waren am Himmel die Sterne aufgegangen – sie leuchteten matt, fern und geheimnisvoll. Auf dem Hof war es hell, man konnte alles sehen. Eine unwahrscheinlich helle Nacht. Alles ringsumher schien blankgewaschen, nur der Horizont war noch eine Spur bläulich.

Wann, dachte Dorski, hat es je solche Herrlichkeit über mir gegeben? Wann war meine Seele jemals so gewaltig und feierlich von Wonne und von unergründlichem Geheimnis erfüllt, daß mir Schuld und Mitleid die Kehle zugeschnürt haben? Mußte ich so weit reisen, um all dies aufs neue und wie zum erstenmal zu erblicken, um mich nicht als Rechtsanwalt zu fühlen, nicht als Jude oder Christ, sondern als Staubkorn, ein vom Großen Bären abgesplittertes Fünkchen, als ein Stück Flaum vom Flügel des Engels, der still über der sündigen, beschmutzten Erde schwebt?

Zitternde Erregung ergriff Dorski, als hätte er sich nackt ausgezogen und in einen klaren plätschernden Fluß gestürzt. Das bevorstehende Nachtlager unter freiem Himmel schreckte ihn nicht mehr, vielmehr freute er sich darauf, und es war, als triebe nicht Chaim-Jankel das Pferd an, sondern er, Dorski. Nur schnell! Nur schnell!

Endlich hielt der Wagen.

„Hier", sagte der Fuhrmann.

Am Waldrand dunkelten, wie in Tücher gehüllte alte Weiber, mehrere Mieten frischgemähten Heus. Hier und da, in Gräben und Mulden, harrte das Gras noch der Sense und wiegte sich sanft, weniger vom Wind als von Mondlichttupfern bewegt.

Chaim-Jankel wies auf die Mieten und sagte mit tiefer Stimme: „Suchen Sie sich eine aus und machen Sie es sich bequem!"

„Wird der Duft uns auch nicht betäuben?“
„Ach was.“
Dorski wählte eine der Mieten am Rande, schob das Heu auseinander, kniete nieder, als wolle er das Abendgebet verrichten – vielleicht betete er auch wirklich –, dann streckte er sich lang, sprang aber gleich wieder auf, trottete zur Kibitka, wühlte in seiner Reisetasche, entnahm ihr die Scheitelkappe und setzte sie auf.
„Es sticht auf der Glatze“, erklärte er.
Der struwwelköpfige Chaim-Jankel prustete vor Lachen, und als Dorski sich wieder hingelegt hatte, richtete er sich hinter ihm ein.
Noch lange lagen sie mit offenen Augen, lauschten einer auf des anderen Atem, schauten zum hohen, sternenübersäten Himmel empor und wechselten hin und wieder ein paar Worte. Chaim-Jankel hüstelte auffordernd, Dorski erwiderte mit einem Schniefen, er fragte den Fuhrmann nach dem Schipka-Paß, nach dem Granatsplitter, der in seinem linken Lungenflügel stak, und danach, wie viele Juden am Russisch-Türkischen Krieg teilgenommen hätten; das Heu knisterte, der Mond schien, und der nahe Wald sang ihnen ein Wiegen- oder auch ein Sterbelied.
Jedoch der Schlaf kam nicht.
Das ist nun die erste Etappe auf dem Wege zum Vaterhaus, dachte Dorski. Er machte gar nicht den Versuch einzuschlafen. Mit jeder Werst, mit jedem Hufschlag rückte es näher, dieses Haus, und dabei war es doch so fern gewesen wie die Sterne am Himmel, wie der Heuschlag, auf dem sie ruhten.
Herrgott! Wer hätte gedacht, daß ein Tag kommt, da ich mit Scheitelkappe in einem Heuschober liege und warte – nicht auf den Morgen, sondern auf Antwort für die Frage: Wer bin ich und wozu?
Wo und wann haben sich meine Sinne so verwirrt, daß ich mir die Antwort nicht selbst zu geben vermag?
Damals etwa, als ich mein heimatliches Nest verließ und mich ziellos auf den Weg begab, als ich mein Waisenknabenbündel schnürte und nicht nur die Ansiedlungsgrenze überschritt, sondern auch die mir vom Schicksal vorbe-

stimmten Grenzen, um selbst über mein Los zu entscheiden?

Oder damals, als ich mich der Wissenschaft verschrieb und alles andere vergaß – Armeleuteblut und Armeleutesprache, den Fischhändlerstand auf unserem Marktplatz, dem ich Nahrung und Kleidung verdankte –, als ich alles vergaß und mich tagein, tagaus um beflissenen Gehorsam bemühte?

Oder damals, als ich von ganzem Herzen eine Frau liebgewann und mich entschloß, im Namen dieser Liebe, im Namen meines Fleisches und Blutes und meines schwachen, nach Entfaltung dürstenden Geistes die alte Liebe zu opfern, die Liebe von Vater und Mutter, die mir mein Fleisch und Blut gegeben und meinen Geist eingehaucht haben?

Oder damals etwa, als ich vor Pater Nikolai in der Kirche stand, die erstrahlte wie die Zukunft, und die Gebete meiner Kindheit in mir erstickte?

Wo und wann, mein Gott?

Sollte wirklich alles, was damals und seitdem mit mir geschehen ist, nicht Siegeszug der klaren Vernunft gewesen sein, sondern Betäubung und Verwirrung der Sinne?

Welcher Weise antwortet mir, damit ich dich, Herrgott, nicht peinigen und mich nicht quälen muß?

Der Schlaf übermannte ihn erst kurz vor Sonnenaufgang.

Im Traum sah Dorski Vater und Mutter, Jentele und den Altwarenhändler Mottl, der anstelle des Pferdes vor den Wagen gespannt war.

Die Mutter, kahlgeschoren und ohne Perücke (die Perücke war auf dem eichenen Richtertisch in Wilno liegengeblieben), saß inmitten des alten Plunders – Fetzen von Laken, Gehröcke ohne Ärmel und ohne Knöpfe, Gummigaloschen, die wie große glitzernde Schleie aussahen, ausgetretene Filzstiefel, Schuhe mit abgerissenen Sohlen, schmutzige Unterwäsche –, und Mottl zog die Fuhre, und unterm Jochbogen klingelten Glöckchen, und ihr Lerchengetriller zerflatterte überm Feld.

Die Mutter hielt keine Zügel in der Hand, sondern die Bänder, mit denen der Vater seine Hanfhosen zu gürten pflegte, sie trieb Mottl an, und dieser schwenkte den aschgrauen Kopf auf dem vom Joch wundgescheuerten dünnen Hals und warf nach Pferdeart die Beine.

Die seltsame Fuhre bewegte sich lautlos, die Räder knarrten nicht, sie drehten sich nur fieberhaft, und mit ihnen kreiste alles ringsum: der Wald und die Heuschober und auch das, was hier auf freier Flur ganz fehl am Platze war – das Haus in der Sawalnaja, die Ostroworotnaja-Kapelle, wo die Totenmesse für Krystyna gelesen worden war, der Seekadett Wojciech Dorski, die schöne Miriam Strelnikowa –, alles zugleich fügte sich in den Radkreis, wie auf einem Karussell, und Dorski konnte kaum alles verfolgen, denn auch er selbst kreiste mit wie eine große, plumpe Speiche.

Das gespenstige Rollen des Wagens wurde immer deutlicher und lauter, die Räder begannen plötzlich zu poltern, zu dröhnen, Mottls Gestalt kam näher. Schon erkannte Dorski genau das Joch und die Glöckchen unterm Jochbogen und auch die Arme der Mutter, ungewöhnlich lang und kräftig, und der bekannte Geruch von Armut und spärlichem Handel schlug ihm in die Nase.

„Brrr!“ kommandierte die Mutter.

Mottl blieb nicht sofort stehen. Wie es sich für ein Pferd gehört, das in der Nähe einen Haufen frisches Heu sieht, reckte er sich der honigduftenden Miete entgegen und stieß das Maul hinein.

Die Mutter sprang vom Wagen, sie schirrte ihn aus.

Mottl legte das Joch ab, reichte Slata den Schellenbogen und brach in freudiges, befreites Wiehern aus, wobei er Heuhälmchen spuckte.

Während Mottl wieherte und die Glöckchen bimmelten, wühlte die Mutter den Schober auseinander, beugte sich über Dorski und berührte seine Schulter, dann nahm sie ihn auf den Arm wie ein Kind und trug ihn zum Wagen.

Doch das, was er erhoffte, geschah nicht.

Die Mutter setzte ihn nicht ins Fuhrwerk, sondern stellte ihn auf die Füße, spannte ihn ein, rückte das Joch zurecht, befestigte die Kummetriemen, rief: „Weiter, Mottl!“, wartete, bis dieser ächzend und spuckend über die Seitenwand geklettert war, dann ließ sie die Zügelbänder rukken.

Als sie den Waldrand hinter sich gelassen hatten, fragte die Mutter: „Nu was, Meilachke, ist's nicht zu schwer?"

„Leicht genug", erwiderte Dorski.

Er spürte in der Tat keine Last, er zog die Fuhre ohne Anstrengung, sogar mit Vergnügen, ließ die Schellen klingeln und sah sich immer wieder nach der Mutter um.

„Der Weg ist lang, Söhnchen", sagte sie. „Du wirst dich noch wundern, mein Lieber!"

Kaum hatte sie das ausgesprochen, da stürmten auch schon von allen Seiten – und es waren nicht vier, sondern zweimal und dreimal vier Seiten – Leute auf den Wagen zu.

Aus dem Wald.

Aus dem Gebüsch.

Aus Schobern und Hocken.

Da stieg der Vater ein, der Glaser Mejer, massig, immer noch an seinem alten Bruch leidend, kurzbeinig, mit einer Kiste zugeschnittenem Glas und Kitt.

Da kletterte der Onkel Naftali Spiwak hinauf, der Dickwanst mit dem Gänsefettpolster und dem schweren Adamsapfel, der ihm wie ein Beutel unterm Kinn hing.

Ihm folgte sein Bruder Chaim, hager und gallig, mit einer Aussteuertruhe.

Und dann sprang das sommersprossige Bräutchen auf, Jentele. Sie saß da und rieb ihre Sommersprossen, und das Blut tropfte auf die Lakenfetzen, auf die ärmel- und knopflosen Gehröcke, auf die ausgetretenen Filzstiefel, auf die schmutzige Unterwäsche.

Wieviel mochten sie wiegen, diese Tropfen?

Nun setzte sich hinten der Schankwirt Josua hin mit seinem Erstgeborenen, Semjon.

Da war auch der Friseur Anschel Berschtanski! Und da der Synagogendiener Perez!

„Nu was, Meilachke? Ist's nicht zu schwer?"

„Nein, nein", beharrte der angeschirrte Dorski, obwohl er sich gewaltig anstrengen mußte.

Da war auch der tote Rabbi Uri.

Tote und Lebende, sie alle wollten aufsitzen – haufenweise! –, und seltsam, je näher sie der Heimat kamen, um so breiter wurde der Wagen, um so mehr Leute faßte er, schon war ihm die Straße zu schmal, schon streifte er die Bäume zu beiden Seiten, und er polterte und polterte dahin!

Und dazu noch die Schellen!

Dorski wandte sich zu der Menschenmenge um, wollte das Klapperding abstreifen, doch da erblickte er Krystyna.

In leichten Schuhen und im Hochzeitskleid lief sie hinter der Fuhre her.

Sie rannte und rief: „Miron! Nimm mich mit! Miron!"

Und ihr folgte eilig mit offenem wehendem Uniformrock der Seekadett Wojciech Dorski.

Und hinter dem Seekadetten kamen Kosaken! Eine ganze Hundertschaft! Mit blanken Säbeln! Mit Gekreisch und Getrappel!

„Schneller, Meilachke, schneller! Siehst du nicht – uns verfolgen Kosaken!" ...

„Guten Morgen", sagte Chaim-Jankel Wischnewski, als Dorski sich die schlaftrunkenen, verstörten Augen rieb. „Wenn auch die Sonne schon lange am Himmel steht – ich wollte Sie nicht wecken."

„Hätten Sie's lieber getan", entgegnete Dorski fassungslos.

„Schlecht geträumt?"

„Von meiner Mutter ..."

„Die Mutter – das bringt Glück. Wenn man von der Mutter träumt, darf man verschlafen ... Ich bin bereit."

„Ich auch."

„Waschen werden wir uns unterwegs. Es gibt hier in der Nähe einen See – Ottern-See heißt er. Das Wasser ist dort tränenklar."

Dorski schüttelte seinen Kopf, stand auf, klopfte sich die Halme ab, strich seinen zerknitterten Mantel glatt und ging übellaunig, die Scheitelkappe auf dem Kopf, zur Kibitka.

Kowno erreichten sie gegen Abend.

Mühelos fand Dorski das zweistöckige Haus gegenüber der Russischen Kirche, stieg ins Obergeschoß und klopfte.

„Wer ist da?"

„Gut Freund, German Porfirjewitsch. Dorski."

„Mein Gott, Dorski!" erklang es hinter der Tür. „Herein, mein Lieber, herein!"

Mit der einen Hand den Hausmantel vorn zusammenraffend, trieb Puschkarjow Dorski mit der anderen, wie mit einer Gerte, in die Wohnung, plazierte ihn in einem seidenbezogenen Sessel mit verschnörkelter, geschnitzter Lehne, zündete die Lampe an und verschwand hinter einem mächtigen Eichenschrank.

Das matte Lampenlicht verlieh Puschkarjows Behausung einen Anflug von Geheimnis und sogar Feierlichkeit, obwohl es nichts Geheimnisvolles und erst recht nichts Feierliches darin gab. An den Wänden hingen Bilder, die das Meer und Seeschlachten zeigten (schon in Wilno hatte Puschkarjow Werke von Marinemalern gesammelt). Da prangte auch das Porträt einer grauhaarigen Frau, von schwarzem Band umrahmt, und ein ausgestopfter Auerhahn stand da, der gar nicht zu den weißgischtigen Wellen und den wasserstaubübersprühten zerspellten Masten paßte.

Draußen war es still und menschenleer. Durchs Fenster sah man die Kirche weiß in der Dämmerung leuchten, wie eine geschälte Zwiebel, hier und da schimmerte auch zaghaft von Vorhängen gedämpftes Licht.

Puschkarjow kam wieder hinterm Schrank hervor, eine Karaffe mit Wodka in der Hand.

„Nun wollen wir uns ein Gläschen genehmigen, mein Lieber ... auf unser Wiedersehen sozusagen."

Puschkarjow goß sich und seinem Gast ein, dabei balancierte er sein Glas auf der runzligen Handfläche und hielt sein spärliches, vom Alter gebleichtes Bärtchen darüber.

„Und was führt Sie her?" erkundigte sich Puschkarjow, und Dorski erzählte ausführlich, wohin er reiste und warum.

„Hm-ja", meinte Puschkarjow bekümmert. „Die Sache ist, sagen wir's offen, erzschwierig. Gewöhnlich wird Euereinem alles zugleich in die Schuhe geschoben: daß Christus gekreuzigt wurde, daß im Gouvernement Saratow Hungersnot herrscht, daß der Kaiser verärgert ist und seinen Botschafter aus Petersburg abberufen hat. Christus, so werden Sie sagen, hat nicht mein Onkel gekreuzigt ..." Puschkarjow brach ab.

„Naftali Spiwak."

„Nicht mein Onkel Spiwak. Und was die Hungersnot angeht, werden Sie hinzufügen, so trifft uns keinerlei Schuld. Im Gouvernement Saratow dürfen wir ja gar nicht wohnen.

Und mit dem Kaiser, werden Sie einwenden, haben nicht wir das Staatsoberhaupt entzweit ... Nichtsdestoweniger, mein Lieber, wird sich nichts, aber auch gar nichts ändern, denn so ist nun einmal das Schicksal."

Puschkarjow trank. In seinen Augen funkelte verborgene Herausforderung.

„Was Muchortow betrifft, so hören Sie mein Urteil: ein tüchtiger Untersuchungsführer, aber ein Lump. Um seiner Karriere willen würde der die eigene Mutter umbringen oder den Teufel mit Gott verschwägern. Aber lassen Sie den Mut nicht sinken. Wie heißt es bei Ihnen im Talmud: Wer, wenn nicht du, soll für uns eintreten? Wann, wenn nicht jetzt?"

Das Sprechen fiel Puschkarjow schwer, aber er wollte sich vor seinem ehemaligen Schüler nicht blamieren, und so war er bemüht, seiner Rede um jeden Preis wie früher Glanz und Ausdruck zu verleihen.

„Ihr Juden könnt wenigstens zuhören", fuhr er fort, während er sich noch ein Glas einschenkte. „Das kommt daher, gestatten Sie die Bemerkung, daß ihr etwas zu hören hofft. Etwas Gutes. Oder einfach etwas Neues ... Übrigens, verzeihen Sie gütigst, wenn ich Sie ungewollt gekränkt haben sollte."

„Mich – gekränkt?"

„Wenn ich mich recht erinnere, so sind Sie doch ... na ja ... getauft ..."

Jetzt trank auch Dorski. Solch einen Angriff hatte er von Puschkarjow nicht erwartet. Dorski hatte gedacht, das Gespräch würde sich auf gemeinsame Erinnerungen und auf die Persönlichkeit Muchortows beschränken. Nicht dazu war er hergekommen, um sich die Erwägungen des alten Mannes über ein so heikles Thema anzuhören. Doch Puschkarjow, ausgehungert nach einem Gesprächspartner, war nicht aufzuhalten.

„Wie Sie wissen, mein Lieber, habe ich niemals Unterschiede gemacht. Ob Kalmücke, Tatare oder Litauer – für mich sind sie alle Bürger einer großen Familie: Rußlands. Und wenn ich ehrlich sein soll, so kann ich solche, sagen wir, Verwandlungen nicht gutheißen. Wenn man mir goldene Berge verspräche, wenn man mich zum Mandarin machte – ich würde mir trotzdem keine chinesischen Zöpfchen flechten, ich bleibe bis zum Grab ein Russe. Der, mein Lieber, als den die Mutter einen zur Welt gebracht hat, der soll man auch sein. Besser – so meine ich – mit einer unglücklichen Mutter als mit einer glücklichen Stiefmutter. Nochmals: Verzeihen Sie gütigst. Ich habe mich verplaudert. Im wörtlichen wie im übertragenen Sinn."

Seine Situation als ungebetener Gast hemmte Dorski, und so blieb ihm nichts anderes übrig, als seine Gereiztheit zu verbergen, Puschkarjow geduldig anzuhören und zu warten, bis dieser das Thema wechselte und zum Kern der Sache zurückkehrte. Puschkarjow schien Dorskis abwartende Haltung, seine Verschlossenheit, ja Kälte zu spüren, er trat zu ihm, nahm ihn bei den Schultern und flüsterte dicht neben seinem Kopf: „Wenn Sie wüßten, mein Lieber, wie begierig ich bin, Sie gewinnen zu sehen! Wie gern ich zusammen mit Ihnen vor Gericht auftreten würde! Und dann los – der Lüge, der Verleumdung, der Ungesetzlichkeit in die dreckigen Fratzen gedroschen! Die Wahrheit bedarf mit jedem Tag stärker der Verteidigung und die Willkür der Verfolgung. Mein erster Rat: Bemühen Sie sich, daß der Fall dem Wilnoer Gericht übergeben wird. Seiner Wichtigkeit wegen, können Sie sagen."

„Warum?"

„Das Gericht von Kowno ist nicht nur ein Fegefeuer, sondern die komplette Hölle. Besonders für Nichtrussen. Die Juden sind für die hiesigen Beamten so etwas wie Blutegel und Spinnen, die Litauer Schufte und Götzendiener, die sich in ihre finstere Schweigsamkeit zurückgezogen haben, wie in die Illegalität. Haben Sie je gehört, daß man mit einem Blutegel Mitleid hat? Daß man einen Baum schont? Unser Gerichtspräsident Pjotr Innokentjewitsch Kormowstschikow, der nennt die Litauer, wenn er etwas getrunken hat, Menschen aus Holz, wie Bäume. Und aus Holz heißt: ohne Adern, ohne Blut ..."

„Die Chancen sind in Wilno nicht viel besser."

„Wilno ist immerhin Wilno. Zumindest wären Sie Muchortow los, und eine Nachermittlung würde eingeleitet. Übrigens, haben Sie sich schon mit der Akte vertraut gemacht?"

„Das habe ich noch vor."

„Wenn Sie nichts dagegen haben, werfe ich auch einen Blick hinein. Ein alter Gaul verdirbt die Furche nicht."

„Ich habe nichts dagegen, aber ..."

„Was für ein ‚aber', Dorski?" sagte Puschkarjow und lachte. „Vier Augen sehen mehr als zwei. Selbst wenn das zweite Augenpaar in solch närrischem Kopf sitzt wie meinem."

Puschkarjow war erschöpft, seine Stimme versagte nun ganz, aus seiner Kehle drangen nur noch kurze Krächzlaute.

„Gestraft hat mich der Herrgott! Gestraft! Hat mir die Seele gelassen und ihr die Stimme genommen. Er hätte doch Erbarmen haben können und alles auf einmal nehmen."

„Es scheint sich aber etwas gebessert zu haben", sagte Dorski unaufrichtig, um ihn zu trösten.

„Lassen Sie nur, lieber Freund", unterbrach ihn Puschkarjow. „Wo haben Sie Quartier genommen?"

„Bislang noch nirgends."

„Na fabelhaft! Bleiben Sie bei mir."

„Ich bin nicht allein. Ein Fuhrmann ist mit."

„Der Platz reicht für alle."

„Danke."

„Nichts zu danken ... Kowno ist eine große Stadt", sagte Puschkarjow nachdenklich. „Da findet sich immer jemand, mit dem man trinken kann ... oder über die Stränge schlagen ... mit dem man rechten und über den man richten kann. Aber richtig unterhalten kann man sich hier mit keinem, absolut mit keinem. Holen Sie Ihren Fuhrmann, Ihren Charon!"

„Und wir machen Ihnen keine Umstände?"

„O doch, o doch. Und Gott sei Dank!"

Dorski ging in den Hof hinunter, überbrachte Chaim-Jankel die Einladung, jedoch der Fuhrmann wollte, genau wie am ersten Tag, unter freiem Himmel nächtigen.

„Seien Sie unbesorgt", sagte er. „Diese Nacht verbringe ich mit meiner Schwester ... mit Jentele."

Und er streichelte das Pferd.

11

Auf den ersten Blick ließ sich alles hervorragend an: Selik kam nach Tilsit ins Krankenhaus, dort war er in der Obhut namhafter und erfahrener Ärzte, und Selda, die ihn gepflegt hatte, hätte in aller Ruhe nach Wilno zurückkehren können. Das hätte sie gewiß auch getan, wäre Morta rechtzeitig niedergekommen und wäre nicht unversehens Naftali Spiwak gestorben.

Vom Tode Naftali Spiwaks im Gefängnis von Rossieny sowie auch von der bevorstehenden Ankunft des Rechtsanwalts Miron Alexandrowitsch Dorski hörte Selda durch Itzik Magid.

„Sie geben die Leiche nicht heraus", berichtete Itzik stokkend, er hatte Selda in der Schenke abgepaßt, wo er als Beschützer für die einsame Morta seit kurzem mit deren Einverständnis wohnte.

„Und was geht mich das an?" wunderte sich Selda. Sie war mit Naftali Spiwak nicht verwandt, sie hatte ihn nicht einmal gekannt. Alles, was Selda Fradkina über ihn wußte, war, daß er einen Drogen- und Eisenwarenladen betrieb und daß er der Schwager des Schankwirts Josua Mandel war.

„Na aber! Sie haben den Mann zu Tode gequält, und nun wollen sie ihn wie einen Hund verscharren", lärmte Itzik, während er Selda mit hoffnungslos verliebten Blicken aus seinen Stieraugen verschlang.

„Das Gefängnis von Rossieny, wie Ihnen bekannt ist, leite nicht ich."

„Ich dachte an Ihren Vater ... den Herrn Markus Fradkin", stammelte Itzik.

„Dann sprechen Sie gefälligst mit ihm", schnitt Selda ihm das Wort ab.

Nachdem Aschers Witwe, mit der Itzik zusammen gelebt hatte, gestorben war, ging Selda ihm aus dem Weg, denn sie hielt ihn für schuldig an Goldas Tod. Das Empörendste war nicht einmal, daß er die arme Frau im Stich gelassen, sie nicht geheiratet hatte, sondern daß er sich als Märtyrer aufspielte, sich beinahe für einen Heiligen hielt. Ein schöner Fürsprecher! Konnte ihm nicht gleichgültig sein, wo der Ladenbesitzer begraben wurde – auf dem Friedhof oder am Zaun? Er sollte sich lieber um Goldas Grab kümmern!

„Ich habe Ihren Vater schon gebeten, aber er ließ nicht mit sich reden … Naftali Spiwak ist übrigens ein Onkel des Rechtsanwalts Dorski. Wenn der kommt, wird er fragen, wo Naftali liegt, und was sagen wir dann …? Sprechen Sie noch einmal mit Ihrem Vater. Sie sollen die Leiche herausgeben. Und für die, die noch leben, könnte er auch ein gutes Wort einlegen. Ihr Vater ist immmerhin Jude. Auch ihn kann es eines Tages treffen.“

„Nun hören Sie schon auf, den Teufel an die Wand zu malen!“ erboste sich Selda.

Itziks hartnäckige Bitte und auch die Nachricht von Dorskis Kommen hatten sie aus dem Gleis geworfen und alles durcheinandergebracht. So sehr es sie auch nach Wilno zog, sie entschloß sich dennoch, ihre Abreise zu verschieben und in einem günstigen Augenblick noch einmal mit ihrem Vater zu sprechen. Er selbst hatte während ihres ganzen Aufenthalts in Žmud nicht ein einziges Mal über diese Dinge gesprochen, auch nicht andeutungsweise, ihn beschäftigten andere, wichtigere Angelegenheiten als die Verhaftung irgendwelcher Leute. Fast täglich fuhr er zu einem reichen und verschwenderischen Gutsbesitzer, von dem er für einen Spottpreis einen See und einen Birkenwald kaufen wollte. Anfangs hatte er sich mit dem Gutsbesitzer auf anderthalb tausend geeinigt, doch dann überlegte dieser es sich anders, verlangte noch fünfhundert mehr, und Markus Fradkin war zornig auf die ganze Welt.

Die Hausangehörigen – und Selda machte da keine Ausnahme – wußten: An solchen Tagen behelligte man ihn besser nicht, man erntete doch nur Schelte und wurde hinausgeworfen, oder aber er machte sich selbst aus dem Staub.

Seine Gleichgültigkeit gegenüber dem Schicksal der Verhafteten brachte Selda auf, ebenso sein mangelndes Interesse an der Krankheit ihres Bruders Selik – den hatte er nach Tilsit bringen lassen wie auf den Friedhof, und kaum war er ihn los, da stürzte er sich wieder voll und ganz in seine Geschäfte und Berechnungen.

Selda kam vor Langeweile fast um, und es verdroß sie, daß sie nicht helfen konnte. Sie verfluchte insgeheim diesen Gutsbesitzer, sie betete zu Gott, er möge dessen Birkenwald abbrennen und den See zur Hölle fahren lassen, sie verstand nicht, wozu der Vater diesen Reichtum brauchte. Was wollte er damit? Was denn? Seliks Leben hing nur noch an einem dünnen Faden, und sie war in Wilno, unverheiratet, kinderlos.

Der Vater prahlte mit seinem Reichtum, jeden Tag sortierte er seine Banknoten um, er verlieh Geld auf Zins und merkte gar nicht, wie unglücklich er war. Und wie unglücklich sie alle waren! Herrgott, verflucht sei dieser Reichtum! Die Armut ist ein Unglück, doch auch der Reichtum ist ein Unglück, nur daß es sich mit luxuriösen Kleidern schmückt, nur daß es nicht um Kopeken und Groschen bettelt, sondern um Wälder und Seen, nur daß es nicht unterm Strohdach haust, sondern unter goldenem Dache wohnt. Unter goldenem, aber ebenso löchrigem.

Wäre nicht des Vaters Besitz, sie hätte wahrscheinlich längst geheiratet. Seinetwegen, dieses Reichtums wegen, war sie eine alte Jungfer geworden. Wer würde sie jetzt noch nehmen?

Hier mußte sie auf einmal an Dorski denken. Selda begriff selbst nicht, wieso er ihr im Gedächtnis geblieben war, mit seiner Glatze, kläglich, verwelkt. Übrigens nicht nur im Gedächtnis, sondern auch im Herzen.

Wem hatte sie nicht alles Schröpfköpfe angesetzt! Auf Empfehlung von Doktor Garkawi war sie sogar beim Wilnoer Gaon* gewesen, dem Weisesten aller Weisen, dem Gerechtesten aller Gerechten. Und weiter? Nichts. Weder seine Weisheit war ihr nahegegangen noch seine Tugend. Ein Patient wie alle anderen. Aber an das Haus in der Sawalnaja und seinen Besitzer dachte sie noch. Und alles nur darum, weil sie dort ganz und gar von Mitleid durchdrungen worden

* (hebr.) Majestät; Oberhaupt der Gelehrtenschulen und geistiger Führer des Judentums in nachtalmudischer Zeit, richtunggebend für die Religionsgesetze der gesamten Diaspora, der jüdischen Siedlungen außerhalb des biblischen Palästina, in Mittelalter und Neuzeit Ehrentitel rabbinischer Autoritäten

war, von einer nicht alltäglichen Anteilnahme; dort waren einander zwei Dahinwelkende begegnet.

Wie oft hatte sie in Gedanken Dorski mit ihrem Vater verglichen: jener war ganz Kampf, Schmerz, Widerstand, Fradkin dagegen ganz Fieberhaftigkeit, Hektik, Geschäft.

Mag sein, Selda irrte sich, vielleicht war ihr Verhältnis zum Vater ebenso ungerecht wie ihr Urteil über Dorski (sie kannte ihn ja kaum), doch ihre Abneigung überwinden – so sehr sie sich mühte – konnte sie nicht. Zuweilen überkam auch Markus Fradkin etwas wie Trübsal und Erschöpfung, in solchen Augenblicken schien er gelöster, warmherziger, wurde er ein zudringlich lispelnder alter Mann, ein guter und umgänglicher Familienvater auch. Meist jedoch war er wortkarg und streng, trocken und hochmütig. Wollte man ihn um etwas bitten, ihn herumkriegen, ihn austricksen, brauchte man Engelsgeduld und viel Phantasie. Wie jeder sinnenfreudige Mann liebte der Vater weibliche Schmeichelei, nur mußte sie von feiner Art sein, voll Esprit. Um Gottes willen nicht banal und grob lügen, wie die Mutter es zu ihren Lebzeiten getan hatte. Dann stieg Markus Fradkin das Blut zu Kopfe, dann konnte er nicht nur beleidigend werden, sondern sogar zuschlagen. Die Forderung nach Wahrheit galt im Hause genauso als Selbstverständlichkeit wie das Beten.

Nachdem Selda erfahren hatte, daß der verstorbene Naftali Spiwak mit Dorski verwandt war, und weil sie Dorski einen Dienst erweisen wollte, nahm sie sich vor, den Vater zu bitten, er möge mit dem Kreispolizeichef Nuikin sprechen, damit der den Leichnam zur baldigen und ehrenvollen Bestattung freigebe. Über Nuikins Beziehungen zu Seldas Vater kursierten gemeine Gerüchte – am besten, man hörte nicht darauf. Es hieß beispielsweise, der Kreispolizeichef und der ehrbare Kaufmann führen nach Kowno zu gefallenen Frauen und ließen diese in Sekt baden. Selda weigerte sich, so etwas zu glauben: Nein, nein, so weit würde der Vater Dummheit und Gemeinheit nicht treiben!

Ich muß nur Zeit und Ort für meine Bitte richtig wählen, redete Selda sich zu. Zu Hause frage ich lieber nicht, sonst winkt er ab, ist zu beschäftigt, denkt sich tausenderlei Ausreden aus: ihm wäre nicht gut oder er läse gerade in der Thora, und wenn ich noch nicht lockerlasse, schließt er sich in seinem Arbeitszimmer ein und beginnt nicht etwa die Heilige Schrift zu lesen, sondern mit sich selber Karten zu spielen und ein um das andere Mal die Bank zu sprengen.

Und plötzlich kam Selda die Erleuchtung: Wenn sie nun bäte, ihn begleiten zu dürfen? Natürlich, sie wollte mit ihm zum Handelsabschluß fahren, sich diesen Gutsbesitzerssee und diesen Birkenwald ansehen! Der Weg war lang, zwanzig Werst hin, zwanzig zurück, da konnte man alles mögliche bereden und bitten, die Kalesche war kein Arbeitszimmer zum Abschließen, und auf den holprigen Wegen las auch niemand die Thora.

Ihr Plan war genau berechnet. Dem Vater würde ihr Interesse schmeicheln – endlich regte sich das Fradkinsche Blut, endlich! –, und so würde Selda alles mit ihm ins reine bringen können.

Also sagte sie zu ihm: „Papa! Nimm mich mit!"

„Wohin?"

„Zu diesem See."

„Das ist aber weit", erwiderte Markus Fradkin mißtrauisch.

Sie schlang die Arme um seinen Hals und küßte ihn auf die noch gar nicht greisenhafte rote Wange.

„Na schön. Vielleicht läßt Błoński in deiner Gegenwart eher mit sich reden. Vielleicht geht er ein, zwei Hunderter runter."

Selda frohlockte innerlich. Den halben Weg saß sie schweigend da, um dem Vater nicht lästig zu fallen, und hütete scheinheilig ihr Geheimnis.

Auch Markus Fradkin fing kein Gespräch an.

Als sie sah, daß den Vater der Schlaf übermannen wollte, erschrak sie und sagte rasch: „Papa! Wozu brauchst du eigentlich diesen See? Willst du etwa Karpfen züchten?"

„Immer mußt du alles wissen. Sag mir lieber: Bekomme ich bald einen Enkel?"

„Das ist doch unwichtig, Papa."

„Da hat dir Gott solch einen See gegeben, und du hast bis jetzt noch kein einziges Fischlein daraus zutage gefördert. Paß nur auf, daß er nicht verschlammt."

„Papa!“ Sie drohte ihm mit dem Finger. „Sei nicht so frech!“

„Was heißt hier – Papa? Dein See wird austrocknen, wenn er nichts zu tun bekommt ... Nun werd nicht gleich rot! Bist doch erwachsen, und noch dazu Krankenschwester. Die wissen sowieso alles ... Versteh mich recht, ich sage das aus Liebe ... Aus Liebe ...“

Lieber sollte er schlafen, als solche Gemeinheiten reden. Etwas mehr Gottesfurcht stünde ihm an, dachte Selda.

„Eines schönen Tages mach ich mich auf und hole mir eine Braut ins Haus ... eine junge ... in deinem Alter ... und dann habe ich früher einen Sohn als einen Enkel. Na?“

Markus Fradkin lachte schallend, und sein Lachen ließ Selda erschauern.

„Und den See von Błoński brauche ich als Geschenk“, fuhr er fort, als wäre alles in Ordnung. „Zum Geburtstag ...“

„Für die künftige Braut?“

„Für die Braut reicht auch der Birkenwald.“ Markus Fradkin lachte abermals. „Błońskis See ist für einen Mann.“

„Und wer ist er, dieser Glückliche?“

„Das errätst du nie.“

„Ich bin das Raten auch nicht mehr gewohnt, Papa.“

„Für den Kreispolizeichef“, stieß der Holzhändler rasch hervor, er wollte die Verblüffung seiner Tochter genießen.

„Für Nuikin?“

Einerseits war Selda froh, daß der Vater als erster den Kreispolizeichef erwähnte, von dem nicht nur die Herausgabe des verstorbenen Naftali Spiwak abhing, sondern auch das Schicksal der bislang noch lebenden Häftlinge, andererseits traf sie seine Absicht wie ein Schlag – einen See, einen ganzen See zu verschenken! Und an wen!

„Ganz recht, für ihn ... für Seine Unwohlgeboren ...“

„Ist das nicht ein zu teures Geschenk?“

„Ach Töchterchen, hier geht es nur so: großangelegt, kühn, mit russischem Elan! Wenn du geizt, könntest du es später bereuen. Aber sag mal, kommst du vom Mond? Weißt du nicht, was im Kreis los ist?“

„Was ist denn los?“

„Unter den Menschen herrscht Empörung. Große Empörung. Wenn sie nicht besänftigt werden, passiert ein Unglück. Sie stecken die Schenke in Brand – aber was ist das schon! Eine Bagatelle! Wenn sie dagegen mitten in der Trokkenzeit den Wald anstecken, dann wachen wir eines Tages als Bettler auf, nackt und bloß! Dem Pöbel kannst du nicht erklären, daß ein Keiler den Jungen angefallen hat. Der Pöbel will zweibeinige Keiler. Der erste Keiler ist Fradkin, der zweite Spiwak, der ist schon aufgefressen mit all seinen Eingeweiden, der dritte Keiler ist Josua Mandel, der schmort bereits am Spieß ...! Ich schenke Nuikin zum Geburtstag den See – ersaufen soll er drin, der Emporkömmling! – und stimme ihn mild, nehme ihn für mich ein, und auf seinen Wunsch wird der Pöbel die Spreu vom Weizen trennen."

„Aber Spiwak und Mandel sind unschuldig! Absolut unschuldig!"

„Diese Worte kannst du vergessen, Töchterchen, unschuldig! Freilich sind sie unschuldig! Aber Worte regieren in den Kathedralen, auf den Plätzen hingegen regiert die wortlose, blindwütige Gewalt."

„Und du denkst, daß Nuikin, wenn er dein Präsent bekommt, dafür sorgt, daß du verschont bleibst? Daß er dein Haus, deinen Wald vorm Feuer bewahrt?"

„Ganz sicher bin ich nicht." Markus Fradkin hüstelte. „Aber wenn alles so klappt, wie ich hoffe, dann habe ich doppelten Gewinn."

Der Vater knöpfte seinen Kaftan auf und wischte sich den verschwitzten Nacken.

„Dann gewinne ich sowohl Nuikin als auch den Wald."

„Papa! Könntest du ihn nicht bitten, daß er Spiwaks Leiche herausgeben läßt?" warf Selda rasch ein, um den richtigen Moment nicht zu verpassen.

„Wieso interessiert dich der Tote, Töchterchen? Von Toten gibt's keine Enkel."

„Ich ... ich persönlich brauche ihn nicht." Selda war aus dem Konzept geraten durch des Vaters Frage. „Aber die Leute ..."

„Was für Leute?"

„Die Verwandten ... sein Neffe zum Beispiel", log sie.

„Er hat einen Neffen?"

„Rechtsanwalt Dorski."
„Ist der jung?"
„Jedenfalls noch nicht alt ..."
„Vielleicht paßt er zu dir? Selda Dorska – Rechtsanwaltsgattin. Klingt gut!"
„Hör auf, Papa ...! Da ist ein Mann auf unmenschliche Weise gestorben, soll er doch wenigstens menschlich bestattet werden. Bitte dein Geburtstagskind darum! Du bist doch so stark ... so einflußreich, Papa."
„Wir werden sehen", krächzte Markus Fradkin, plötzlich an der Bitte der Tochter interessiert. In der Tat: Um einem Beamten auf den Zahn zu fühlen, genügt es manchmal, ihn um eine Kleinigkeit zu bitten. Sollte Nuikin ablehnen, so müßte auch mit dem See noch gewartet werden.
„Versprich es!" drängte Selda.
„Ihr mit eurer Leiche!" sagte Markus Fradkin, schon etwas nachgiebiger als vorher.
„Und zugleich kannst du für die übrigen bitten, die noch leben. Anschel Berschtanski hat sechs Kinder, eines kleiner als das andere, die sterben Hungers ohne ihren Ernährer."
„Erinnere mich daran, wenn wir wieder zu Hause sind. Ich werde für seine lieben Frischlinge einen Tscherwonez geben. Denn für die Verhafteten zu bitten, das hat gar keinen Sinn."
„Warum nicht?"
„Warum nicht, warum nicht?" äffte der Vater sie nach. „Hier kommt man Nuikin nicht bei. Denkst du, er hätte vor ihrer Verhaftung nicht gewußt, daß sie unschuldig sind? Natürlich hat er's gewußt! Aber er hat nicht interveniert, keinen Finger krummgemacht. Und zwar aus höherer Einsicht."
„Es gibt keine höhere Einsicht als die Gerechtigkeit."
„Fängst du schon wieder damit an! Die Meute braucht nicht Gerechtigkeit, sondern einen Knochen. Verstehst du, einen Knochen! Wenn kein Fleisch da ist, wenn das Brot nicht reicht – einen Knochen! Sollen sie dran nagen, sollen sie ihre Freude haben und schweigen und nicht aufmucken. Siehst du, diesen Knochen hat Nuikin den Rebellen von morgen hingeworfen, um ihnen das Maul zu stopfen, damit sie nicht an der Regierung ihr Mütchen kühlen, sondern an

denen, die genauso unglücklich sind wie sie selber. Das ist Politik!"

„Aber eine Bitte macht dir doch keine Mühe." Selda gab nicht auf, obwohl sie fühlte, wie unter der eisernen Logik des Vaters ihre ehrlichen, aber naiven Argumente eines nach dem anderen zusammenbrachen. „Vielleicht hört er doch auf dich ... Es heißt ja, daß ihr zusammen ..."

„Zusammen was?"

„Auf die Jagd geht und überhaupt ein Herz und eine Seele seid", sagte sie lachend.

„Du redest auf mich ein, als wäre ich nicht Markus Fradkin, sondern ein Pogromheld ... Was meinst du, was ich hier habe?" Markus Fradkin zeigte pathetisch auf seine Brust. „Einen Stein? Ein Stück verkrusteten Schlamm? Ich habe hier genauso ein Herz wie du! Aber ihr seht alle nur mein Geld, und niemand sieht meine Tränen. Dabei weine ich! Stell dir vor – ich weine! Und das Herz blutet mir wegen der Ungerechtigkeit. Doch was kann ich tun?"

„Du kannst viel tun, Papa. Du mußt nur wollen."

„Ja, ich bin reich. Aber es gibt Dinge, Töchterchen, die kann ich nicht kaufen ... nicht für mich, nicht für dich, nicht für unsere Stammesgenossen. Einen See zu kaufen ist leicht, auch einen Wald, eine Kalesche, sogar einen Bräutigam, aber das Glück für den morgigen Tag, das ist schon verkauft. Und zwar, o weh, nicht an uns."

Selda hörte ihm atemlos zu. An seiner Offenheit, seiner aufrichtigen, ungekünstelten Redeweise, daran, wie er ihr in die Augen sah, auf Resonanz und Verständnis hoffend, an all dem spürte sie, daß der Vater wirklich nicht nur um seinen Besitz besorgt war, daß ihm nicht nur seine edlen Hölzer am Herzen lagen, sondern auch die Gefangenen in Rossieny. Lange hatte sie ihn nicht so erregt und aufgeschlossen gesehen. Er zeigte ihr plötzlich ein anderes, ihr bislang unbekanntes Gesicht, und das war keine Maske, das war nicht die Narrenkappe, die Markus Fradkin häufig aufsetzte, auch nicht die Tarnfarbe eines Chamäleons, sondern es war echt und ehrlich. Wenn er auch gespottet hatte und sich über ihre Sentimentalität lustiggemacht, im Wesentlichen, schien ihr, war er fast ihr Gesinnungsgenosse.

Sie wollte ihm seine Offenherzigkeit danken, ihn noch weiter vorantreiben zu einer der Macht gegenüber ungewöhnlichen Handlungsweise, die nicht hundertprozentig Gewinn versprach, sondern vielleicht sogar Verlust, und so schmiegte sie sich mit dem ganzen Körper an ihn und legte ihren Kopf auf seine Schulter, was sie sich noch nie erlaubt hatte.

„Was ist denn, Töchterchen?“ fragte Fradkin, und wider Willen traten ihm Tränen in die Augen.

„Nichts.“

„Es wird schon alles werden ... Selik, geb's Gott, wird gesund werden, und du wirst endlich einen ordentlichen Mann heiraten. Alles wird gut.“

„Nichts wird gut, Papa. Ringsum herrscht soviel Unglück!“

„Daran mußt du nicht denken, Selda. Du sollst es nur nicht selbst noch mehren. Willst du meine Meinung wissen?“

„Worüber?“

„Über Glück und Unglück?“

„Ja.“

„Die Unglücklichen sind glücklicher als die Glücklichen. Die Glücklichen haben nichts mehr vor sich.“

„Und die Unglücklichen?“

„Die haben wenigstens die Hoffnung.“

„Dann schenk sie ihnen doch ... bitte ... Sie muß ja nicht so groß sein wie ein See, nur wie ein kleiner Bach ... Sprich mit Nuikin!“

Markus Fradkin nickte wie ein Beamter – mechanisch und knapp.

„Bestimmt?“

„Mein Wort als Fradkin.“

Um ehrlich zu sein, mit einem solchen Erfolg hatte Selda nicht gerechnet. Sie überschätzte das Versprechen des Vaters zwar nicht, aber sie hegte auch nicht den leisesten Zweifel, daß er Wort halten würde, sein Wort als Fradkin, und nicht etwa, weil er so gut war, sondern aus einem weitaus wichtigeren Grunde: Markus Fradkin fürchtete nicht nur für sein Haus und seinen Wald – immerhin hatte er einst als einfacher Aufseher begonnen, und wie weit hatte er es gebracht! Wenn alles abbrennen würde, finge er von vorn an, davon hielte auch sein Alter ihn nicht ab, nein, er fürchtete für das eigene Leben. Etwas Kostbareres besaß er nicht. Was heißt hier Haus, was Wald? Der Wald rauscht, solange man sein Rauschen hört. Das Haus steht, solange man darin wohnt.

Ein Erfolg erwartete sie auch bei Błoński. Der Gutsbesitzer war sich darüber im klaren, daß der in Geldsachen so eigene Fradkin kein drittes Mal käme, sondern sich woanders einen Birkenwald und ein Gewässer suchen würde, und so hatte er beschlossen, das Schicksal nicht zu versuchen, er senkte den Preis, Verkäufer und Käufer machten den Handel perfekt, und während Błoński und der Vater Kirschlikör tranken, lief Selda zum See.

Nur in ihrer Kindheit hatte sie nackt gebadet.

Sie ging ins Wasser, wie als Kind, legte sich auf den Rükken, und die Sonne vergoldete ihre schlanken Beine, ihren straffen Leib und ihre Brüste.

Ringsum war keine Menschenseele. Bloß das Rascheln des Schilfs war zu hören und im Schilf das Quaken der Wildenten.

Sie empfand unvergleichlichen Genuß, annähernd so, wie ihrer Meinung nach eine Frau empfinden mußte, wenn sie mit aufs Kissen gebreiteten Armen im bodenlosen Abgrund der Liebe versank.

Es ähnelte der langersehnten Vereinigung eines Elements – des Wassers – mit dem anderen, weißen und gewichtslosen.

Jetzt immer so weiterschwimmen, dachte Selda, und der Wind streichelt sacht meinen Körper, wie ein Geliebter, nichts anderes will ich, süß, so süß, und das Wasser dringt in mich ein wie Samen, nichts anderes will ich, süß, so süß, und die Sonne ist der Gott, der meine Sünde segnet – eine andere Sünde will ich nicht, süß, so schmerzhaft süß, daß ich vergehe.

„Selda!“ hörte sie des Vaters Stimme.

Ach Gott, sie wollte nicht ans Ufer! Sie wollte ein Wasservogel sein!

„Schwimm zurück! Hörst du, zurück!“

Wie kahl und öd es am Ufer war!

Zu Nuikin ging Markus Fradkin erst am nächsten Tag. Die Sprechstunde wollte er nicht benutzen – immerhin eine delikate Angelegenheit, lieber unter vier Augen, ohne Zeugen, von Mann zu Mann reden, in häuslicher Atmosphäre, innerhalb der vier Wände, bei einem Glas Klaren oder einer Tasse Tee.

„Wen sehe ich! Markus Grigorjewitsch!“ begrüßte der Polizeichef den Holzhändler laut und eifrig. „Herein, herein! Seien Sie mein Gast! Iwan!“ rief er seinem Burschen zu. „Tee für mich und Markus Grigorjewitsch! Oder möchten Sie etwas Schärferes?“

„Tee.“

„Sofort“, gab der Bursche knapp zurück und eilte davon, den Befehl auszuführen – den Samowar aufzustellen.

Der Kreispolizeichef Nuikin war überaus korpulent, er trug die Uniform immer offen und fächelte sich mit einem monogrammbestickten Tuch Kühlung zu. Sein Gesicht, gedunsen und wabbelig wie ein Euter, war von zwei unterschiedlich großen Narben durchzogen, die aussahen wie der verwischte Abdruck eines Amtssiegels. Er residierte schon lange hier im Kreis, so zehn, zwölf Jahre, obwohl er nach Litauen noch früher gekommen war, zur Zeit des Aufstandes im Jahre 1863*. Bevor er ins Nordwestgebiet abkommandiert wurde, hatte er am Don gedient, in der Gegend von Rostow, damals war er kaum mehr als ein einfacher Soldat gewesen, befördert wurde er erst in Žmud, dank seinem Diensteifer und seiner Grausamkeit. Er hatte große Verdienste um die Unterdrückung des Aufstands, darauf war er außerordentlich stolz, und er erzählte bei jeder sich bietenden Gelegenheit von seinen Heldentaten, zur Belehrung und zur Abschreckung. Mehr als einmal hatte Fradkin von ihm zu hören bekommen, wie er, Nuikin, im Dorfe Papievis höchstpersönlich den rebellischen katholischen Pfarrer und zwei aus dessen Gemeinde in der Kirchenvorhalle ausgepeitscht hatte.

„Ich habe eine Bitte an Sie, Euer Wohlgeboren“, sagte der Holzhändler, die Abwesenheit des Burschen nutzend.

* Aufstand des litauischen Volkes gegen die soziale und nationale Unterdrückung durch den Zarismus

„Nur zu! Du weißt ja: Ich selbst bitte nicht gern, aber es bereitet mir großes Vergnügen, gebeten zu werden. Also los!"

„Spiwak ... der Krämer, ist gestorben", sagte Fradkin unsicher, nach möglichst neutralen Worten suchend.

„Der Himmel sei ihm gnädig", sprach Nuikin und bekreuzigte sich unpassenderweise.

„Mit dem Himmel hat es bei ihm seine Schwierigkeiten. Ich fürchte, er kommt nicht hinein."

„Ein großer Sünder?"

„Im Gefängnis ist der Ärmste gestorben."

„Also ein Sünder", setzte der Polizeichef das Komödienspiel fort, obwohl er alles über Spiwak wußte.

„Die Verwandten bitten darum, daß Sie, Euer Wohlgeboren, die Erlaubnis geben, ihn daheim auf dem Friedhof zu bestatten."

„Spiwak, sagst du? Ist das nicht einer von denen, die den unschuldigen Jungen umgebracht haben?"

Markus Fradkin verschlug es den Atem, er schniefte lange, ehe er hervorpreßte: „Kann man denn einen Toten noch belangen?"

„Alle muß man belangen." Nuikin entfaltete sein Tuch und fächelte sich wie ein Mädchen das ungesund blaugeäderte Gesicht.

„Meinst du, mit einem Toten sind wir einfach quitt? O nein! Mancher Tote macht uns noch im Grabe Scherereien. Durch seinen Namen!"

„Spiwak doch nicht", murmelte der Holzhändler, bereits resignierend.

„Iwan! Iwan! Wo bleibst du denn, du Lümmel! Her mit dem Samowar!"

„Hier bin ich, Euer Wohlgeboren!" rapportierte der Bursche, den bauchigen Samowar wie ein Kriegsbanner vor sich her tragend.

„Lauf rüber in den Knast, Kerl, und erkundige dich, ob es dort einen Spiwak gibt."

„Naftali", soufflierte Fradkin.

„Nachtali. Wenn sie ihn haben, dann sag, sie sollen ihn zur Bestattung herausgeben ... Den Tee mit oder ohne Zucker?" wandte er sich an Fradkin.

„Ohne."

„Na, was stehst du noch rum wie 'n schwangeres Weib vorm Popen?" fuhr der Polizeichef Iwan an, während er das heiße Wasser aus dem Samowar in die Tassen sprudeln ließ.

„Einen Lebendigen – zur Bestattung?"

„Dussel! Lauf! Und zwar ein bißchen flott!" befahl Nuikin.

Der Bursche flitzte zur Tür hinaus.

„Wir beide sollten endlich heiraten, Markus Grigorjewitsch", sagte Nuikin scheinheilig. „Das ist Gottes Gebot. Du bist ein kluger Mann, aber ich wette, du weißt nicht, wovon alles Übel auf der Welt herrührt."

„Vom Leben."

„Von Witwertum und Ausschweifung", dozierte der Polizeichef, während er am Tee nippte. „Witwer sein, das ist eben Ausschweifung, und Ausschweifung heißt Witwertum."

„Aber Euer Wohlgeboren! Wir sind doch zu alt, um auf Freiersfüßen zu gehen."

„Keine Ausreden! Läßt du etwa den Schwanz hängen?" fragte Nuikin, sich den Mund verbrennend. „Na warte, ich nehme dich mit zu den leichten Mädchen, ziehe dir die Hosen runter, lege dich zur Schärfsten ins Bett und überprüfe, ob es geklappt hat. Hä-hä-hä!"

„Hä-hä-hä", stimmte Fradkin ein; er bezweifelte nicht, daß Nuikin seine Drohung durchaus wahrmachen konnte.

„Lach nicht! Ich werde es überprüfen. Und wenn du den Gehorsam verweigerst – ab ins Gefängnis, zu Wasser und Brot!"

Markus Fradkin erbleichte, Schweiß trat ihm auf die Stirn.

„Hast einen Schreck gekriegt?" spottete der Polizeichef weiter. „Na, ist doch wahr: Was ist das für ein Leben ohne Schwanz? Ohne Schwanz ist der Hund kein Hund... Warum schwitzt du denn so? Ich mache doch Spaß, ich meine es im Guten. Du bist doch mein allerallerbester Lieblingsjude."

„Wenn jeder Natschalnik einen Lieblingsjuden hätte, gäbe es auch kein Unglück. Wir haben ja so viele Natschalniks im Imperium!"

„Vorsicht – verbrenn du dir nicht auch noch den Mund!“ sagte Nuikin und pustete.

Nein, du bekommst keinen See von mir, du Schwein, lieber züchte ich Karpfen, füttere sie mit Getreide und verkaufe sie, wenn sie dick sind wie dein Samowar, an die Deutschen in Tilsit und Königsberg. Davon hab ich wenigstens noch Nutzen, von dir Großmaul dagegen keinen Pfifferling. Von wegen Lieblingsjude! Ich bin für dich ebensolch ein Knochen wie Naftali Spiwak, wie der Friseur Berschtanski, wie der Schankwirt Josua Mandel. Ohne mit der Wimper zu zucken, wirfst du mich den Hunden zum Fraß vor – da habt ihr meinen Liebling! Liebling! So was! Heute Liebling – morgen das Gegenteil. Eure Liebe kennen wir!

„Na, was ziehst du für ein Gesicht?“

„Ich?“

„Bist wohl der heilige Petrus?“

„Ganz im Gegenteil, Euer Wohlgeboren ... ich bin überglücklich ... ich fühle mich geschmeichelt“, sagte der Holzhändler glatten Gesichts, „so, gewissermaßen, an einem Tisch mit dem Lenker unserer Geschicke.“

„Ach du Spitzbube! Ach du Gauner! Ach du aalglattes Aas! Bei euch ist sogar das Lob giftig, und wenn ihr Gift und Galle spuckt, ist’s noch ein Lob.“

„Aber ich habe mit keinem Gedanken ...“

„Na, weißt du, in euren Gedanken kennt sich nicht mal der Teufel aus“, unterbrach Nuikin ihn. „Raus mit der Sprache, warum bist du gekommen?“

„Ich habe es doch schon gesagt“, wich Markus Fradkin einer direkten Antwort aus. Er bereute bereits, daß er Selda nachgegeben, sich durch ihre Zärtlichkeit erweichen lassen hatte, daß er sein Mißtrauen aufgegeben hatte und mit einem dummen Anliegen hierhergekommen war. So verbohrt Nuikin auch sein mochte, Verstand war ihm nicht abzusprechen. Ein Dussel hätte es nicht so weit gebracht, wäre nicht zu so hohem Rang aufgestiegen.

„Der Tote ist doch nur ein Vorwand, Fradkin! Als ob du seinetwegen dein Pferd dreißig Werst weit treiben würdest! Ich sehe, du hast noch etwas im Hinterhalt. Heraus damit!“ In Nuikin mischten sich gewissermaßen überhebliche

Herrschsucht, stolze Hemmungslosigkeit, verlogene Kumpelhaftigkeit und ein Hauch dörflichen Stutzertums.

„Vor allem, Euer Wohlgeboren, bin ich gekommen, um für die Lebenden zu bitten.“ (Gott möge mir verzeihen!)

„Für welche Lebenden?“

„Für die im Gefängnis und auch für die, die frei sind“, sagte der Holzhändler, kühner geworden.

„Mit einem Wort, für dich selbst“, spielte Nuikin seinen Trumpf aus.

„Auch für mich“, sagte Markus Fradkin leise.

„Was dich betrifft, da kannst du vollkommen beruhigt sein. Solange ich Kreispolizeichef bin, bist du geborgen wie an Christi Busen, dir wird kein Härchen gekrümmt.“

„Ergebensten Dank.“

„Ihr Brüder bildet euch nur ein, wir wären Kannibalen und Henker. Dabei sind wir genau solche Diener des Zaren wie du, Markus Grigorjewitsch. Und wenn wir es auch manchem geben, so doch bloß den Böswilligen, den Schuldigen. Solltest du ein Verbrechen begehen, kannst auch du keine Nachsicht erwarten.“

„Ganz recht, Euer Wohlgeboren. Aber gestatten Sie, daran zu erinnern: Die Gefangenen von Rossieny haben überhaupt nichts Böses getan. Die Verwendung von Blut in den Speisen widerspricht all unseren Gesetzen und Ritualen.“

„Na hör mal, deiner Meinung nach läuft es also darauf hinaus, daß gar kein Grund zur Anklage vorliegt?“

„Gar kein Grund!“ (Herrgott, erbarme dich!)

„Folglich irren sich alle: der Untersuchungsführer aus Kowno und die Zeugen aus der ganzen Umgebung, überhaupt das gesamte ehrliche Volk ... und ihr, ihr habt recht?“

Nuikins Frage setzte Markus Fradkin ein wenig in Verlegenheit, doch seinen Eifer dämpfte sie nicht, seine Entschlossenheit brachte sie nicht ins Wanken. Übrigens war es weniger Entschlossenheit und kämpferische Unnachgiebigkeit als vielmehr der Starrsinn eines abgefeimten Händlers, der sich in spitzfindigen Geschäften, im zermürbenden Hin und Her von Kauf und Verkauf auskennt und der seine Interessen unter beliebigen Umständen und Bedingungen zu wahren weiß.

„Euer Wohlgeboren! Wer, wenn nicht Sie, sollte eigentlich wissen, was ein Zeuge ist“, entgegnete er ausweichend.

„Ein Zeuge ist ein Zeuge.“

„Ein Zeuge ist ein Mensch. Und der Mensch, Euer Wohlgeboren, ist schwach. Drohen Sie beispielsweise, ihm kochendes Wasser aus dem Samowar über den Kopf zu kippen, dann bezeugt er Ihnen unter Eid, was immer Sie wollen.“

„Paß auf, Markus Grigorjewitsch, erzürne mich nicht. Und bring nicht ehrliche Leute in Verruf. Der Untersuchungsführer Muchortow und auch die Zeugen – der ehemalige Soldat Jerofejew ... der Kleinbürger Slotnikow ... die Bauern Godliauskas und Sniežka –, die setzen nicht einfach die Wahrheit aufs Spiel ...“

„Die Wahrheit kennt nur Gott, aber Gott kann man nicht als Zeugen vorladen“, sagte Markus Fradkin finster, dabei schielte er zur Tür und überschlug in Gedanken Gewinn und Verlust. Viel hatte er nicht erreicht, aber immerhin mehr als nichts. Josua Mandel und seine Gefährten würden wohl Pech haben und büßen müssen für die unbegangene Sünde, für Intrigen und Aberglauben der anderen, womöglich sogar mit ihrem Leben dafür bezahlen. Gott war Zeuge, er hatte sich ehrlich gemüht, ihr Schicksal zu erleichtern. Doch seine Bemühungen waren zerschellt. Das einzige Ergebnis, spärlich genug, war Nuikins Versprechen, daß er, Fradkin, nicht behelligt werden würde.

„Und trotzdem, Euer Wohlgeboren, bin ich noch innerlich beunruhigt.“

„Ich habe dir doch in deutlichem Russisch gesagt: Dir wird kein Härchen gekrümmt. Dafür verbürge ich mich.“

„Aber die anderen, Euer Wohlgeboren ... was wird mit den anderen? Die Juden sind ein weitverzweigter Stamm.“

„Was mit den anderen wird, das ist nicht deine Sorge.“

„Wessen sonst?“

„Unsere.“

„Die Massen nämlich, die sind blind. Heute schleifen sie die Schenke und morgen ... morgen zerfetzen sie vielleicht Uniformen ...“

„Worauf willst du hinaus, Markus Grigorjewitsch?“

„Ich meine: Die Massen könnten, gottbehüte, sich auch gegen Sie erheben."

„So, du meinst? Sag deine Meinung nur nicht zu laut! Leih mir lieber was ... bis zum Schutzheiligenfest ... danach geb ich's dir auf Heller und Pfennig zurück."

„Wieviel?"

„Soviel du entbehren kannst."

„Reichen zweihundert?"

„Ja."

Das ist jedenfalls billiger, als einen See zu verschenken, dachte Markus Fradkin stirnrunzelnd.

Überm Teetrinken und Reden hatten sie gar nicht bemerkt, daß Iwan zurückgekommen war.

„Na?" Nuikin starrte ihn aus matten Augen an.

„Sie haben ihn begraben, Euer Wohlgeboren ... gestern ...", rapportierte der Bursche und stand stramm. „Im Gefängnishof. Der Wachsoldat Charkin hat's gesagt ... neben dem Brennholzstapel."

„Zu spät", wandte Nuikin sich an den Holzhändler. „Aber nimm's nicht so tragisch. Ob nun im Dreck verscharrt oder zwischen Blumen aufgebahrt – alles ein und derselbe Beschiß."

12

Von Kowno bis Rossieny waren es etwa siebzig Werst.

Kurz hinter Bobty wurde Dorski übel, urplötzlich preßte es ihm wie mit Zangen das Herz zusammen. Und das hörte nicht wieder auf. Auch das noch, dachte er und bedauerte, seine Medizin nicht bei sich zu haben. Eine Zeitlang nahm er sich zusammen, doch dann bat er den Fuhrmann anzuhalten, stieg aus, blaß und mit Schweiß auf der Stirn, und ging ein paar Schritte bis zu einem Eichengehölz, um etwas im Schatten zu liegen und zu verschnaufen.

Der Eichenwald war kühl und grün, und Dorski flimmerte es vor den Augen, vielleicht von dem grellen Grün, vielleicht von den flirrenden Sonnenstrahlen, die durch die Baumkronen drangen, vielleicht auch von seinen nicht nachlassenden Schmerzen.

Chaim-Jankel Wischnewski stand über ihn gebeugt und seufzte; dann aber, um ihn nicht durch sein gesundes Aussehen zu kränken, schlenderte er davon, zu einer Pfütze, die in einiger Entfernung dunkel schimmerte, feuchtete sein tischtuchgroßes Taschentuch an, kehrte zu Dorski zurück und bat mit einem Blick, es ihm auflegen zu dürfen.

„Das Herz muckert", sagte der Anwalt dankbar.

Der Kutscher jedoch verstand nicht, ob diese Worte Zurückweisung oder Zustimmung bedeuteten, und so kniete er einfach nieder, legte das feuchte Tuch auf Dorskis Stirn, und dieser schob es nicht weg, sondern drückte es nur noch fester an. So hatte die Mutter einst seine Schrammen und Beulen behandelt – mit einem feuchten Tuch oder einem großen Messinglöffel.

Der Gedanke an den Löffel rief bei Dorski ein schwaches, zerstreutes Lächeln hervor, und einen Augenblick schien ihm, die Schmerzen ließen nach.

„Bleiben Sie nur noch liegen! Das holen wir später wieder auf." Chaim-Jankel, der sein Lebtag nie Herzbeschwerden gehabt hatte, sprach ihm unbeholfen Beruhigung zu.

Auch früher schon hatte Dorskis Herz sich bemerkbar gemacht, doch er schob das auf Erschöpfung, Schlaflosigkeit, zuviel Aufregung, und nur wenn die Anfälle sich häuften, wandte er sich an Garkawi, der auf dem Gebiet der Herzkrankheiten als Magier und Zauberer galt. Garkawi verschrieb ihm Pillen, riet zum Abmagern, denn, wie er sagte, „nicht mit dem Spaten gräbt der Mensch sich sein Grab, sondern mit Gabel und Löffel".

Der Gedanke, es könne unterwegs mit ihm zu Ende gehen und Chaim-Jankel brächte nur seine sterblichen Überreste nach Rossieny, erschien Dorski ungeheuerlich und ungerecht. Sosehr er ihn auch zu verscheuchen suchte, er bohrte sich wie ein Nagel in sein Hirn, und kein feuchter Lappen konnte den rostigen Nagelkopf verdecken.

Da würde dann also ein Toter gebracht und irgendwo am Zaun verscharrt, in die Grube gelegt, Erde draufgeschüttet, und nur die Ziegen des Marktfleckens kämen frühjahrs zu seinem Grab, sie würden Gras rupfen und meckern, und die

Krähen würden mit unheilverkündendem Krächzen über dem namenlosen Hügel kreisen. Krah, krah, krah!

Der erste Gang nach der Ankunft in Rossieny sollte nicht ins Gefängnis führen (dorthin kam er immer noch zurecht), sondern in die Apotheke, und wenn der Schmerz nicht nachließ, zum Arzt.

Was für ein Pech!

So schlappzumachen und ausgerechnet jetzt, wo nichts wichtiger ist, als gesund zu sein, wo zwei derart komplizierte und wichtige Prozesse bevorstehen, ärgerte sich Dorski.

Nur gut, daß ich wenigstens an so einen verständnisvollen und guten Menschen wie Chaim-Jankel geraten bin. Allein schon seine Gegenwart beruhigt und erleichtert. Er ist selber wie eine Kompresse. So einer ließe sich eher in Stücke reißen, als daß er nicht hülfe. Wenn nötig, würde er mich sogar tragen.

Chaim-Jankel wußte, in welcher Angelegenheit er, Dorski, nach Rossieny fuhr. Sie betraf auch ihn, indirekt zwar, aber immerhin. Dorski hatte Glück gehabt, wirklich, Dank sei Garkawi, der hatte ihn gut beraten. Dorski war natürlich nicht der Oberleutnant Tokmakow, für Dorskis Rettung gab es kein Georgskreuz (damit war Chaim-Jankel nämlich ausgezeichnet worden, für Mut und Heldentum!), doch auch ihn erwartete sein Plewen, sein Nahkampf. Im Wilnoer Bezirksgericht oder im Obersten Gerichtshof geht es zuweilen mehr hart auf hart als am Schipka-Paß. Freilich muß man dort nicht gegen die Türken kämpfen, sondern gegen die Feinde aus den eigenen Reihen. Und die sind schlimmer als die ausländischen. Sämtliche Geschütze werden dort auf ihn feuern: Muchortow und die falschen Zeugen, die Geschworenen, die Richter und auch die Zeitungen. Aber etwa nur auf ihn? Nein, auf jeden, der noch einen Funken Ehre im Leib hat, also auch auf Chaim-Jankel Wischnewski. Auch er, der Held vom Schipka-Paß, kann eines schönen Tages das Los Josua Mandels und Naftali Spiwaks teilen. Da braucht nur jemandem sein Pferd zu gefallen, schon heißt es: Er hat vor Pessach einen Fahrgast ermordet. Schon wird ein Fall konstruiert, und er kann sehen, wie er sich rauswindet.

Dorski versuchte sich von seinen Schmerzen abzulenken, sich zu konzentrieren auf die Untersuchungsprotokolle, auf die bald stattfindende Verhandlung und sogar in groben Zügen auf seine Verteidigungsrede. Übertriebene Wehleidigkeit und Ichbezogenheit – waren das nicht die Ursachen seiner Krankheit, auf die Garkawi versteckt angespielt hatte? So dachte Dorski und stellte erfreut fest, daß das Mäuschen unter seiner Haut gesättigt oder in sein Mauseloch zurückgeschlüpft war: Die Anfälle wurden schwächer, kamen seltener, bis sie endlich ganz aufhörten.

„Geht es Ihnen besser?“ fragte Chaim-Jankel.

„Ja.“ Dorski stand bedächtig auf, atmete tief durch und ging zur Kibitka.

„Ich werde langsam fahren“, sagte der Kutscher. „Und Sie, lehnen Sie sich zurück und schlafen Sie ein bißchen ... Seit ich mein Fuhrgeschäft betreibe, habe ich nur ein einziges Mal einen Toten ans Ziel gebracht.“

Dorski wollte nichts von Toten hören, deshalb stellte er sich schlafend.

„Hab ihn in Oschmjany lebend einsteigen lassen, und in Wilno atmete er nicht mehr. Ein ganzes Jahr haben sie mich immer wieder auf die Polizei geschleppt. Verhöre, Drohungen. Wäre nicht mein Georgskreuz gewesen, würden mich jetzt schon die Würmer fressen. Und wissen Sie, wer dieser Fahrgast war?“

Dorski antwortete nicht.

„Ein Pope mitsamt seinem ganzen Drum und Dran ... Er stieg ein, zog sich den Priesterrock zurecht und, nicht für Euch gesagt, starb vor meinen Augen. Seitdem fahre ich keine Geistlichen mehr. Da reist man mit ’nem Popen oder Rabbiner und findet sich am Ende in der Hölle wieder.“

Er will mich trösten, mir Mut machen, dachte Dorski, lehnte den Kopf an die Wagenwand, und seine Gedanken gingen zurück nach Kowno, ins Bezirksgericht, zu Puschkarjow, zu Muchortow, zu den akkurat zusammengebastelten Untersuchungsprotokollen, über denen er, zusammen mit Puschkarjow, zwei Tage von früh bis spät gehockt hatte, ohne sich eine Verschnaufpause zu gönnen.

Das erste, was sein scharfer Verstand sofort durchschaut

hatte, war die bis zur Dreistigkeit primitive Version des Mordes.

Sie sah etwa folgendermaßen aus:

Am neunzehnten April dieses Jahres schickten Antanas Godunavičius und Anelė Godunavičienė aus dem Dorf Skruždinė ihren minderjährigen Sohn Martinas, der an der Fallsucht litt, mit einer großen Flasche in den Marktflecken, er sollte im Drogen- und Eisenwarenladen Naftali Spiwaks Petroleum kaufen (außer mit Spaten und Harken, Türklinken und Schlössern handelten die Gebrüder Spiwak auch mit Brennstoff). Es war kurz vor Ostern. In Absprache mit seinen Komplizen – seinem Schwager Josua Mandel, dem Friseur Anschel Berschtanski und dem Synagogendiener Perez Gordon – wollte Naftali Spiwak dem Jungen das Leben nehmen, um sein Blut für die Zubereitung des Festgebäcks zu verwenden. Von Spiwak angestiftet, lauerte Josua Mandel dem heimkehrenden Martinas Godunavičius auf, lockte ihn ins Fichtengehölz und ermordete sein Opfer mit einem Rasiermesser, das er von dem Angeklagten Anschel Berschtanski bekommen hatte, das Blut füllte er in eine Flasche, übergab sie seinem Verwandten Naftali Spiwak, und um die Spuren zu verwischen, wollte er die Leiche des besagten Martinas Godunavičius in einen nahe gelegenen See werfen. Erschreckt durch die zufällig dort anwesenden Zeugen Pranciškus Godliauskas und Vincentas Sniežka, die zu dieser Zeit am See Netze flickten, floh Josua Mandel vom Tatort. Da der Verbrecher fürchtete, von Godliauskas und Sniežka verfolgt zu werden, kehrte er zur Straße zurück, lud den Ermordeten in den Wagen, bedeckte den Leichnam mit Stroh und brachte Martinas Godunavičius durch die Dörfer Vailabai und Saujenai aufs Polizeirevier nach Rossieny, und zwar mit derselben bösartigen Absicht – den Verdacht von sich abzulenken und im Untersuchungsverfahren die Rolle eines Mannes zu spielen, der zur Aufdeckung des Verbrechens beiträgt. Bei der Durchsuchung von Naftali Spiwaks Laden wurde eine sauber ausgewaschene Flasche entdeckt, die die Eltern des Ermordeten denn auch erkannten.

Muchortow hatte alles in sein Schema gepreßt, und in voller Übereinstimmung mit diesem sowie mit seiner vorgefaßten Überzeugung von der Schuld der Inhaftierten hatte er eine Beweiskette geschmiedet, die vor Lügen knirschte. Genauso wurde die Vernehmung der Angeklagten und Zeugen durchgeführt. Mit der Sturheit eines Kommißhengstes verfolgte der Untersuchungsführer seinen Kurs, ohne Rücksicht auf den gesunden Menschenverstand und offenbar auch nicht wählerisch in den Mitteln.

Muchortow hatte wohl gespürt, wie anfechtbar und plump seine Version war, und so stellte er Josua Mandels Erscheinen auf dem Rossienyer Polizeirevier als teuflische List dar, als das Bestreben des Verbrechers, sich als unschuldiges und tugendhaftes Schäfchen auszugeben, als einen Versuch, nicht zur Aufdeckung des Verbrechens und zum Auffinden des wirklichen Mörders beizutragen, sondern die Ermittlungen nur zu erschweren.

Die Untersuchungsmaterialien strotzten weniger von Dialogen als vielmehr von Monologen Muchortows. „Sie haben also, wie Sie behaupten, den Toten einfach aus Mitleid aufgehoben und in den Wagen gelegt ...? Lächerlich! ... Der Tote brauchte ja überhaupt kein Mitleid. Was haben Sie zuerst gedacht? Der Junge wäre noch am Leben? Wollen Sie, daß ich diesen Unsinn glaube? Ein Kneipier, ein durch lebenslange Erfahrung gewiefter Händler, und plötzlich Mitleid ...? Das ist doch ausgekochter Blödsinn! Ich brauche die Wahrheit, die reine Wahrheit! Ein offenes Bekenntnis kann Ihr Schicksal nur erleichtern! Was soll das heißen: ‚Schreiben Sie, wie Sie wollen!'?"

Dorski war kein Neuling in der Juristerei, doch soviel Ungereimtheit und Plumpheit in Untersuchungsprotokollen war ihm noch nicht begegnet. Mit seinen heimtückischen Fragen versuchte Muchortow Josua Mandel um jeden Preis das passende Geständnis zu entlocken. Der Schankwirt war zum Schluß offenbar völlig gebrochen und hielt es nicht länger aus: „Ich kann nicht mehr ... Nur verschonen Sie meine Frau! Morta ... Ich gebe alles zu. Schreiben Sie's auf!"

Und Muchortow schrieb.

Er schrieb es auf, ohne die früheren Aussagen zu berücksichtigen, ohne die Widersprüche zu bemerken, die unvorstellbaren Sprünge von Wahrheit zu Lüge, von Lüge zu

Wahrheit, die seine spitzfindige Konstruktion zum Einstürzen brachten wie ein Kartenhaus.

Nicht besser stand es um die Aussagen der anderen Untersuchungshäftlinge. Auch hier spürte man auf Schritt und Tritt die unbarmherzige Federführung Muchortows. Allein Berschtanski verneinte entschieden seine Beteiligung an dem Mord: „Nie im Leben hab ich Josua Mandel ein Rasiermesser gegeben!"

Auch der Synagogendiener Perez Gordon versuchte seine Unschuld zu beteuern: „Verstehen Sie doch, kein Mensch bäckt Mazze in der Synagoge. Zum Mazzebacken braucht man nur Wasser und Mehl ... Kein Salz, erst recht kein Blut ... Ich schwör's."

Die letzten Aussagen von Naftali Spiwak machten erst recht einen deprimierenden Eindruck. Nachdem er anfangs erklärt hatte, daß alle Beschuldigungen nur Verleumdung seien, der reinste Unsinn, schwenkte er plötzlich ganz und gar um und bestätigte nahezu Muchortows gesamtes Geschwafel.

Dorski konnte einfach nicht begreifen, was mit Naftali Spiwak geschehen war, wo die Ursache für diesen scharfen und gefährlichen Umschwung lag, der alle an den Rand des Untergangs brachte. Nein, freiwillig unterschreibt niemand sein eigenes Todesurteil. Irgend etwas hatte den Ladenbesitzer beeinflußt. Was? Schläge? Plötzliche Angst?

Gerade mit ihm, mit Naftali Spiwak, wollte Dorski nach der Ankunft in Rossieny denn auch beginnen. Genau wie Muchortow maß Dorski den letzten Aussagen seines Onkels entscheidende Bedeutung bei, zumal sie durch dessen eigene Unterschrift besiegelt waren.

Und wenn es nun eine Fälschung war? Solche Sünde kann sich ein Mensch doch nicht aufbürden! Sich so zu bezichtigen und zu besudeln!

Dort, wo Muchortow den Angeklagten kein Geständnis entreißen konnte, griff er auf Unterstützung durch die geschickt gewählten Zeugen zurück. Der ehemalige Soldat Jerofejew hatte kurz und knapp, ohne lange Umschweife, heruntergerasselt, wie nach Diktat: „Abends, also direkt vor dem Mord, bin ich wie immer in die Schenke gegangen ...

also ja, einen kippen ... Auf einmal hör ich: wisper-wisper, tuschel-tuschel. Na klar hab ich die Ohren gespitzt. Zwei waren's: Mandel und der Bartscherer. Auf jiddisch haben sie gebrabbelt. Aber ich versteh, wie sie reden ... Drei Jahre bin ich beim Schuhmacher Izikowitsch als Geselle gewesen ... Hast du das Messer mit? fragt der eine. Hab's mit, antwortet der Barbier ... Morgen, sagt Mandel, gehen wir's an mit Gottes Hilfe ... bloß noch eine Woche bis Pessach ... Also gib her das Messer, na und so weiter ...“

Zurückhaltender verhielten sich die Bauern: Sie wichen aus, schwiegen, doch auch sie brachte Muchortow zum Reden. Einer von ihnen, Pranciškus Godliauskas, sagte aus: „Ich habe an diesem Morgen das Netz geflickt. Da sehe ich am anderen Ufer einen Fremden ... er trug etwas und stieg zum Wasser runter ... stieg runter, und plötzlich machte er kehrt und rannte fort.“

Die Wahrheit, wie der gute Puschkarjow gesagt hatte, lag in Scherben, und sie unter den Trümmern hervorzuziehen war nicht einfach. Zwei Tage lang hatte Dorski die Ermittlungsprotokolle studiert, um Schicht für Schicht die Gemeinheit, die zum Himmel schreiende Ignoranz abzutragen und nach der Wahrheit zu graben, die Garkawi, der nie vor Gericht gestanden hatte, pathetisch einen Diamanten nannte.

„Diamant“, schnaufte Dorski, und Chaim-Jankel drehte sich erschrocken nach ihm um.

Je tiefer der Anwalt in die Ermittlungsprotokolle eingedrungen war, desto deutlicher zeichneten sich für ihn die wirklichen Hintergründe ab, die nicht vor Gericht gehörten.

Man konnte nicht behaupten, daß solche Prozesse wie der von Rossieny für Dorski etwas Neues waren.

Zwar hatte er selbst keine solchen geführt, doch jedesmal, wo immer einer stattfand – sei es nun in Rußland, in Ungarn oder in Deutschland –, hatte er ihn aufmerksam verfolgt und große Hochachtung empfunden für diejenigen, welche die Angeklagten verteidigten, sei es in Kutaïssi, in Tisza-Eszolár, in Xanten. An Pjotr Akimowitsch Alexandrow schickte er sogar ein Glückwunschtelegramm und unterzeichnete es erstmals in seinem Leben mit: Rechtsanwalt

Wainstein-Dorski. In vorbehaltlose Begeisterung versetzte ihn der mutige Ungar Karóly Eötvös. Hätte der Prozeß nicht in Budapest stattgefunden, Dorski hätte sich auf keinen Fall die Gelegenheit entgehen lassen, dem Kollegen seine Anerkennung auszusprechen.

Gemeinsam mit Garkawi las Dorski in der Zeitung „Woschod" die Protokolle aller drei Prozesse, und dabei festigte sich immer mehr seine Überzeugung, daß es eine Gesetzmäßigkeit gab: Solche Fälle treten gewöhnlich dort auf, wo die öffentliche Meinung abgewürgt wird wie eine Katze (hier erinnerte sich Dorski, ob es nun dazu paßte oder nicht, wie im vergangenen Jahr in der Sawalnaja-Straße ein betrunkener Polizist einen streunenden Kater erdrosselt hatte, der immerzu unter seinen Fenstern miaute), der natürliche und gerechte Zorn der Unterdrückten und Erniedrigten wird damit in eine andere, für die Regierung ungefährliche Richtung gelenkt. Man mochte Muchortow nennen, wie man wollte – einen Falschspieler, einen Karrieristen, einen Kriecher, einen Ignoranten –, aber Gespür, geradezu hündisches Gespür konnte man ihm nicht absprechen, er hielt die Nase in den Wind und wußte besser als andere, was für Angeklagte und was für Zeugen heutzutage von *oben* verlangt wurden. Es schien nur auf den ersten Blick so, als stürze er sich mit offenem Visier in den Kampf. Unter dem Visier hatte Muchortow noch einen weiteren Schutz. Das war wohl der Grund, daß er sich so selbstsicher benahm und die Wahrheit herumkommandierte wie eine Straßendirne: „Herkommen! Ausziehen! Hinlegen! Abzischen!"

Nein, hinsichtlich seines Gegners hegte Dorski keinerlei Illusionen. Er wußte, wer ihm gegenüberstand. Sein Verstand riet ihm, keinen Streit vom Zaun zu brechen, die Bestie nicht zu reizen – nicht von ungefähr wollte er sich nie in die Politik einmischen –, jedoch sein Herz war stärker als jede Berechnung.

Und das war nicht nur ein Gefühlsimpuls, nicht nur die Verpflichtung gegenüber jenen, die ihm geholfen hatten, etwas zu werden, oder gegenüber seinem Sohn Andrej, der ihn für eine Speiche im Rad hielt – wohin das Rad rollte, dorthin trieb es angeblich auch ihn –, nein, er fühlte sich auch dem Andenken an etwas Größeres verpflichtet, als die heimatlichen Penaten es waren.

Es war wahrscheinlich sein Traum von *sich selbst*, allerdings von einem anderen Selbst, von dem, der er in Wirklichkeit war oder hätte werden können, wäre er nicht eines sehr fernen Morgens als Dorski erwacht.

Gegen seinen Willen war der andere überall zur Stelle, wohin er auch ging, wohin er auch fuhr, der andere, der aus dem Traum, sah ihm in die Augen und fragte stumm: „Erkennst du mich?"

Auch jetzt in Chaim-Jankels Kibitka auf dem Weg nach Rossieny, auch vorgestern bei Puschkarjow und gestern im Kreisgericht von Kowno und auch vor zehn, zwanzig, dreißig Jahren – immer war er neben ihm, sein Doppelgänger, er berührte ihn nicht, aber er wich auch nicht von ihm, und er verlangte ein *Bekenntnis*. „Bekenne, daß ich existiere! Gib zu, daß ich nicht verschwunden, gib zu, daß ich Fleisch von deinem Fleische, Blut von deinem Blute bin."

Indem er sich einredete, es gäbe nur ihn, Dorski, wollte er zugleich seines Doppelgängers Existenz auslöschen.

Aber der Doppelgänger existierte. Er hatte Vor- und Familiennamen, und in Gedanken, in den geheimen Absprachen der Seele und des Verstandes, nannte Dorksi ihn wie vor reichlich vierzig Jahren Meilach Wainstein.

Aneinandergefesselt, konnten sie nur eines nicht erreichen – Übereinstimmung. Wenn Dorski Ruhe wünschte, dürstete es Meilach Wainstein nach Kampf und Tätigsein. Wenn Dorski froh war, triumphierte, dann mußte der andere weinen, verfluchen, in Armut und Illegalität leben.

Wer von beiden würde nun gegen Muchortow kämpfen? Wainstein?

Der andere sollte nur nicht denken, er, Dorski, sei ein Feigling, die sinnverwirrende Wonne von Kampf und Widerstand sei ihm fremd, der andere sollte sich doch nicht etwa einbilden, er habe die Tapferkeit für sich allein gepachtet. Wofür hatte er, sein Doppelgänger, sich denn zu rächen? Er, Meilach Wainstein, mit Spitznamen Karauschen-Meilachke, war nämlich ewig ein *Siebenjähriger* geblieben, er war nicht gewachsen, hatte sich nicht weiterentwickelt, er war weder

Sklave noch Herr, weder Getaufter noch Täufer, er hatte seine Haut nicht gewechselt, seine Lehrer nicht zu Grabe getragen. Er hatte sich nicht verkauft, verkauft hatte er nur Schleie und Brachsen – zu zehn Kopeken das Stück.

Anders er, Dorski. Er hatte alles bis zum Überdruß erfahren: hatte scharwenzeln müssen, sich herauswinden, sich verstellen, rechnen, mehren, teilen, um Gunst buhlen, heimlich verachten und heimlich beneiden. Es war ihm längst zuwider, die Vorwürfe seines Sohnes anzuhören, ihn Unterwürfigkeit zu lehren, ihn zu tadeln, weil er sein eigenes Leben leben wollte, sei es in Ketten und Fesseln, aber doch das *seine*. Es hing ihm zum Halse heraus, irgend so einem Tschistochwalow oder Młynarczyk zu schmeicheln, vor dem Ochranabeamten Lirow zu erstarren wie in sibirischem Frost. Er hatte es satt! War etwa das Haus in der Sawalnaja, waren etwa die Banknoten des Fabrikbesitzers Strelnikow ein Lohn für solche Qual und Erniedrigung? Ja, es war der Lohn! Aber einer, der eines Lakaien würdig war. Lakaiendienste kann man nicht nur dem Bösen erweisen, sondern auch dem Guten, besonders wenn es staatlich ist.

Ein Lakai des Guten! Ein Gewissen, das sich dem Bösen verdingt hat!

Dorski preßte es abermals das Herz zusammen, doch glücklicherweise ließ der Schmerz rasch wieder nach.

„Wir sind gleich da“, verkündete Chaim-Jankel. „Wo soll es hingehen?“

Dorski erstarrte: Die Stimme, die ihn fragte, schien ebenfalls seinem Doppelgänger zu gehören.

„Zur Apotheke?“

„Jaja“, sprudelte Dorski hervor.

Er konnte sich einfach nicht trennen von jenem Unsichtbaren, der dennoch da war, er dachte immer weiter an ihn, stritt mit ihm, bedrängte ihn, versuchte ihn aus der Kibitka zu stoßen.

Für einen Augenblick stellte er ihn sich tot vor, wie den ermordeten Martinas Godunavičius, meinte, er sei unterwegs, um die Ursachen für seinen, Meilachke Wainsteins, Untergang zu ergründen, und von diesem Gedanken wurde ihm bang und leicht zugleich. Bang, weil er selbst an seinem

Tod schuld war, ihn selbst dem Vergessen anheimgegeben hatte; leicht, weil jener andere unerwartet wiederauferstanden war, weil sie sich sehen würden, und Dorski würde ihn umarmen, würde bereuen, um Vergebung bitten und, wenn ihm vergeben worden war, in Tränen ausbrechen. Gott war Zeuge, er, Dorski, eilte ihm entgegen wie ein Bruder, und die herzlichen, warmen Worte wollten ihm schon von den Lippen, und in diesen Worten lag nicht nur Reue, nicht nur Trauer über die lange Trennung, sondern auch Neid und Hochachtung und die verzweifelte Frage: „Wo ist dein Eimerchen, Meilachke, wo ist dein Fisch, sind deine Schleie und Brachsen, und wo ist unsere Mutter Slata?“

„Die Apotheke“, verkündete Chaim-Jankel.

„Ich gehe schon“, sagte Dorski kurz und lief mit leichten Schritten, das Eimerchen seiner Erinnerungen schwenkend, auf die steinerne Vortreppe zu.

In der Apotheke hielt er sich nicht lange auf, er erklärte, was für Beschwerden er hatte, grübelte angestrengt nach dem Namen des Medikaments, das ihm von Garkawi verschrieben worden war, erhielt etwas anderes als Ersatz, schluckte es, erwärmte sich ein wenig unter den heilsamen Blicken des beflissenen Provisors, der einer empfindlichen Arzneiflasche oder auch einem Sträußchen getrockneten Wegerichs glich – so zerbrechlich und dürr wirkte das alte Männlein –, und nahm einen Hauch würzigen Paradiesgeruches mit sich hinaus.

Zum Gefängnis ging Dorski zu Fuß, um sich die während der stundenlangen Fahrt steif gewordenen Beine zu vertreten. Auch wollte er sich auf dem Holperpflaster nicht die Worte durcheinanderbringen lassen, die er sich für seinen Onkel Naftali Spiwak zurechtgelegt hatte. Die bevorstehende Begegnung mit diesem verwirrte und erregte ihn am meisten, und die Aufregung hinderte ihn, natürlich und ungekünstelt zu sein. Er durchdachte ihr nahes Treffen immer wieder, verwarf eine Variante nach der anderen, suchte vergeblich nach der einzig richtigen, ungezwungenen Haltung. Das Bewußtsein, daß sie einander so viele Jahre nicht gesehen hatten und nun nicht zu Hause zusammenkamen, auch nicht auf dem Marktplatz, in der Synagoge oder im Laden, sondern im Kerker, bedrückte Dorski, denn das erforderte von ihm eine Reaktion, der er sich nicht gewachsen fühlte. Alles würde kränkend aussehen: sowohl eine eventuelle Umarmung als auch erfreute Ausrufe oder eine aufgesetzte Leidensmiene.

Was sollte er dem Onkel sagen? Wie konnte er ihn trösten, sein Vertrauen und seine Vergebung erringen?

Gut wäre es, Naftali Spiwak irgendwo allein zu begegnen, unter vier Augen, ohne Publikum. So könnte er Vorwürfe, Beschuldigungen, Tadel leichter ertragen. Es war durchaus möglich, daß sich auch Josua Mandel, Perez Gordon und Anschel Berschtanski noch an ihn erinnerten – als kleinen Jungen mit schwarzem Lockenschopf, zerschrammten Knien und dünnen Säbelbeinen.

Mein Gott, dachte Dorski, während er auf der Katzenkopfpflasterstraße von Rossieny dahinschritt, wer bin ich denn? Ein Rechtsanwalt oder ein Verbrecher, der sich schuldig bekennt?

Dorski stellte sich dem Gefängnisdirektor vor, dann ging er, vom Wachsoldaten Charkin begleitet, über den schmutzigen, ungepflasterten Hof zur Zelle. Zu gern hätte er den Gefängnisdirektor nach Naftali Spiwak ausgeforscht, sich nach dessen Gesundheit erkundigt, doch hielt er es für vernünftiger, keine Fragen zu stellen, nicht sein spezielles und deshalb verdächtiges Interesse an einem der Häftlinge zu zeigen, diesen einen nicht auffällig zu machen.

Niemand, keiner von diesen Hunden durfte wissen, daß er, Dorski, mit einem der Gefangenen verwandt war. Weder Muchortow noch die lokalen Machthaber noch die Richter.

Verwandt war er nur mit dem Gesetz, mit der Gerechtigkeit, mit niemandem sonst!

Das war sie, die einzig richtige und bestimmende Linie für sein Verhalten gegenüber Onkel Naftali, kein Oh, kein Ach, weder Umarmungen noch Gesäusel, sondern Kontakt im Rahmen des Gesetzes, zu beider Nutzen – des Gesetzes und Naftali Spiwaks.

„Sind alle in einer Zelle?“ fragte Dorski den Soldaten, so gleichmütig er konnte.

„Alle, außer einem, Euer Wohlgeboren.“

„Und der eine ... wo ist der?“

„Dort!“ sagte Charkin und zeigte auf einen Hügel frischer Erde.

„Gestorben?“

„Jawohl ... der Krämer ...“

Dorski blieb stehen wie angewurzelt.

Starrte den gelben Fleck auf dem Hof an.

Griff in die Tasche.

Holte eine Pille heraus, nahm sie in den Mund, zerbiß sie.

„Der Kreispolizeichef Nuikin hat befohlen, die Leiche herauszugeben, aber es war schon zu spät ... Wir können ihn doch nicht wieder ausgraben ...“

„Nein, nein“, preßte Dorski hervor.

Und ging zu dem Hügel.

Charkin sah ihn erstaunt an, rührte sich nicht von der Stelle und sagte kurz: „Nicht dorthin, Euer Wohlgeboren ... dorthin müssen Sie.“ Und zerschnitt mit der Faust die Luft.

Dorski trat an den Hügel und blieb starr davor stehen, wie eine Grabtafel.

Er stand da, starrte auf die lockere Erde und fühlte, wie ihm, vom Kreuz bis zu den Halswirbeln, eine flinke, hungrige Maus über den Rücken lief, mit zappelndem Schwänzchen, und von diesem Zappeln, von der Berührung seines Körpers durch ihr Fell bekam er eine Gänsehaut, ihm wurde speiübel, fast wäre er in Ohnmacht gefallen.

Tränen wollten ihm aus den Augen stürzen, doch mit unwahrscheinlicher Willensanspannung hielt er sie zurück, vergoß keine einzige. Plötzlich beutelte ihn wehleidiger, winselnder Schmerz um Spiwak, um sich selbst, um die ganze Welt, die ganze Menschheit. Ein Schluchzen drang aus seiner Kehle, er beugte sich nieder, nahm eine Handvoll Erde, preßte sie, zerkrümelte sie, dann streute er sie über den Grabhügel, ließ sie verwehen wie Asche.

Der Wachsoldat Charkin bohrte sich in der Nase, versuchte einen großen grünlichen Popel herauszupolken.

Dann hatte er ihn.

Schnippte ihn zu Boden.

Dorskis Schritt war auf einmal klirrend hart, wie aus Stahl. Es schien, als trüge er jetzt alle Spaten und Harken, alle Pflüge und Eggen, alle Türklinken und Schlösser, mit denen sein Onkel Naftali Spiwak zu Lebzeiten gehandelt hatte.

Als er sich zusammenraffte und die Gedanken von dem gelben Fleck auf dem Hof losriß, als er den Kragen öffnete und die flinke, hungrige Maus freiließ, als diese plötzlich in einen deutlich erkennbaren Vogel über seinem Kopf verwandelt war, eine krächzende Krähe, da dachte er auf einmal wieder an Spiwaks letzte Aussagen, und jetzt blieb ihm kein Zweifel mehr, daß sowohl diese als auch die Unterschrift darunter nichts anderes waren als eine grobe Fälschung. Er mußte unbedingt ein graphologisches Gutachten anfordern. Hier ging es nicht um kleinmütige Angst, nicht um ein Komplott, sondern um die wahrhaft teuflische List Muchortows. Die Aussage eines Toten – solch eine Gemeinheit hatte die Geschichte noch nicht erlebt.

„Die andern, schätz ich, sind auch bald tot“, meinte Charkin teilnahmsvoll, während er überlegte, was der Gast aus der Hauptstadt wohl am Grab des Krämers gewollt hatte. Scheiße, was hat der dort gesucht ...? Wir haben ihn doch eingebuddelt, wie sich's gehört ... Vielleicht ein Verwandter? Ach, kaum anzunehmen.

Der Soldat schloß die Tür auf, und Dorski trat in die Zelle.

„Ich bringe Ihnen einen Hocker“, murmelte Charkin, der nicht recht wußte, mit wem er es zu tun hatte.

„Danke“, preßte Dorski hervor. Ein Hocker könnte nicht schaden. Weiche Knie. Und ein langes Gespräch in Aussicht. Ein langes und höchstwahrscheinlich kein leichtes.

Alle Häftlinge lagen nebeneinander auf dem Fußboden. Sie schienen die Stimmen nicht gehört zu haben oder wenn doch, dann nur Charkins heiseren Baß. Darauf brauchten sie nicht zu reagieren.

„Guten Tag“, sagte Dorski ziemlich laut, aber keiner regte sich.

„Guten Tag“, wiederholte er.

Als erster rührte sich Anschel Berschtanski, er drehte sich auf die andere Seite, stützte sich mit den Ellenbogen auf, richtete sich ein wenig hoch und ließ sich wieder zurücksinken.

Drei Schritte von ihm entfernt lag gekrümmt der Synagogendiener.

„Was ist, verstehen Sie kein Russisch?“

„Doch, doch“, entgegnete der Friseur. „Wir verstehen alles.“

„Ich bin Ihr Verteidiger.“

„Reb Josua! Hören Sie das?“ Berschtanski zappelte mit den Beinen und quiekte: „Der liebe Gott ist gekommen!“

„Was?“ fragte der Schankwirt, der unterm Gefängnisfenster seinen Platz hatte, als erwache er gerade aus dem Schlaf.

„Der liebe Gott ist vom Himmel ins Gefängnis gekommen.“

„Nu und?“

„Reden Sie mit ihm!“

„Rede du selber“, trat Josua ihm sein Recht ab.

„Sie sind der Ältere. Und der Schuldigere.“

„Daß du dein Maul hältst!“

„He, ihr, was soll das Gezeter?“ schrie der Synagogendiener Perez.

„Ich bin gekommen, um Ihnen zu helfen ... jedem einzelnen ... und allen zusammen“, erklärte Dorski geduldig.

„So einer war schon mal hier ... Muchortow“, sagte der Friseur langsam. „Der hat auch versprochen, uns zu helfen ... jedem einzelnen und allen zusammen ... Und er hat uns geholfen, o ja ... Mir hat er die Leber kaputtgeschlagen, Reb Josua hat er das Gesicht verziert und ihm, Perez, die Zähne gezählt ... erst waren's zwanzig, jetzt hat er noch zehn ...“

„Ich bin kein Muchortow ...“

Charkin kam mit einem Hocker, stellte ihn vor Dorski hin und wischte mit dem Ärmel den Staub ab.

„Nehmen Sie Platz, Euer Wohlgeboren.“

Damit verschwand er wieder.

„Wohlgeboren, gut ... verfluchte Brut“, krächzte Josua Mandel, der die Arme um seinen Körper geschlungen hatte, als wollte er sich wärmen.

„Ach was, ich bin überhaupt kein Wohlgeboren ... Ich bin Ihr Advokat. Sie haben doch selbst nach mir geschickt ... Ihren Holzfäller ...“

„Der Neffe von Naftali?“ Der Synagogendiener Perez kam auf allen vieren zu ihm gekrochen.

„Genau.“

„Ja, aber der ... der ist doch Jude?“ sagte Perez und starrte ihn aus weitaufgerissenen, gequälten Augen an.

„Ich bin auch Jude“, sagte Dorski mit Überwindung.

„Reb Josua! Er sagt, er sei ein Jude“, wandte sich der Friseur an den Schankwirt.

In der Zelle war es düster, bloß ein schmaler Lichtstreif fiel durch das kleine Fenster auf den Fußboden, und Dorski erkannte nur mit Mühe die Gesichter, aber auch die Häftlinge sahen ihn undeutlich, wie im Dunst, der seine Züge verwischte. Abermals verspürte Dorski ein Stechen in der Brust, doch er dämpfte es nicht mit einer Tablette, denn er fürchtete, sie würden das bemerken und ihn auslachen. Sein Kommen schien nichts Neues in ihr Gefängnisdasein zu bringen, und Dorski ertappte sich plötzlich bei dem Gedanken, daß sowohl Josua Mandel als auch Anschel Berschtanski und Perez Gordon in ihm weniger den Verteidiger sahen als vielmehr ebensolch einen Gefangenen wie sie selbst. Dieser Gedanke war um so einleuchtender, da das ganze Rossienyer Gefängnis und seine Zellen auf Dorski wirkten wie ein Modell des gesamten Ansiedlungsgebietes, wo es im Grunde genommen keinen einzigen freien, keinen einzigen unschuldigen Bewohner gab. Hier waren alle unfrei, verfolgt, angeklagt, und jeder mußte sich selbst verteidigen. Darum war es vermutlich weitaus besser, sich wie ihresgleichen zu verhalten, eine verständliche und schlichte Sprache zu sprechen, ohne alle Schnörkel und juristischen Begriffe, sich nicht zu separieren, sondern nach Möglichkeit eins mit ihnen zu werden, vielleicht sogar vom Hocker aufzustehen und sich neben sie zu legen. Mit anderen Worten, sie brauchten jetzt nicht so sehr den Rechtsanwalt Dorski, sondern eher den Sohn des ortsansässigen Glasers Mejer Wainstein, den Meilach, und Dorski wurde unruhig auf seinem Hocker, er äugte für alle Fälle noch einmal zur Tür, vor der, wie konnte es anders sein, der Aufseher stand und lauschte, dann sagte er: „Ich bin Meilach Wainstein. Der Sohn von Mejer, dem Glaser.“

„Herrgott!“ rief der Synagogendiener aus. „Meilachke! Der Lobuss! Der Kundass!*“

Und plötzlich verstummte er.

„Stinker-Perezke?“ entfuhr es Dorski.

„Genau“, freute sich der Synagogendiener. „Weißt du es noch? Du hast mir ja diesen Spitznamen gegeben. Du. Und ich habe dich dafür auf dem Marktplatz verprügelt. Weißt du noch?“

„Ja“, antwortete Dorski.

Der Synagogendiener erhob sich vom Fußboden und nuschelte mit seinem zahnlosen Greisenmund: „Reb Josua! Anschel! Steht auf! Steht auf! Das ist doch Meilachke! Karauschen-Meilachke.“

Er wußte nicht weiter, wischte sich die Hände an der Hose ab, als wolle er Dorski umarmen, ließ es dann aber.

„Ich habe dir die Haare geschnitten.“ Berschtanski erhob sich ebenfalls. „Sie waren pechschwarz und so dicht ... Die Schere kam kaum durch.“

„Jetzt bin ich kahl“, sagte Dorski zurückhaltend. „Nichts ist mehr übrig davon.“

„Doch, doch“, murmelte der Friseur, Dorskis Glatze betrachtend. „Da sind schon noch welche. Hast sie lange nicht schneiden lassen, wie ich sehe.“

„Stimmt.“

„Dein Vater ... Mejer Wainstein, der Himmel sei ihm gnädig, hat in meiner Schenke die Fenster eingesetzt“, brummte Josua Mandel, der Dorski von weitem beobachtete. „War ein guter Meister. Die Fenster halten noch heute.“

Sie standen um ihn herum, und mit ihnen kreisten Dorski die Erinnerungen ein, und der Schmerz in seiner Brust steigerte sich ins Unerträgliche, fast bis zum Ersticken.

„Schade – der Onkel hat's nicht mehr erlebt“, klagte der Friseur Berschtanski. „Er hat auf dich gewartet ... auf Sie gewartete“, korrigierte er sich, immer noch Dorskis Kopf betrachtend.

„Er konnte nicht mehr, der Ärmste“, seufzte Josua Mandel familiär. „War von schwacher Konstitution.“

„Das bin ich auch“, sagte der Sygnagogendiener. „Und hab

* (jidd.) Bengel, Lausbub

es trotzdem ausgehalten. Mir können sie alles kaputtschlagen: die Zähne, die Augen, die Zunge, nur die Seele nicht ... Muchortow hat Spiwak die Seele kaputtgeschlagen!"

Schweigen trat ein. Einen Augenblick schien es Dorski, die Häftlinge könnten das heftige Hämmern seines Herzens hören.

„Und wie ist das – hat Spiwak ein Geständnis abgelegt?" fragte Dorski vorsichtig.

„Muchortow sagt, er hätte gestanden ... gestanden und alles unterschrieben", sagte der Friseur. „Aber das glaube ich nicht. Wenn er gestanden hätte, hätten sie ihn nicht auf dem Hof verscharrt wie einen Hund."

„Warum denn nicht?" interessierte sich der Synagogendiener.

„Darum nicht", erwiderte Berschtanski.

„Für uns haben sie ihn dort eingescharrt, damit wir es durchs Fenster sehen und uns nicht zu sehr sperren", krächzte Josua Mandel.

„Und weißt du noch, Meilachke, wie du in der Synagoge, auf der Empore, die Weiber gefesselt hast?" fragte Perez, um Herr der Lage zu bleiben.

„Ich? Die Frauen?"

„Ganz recht. Du ... Hast die Enden ihrer Umschlagtücher zusammengebunden, und als der Gottesdienst aus war, konnten die Weiber nicht aufstehen. Das gab ein Gelächter! Erinnern Sie sich, Reb Josua? Erinnerst du dich, Anschel?" Der Synagogendiener brach in boshaftes dünnes Gelächter aus. Es schüttelte ihn geradezu vor Lachen. „Hi-hi-hi! Ha-ha-ha!"

„Hör auf, Perez!" rügte ihn der Schankwirt. „Du magst vielleicht eine Seele wie ein Adler haben, aber Verstand hast du wie eine Gänserich."

„Ha-ha-ha! Verstand wie ein Gänserich!" Der Synagogendiener lachte weiter, seine blutunterlaufenen Flecken glänzten. „Verstand wie ein Gänserich, aber solch eine Dummheit wie Sie hätte ich nicht gemacht, ein totes Kind in meinen Wagen zu laden."

Dorski sah sie alle an, hörte ihnen zu und konnte sich

nicht genug wundern, daß kein einziger von ihnen zur Sache sprach, um Verteidigung bat, sich über sein Los beklagte. Entweder hatten sie sich damit abgefunden, oder ihr Gefühl der Schuldlosigkeit war so stark, daß es absolut die Oberhand gewonnen hatte über den Ruf nach Hilfe, über den Selbsterhaltungsinstinkt und auch über körperlichen Schmerz.

Dorskis Kraft war schon durch den kurzen Aufenthalt in der muffigen Zelle fast erschöpft, wie mußte es erst ihnen ergehen? Fast zwei Monate waren sie bereits hier, und Gott allein wußte, wie lange sie noch aushalten mußten bis zur Verhandlung und auch danach, falls man sie schuldig sprach. Trotz seiner reichen Phantasie konnte Dorski sie sich nicht vorstellen auf der Anklagebank, er sah sie an ihrem gewohnten Platz – hinter dem Schanktisch, vor dem Friseurspiegel, mit dem Besen am Thorapult, nur nicht dort, Ecke Georgijew-Prospekt und Gendarmengasse. Allein durch ihren Anblick würden sie Richter und Geschworene gegen sich einnehmen. Fossilien, würde ein Alexej Nikolajewitsch Turow sagen, wahrhaftig Fossilien, und ihm, Miron Alexandrowitsch Dorski, Karauschen-Meilachke, der in der Synagoge die Weiber gefesselt hatte, der einst für seine Altersgefährten giftige und unanständige Spitznamen erfand, ihm würde die Aufgabe zufallen, zu beweisen, daß diese Fossilien besser waren als andere Leute mit Goldschmuck und Chinchillapelzen, daß sie eine Seele hatten, die man nicht ausschlagen konnte wie Zähne, und ein Gewissen, das nicht auszustechen war wie die Augen.

„Ich bin gekommen, um euch zu verteidigen ... um euch vor Zuchthaus und Verbannung zu bewahren“, sagte er, als der Synagogendiener endlich sein nervöses Lachen einstellte. „Wir werden uns noch einmal treffen und über alles sprechen.“

„Mich braucht niemand zu verteidigen“, sagte Josua Mandel leise. „Ich habe niemanden umgebracht, aber sie sollen mich ruhig verurteilen. Sollen sie doch. Ich bin bereit, die Strafe auf mich zu nehmen und für alle meine Sünden zu büßen. Sünden nämlich habe ich genug begangen. Ich habe meine Frau Chawa nicht geliebt, aber ich habe mit ihr geschlafen … ich habe Unglückliche übers Ohr gehauen, ihnen zu wenig eingegossen von ihrer bitteren Freude, dem weißen Branntwein … ich habe meinen einzigen Sohn, den ich liebe – jaja, den ich liebe –, nicht vor dem Irrsinn bewahrt – ich habe eine Christin liebgewonnen und bin bereit gewesen, mich ihretwegen taufen zu lassen …“

Dorski erstarrte.

„Und ich hätte mich taufen lassen, wenn sie mir Sünder nicht zuvorgekommen wäre. Ich habe niemals jemanden verteidigt … nur mich selbst. Und das ist auch eine Sünde, auch dafür muß man zahlen … Alles, worum ich bitte, ist: die Unschuldigen zu verteidigen oder die, die nur wenig Sünden begangen haben, die zu verteidigen, die bis jetzt noch nicht hinter Gittern sind, die an nichts schuld haben und doch ins Gefängnis kommen können. Ich bitte darum, meine ungeborenen Kinder zu verteidigen und ihnen zu helfen, daß sie geboren werden können. Um ihretwillen nehme ich alles auf mich: die Schande und auch den Tod.“

Der Synagogendiener weinte. Der Friseur Berschtanski stand mit hängendem Kopf, seine Augen bohrten sich in den Boden und erblickten die Hölle.

„Ich habe sechs … denen braucht man nicht auf die Welt zu helfen … denen muß geholfen werden, daß sie aufwachsen können“, sagte er erregt.

„Und mich … mich, Meilachke, mich verteidige bitte, weil ich noch keinerlei Sünden auf mich geladen habe … Verteidige mich, damit ich noch eine Sünde begehen kann … Verteidige mich, Karausche!“

Dorski saß auf dem Hocker wie festgewachsen. In seiner Seele herrschte Chaos, und der Allerhöchste konnte und konnte das Licht nicht von der Finsternis scheiden.

„Ich werde mich bemühen … Ich tue alles, was von mir abhängt.“

„Danke, Meilachke“, sagte der Synagogendiener, wischte sich noch einmal die Hände an der Hose ab und legte ihm den Arm um die Schultern. „Wenn du uns hilfst, dann glaube ich wirklich daran, daß Gott vom Himmel nach Rossieny herabgekommen ist und wegen meines Besens seinen Thron verlassen hat.“

„Haltet aus! Verzweifelt nicht!" stammelte Dorski und wollte sich vom Hocker erheben.

„Bleiben Sie, bleiben Sie sitzen", sagte der Friseur Berschtanski nachdrücklich. „Wenn Sie schon so gut zu uns sind, dann tun Sie noch etwas Gutes."

„Ich höre."

„Gestatten Sie, daß ich Ihnen das Haar schneide!"

„Wie denn schneiden?" wunderte sich Dorski. „Sie haben ja gar keine Schere."

„Ich habe meine Hände", sagte Berschtanski. „Die möchten sich bewegen, wie ein Pferd, das zu lange im Stall war ... Gestatten Sie es!"

„Bitte."

Anschel Berschtanski lebte auf, hüpfte zu Dorski hin, legte ihm ein eingebildetes Tuch um, hüllte ihn ein, nahm von einem eingebildeten Tisch eine eingebildete Schere, bog des Anwalts Kopf leicht nach vorn und fing an mit der Schere zu klappern.

Eingebildete Haare fielen auf den kalten Gefängnisfußboden.

Dorski saß da und wagte keinen Seufzer, keine Bewegung.

Berschtanski ließ die Finger schnipsen, es klang wie Nachtigallenschlag.

„Eau de Cologne?" fragte er.

„Ja", erwiderte Dorski. „Bitte."

„Nu – wie?" wandte sich der Meister, nachdem er die eingebildete Sprühflasche wieder weggestellt hatte, an Perez und Josua Mandel.

„Wunderbar", hauchte Perez. „Anschel, schneid sie mir auch!"

13

Der Besuch im Rossienyer Gefängnis hatte Dorski bis ins Innerste aufgewühlt. Er verspürte eine unwahrscheinliche Schwere im ganzen Körper, als hätte man ihn mit Bleiplatten umhüllt oder in Eisen geschmiedet.

Als Chaim-Jankel, der am Tor auf ihn gewartet hatte, fragte: „Wie steht's?", antwortete er nicht, sondern gab nur einen unartikulierten Laut von sich, denn er fand sich selbst noch nicht in seinen Eindrücken zurecht.

Angefangen bei dem Hügel auf dem Hof, frisch wie eine Wunde, bis hin zu dem schon über vierzig Jahre währenden bedrückenden Geschorenwerden, das ihn ausgehöhlt und um und um gekrempelt hatte, kam ihm alles vor wie ein Teufelswerk, wie ein Spuk, eine eigens inszenierte irre Farce, wie ein Hinterhalt, aus dem unmöglich herauszufinden war.

Doch seine Erschütterung rührte nicht daher, daß der Mensch, um dessentwillen er solch weite Reise angetreten hatte, tot war, auch nicht daher, daß die noch Lebenden sich längst selbst freigesprochen zu haben schienen, sondern vielmehr daher, daß keiner von ihnen ihn, Dorski, als Diener des Gesetzes, als von Gott gesandten Verteidiger und Wohltäter empfangen hatte. Jeder hatte sich ihm gegenüber verhalten wie zu einem Gleichen, einem vertrauten Gefährten, einem Leidensgenossen. Er hatte erwartet, sein Onkel Naftali Spiwak, der Schankwirt Josua, der Friseur Berschtanski und der Synagogendiener Perez würden ihn mit ausgebreiteten Armen empfangen, vor ihm in den Staub fallen, ein Dankgebet zum Himmel schicken, ihm alle seine Schuld und seine Sünden vergeben. Sie dagegen: Karauschen-Meilachke ...! Die Umschlagtücher von den Weibern ...! Die Fenster halten noch heute ...! Sogar als sie von Verteidigung sprachen, klangen die Worte in ihrem Mund nicht wie eine Bitte, sondern wie das Disputieren, Beichten und Philosophieren, das für die Bewohner des Siedlungsgebietes, denen Barbiersessel und Theke Katheder und Tribüne ersetzen, so typisch ist.

Die erschütterndste Entdeckung für Dorski war der Umstand, daß sie nicht im Gefängnis *saßen*, nicht auf die Verhandlung und auf Nachsicht warteten, sondern daß sie darin *lebten*, besser gesagt, ihr Leben *fortsetzten*, nur unter ungewöhnlichen, stark verschlechterten Bedingungen. Der Aufenthalt hinter Gittern verstörte sie nur insofern, als er sie von dem anderen Gefängnis trennte, von jenem, wo sie jeden Tag, den Gott werden ließ, frisierten und barbierten, Wodka ausschenkten, mit Spaten und Harken handelten, bei brennenden Kerzen, ohne Anwesenheit eines Aufsehers, beteten. Für sie hatte sich die Form, aber nicht das Wesen ihrer Existenz verändert.

Diese Erkenntnis ließ Dorski erschauern. Da konnte man so edel und unerschrocken sein, wie man wollte, ihnen war nicht zu helfen. Man konnte sie nur aus dem einen Gefängnis ins andere bringen, aus schlechteren Bedingungen in etwas bessere, aber trotzdem wieder in ein *Gefängnis*, wo es Freiheit ebensoviel gab wie bei Berschtanski Eau de Cologne. Ihre Freiheit war nur eingebildet, es war eine Pseudofreiheit.

Zusammenhanglose, bohrende Gedanken schwirrten ihm durch den Kopf, und davon wurde sein Körper noch bleierner.

Eingebildete Freiheit! Dorski hätte Chaim-Jankel befehlen können: „Kehr um!“ Doch wäre die Rückkehr nach Wilno denn eine Rückkehr in die Freiheit gewesen? Auch dort war ein Gcfängnis, eines aus Plüsch und Samt, mit Parkettfußböden, Leuchtern und Kandelabern, mit Teppichläufern, teuren Bildern und Hirschgeweihen an den Wänden, mit dem Morgenkaffee, heilig wie Gottes Gebote, und den verlogenen Gazetten, unwandelbar wie der Wachsoldat Charkin. Ein Gefängnis! Überall ein Gefängnis!

Daß ihm das früher nie in den Sinn gekommen war!

Wie überheblich, ja einfach dumm er doch gewesen war, als er glaubte, im Lukischki- oder im Etappengefängnis *er selbst* zu sein. Wahrhaft als *er selbst* hatte er sich hier gefühlt, im Gefängnis von Rossieny. Dort war er ein Kommis, hier dagegen eine Ware, eine wertlose Ware, für die es keinen Bedarf gab, die verbrannt, ins Wasser geworfen, zu Staub zermahlen werden konnte – wie der Zufall es wollte.

Das ist er, jener andere, Meilachke Wainstein, der so denkt, versuchte Dorski sich wieder in die Hand zu bekommen. Ihm, Karauschen-Meilachke, scheint es so, daß überall – wohin man auch schaut – ein Gefängnis ist. Das ist er, der, anstatt kehrtzumachen, in den Marktflecken fährt, wo ihn, Dorski, niemand erwartet.

Das ist er, der seinen Platz in der Kibitka eingenommen hat.

Das ist er, der in die Synagoge gehen und die Weiber des Marktfleckens fesseln wird, daß sie ganz durcheinandergeraten.

Er! Er!

Soll er doch im Marktflecken bleiben – Dorski gibt ihn frei.

Soll er sich den Laden und das Haus von Onkel Naftali Spiwak ruhig nehmen – Dorski verzichtet auf die Erbschaft.

Soll er froh und zufrieden sein, soll er, statt mit Schleien und Brachsen, mit Spaten und Harken handeln. Und mit Petroleum.

Soll er doch! Nur zu!

„Merken Sie nichts?“ wandte sich Dorski an den Fuhrmann, als er schon ganz verwirrt war von seinen Gedanken, als er abermals begann sich zu verdoppeln und zu verdreifachen.

„Nein, nichts.“

Dorski sog schnuppernd die Luft ein.

„Es riecht.“

„Hm“, stimmte Chaim-Jankel zu, froh, daß sein Pferd sich schon vorher, am Gefängnistor, entleert hatte. „Lungenkraut!“

„Eau de Cologne.“

„Hm ... Lungenkraut, das riecht haargenau wie Kölnisch Wasser. Man kann sich gar nicht satt daran riechen.“

Dorski hätte schwören mögen, daß es nach Eau de Cologne roch, dem Lungenkraut Berschtanskis.

Er faßte sich an die Schläfen, fuhr sich mit den Fingern durchs Haar – das war wirklich kürzer geworden, wirklich.

„Weiter kenn ich den Weg nicht“, sagte der Fuhrmann. „Weisen Sie ihn mir, wenn Sie ihn nicht vergessen haben ...“

„Hab ihn vergessen ... Vergessen ... Aber ich glaube, bald kommt eine Kreuzung.“

Dorski schnupperte wieder. Es duftete! Bei Gott, es duftete. Der Duft war herb und würzig, eine Wohltat für die Nase, und beflügelte die Phantasie. Flink untersuchte Dorski seinen Mantel und entdeckte auf der Vorderseite ein geringeltes graues Haar. Er nahm es mit zwei Fingern ab, zog es lang und starrte es an, bemüht, es nicht wegzupusten. Dann fand er noch ein Haar, dann noch eines, und eine Vorahnung von Unabwendbarem, ein Gefühl von Hexerei preßte ihm das Herz zusammen.

„Kennen Sie so etwas auch?“ begann er, zitternd fast.

„Was denn?“

„Sie sitzen, sagen wir, am Tisch oder irgendwo am Fluß, und plötzlich kommt jemand zu Ihnen.“

„Am Tisch sitz ich immer allein, und für den Fluß hab ich keine Zeit.“

„Jaja“, sagte Dorski mechanisch, konnte aber nicht innehalten. „Ein kleiner Junge kommt: zerschrammte Beine, zerknitterte Mütze, ein Eimerchen in der Hand.“

„Und was will der?“

„Ich weiß nicht ... Das heißt, ich ahne es, aber ich habe es nicht ... das, was er will, ich habe es nie gehabt. Wahrscheinlich ...“

„Dann fackeln Sie nicht lange! Jagen Sie ihn fort! Jagen Sie ihn fort, damit er Sie nicht stört, damit Sie in Ruhe essen können.“

„Je öfter ich ihn fortjage, desto öfter kommt er.“

Was ist denn los mit mir, rügte sich Dorski. Das fehlte noch – dem Fuhrmann mein Herz auszuschütten! Aber wem sonst? Garkawi? Der verschreibt mir bloß weitere Pillchen und Pülverchen. Meinem Sohn Andrej? Der denkt auch ohne Herzausschütten: Dem Vater ist's zu wohl. Etwa Turow und Tschistochwalow? Das sind gerade die rechten Beichtväter! Einen Menschen hat es gegeben – Krystyna, die hat Gott zu sich genommen. Leere ringsum. Welch eine Leere! Keiner, auf den man sich stützen, dem man sich mitteilen, sich anvertrauen kann – die reinste Einöde. Und wo? Zwei Schritt vom Vaterhaus, vom Ursprung, wo einst seine Wiege stand.

Vorn kam die Kreuzung in Sicht.

„Stimmt, wirklich eine Kreuzung!“ Chaim-Jankel schnalzte mit der Zunge. „Und wie geht's von dort aus weiter? Rechts, links, geradeaus?“

„Ich weiß nicht. Dort steht ja jemand. Den fragen wir.“

Auf der Kreuzung tänzelte Semjon mit einer Kopfbedekkung aus belaubten Zweigen, wie ein Lorbeerkranz. Auf seiner Schulter saß, im Takt seiner Bewegungen wippend, grämlich die von der Sonne ausgeblichene Dohle.

„Ein armer Schlucker“, sagte der Fuhrmann.

Die Kibitka erreichte die Kreuzung. Die Dohle auf Semjons Schulter flog davon.

„Kannst du uns nicht sagen, guter Mann, wie wir zum Marktflecken kommen?“

Semjon schwieg. Sein Kranz war ihm auf die Ohren gerutscht, er warf einen funkelnden Blick auf Dorski, auf die Kibitka und wandte sich ab.

„Scheint taubstumm zu sein.“

Dorski trat auf Semjon zu, fing dessen Blick auf und wiederholte seine Frage: „Wo liegt der Marktflecken, guter Mann? Links oder rechts?“

Semjon musterte Dorski mit langem Blick, dessen zerknitterten langen Mantel, der für die hiesige Gegend unüblich war, das spärliche Haar, das wie ein Heiligenschein den Schädel rahmte, dann schien er sich qualvoll an etwas zu erinnern, nahm seinen Kranz ab und kam dem Fremden entgegen.

Dorski wich zurück, wollte zur Kibitka, doch Semjon erreichte ihn, lächelte froh und setzte ihm seine Blätterkrone auf. Er krönte ihn damit und betrachtete verzückt sein Werk.

Der Kranz rutschte zur Seite, fast übers Ohr, Dorski wollte ihn abwerfen, doch mit einer bittenden und zugleich befehlenden Geste gebot Semjon ihm Einhalt und sagte: „Gehen wir!“

„Wohin?“

„In den Flecken. Ich warte schon lange auf dich.“

Dorski bereute bereits, daß er als erster gefragt hatte; sich nach dem Weg zu erkundigen war Sache des Fuhrmanns, also Chaim-Jankels, doch nun war es zu spät.

„Steigen Sie ein“, schlug er vor. „Dann geht es schneller.“

„Nein ... In der Heiligen Schrift steht: *Er* wird zu Fuß kommen.“

„Ja, aber Sie verwechseln mich mit jemandem ... Sie haben sich geirrt ...“

„Niemand hat geglaubt, daß du kommst ... Niemand ...

Sie warten auf alles mögliche – auf Ehre, Titel, Geld, ich aber habe auf dich gewartet … immerzu gewartet, und jetzt bist du endlich da.“

„Schon gut, schon gut“, beteuerte Dorski eilig, „doch ich bin nicht der, für den Sie mich halten.“

„Ich habe ihnen immer gesagt: Zittert, ihr Sünder! Er kommt, er wird erscheinen! Laß uns gehen, bevor sie davonlaufen wie die Ratten, bevor sie sich in der Erde verkriechen … Strafe sie! Übe Rache! Hol sie heraus aus ihren Höhlen und Ritzen und zerquetsche sie wie Wanzen! Kein einziger soll entrinnen. Kein einziger!“ ereiferte sich Semjon.

Er trat nahe an Dorski heran, rückte ihm den verrutschten Kranz gerade, entblößte blindwütig die Zähne, und der Anwalt, grausig angeweht von seinem Wahnsinn, wurde von Entsetzen und Mitleid gepackt.

„Weiterfahren!“ rief er Chaim-Jankel zu, die Kibitka ruckte an, war rasch neben ihm, im Fahren sprang er auf und rief abermals: „Weiterfahren!“

„Wohin?“ fragte Semjon leise.

Einen Moment stand er starr.

Dann stürzte er der Kutsche nach und schrie: „Rechts lang!“

Und noch einmal schrie er: „Rechts lang! Links geht es nach Miškiniai!“

Aus dem Wagen flog der Kranz.

Dorski blickte zurück.

Er sah, wie Semjon auf der Straße umherging, sich bückte und die verstreuten Blätter seines Glaubens aufhob.

Er hob sie auf und heftete jedes Blättchen einzeln an seinen kranken Kopf.

Und seltsam – jedes Blättchen blieb haften, fiel nicht auf die staubige Straße.

„Sünder! Bösewichte!“ dröhnte Semjons Stimme, und Dorski erbebte von ihrem Dröhnen.

„Spitz-bu-ben!“

Der Anwalt konnte nicht begreifen, wem diese Schreie galten, und dennoch fühlte er sich jetzt noch stärker schuldig als vor der Kreuzung.

„Uff!“ schnaufte er, als die Kibitka auf einen Waldweg abbog und Semjon aus dem Blickfeld verschwand.

„Der Sohn“, sagte er zu Chaim-Jankel, bemüht, seine Verstörtheit zu überwinden und zugleich seine Flucht zu rechtfertigen. „Daß ich ihn nicht gleich erkannt habe!“

„Wessen Sohn?“

„Vom Schankwirt. Von Josua Mandel, dem Hauptangeklagten.“

„Der Vater hat ohnehin schon nichts zu lachen, und dann noch so was“, sagte der Fuhrmann, auf die Stimmung seines Fahrgastes eingehend.

„Ausgerechnet mich hat er für den Messias gehalten!“ rief dieser aus und fuhr in einer Art Selbstgespräch fort: „So sind sie alle.“

„Wer?“

„Die Söhne ... Jeder wartet auf seinen Messias ... Und wir haben nichts Besseres zu tun, als vor ihnen zu fliehen ... zu türmen, das Hasenpanier zu ergreifen. Dann bekommen sie, unsere Söhne, wiederum Söhne, und die Flucht beginnt aufs neue. Der Vater flieht vorm Sohn, der Sohn vor seinem Sohn – ein ewiges Karussell des Einander-nicht-Verstehens!“

Den restlichen Weg bis zum Marktflecken legten sie schweigend zurück. Dorski strich sich die Glatze und dachte darüber nach, wie kunterbunt und voller Überraschungen die Welt ist, wie verworren es darin zugeht und wie schwer es zuweilen ist, die Spreu vom Weizen zu trennen, den alltäglichen Wahnsinn – Essen, Trinken, Schlafen – vom außergewöhnlichen Wahnsinn – Glauben, Lieben, Hoffen.

„Jetzt fängt der Marktflecken an.“ Chaim-Jankel lebte auf. „Ist das Ihrer?“

„Ja, meiner“, sagte Dorski, er blickte um sich und spürte, wie sein Herz an die Wand seines Gefängnisses trommelte.

„Mir gefallen solche Nester.“ Der Fuhrmann wollte seinem Fahrgast schmeicheln. „In solch kleinem Nest geht nicht mal ein Sperling verloren, geschweige denn ein Mensch.“

„Dort um die Ecke ist der Marktplatz“, sagte Dorski. „Bitte halten Sie an.“

„Vielleicht fahren wir lieber erst nach Hause? Sie erholen sich ein bißchen von der Reise ..."

„Nein, nein. Nach Hause später. Das hier", Dorski klopfte ein paarmal mit der Faust an die Gefängniswand, hinter der sein Herz schmachtete, „das muß sich allmählich gewöhnen. Immerhin war ich reichlich vierzig Jahre nicht hier. Am Ende zerspringt es sonst plötzlich."

„Wie Sie wollen."

Der Marktplatz war leer.

Nur zwei schmutzige kleine Bengels trieben eifrig und selbstvergessen einen Stoffball über den Platz, der Ball landete immer wieder in Pfützen. Offenbar hatte es hier vor kurzem tüchtig geregnet.

Die Luft war noch feucht.

Über der katholischen Kirche, die von einem hohen Zaun umgeben war, hingen unschuldige Wölkchen am Himmel.

Einer der beiden Wildfänge, der kleinere, barfuß und mit verwegen aufgestülpter Mütze, gab dem Ball einen Stoß, dieser beschrieb einen eleganten Bogen durch die Luft, klatschte in eine Pfütze und bespritzte Dorski die Mantelschöße.

Der Kleine stand starr vor Schreck, stieß einen Pfiff aus und rannte plötzlich Hals über Kopf davon.

„Abka!" rief der andere. „Wo willst du hin, du Dussel! Komm zurück! Hörst du, komm zurück!"

Mit der Schuhspitze angelte Dorski den Ball aus der Pfütze, mit dem rechten Fuß schoß er ihn in die Luft.

„Fang auf!" rief er dem Kleinen zu.

Der Junge wurde verlegen, starrte ihn ungläubig an, fing den Ball, klemmte ihn sich unter den Arm und entfernte sich, wie ein junger Hund um sich spähend.

Dorski stand mitten auf dem Marktplatz, und die Luft der Heimat schlug ihm in die Nase, wie Milch in einen Melkeimer prasselt, und er trank sie geschlossenen Auges in vollen Zügen, gierig wie nie zuvor, als könne man sie ihm plötzlich wegnehmen, wegnehmen und ihn für ewig einer unsagbaren Wohltat berauben. Es war, als atme er sich satt für die über vierzig Jahre der Trennung, um nicht zu ersticken an der Nähe seiner heimatlichen Hütte mit den fast erblindeten kleinen Fenstern, den knarrenden Türen und dem halbverfallenen Schornstein, aus dem noch immer seine kindlichen Seufzer und sein Gestammel wölkten, ersticken an der Nähe der Verkaufsstände, wo er stundenlang aus einem Flechtkorb oder einem Eimerchen frischen Fisch feilgeboten hatte, an den unerfüllten Träumen und Hoffnungen, an der Nähe der katholischen Kirche und des Pfarrgartens, in den er gottloser Lümmel eingestiegen war, um knackige Antonow-Äpfel zu klauen.

Dorski schwebte wie ein freier Vogel, er bemerkte weder die Pfützen noch das Kopfsteinpflaster, weder die Pfähle zum Anbinden der Pferde noch den getrockneten Mist; nichts und niemand war in seiner Nähe, er war allein wie am ersten Schöpfungstag und fühlte sich nicht als Paria, nicht als Flüchtling, nicht als Renegat, sondern als Schöpfer, der dies alles vollbracht hatte: diese Sonne, diesen Himmel und auch die beiden Wildfänge, die erschrocken waren angesichts der Schlichtheit und Größe, mit welcher der Herrgott ihn jetzt begnadet hatte.

Er hatte das Bedürfnis, zu weinen und zu beten.

Niemals hätte er gedacht, daß es möglich sei, durch einen einfachen Ortswechsel, durch die Berührung der Füße mit dem, was für ihn in Wilno oder Kowno nichts als gewöhnlicher zertrampelter Erdboden war, das Raunen der Wurzeln zu hören und sich selbst als winzigen, aber noch *lebendigen* Sproß zu empfinden.

Er konnte nicht sagen, wie lange dieser Zustand währte, diese Entrücktheit, diese sonnige Trauer, diese bittere Wonne, vielleicht einen Augenblick, vielleicht nicht einmal das, jedoch drang all dies ungehindert in ihn ein, mit geradezu ungezügelter Leichtigkeit, und erst das Glockenläuten, das die Gemeinde zur Andacht in die Kirche rief, weckte ihn aus diesem schlafähnlichen Zustand.

Bis zu seinem Geburtshaus wollte er zu Fuß gehen.

Er schritt langsam dahin, als liefe er nicht über festen Boden, sondern durch Wasser, und Chaim-Jankels Kibitka zokkelte hinter ihm her wie ein treuer Hund.

Vom Marktplatz bis zur Hütte seiner Geburt waren es nicht mehr als hundert Schritte, doch jeder Schritt fiel ihm schwer, als wäre er, Dorski, kein erwachsener glatzköpfiger Herr, sondern ein einjähriges Kind, das gerade die ersten Gehversuche macht. Es gab keinen Grund zur Eile, und Dorski wußte das. Er wußte, daß dort, in dem Nest, aus dem er stammte, nichts geblieben war – kein Fläumchen und kein Federchen, nur die verräucherte niedrige Decke, unter der einst seine Wiege schwang, und die knarrenden Dielenbretter, die sich buckelten wie eine Katze, und dann noch die Fenster, vom Vater eingesetzt. Weiter nichts.

Das Dach – Dorski bemerkte es schon von fern – war jetzt mit Schindeln gedeckt, die Zeit hatte das Stroh zernagt, *ihr* Stroh, auch hatten die neuen Bewohner eine neue Tür eingesetzt, *ihre* Tür hatte kein Schloß gehabt, und die hölzerne Vortreppe war abgerissen und durch Steinstufen ersetzt worden, *ihre* Stufen waren längst verrottet.

Und trotzdem zog es ihn mit Macht dorthin, in die Höhle, wie der Vater die Hütte immer genannt hatte. Dort drinnen, in dieser Höhle, hatte die Mutter zu Ehren seiner Geburt – geboren war er am Vorabend des Tischa be-Aw, des traurigsten aller jüdischen Feiertage – eine große Wachskerze angezündet, welche, wie Slata später immer sagte, kein Wind ausblies und kein Wasser löschte.

Er, dachte Dorski von sich wie von einem Fremden, er wird hineingehen und gleich wieder heraustreten, und er wird sich die Nase zuhalten wegen des Gestanks. Den gestrigen Tag kann man nicht zurückholen. Die Kerze kann man nicht von neuem anzünden. Die Winde haben sie ausgepustet, die Wasser haben sie gelöscht. Mein Gott, wieviel davon kam auf diese eine Kerze! Von wieviel Seiten hat es gestürmt, von wieviel Seiten hat es gegossen!

Dorski klopfte an die Tür. Lange wurde ihm nicht aufgetan, dann zeigte sich endlich der Kopf einer alten Frau, das schwarze Tuch bis fast zu den Augen. Mit ihrem zahnlosen mauselochkleinen Mund etwas mümmelnd, sah sie den sonderbaren, wohlgekleideten Ankömmling mürrisch an.

„Joram ist nicht da“, sagte sie.

„Ich will auch nicht zu Joram.“

„Zu wem dann?“ Jetzt mümmelte die Alte nur noch Worte – die Brotkruste war verzehrt.

„Ich bin hier geboren“, sagte Dorski, des Verhörs überdrüssig.

„Wo?“

„Hier. In Ihrem Haus.“

Die Alte zwinkerte, ein Gedanke huschte über ihr Gesicht, abermals sah sie Dorski mürrisch an und sagte dann, als fiele ihr etwas ein: „Habt Ihr etwas vergessen?“

„Nein, nichts.“

„Wir brauchen nichts Fremdes“, nuschelte die Alte. „Wenn du es nicht glaubst, dann komm herein und sieh nach.“

Sie trat zur Seite und ließ Dorski in die Hütte.

Drinnen war es ärmlich, aber erstaunlich sauber: der Fußboden gefegt, die Fenster geputzt, die Vorhänge gewaschen, Decke und Wände geweißt.

„Wohnen Sie schon lange hier?“ erkundigte sich der Anwalt, während er sich umschaute.

„Lange. Dreißig Jahre und noch ein bissel überdrauf. Damals war Joram noch nicht auf der Welt. Und ich war jung, so wie du“, erklärte die Alte bereitwillig.

„Und wer hat vor Ihnen hier gewohnt?“

„Niemand.“

„Hier hat meine Wiege gehangen“, sagte Dorski und starrte zur Decke. „Da ist noch der Haken.“

Die Alte wollte den Kopf heben, doch es gelang ihr nicht, kraftlos sank er zurück.

„Wenn Joram kommt, der gibt ihn wieder.“

„Was gibt er wieder?“ fragte Dorski.

„Er dreht den Haken raus und gibt ihn Ihnen. Kommen Sie am Montag. Montags kommt Joram immer nach Hause; er flößt Baumstämme auf dem Fluß.“

„Am Montag bin ich nicht mehr hier“, seufzte Dorski. „Am Montag bin ich schon wieder in Wilno.“

Das Wort Wilno ließ die Alte aufhorchen.

„Nu, wieviel ... wieviel wollen Sie haben?“

„Wofür?“

„Nu, für diesen Haken.“

„Gar nichts will ich haben.“ Dorski lächelte. „Der ist unbezahlbar.“

„Unbezahlbar?“ Die Alte versuchte abermals den Blick zur

Decke zu heben. „Da wohnen wir nun dreißig Jahre hier und haben das nicht gewußt ... Sag bloß, unbezahlbar! Was denn, ist er nicht aus Eisen?"

„Nein", erwiderte Dorski.

„Woraus denn?"

„Woraus?" Dorski wurde nachdenklich. „Aus den Tränen meiner Mutter ... Slata hieß sie ..."

Dorskis rätselhafte Worte erbitterten die Alte, nahmen sie gegen ihn ein, sie krümmte sich zusammen und verstummte, ob ihres Schweigens wiederum selbst verstört.

„Ihre Tränen sind zu Eisen erstarrt und schmelzen nicht mehr, und sie sind unbezahlbar", hauchte Dorski, seine anfängliche Zaghaftigkeit überwindend. Langsam und gemessen, wie ein Storch über die Wiese, stolzierte er durchs Haus, befühlte hier etwas, betastete da etwas, strich etwas glatt, wischte etwas weg, und die Alte, ganz Anspannung, humpelte hinterdrein, dabei warf sie Blicke auf den rostigen Haken an der Decke und auf jeden Gegenstand, den die Hände des Fremden berührten, und wartete ungeduldig darauf, daß dieser Rundgang, dieser Kult, diese Folter ein Ende fände, damit sie wieder ein Stück harte Rinde vom Brotlaib brechen und daran mümmeln konnte, mümmeln, bis endlich ihr Sohn, der Flößer, zurückkam.

„Dort!" Dorski wies auf die Lagerstatt. „Dort habe ich geschlafen."

„Das ist unser Lager", rief die Alte. „Für den Haken kann ich mich nicht verbürgen, aber die Lagerstatt gehört uns. Die hat der selige Perkelis gebaut."

„Die Lagerstatt gehört Ihnen", beruhigte Dorski sie. „Alles hier gehört Ihnen. Alles. Die Luft, die Wände, die Fenster ... Nur die Tränen hier gehören mir. Verstehen Sie, die Tränen ..."

„Das versteh ich nicht."

„Ich danke Ihnen", sagte Dorski. „Verzeihen Sie, daß ich einfach so eingedrungen bin ... Bleiben Sie gesund ... Sie erinnern mich an meine Mutter. Die wäre heute ebenso alt wie Sie ... Danke."

Er trat ans Fenster, kratzte ein Klümpchen getrockneten

Kitt vom Rahmen, rieb ihn zwischen den Händen wie eine Ähre und steckte ihn in die Tasche.

Steckte ihn ein und ging zur Tür hinaus.

Neben der Kibitka stand der geduldige, immer freundliche Chaim-Jankel und trat von einem Fuß auf den anderen.

„Zum Friedhof", sagte Dorski, und der Fuhrmann machte das vor sich hin dösende Pferd munter.

Der Friedhof, einst von Rabbi Uri gegründet, hatte sich ausgebreitet und nahm jetzt fast einen Hektar ein. Ungemähtes hohes Gras verdeckte die unansehnlichen, zumeist steinernen Grabmale mit den spärlichen, von der Zeit verwischten Inschriften in der Heiligen Sprache und mit den gekreuzten Blitzen – dem sechszackigen Davidsstern, grob eingemeißelt von Ephraim Dudak, dem berühmten Steinmetz des Ortes. Aus der Ferne wirkten die Grabmale wie auf den Hinterpfoten sitzende ausgeblichene wunderliche Tiere und der Friedhof wie üppiges Weideland für sie.

Dorski erinnerte sich, wie er in der Kindheit, zusammen mit einer Bande ebensolcher Lausebengels, hierhergekommen war, um Krähennester auszunehmen, wie er auf die hohen schlanken Kiefern geklettert war, zwischen den Zweigen nach Kräheneiern gesucht und sie auf die Grabmale geworfen hatte, womit er die Mutter und den neuen Rabbiner des Marktfleckens fürchterlich erzürnte.

„Auf den Friedhof geht man nicht nach Rührei, sondern nach anderem Labsal", schimpfte die Mutter ihn aus.

Jetzt kam er ebendeshalb, wegen jenes anderen Labsals, das seine Ahnen und Urahnen mehr gesättigt hatte als Brot. Dorskis Gesicht war streng, leidgeprüft, sein Blick dunkel und konzentriert.

„Wo fangen wir an?" fragte Chaim-Jankel.

„Beginnen Sie hier." Dorski zeigte auf eine Lücke im Friedhofszaun. „Den Namen wissen Sie noch?"

„Wainstein."

„Slata und Mejer Wainstein", präzisierte der Anwalt.

„Also, ich mach mich dran", sagte der Fuhrmann.

„Tun Sie das! Sobald Sie sie gefunden haben, rufen Sie!"

Chaim-Jankel schlenderte über den Friedhof und hielt Ausschau nach Slata und Mejer Wainstein.

Dorski sah ihm nach und lenkte seine Schritte dann gemächlich, im Spaziergängertempo, zu den ersten Grabhügeln.

Der Fuhrmann versank im Gras, stolperte in Gruben, besah sich die Grabmale, und Dorski beobachtete ihn beschämt und ungeduldig, in Erwartung seines Rufes. Wann würde er das Grab des Vaters und der Mutter finden?

Der Vater war vor der Mutter gestorben. Er hatte beim Kirchenvorsteher des Ortes Fenster verglast – im Haus oder vielleicht auch in der Sakristei – und war plötzlich umgefallen. Und alles Glas war zerbrochen, das ganze Leben war zerbrochen, in lauter kleine Scherben. Vaters rechte Seite war gelähmt, später auch die linke, und dann war er hierhergebracht worden, unter diese Kiefern, unter dieses Krähengekrächz. Miron Alexandrowitsch Dorski, Meilachke Wainstein, war damals zwei Jahre alt. Als er heranwuchs, wollte er Rache üben – an den Kiefern kam nicht in Frage, mit einer Kiefer mißt man sich nicht, aber die Krähen zu vernichten, was konnte einfacher sein: Er brauchte nur die Eier aus den Nestern zu werfen, auf die Erde, auf die Grabmale, gegen die Baumstämme, gegen Armut und Waisentum.

„Chaim-Jankel!“ rief Dorski. „Hallo-o!“

„Hier bin ich“, gab der Fuhrmann zurück. „Bis jetzt noch nichts.“

„Suchen Sie weiter, suchen Sie!“

Mein Gott, wenn er sie nicht findet! An andere würde er, Dorski, sich nicht wenden. Diese Schande – ein Studierter, ein Rechtsanwalt, und kann nicht hebräisch lesen! Hebräisch wurde an der juristischen Fakultät nicht gelehrt. Latein – ja! Und Griechisch!

Doch hier auf dem Friedhof gab es kein einziges Grabmal mit lateinischer Inschrift.

Keins!

„Herr Rechtsanwalt! Kommen Sie! Kommen Sie her!“

„Ich komme!“ rief Dorski.

Er ging nicht, sondern hetzte Hals über Kopf los, sich an den Grabmalen festhaltend, stolpernd, stürzend und wieder aufstehend lief er, gehorsam wie nie, zu Vater und Mutter, zu seiner Kindheit, seinem Waisentum, seiner Sühne.

Aus dem Gras stob ein erschrockener Vogel auf, eine Feldmaus wieselte durchs Moos, doch er war schneller als Vogel und Feldmaus, er flog dahin, geriet außer Atem dabei, er hatte die flinken Beine eines Hirsches – eines Hirsches, der, wie vor reichlich vierzig Jahren Karauschen-Meilachke, Lausbub und Teufel hieß.

„Da“, sagte Chaim-Jankel.

Dorski blieb stehen, atmete tief durch, rückte seine Scheitelkappe zurecht, griff in die Tasche, holte die Handvoll Kitt heraus, das erbärmliche Krümelzeug, das er in der fremden heimatlichen Hütte ergattert hatte, und verstreute es feierlich über dem rissigen grauen Stein, wobei er unsagbare Erleichterung verspürte.

„Möge die Erde euch leicht sein“, sprach er, von Tränen fast erstickt.

Und dann, nach kurzer Verschnaufpause, fragte er: „Wer ist es?“

Chaim-Jankel begriff nicht gleich, wonach Dorski ihn fragte – ihm kam überhaupt nicht in den Sinn, daß dieser die Inschriften auf den Grabmalen nicht lesen könne.

„Wainstein“, sagte der Fuhrmann verdutzt. „Was denn, sehen Sie das nicht selbst?“

„Doch.“

„Der Vorname allerdings ist verwischt ... der erste Buchstabe könnte ein S sein oder auch ein D.“

„Ein S, ein S, ein S ... Slata.“

„Kann sein Slata, aber vielleicht auch Dwoire ...“

Obwohl an Dorski unwillkürlich Zweifel nagten – Wainsteins gab es mehrere im Marktflecken! –, glaubte er dennoch, es sei kein Irrtum, unter diesem von Winden und Regengüssen blanken Stein ruhte seine Mutter Slata und nicht irgendeine Dwoire, und dieser Glaube ließ ihn ganz eins mit sich werden, dieser Glaube gehörte nur ihm, niemandem sonst.

Als er den Friedhof verließ, schwor er sich, noch in diesem Jahr – höchstwahrscheinlich im Herbst – hierher zurückzukommen, um mit dem Steinmetz Ephraim Dudak zu sprechen und ein neues Grabmal aufstellen zu lassen, nicht aus einfachem Feldstein, sondern aus Granit oder sogar aus

Marmor – alle sollten wissen, wie sehr er sie geliebt hatte, alle sollten sie, die Tote, beneiden und auch ihn, den Lebenden.

Dorski ahnte nicht, daß jeder seiner Schritte, während er sein Geburtshaus besichtigte und während er auf der Suche nach seinen Verwandten den Friedhof durchstreifte, von zwei Leuten beobachtet wurde – von dem Holzfäller Itzik Magid und von Jentele, der Witwe.

Die Nachricht, daß er gekommen war, war im Nu durch den ganzen Marktflecken geeilt – habt ihr gehört? Habt ihr gehört? –, von einem Ende zum anderen, hatte alle Türen und Fenster geöffnet. Kein Wunder – solch ein seltener Gast!

Von Mund zu Mund gaben die Juden Wahres und Erfundenes weiter, und je mehr beides sich ausbreitete, desto größer wurden Dorskis Macht und Reichtum. Habt ihr gehört? Habt ihr gehört?

„Sie werden empfangen wie der Zar", sagte Chaim-Jankel und schnalzte vor Begeisterung mit den Lippen.

„Oder wie ein Toter", erwiderte Dorski scherzhaft. Und nach kurzem Schweigen fügte er hinzu: „Nur der Hunger erinnert mich daran, daß ich noch lebe."

Eine Traube von Gaffern und barfüßigen kleinen Jungs begleitete die Kibitka bis zur Schenke.

Dort war der Tisch für Dorski und den Fuhrmann im Wohnzimmer gedeckt, wo gewöhnlich die ganze Familie Mandel speiste.

Der Anwalt aß langsam und schaute immer wieder zu der Seitentür, die offensichtlich ins Schlafzimmer führte, dabei lauschte er auf die undeutlichen Geräusche hinter der Tür und auf Mortas Hüsteln. Das Schicksal von Josua Mandels Frau beschäftigte und bewegte ihn. Wieviel Mut gehörte dazu, eines schönen Tages (eines schönen?) zum Judentum überzutreten, sich von einem alten Mann schwängern zu lassen, sich zu neuer Mühsal und neuen Entbehrungen zu verurteilen. In seiner Phantasie stellte Dorski sich eine Frau mit starkem Charakter vor, tollkühn und verwegen. Eine Sache ist es, sich in der Stadt zu solch einem Schritt zu entschließen, in Wilno oder Petersburg, eine andere, das in einem kleinen Marktflecken zu tun, wo nicht einmal ein Floh unbemerkt hüpft, wo selbst die Steine Ohren haben.

Chaim-Jankel lauschte nur, wie die Löffel in den Suppentellern klapperten, das Fleisch zwischen den Zähnen knirschte, doch auch er wartete auf etwas.

„Vielleicht ein wenig Wodka?“ besann sich Itzik, als er einen Blick des Fuhrmanns auffing.

Er verschwand, brachte einen Stof Wodka, füllte zwei Gläser, aber Dorski rührte das seine nicht an. Er saß da und schaute noch immer auf die Seitentür.

„Es geht ihr nicht gut ... sie kann jeden Augenblick niederkommen“, sagte Itzik. „Möchten Sie mit ihr sprechen?“

„Ja.“

„Morta!“ rief der Holzfäller, ging zur Tür und öffnete sie einen Spalt. „Komm mal einen Moment raus! Man fragt nach dir ... Der Herr Rechtsanwalt hat Josua gesehen. Komm raus!“

„Wir müssen sie nicht unbedingt stören“, sagte Dorski, während er sich den Mund wischte.

„Sie geniert sich“, meinte Itzik und rief abermals: „Morta!“

Es dauerte eine Weile, bis sie erschien. Dorski hörte sie herumhantieren, vernahm ihre Schritte hinter der Tür – machte sie sich etwa hübsch?

„Guten Tag“, sagte Morta leise.

Sie ähnelte einer Heumiete – plump, schlaff, schwer. Ihr Gesicht war von Flecken gesprenkelt, am meisten jedoch setzten Dorski ihre Augen in Erstaunen: große Augen von durchdringendem Blau, mit goldenen Fünkchen darin. Sie blickten stolz und unabhängig. Sogar allzu stolz, schien es Dorski. In ihrer ganzen Erscheinung spürte man bäuerliche Bedachtsamkeit und Kraft. Sie hatte auch ein wenig von einer Kuh – den schweren Schritt, den unerschütterlichen Blick.

„Wohin werden sie verbannt?“ erkundigte sie sich, wie um allen anderen Fragen zuvorzukommen, und warf dabei einen Seitenblick auf Chaim-Jankel, der nach dem zweiten Glas griff.

„Er kann auch noch zurückkehren“, versicherte ihr Dorski.

Doch seine Versicherung beeindruckte sie nicht. Sie reagierte reserviert, beinahe spöttisch, verzog die schön geschwungenen Lippen, blähte die Nasenflügel, als wolle sie den brenzligen Geruch der Unwahrheit erschnuppern.

„Er kehrt nicht zurück ... Ich weiß es ... Wenn er nach Sibirien muß, dann gehe ich mit ihm ... Allein hab ich hier nichts verloren."

„Sie sollten jetzt nicht an Sibirien denken", sagte Dorski erregt. Die üblichen abgenutzten Worte paßten nicht für sie, doch andere hatte er nicht. Zu den Frauen all seiner Klienten sagte er etwa stets dasselbe, und es ging ihm gewöhnlich leicht vor der Zunge. Hier dagegen fühlte er sich unsicher.

„Ich habe mein Leben lang daran gedacht ... mein ganzes Leben ... Und auch jetzt trage ich kein Kind unterm Herzen, sondern eine Schneewehe."

Morta straffte sich, trat an den Tisch, räumte das Geschirr zusammen, preßte es an den Leib – diese sibirische Schneewehe – und ging zur Tür, dabei schaute sie auf Dorski zurück wie auf ihr Heimatdorf, wie auf ihr verlassenes Haus, und flüsterte trauig: „Schade, Tschernuschka ist nicht mehr ... So viele Knochen werden einfach weggeworfen. So viele Knochen!"

Dorski und Chaim-Jankel wechselten Blicke – beschämt, satt, fremd im Hause.

„Den Hund haben sie aufgehängt", erklärte Itzik.

„Wie aufgehängt? Wer?" fragte der Anwalt verblüfft.

„So hier!" Der Holzfäller deutete mit den Händen eine Schlinge an. „Aber seien Sie unbesorgt. Sie rührt keiner an."

Dorski verstand nicht, was die Worte „Sie rührt keiner an" bedeuten sollten, doch das Bild, das der Holzfäller mit seiner Geste heraufbeschworen hatte, prägte sich ihm unauslöschlich ein.

„Vielen Dank für die Bewirtung", sagte er. „Ich erwarte Sie bei mir."

„Bei Ihnen?"

„Ich quartiere mich im Haus meines verstorbenen Onkels ein. Wissen Sie noch, worum ich Sie in Wilno gebeten habe?"

„Zeugen zu beschaffen."

„Haben Sie etwas in Erfahrung gebracht?"

„Ja.“

„Nun, das ist schön“, sagte Dorski erfreut. „Nochmals vielen Dank für Salz und Brot.“

Morta stand da wie zu einer Bildsäule erstarrt.

„Und für den Wodka“, fügte Chaim-Jankel hinzu. „Ohne Wodka ist auch im Paradies Sibirien.“

Naftali Spiwak hatte man offenbar so eilig abgeholt, daß er nicht einmal dazu gekommen war, die Tür abzuschließen.

Dorski erinnerte sich gut an des Onkels Haus. Freilich nicht an dieses, das nach dem Brand gebaut worden war, sondern an jenes alte, aus dem er, ein abgerissenes armes Kerlchen, in die weite Welt gezogen war, sein Glück zu suchen. Alles außer dem roten Ziegeldach war wie früher: die Anordnung der Räume, der Drogen- und Eisenwarenladen im Erdgeschoß, die breiten Fenster mit Doppelrahmen und Wattepolsterung, die auf den Marktplatz hinausgingen, das winzige Dachstübchen, in dem er, Meilachke Wainstein, als Waise gewohnt hatte, und auch das Wohnzimmer, wo Naftali Spiwak in Gegenwart seines Bruders Chaim (ebenfalls Junggeselle und ebenfalls schon tot) mit dem Gänsekiel an jemanden – Dorski hatte vergessen, an wen genau – seinerzeit ein Empfehlungsschreiben aufsetzte, in welchem die spärlichen Vorzüge des Überbringers genau aufgezählt waren: Er ist wißbegierig, hieß es da, von rascher Auffassungsgabe und ehrgeizig dazu.

Im Hause des Onkels, wie auch schon auf dem Friedhof, überkam Dorski ein leichter Anfall von Atemnot, auch war er wie im Fieber, so daß Chaim-Jankel, der ihm auf dem Fuße folgte, einen Moment befürchtete, sein Fahrgast würde erneut krank werden, und diesmal weitaus ernster.

Doch Dorski fing sich rasch wieder – er wollte sich nicht gehenlassen –, durchschritt das ganze Haus und sank dann, ohne sich auszuziehen, auf das Sofa im Wohnzimmer nieder.

Chaim-Jankel entschuldigte sich, ließ ihn allein und ging das Pferd tränken.

Der Gedanke, daß er jetzt einziger und rechtmäßiger Erbe dieses Hauses, dieses Ladens, dieser seidenbezogenen Möbel, dieser silbernen Leuchter auf der Kommode war, erheiterte Dorski zuerst, stürzte ihn dann aber in Schwermut und Verzagtheit.

Was für ein entsetzlicher Kreislauf, dachte er. Für ihn, den Abtrünnigen, der seinen Wohltäter vergessen hatte und sich erst nach reichlich vierzig Jahren an ihn erinnerte, und auch das nicht von allein, sondern auf fremden Anstoß, der hierhergekommen war, nicht dem Rufe seines Herzens folgend, sondern in Erfüllung einer Dienstpflicht, für ihn ein solches Geschenk! Was sollte er nun damit tun? Verpachten, verkaufen, ein Museum daraus machen? Welch Verhängnis, welch Fluch: zweimal mit Wohltaten geschlagen zu sein – zu Beginn des Lebens und an seinem Ende!

Aber vielleicht war es auch so, daß ihm, Dorski, hier gar nichts gehörte? Vielleicht gehörte alles dem anderen, dem *Siebenjährigen*? Dem, der noch das ganze Leben vor sich hatte, dem mit dem starken Herzen wie ein junger Stier, dem, den er, Dorski, in der Kibitka mitgebracht hatte? Ihm, natürlich, ihm gehörte es. Nach Recht und Gesetz und Gewissen. Sollte er hierbleiben als Hausherr.

In seine Gedanken versunken, hörte Dorski gar nicht, wie eine Frau das Wohnzimmer betrat.

Sie mochte fünfzig bis fünfundfünfzig Jahre sein, obwohl sie wesentlich älter aussah. Weißgraues Haar quoll unter ihrem Kopftuch hervor und fiel ihr ins Gesicht wie Schnee, und dieser immerwährende Schneefall ließ die Frau vollends wie eine Greisin erscheinen. Nur ihre Augen, leidenschaftlich jung, leuchteten wie Glühwürmchen über einem Sumpf, und dieses Leuchten ließ einen erbeben wie herbstliches Mondlicht.

„Ich habe gewußt, daß du kommst“, sagte sie und blieb vor dem Sofa stehen.

Anfangs dachte Dorski, es sei ein Traum, doch die Frau ging nicht, wie eine Trauerweide stand sie da und wartete demütig, er möge etwas sagen, etwas erwidern oder ein Zeichen des Erkennens geben.

„Wer sind Sie?“ fragte Dorski und zog instinktiv die Beine an, denn am peinlichsten war ihm, daß er angekleidet und mit schmutzigen Schuhen auf dem Sofa ertappt wurde.

„Erkennst du mich denn nicht?“

„Nein", gab Dorski ehrlich zu, während er ihre weißgrauen Trauerweidenhaarsträhnen betrachtete.

„Du erkennst mich nicht?" wiederholte sie erstaunt, beinahe kokett, und wandte den Kopf zur Seite, als wolle sie ihm Gelegenheit geben, sie nicht nur en face, sondern auch im Profil anzuschauen.

Wahrscheinlich eine Freundin von Mutter, fuhr es ihm durch den Sinn. Jetzt geht es los. Noch hab ich mich nicht aufgewärmt und von der Reise erholt, schon ist die erste Schwalbe da. Und vor der Tür wartet noch eine und noch eine, ein ganzer Schwarm grauer, koketter Schwalben. Mein Gott!

„Chaja-Lea?"

„Chaja-Lea liegt längst unter der Erde", erwiderte die Frau gekränkt. „Hab ich mich wirklich so verändert?"

„Die Jahre, die Jahre", meinte Dorski trocken. „Sie verschonen niemanden."

Er hatte keine Lust zum Rätselraten, jedoch die Frau strahlte so viel gutmütiges Gekränktsein aus, daß er unruhig wurde auf seinem Sofa.

„Aber du, du hast dich fast nicht verändert, bist nur ein bißchen kahl geworden und ausgewachsen", fuhr sie unverdrossen fort.

Das hätte noch gefehlt – nach vierzig Jahren nicht ausgewachsen zu sein!

„Was soll ich nun machen mit dem Essen?"

„Mit was für Essen?" Dorskis Stimme bekam einen kratzigen Anflug vor Ärger, doch er beherrschte sich rasch. Wozu einen schlechten Eindruck hinterlassen?

„Gekocht hab ich, alles zubereitet, und du bist ins Wirtshaus gegangen … Schmeckt es dort etwa besser, hm? Oder hast du dich an Trejfes gewöhnt?"

Dorski schwieg bedrückt. Wenn er mit jedem Weib plaudern und übers Essen rechten wollte, dann käme er erst übers Jahr wieder fort von hier!

„Haben Sie ein Anliegen an mich?"

„Ich habe Fisch gefüllt, Meerrettich gerieben", plapperte die Frau, ohne ihn aus den Augen zu lassen. „Kuchen mit Zimt gebacken …"

„Mir steht der Sinn nicht nach Kuchen. – Sie haben es sicherlich schon gehört?“ Dorski war nun entschlossen, ihre Gefühle auszunutzen.

„Was?“ erschrak die Frau.

„Mein Onkel ist gestorben.“

„Reb Naftali?“

„Reb Naftali Spiwak“, sagte der Anwalt trauernd, gleichsam einen Schlußstrich unter das Gespräch ziehend.

„Herrgott“, begann die Frau zu wehklagen. „Reb Naftali ist gestorben! Was für ein Unglück! Die Sonne ist untergegangen! Ein Stern ist erloschen! Solch ein Stern ist erloschen!“

Dorski geriet vollends durcheinander. So viel Mitgefühl, so viel lärmende Trauer hatte er wahrhaftig nicht erwartet.

„Was steh ich noch hier? Was steh ich noch hier herum?“

Eben, eben, dachte Dorski. Geh mit Gott! Aber geh!

„Ich muß das Haus aufräumen, den Spiegel verhängen!“ Sie lief, so schnell sie konnte, ins Nebenzimmer und holte eine flauschige Decke. „Herrgott! Nun hat er's nicht mehr erlebt! Wie oft hat er gesagt: ‚Wirst sehen! Er taucht wieder auf, der Lobuss! Er kommt noch in einer goldenen Kutsche bei uns vorgefahren! Meilachke, der hat Köpfchen! Der läßt uns einsteigen und kutschiert uns beide durch den Ort. Und alle werden der Kutsche nachlaufen, alle, die Armen und die Reichen. Und wir, Jentele, werden ein paar Stückchen davon abbrechen und ihnen zuwerfen!‘ Und dann hat er einen Brief aus der Stadt bekommen, hat geweint und gesagt: ‚Umgekommen ist unser Meilachke. Verdorben und gestorben!‘“

„Jentele?“ Dorski schlug die Hände überm Kopf zusammen. „Sie sind Jentele?“

„Warum nicht?“

„Das Jentele mit den Sommersprossen?“

„Warum nicht?“

„Das Jentele mit den Zöpfchen?“

„Ja.“

Diese häßliche Hexe, diese Baba-Jaga – seine Braut? Dieser Klumpen, dieses armselige Ding, dieses Häufchen Alter – das sollte Jentele sein, des Trödlers Mottl sommersprossige Tochter mit den kirschschwarzen Augen und den schmalen Brauen, die wie von Blütenstaub bepudert schienen?

Dorski erhob sich schwerfällig vom Sofa, trat auf sie zu, streckte die Hand aus, doch er umarmte sie nicht, er berührte nur ihre Schultern, ihr durchlebtes Leben, ihre Nöte und Bitternisse, und bei dieser Berührung überschwemmte ihn quälendes Mitleid – Mitleid mit seiner Kindheit, seiner Herkunft, mit sich selbst, und die eigenen Wehwehchen erschienen ihm auf einmal so gering und nichtig, als gäbe es sie gar nicht, als hätte er, der Satte, Dünkelhafte, Erfolgreiche, sie sich nur ausgedacht, damit ihm nicht langweilig würde.

„Sei gegrüßt!"

„Sei gegrüßt, Meilachke!"

Sie sank ihm an die Brust, und er stieß sie nicht weg, er zog nur die verrutschte Decke wieder zurecht.

Da ist er, mein Spiegel, dachte er. Ein Spiegel, in dem man sich nicht von außen sieht, sondern gleichsam von innen, und kein einziges Fältchen entgeht dem Blick! Ein Spiegel, der nicht zerschlagen und bis zur Todesstunde nicht verhängt werden kann.

Er rückte von ihr ab, sie aber blieb mit hängendem Kopf stehen, und von ihr, von seiner Braut, ging ein Geruch aus, nicht nach Petersburger Parfüm, nicht nach Wilnoer Kosmetika, sondern nach Fischschuppen und Unschuld, nach Meerrettich und Armut, nach Zimt und abgestandener Seligkeit.

„Und wo hast du deine Sommersprossen gelassen?"

„Die hat die Krähe aufgepickt."

„Die Krähe?"

„Die Zeit. Sie krächzt über unserem Kopf und pickt alles weg, die Sommersprossen, die Jahre, die Hoffnungen."

„Bist du schon lange bei Reb Naftali?" Er wollte sagen „in Diensten", doch er besann sich. Am Ende stand sie nicht in Diensten, am Ende war sie seine rechtmäßige Ehefrau.

„Dreißig Jahre", sagte Jentele und verhängte den Spiegel mit der Flauschdecke, als wollte sie ihn vor Frost schützen.

Dorski fiel einfach nichts ein, was er sie noch hätte fragen können. Alle Fragen waren verhängt wie dieser Spiegel, und nirgends fand sich ein Spalt, nirgends ein Durchblick.

„Dreißig Jahre lang waschen, fegen, kochen!"

Er mußte sprechen, ganz gleich worüber, nur nicht schweigen, denn das Schweigen war viel zu laut und unerträglich. Zwei Ufer: am einen er, am anderen sie, und zwischen ihnen ein Fluß, ein Fluß aus altem Trödel, aus Bergen zusammengefegten Staubes, aus Reden, gehalten Ecke Georgijew-Prospekt und Gendarmengasse, ein Fluß aus Friedhofsgras, das über der ewigen Ruhe des Trödlers Mottl und des Glasers Mejer rauschte, aus Wolken, die über die Köpfe ihrer Mütter, Slatas und Fejges, hinweggezogen waren. Zwei Ufer, und niemals mehr konnten sie zueinanderkommen.

„Ich hätte noch einmal dreißig Jahre für ihn gewaschen, wenn er noch am Leben wäre“, sagte Jentele.

„Hat er dir denn nicht vorgeschlagen, seine Frau zu werden?“ fragte Dorski und verstummte gleich wieder.

„Doch.“

„Und?“

„Ich habe auf dich gewartet“, sagte Jentele schlicht, denn sie wollte die beiden Ufer einander näher bringen, dabei lehnte sie sich an den Spiegel, wie um sich zu wärmen.

„Reichlich vierzig Jahre – auf mich?“

„Auf dich ... mein ganzes Leben lang ... Ich wußte, daß du kommst. Ich wußte es“, sagte sie, ohne sich zu ihm umzudrehen, sie sprach mehr zum Spiegel als zu ihm.

„Und dir ist nie in den Sinn gekommen, daß ich ... nun ja, daß ich eine Frau haben könnte, eine Familie?“

„Schon ... Aber ich bin nicht eifersüchtig. Ich hätte dir alles verziehen.“

Ihre Stimme zitterte. Sie zupfte an ihren Haarsträhnen und kaute vor Aufregung an deren Enden, wie vor reichlich vierzig Jahren.

„Wann bringen sie Reb Naftali?“ erlöste Jentele ihn.

„Niemals.“

„Hüte dich vor Gottes Zorn ... Er hat gebeten, neben Chaim beerdigt zu werden.“

„Reb Naftali haben sie auf dem Gefängnishof verscharrt.“

„Mein Gott! Nicht einmal weinen können wir an seinem Totenbett. So weit weg – in Rossieny!“

„So ist es gekommen.“

„Ich bin nie dort gewesen ... Ist Rossieny eine große Stadt?"

„Im Vergleich zu eurem Marktflecken – ja."

„Am besten ist es, man stirbt zu Hause. Zu Hause weinen sogar die Wände."

„Wie denn das?"

„Nachts. Wenn alle schlafen. Dann seufzen sie und weinen. Hast du schon einmal jemanden begraben?"

„Ja."

„Und hast es nicht gehört?"

„Nein."

„Dann hast du also nicht geliebt."

„O doch!"

„Wer liebt, der hat zweierlei Gehör. Eines fürs Weinen, das andere für Schritte. Ich höre noch bis heute, wie mein Vater Mottl geht ... wie meine Mutter durch die Pfützen schlappt ... Schlapp ... schlapp ... Du mußt versuchen, Meilachke, wenigstens die Ehre des Toten zu retten ... Und geh auch in die Synagoge! Bete für deinen Onkel ... Kannst du beten?"

Dorski schwieg.

„Kannst du es?"

„Die Krähe hat die Gebete weggepickt."

Abermals begann sein Herz zu schmerzen, abermals wetzte die bösartige Maus in ihm ihre Zähne. Dorski tastete in seiner Tasche nach der Schachtel, holte eine Tablette heraus und schob sie sich in den ausgedörrten Mund, ohne daß Jentele es merkte. Er lutschte, schluckte, und dann wußte er nicht weiter und starrte hinaus auf den Marktplatz, auf das spitze Kirchendach. Zu keinem Gott kann ich beten, zu keinem, dachte er immer wieder, als suche er eine Rechtfertigung.

„Und die Deinige ... ist sie schön?" fragte Jentele in seine Gedanken hinein.

„Sie war schön."

„Und die Kinder?"

„Der Sohn kommt nach mir ... häßlich ..."

„Warum denn?" empörte sich Jentele. „Du bist sogar sehr, sehr schön ... nur die Haare sind dir ausgegangen. Aber das ist nicht so schlimm. Ich kenne da ein Mittel. Man reibt es ein, und die Haare wachsen wieder, wie Gras ... Ich habe Reb Naftali jeden Abend eingerieben ... Ich kann auch dich ..."

„Ich fahre bald wieder weg." Dorski lächelte. „Mir helfen keinerlei Mittel mehr, da könntest du einreiben, wie du willst."

„Doch helfen sie", sagte Jentele. „Man muß nur kräftig einreiben ... Und Gebete bringe ich dir ebenfalls bei. Ich kenne alle möglichen: für Frauen und für Männer. Du hast doch ein gutes Gedächtnis, du lernst sie schnell ... Ich reibe dich ein, und dann fangen wir an."

„Womit?"

„Mit Beten. Ohne Gebete kann man nicht leben. Ohne sie wird die Seele kahl."

Dorski fröstelte. Würde sie in der Tat vor dem Schlafengehen zu ihm kommen, mit irgendeiner Mixtur und mit dem Gebetbuch? Lieber wollte er die ganze Nacht auf dem Marktplatz stehen, wenn bloß Jentele ihn nicht anfaßte, wenn sie nur nicht seinen kahlen Kopf und seine kahle Seele berührte!

14

Erschöpft war Dorski auch früher schon gewesen: Nach einem Tag voller Laufereien und nervenaufreibender Angelegenheiten im Gericht kam er dann in Schweiß gebadet nach Hause, ließ sich auf die Couch oder in den Louis-Quatorze-Sessel fallen und lag da wie leblos. Und doch, die Erschöpfung in Wilno war mit der heutigen überhaupt nicht zu vergleichen. Das Gefängnis von Rossieny, sein Vaterhaus, der Friedhof, Jentele – mein Gott, welch eine Bürde!

Und nun, nun auch noch das Bethaus.

Ging er nicht hin, so kränkte er die Leute, ging er aber hin, so stellte er sich nur zur Schau: Seht her, da bin ich, guckt euch die Augen aus, so sehr ihr mögt, tuschelt, hechelt mich durch! Verlorene Zeit (gewiß war Gott der oberste Richter, aber ein Boris Jewgenjewitsch Tschistochwalow hatte eben mehr Vollmachten!). Er, Dorski, mußte jetzt nicht an Gott denken, sondern an den bevorstehenden Prozeß. Nicht zum Beten war er hergekommen, sondern zum Arbeiten. Zum Ar-bei-ten! Und zwar zum Besten dieser Leute, damit sie in Ruhe barbieren, Stiefel flicken, Bauernröcke nähen, Handel treiben, sich vermehren konnten, nun ja, und auch beten.

Wer sagte denn, daß er verpflichtet war, jedem die Hand zu geben, vor jedem Rechenschaft abzulegen?

Und waren etwa noch viele, die ihn richten könnten, am Leben? An den Fingern konnte man die abzählen.

Vater und Mutter – gestorben.

Onkel Naftali Spiwak – auch der war nicht mehr da.

Gräber! Gräber! Die Heimat besteht aus Gräbern, denk mal an!

Keinen kann man zurückholen, keinen wieder lebendig machen, und niemand trägt daran die Schuld.

Warum also taten ihm Jenteles weißgraue Haarsträhnen, die herabhingen wie die Zweige einer Trauerweide, so weh, als wären es Spießruten?

Wodurch hatte er sich schuldig gemacht vor ihr?

Was hätte sich in ihrem Leben geändert, wäre er jedes Jahr hergekommen?

Nichts, absolut nichts. Er hätte sie sowieso nicht geheiratet, wie lange sie auch gewartet hätte, zehn, zwanzig oder reichlich vierzig Jahre.

Haben die hier eigentlich das Recht, von ihm mehr zu verlangen als das, was er vorhat?

Hauptsache, den Prozeß gewinnen. Hauptsache, das Schandmahl von ihnen tilgen. Und er würde es tilgen, sofern die Rechtsprechung Rechtsprechung sein würde und nicht Linkssprechung, wie Garkawi zu sagen pflegte.

Für Jentele war das vielleicht zuwenig. Doch für sie hatte er noch etwas in Reserve. Bei Gott, er hatte etwas für sie.

Sie sollte ihm nur nicht folgen wie ein Schatten, ihn nicht anschauen wie ein herrenloser Hund. Sie sollte ihn mit ihren Belehrungen in Ruhe lassen – nicht nach Beten stand ihm jetzt der Sinn.

Er würde ihr das Haus des Onkels überschreiben. Das ganze Haus. Mitsamt dem Laden. Sobald er wieder in Wilno war, würde er zum Notar gehen und im Handumdrehen die Papiere ausfertigen lassen.

Jentele, als hätte sie seine Gedanken erlauscht, betrat das Zimmer, und Dorski schrak zusammen.

„Hier, nimm“, sagte sie und reichte ihm einen Talles, einen Gebetsmantel. „Darin hat Reb Naftali gebetet. Er ist noch fast neu.“

„Wozu das?“

Ihr fürsorglicher Eifer brachte ihn auf.

„Zum Beten ... Ich zeige dir auch den Platz von Reb Naftali. Er hat immer an der Ostwand mit dem Allerhöchsten gesprochen. Von dort aus hört es Gott am besten.“

„Wir reisen ab“, knurrte Dorski, bemüht, seiner Stimme Überzeugungskraft zu verleihen.

Doch Jentele zuckte mit keiner Wimper.

Erst jetzt bemerkte er eine erstaunliche Veränderung an ihrem Erscheinungsbild. Jentele war wie ausgewechselt: Das weißgraue Haar war glatt zurückgekämmt und am Hinterkopf mit einer Nadel zusammengesteckt; die Augen wirkten größer, und in ihnen glühte eine kleine schwarze Sonne, die unentwegt leuchtete und mit ihren Strahlen Jenteles Gesicht erhellte. Auch das Gesicht selbst schien glatter geworden zu sein, und neben den Mundwinkeln zeigten sich zwei runde Grübchen. Nur die Hände waren unverändert – runzlig, mit von Waschlauge und Bläuel zerfressenen Fingern.

„Was denn – so eine weite Reise, ohne vorher zu beten? Am Morgen wachst du auf und mußt dem Allerhöchsten danken, daß er dir die Seele zurückgegeben hat.“

„Die Seele?“

„Im Schlaf fliegt sie fort“, sagte Jentele.

„Sieh mal an! Das hab ich nicht gewußt.“

„Du hast es vergessen“, sagte sie. „Vielleicht hast du gar keine mehr?“

Sie spann ihn ein in ihre Netze, sie verwirrte ihn, lenkte ihn ab, bedrückte ihn mit ihrer Altersliebe, die komisch und kläglich wirkte, mit ihren langweiligen sanften Belehrungen, mit denen sie sich Rechte anmaßte, die ihr nicht zustanden.

„Ich habe beschlossen, dir das Haus meines Onkels zu vermachen", sagte er, bemüht, dem Gespräch eine andere, für ihn weniger peinliche Wendung zu geben.

„Mir?"

„Du bist die einzige rechtmäßige Erbin. Dreißig Jahre hast du ihm in Treue und Glauben gedient."

„Das schon", gab sie zu. „Aber das leere Haus brauche ich nicht."

„Wieso leer? Es steht genug drin."

„Selbst auf dem Friedhof ist es schöner. Dort sind wenigstens Leute."

„Hier werden auch Leute sein."

„Der, den ich will, der kommt nicht."

„Nun ja, der ist gestorben", sagte Dorski arglos.

„Er lebt", sagte Jentele.

Der Anwalt stand da wie bei einer Maskerade, in Naftali Spiwaks Gebetsmantel, zwinkernd, als wäre ihm Salz in die Augen gekommen.

„Du solltest lieber dein anderes Versprechen einlösen", flüsterte Jentele. Und Dorski wurde übel von ihrem Flüstern.

„Was habe ich in meiner Kindheit nicht alles versprochen."

„Du hast es unter Zeugen versprochen. Als du in den Ferien aus Wilki hergekommen bist."

„Unter Zeugen?" Der juristische Terminus aus Jenteles Mund erheiterte Dorski, aber die Grimasse schwand nicht von seinem Gesicht.

„Dein Vater, der Glaser Mejer, und mein Vater, der Trödler Mottl, deine Mutter Slata und meine Mutter Fejge und der Rabbi Uri, sie alle haben es gehört. Du hast es in ihrer Gegenwart versprochen."

„Was habe ich versprochen?" Jetzt drückte Dorskis Gesicht nur noch Verwirrung aus.

„Bist erschrocken?" fragte Jentele, zwar ohne Schadenfreude, aber doch spitz, und strich sich mit der runzligen Hand übers Haar.

„Ach, was plappert ein Grünschnabel nicht alles." Dorski lachte nervös.

„Und ich habe es geglaubt ... Wir beide haben noch Kupfergroschen getauscht, als Verlobungsringe. Erinnerst du dich?"

„Nein", sagte der Anwalt grob und schämte sich gleich darauf seiner Heftigkeit.

„Da ist er, dein Groschen ..." Zwischen den zahllosen Falten ihres langen Kleides holte Jentele eine Münze hervor und reichte sie Dorski. „Schau!"

Der Anwalt erbebte.

„Rostig ist er geworden, der Groschen", sagte sie. „Aber ich tausche ihn gegen kein Haus, gegen keinen Reichtum, gegen keine goldene Kutsche ... Sieh ihn dir an!"

Blicklos starrte Dorski auf ihre runzlige Hand, auf der das Beweisstück, aus dem Fluß des Vergessens geangelt, mattgelb schimmerte.

Das Theater dauert schon zu lange, dachte er. Schluß jetzt. Sonst kommen mir, wer weiß, noch alle Gedanken abhanden, und ich kann keine Zeile mehr schreiben.

„Jentele, ich muß arbeiten, eine Rede aufsetzen, zur Verteidigung der Gefangenen."

„Schreib! Ich werde dich nicht stören. Nur eines mußt du wissen: Nach dem Gesetz warst und bleibst du mein Mann."

„Nach was für einem Gesetz denn bloß?"

„Nach unserem."

„Aber wir waren doch Kinder! Kinder!" erklärte Dorski geduldig.

„Ja und? Besitzen Kinder kein Herz? Kein Gedächtnis ...? Du brauchst keine Angst zu haben ... Wenn du nicht als mein Mann mit mir leben willst – du mußt nicht. Niemand zwingt dich. Nur ich, ich bleibe deine Frau, so wie ich es immer gewesen bin. Du kannst fragen, wen du willst, alle werden dir sagen: Jentele, die Witwe, Jentele, die Frau von Meilachke Wainstein. Alle nennen mich so. Auch der selige Reb Naftali, der Himmel sei ihm gnädig, hat mich so genannt ... Jedes Jahr haben wir deiner gedacht, eine Kerze angezündet ... Nachdem Reb Naftali den Brief bekommen hatte, hat er allen versichert, dich hätten Kosaken umgebracht. Sie wären dir mit Pferden nachgesetzt und hätten dich enthauptet. So hier ..." Jentele schlug sich mit der Handkante gegen den Nacken. „Er hat erzählt, dein Kopf wär in einen Graben gerollt, und das Wasser hätte ihn fortgetragen, zuerst in einen kleinen Fluß, dann in den Neman und dann ins Meer. Wir wollten auch dieses Jahr eine Kerze anzünden, aber nun ist alles anders gekommen. Jetzt, wenn du wieder abreist, werde ich allen sagen, die Kosaken hätten dich nur verwundet, du lebst heil und gesund in der Stadt, in Wilno, und ich zöge bald zu dir. Ich werde sagen, daß du nicht nur gekommen bist, um die Unschuldigen zu verteidigen – auch ich, Meilachke, bin ja unschuldig, und ich habe keinen Schutz auf der Welt außer dir, keinen –, sondern weil du die Trennung nicht mehr ausgehalten hast ... Als du so lange nicht kamst, weißt du, wovon ich geträumt habe? Die Kosaken mögen mich überfallen und mir den Kopf abschlagen, und er möge in einen Graben rollen, und das Wasser möge ihn in den Neman tragen und aus dem Neman ins Meer, zu dir."

Sie begann heftig zu schluchzen, und ihre Tränen erschütterten Dorski vollends. Langsam, wie vereist, trat er zu ihr, die so unschuldig war wie ihrer beider Kindheit, wie der Groschen in ihrer Hand, und reichte ihr einen Zipfel der Decke.

„Beruhige dich", sagte er. „Wisch dir die Tränen ab."

Andere Worte hatte er nicht.

Mit stechender Klarheit begriff er plötzlich, was er früher nicht zusammenbringen konnte, was in ihm gelebt hatte wie flüchtige Wolkenfetzen am Himmel, was ihn in Wilno gequält hatte bei und nach jenem dummen, unheilverkündenden Traum, in dem er zum erstenmal nach reichlich vierzig Jahren seine Mutter Slata gesehen hatte, die ihr, Jentele, so sehr ähnelte.

Erst jetzt begriff Dorski die Bedeutung des Traumes völlig. Nicht Angst hatte der Traum aufgewühlt, wohl aber das Gefühl für die Größe und Last jener Bürde, von der er sich befreit zu haben glaubte, als er sich taufen ließ. Hier in der Heimat hatte diese Bürde nicht nur nicht abgenommen, sondern sich verhundertfacht. Jetzt ruhte auf seinen Schultern nicht bloß der Rossienyer Prozeß, nicht bloß das Schicksal der Angeklagten, sondern das Geschick *aller*, einschließlich Jenteles, er war nicht mehr Rechtsanwalt, sondern *Sohn, Bruder, Gatte.*

Der Kupfergroschen in Jenteles Hand war nur ein Zeichen, welches daran erinnerte, daß er, Dorski, den Kelch nunmehr bis zur Neige leeren mußte.

Ganz und gar! Bis zur Neige!

Hatte er in Wilno und sogar im Rossienyer Gefängnis noch gedacht, er könne diesen Kelch nur flüchtig an die Lippen setzen, ohne daß es ihn zutiefst berühre, so wurde ihm hier in der Heimat klar, daß er ihn wohl bis zum letzten Tropfen leeren mußte.

Endlich begriff Dorski, nicht Anteilnahme wurde von ihm verlangt, sondern rückhaltlose Hingabe.

Dazu aber war er nicht bereit. Und das lag nicht daran, daß er die Echtheit und Symbolik des Verlobungsgroschens angezweifelt hätte, sondern daran, daß er allzusehr, beinahe bis in den Tod verlobt war mit einem anderen Leben, anderen Werten, mit einem anderen Maßstab für Verantwortung, der ihn völlig zufriedenstellte.

Er hielt sich nicht für doppelzüngig oder abtrünnig – nein, er war einfach ein abgetrenntes Stück, ein in anderen Boden umgesetzter Baum, den man nicht ohne Gefahr für sein Leben aus der Erde reißen und wieder umpflanzen konnte. Ein solcher Baum spendet weder Früchte noch Schatten.

Das frühere Gefühl der Fremdheit war schwächer geworden, abgestumpft, jedoch ein Gefühl von Vertrautheit und Dazugehören war vorerst noch nicht da. Offenbar hatte er den anderen Göttern und Götzen zuviel Kraft geopfert, als daß sie beim Anblick fremder Tränen und Gräber sofort zusammenbrechen, verdrängt oder ersetzt werden konnten.

So stark der andere, der Siebenjährige, sich auch in ihm regte, so sehr er wuchs, sich kräftigte und reifte, Dorski blieb dennoch Dorski, wenngleich kein ganz so vollkommener und konsequenter wie in Wilno, aber eben ein Dorski.

Er litt unter diesem Zwiespalt, er litt, weil er nicht gleichzeitig der eine und der andere sein konnte, aber er wußte sehr gut, daß er nicht imstande war, einem der beiden den Garaus zu machen.

Mein Gott, wenn er in der Kirche auf der Wassiljew-Insel

gewußt hätte, daß er eines Tages nochmals vor die Wahl gestellt sein würde!

Ja, wenn!

Dorski war überzeugt gewesen, daß seine Wahl damals endgültig und unwiderruflich war.

Von wegen!

„Ich weine schon nicht mehr", sagte Jentele. „Ich gehe jetzt."

„Was?"

Dorski schien ganz vergessen zu haben, daß sie da war.

„Das Tintenfaß von Reb Naftali ist auf der Kommode. Der Federhalter auch. Arbeite! Arbeite nur", stieß sie hervor und wich zurück. „Nur verpaß nicht das Abendgebet."

Sosehr Dorski auch wünschte, das alles wäre ein Traum, Jentele blieb Wirklichkeit. Er konnte zu ihr treten, sie berühren, sich an ihrem Kleid versengen.

Alles ringsumher war *ein Erwachen.*

Dorski kannte nur *ein* Mittel gegen Verwirrung und Seelenqual – die Arbeit.

Mehr als einmal hatte sie ihn von scheinbar auswegloser Schwermut und Düsternis befreit.

Wahrhaftig, anstatt die Hände in den Schoß zu legen, die weinenden Wände anzustarren, in den eigenen Wunden zu wühlen – war es da nicht besser, die bis zur Abreise verbleibende Zeit zum Nutzen der Sache zu verwenden?

Wenn er nun noch vor Chaim-Jankels Rückkehr, noch vor dem Abendgebet wenigstens flüchtig, wenigstens grob die Einleitung für sein Verteidigungsplädoyer skizzierte? Wer weiß, wann er dazu käme, wenn er erst wieder in Wilno war.

Dorski nahm das dicke Kontorbuch vom Tisch, in das Naftali Spiwak mit akkurater Perlschrift Warenbezeichnungen, Schuldner und Schuldsummen eingetragen hatte, blätterte es durch, riß einige leere Seiten heraus, holte sich von der Kommode das eiserne Tintenfaß mit dem Federhalter darin und warf schwungvoll, in Kapitalschrift, hin:

„Meine Herren Richter! Meine Herren Geschworenen!"

Er versank in Nachdenken, kratzte mit der Feder am Tintenfaß, reinigte die Federspitze, tunkte sie ein und schrieb leicht, beinahe spielend, folgende Sätze:

„Ich spreche im Namen meines unglücklichen Volkes! Im Namen des Volkes, welches in letzter Zeit, ungeachtet aller Versicherungen des Herrschers, unerhörten Verfolgungen ausgesetzt war."

Die „unerhörten Verfolgungen" strich er wieder durch. Er wartete, bis die Tinte getrocknet war, stand auf, ging zu dem verhängten Spiegel, zog die Decke ein Stück zur Seite, legte die Hände mit dem Blatt Papier auf den Rücken und sagte laut, wie um die Stärke seiner Stimme zu prüfen: „Ich spreche im Namen meines unglücklichen Volkes."

Er hüstelte.

Räusperte sich.

Und dann krächzte er, Alexej Nikolajewitsch Turow nachahmend: „Welchen Volkes denn, Väterchen?"

Er zerknüllte das Papier, ging zum Fenster, öffnete es, glättete den angegilbten Bogen wieder, faltete eine Taube daraus und warf sie in die Luft.

Einen Augenblick stand er reglos da und sah zu, wie sie durch die Luft taumelte, an Höhe verlor und wie der Wind sie zum Marktplatz trieb.

„Adieu, Volk!" rief Dorski ihr nach.

Abermals setzte er sich an den Tisch.

Schreiben! Schreiben! Alles loswerden, was sich angestaut hat! Keinen Stein auf dem anderen lassen von dem Beweismaterial der Anklage! In die dreckigen Fratzen dreschen, wie Puschkarjow immer sagte, in die dreckigen Fratzen!

Die Feder kratzte, seine Gedanken überschlugen sich, Zeile für Zeile torkelte aufs Papier:

„Meine Herren Richter! Meine Herren Geschworenen! Erst milde, einfühlsame Gerechtigkeit macht das Antlitz der Wahrheit menschlich. Ohne sie herrschen Seelenlosigkeit, Kälte, Tod."

Hervorragend! Weiter! Weiter, in demselben Sinne, mit derselben Leidenschaft, aber ohne ausfällig zu werden! Von Volk kein Wort oder nur am Rande! Nur wo es angebracht ist, um nicht lächerlich zu wirken. Nicht mit der Tür ins Haus fallen! Den Zorn zügeln! Kurze Sätze, wie Schüsse – speziell für die engstirnigen Geschworenen, für ihre verstopften Ohren, in denen die Langeweile wuchert wie Klettengestrüpp!

Dorski putschte sich auf, trieb sich zur Eile, er schrieb, strich, korrigierte, in seinen Augen glomm kämpferisches Ungestüm, Schweiß stand ihm auf der Stirn, doch er wischte ihn nicht ab, und die Schweißperlen tropften wie Saatkörnchen der Wahrheit auf das Kontorpapier, und die Saat ging sogleich auf:

„Meine Herren Geschworenen! Ich denke, jeder ehrliche Mensch, der auch nur ein wenig auf sich hält, wird Ihre Güte stolz zurückweisen und Ihnen sagen: Sparen Sie sich Ihre Barmherzigkeit auf für Ehrlose und Verbrecher, uns genügt Ihre Wahrhaftigkeit. Und nicht einmal so sehr die Ihre als vielmehr die des Gesetzes!“

Dorski begriff selbst nicht, was mit ihm geschah. Alles – Zweifel und Qualen, die Bitternis seiner früheren Gleichgültigkeit, das brennende Schamgefühl, das ihn auf dem Friedhof ergriffen, und die Erschütterung, die die Begegnung im Rossienyer Gefängnis in ihm ausgelöst hatte – alles mündete jetzt in fieberhafte Arbeit von Geist und Seele, in ein verworrenes, ehrliches Bekenntnis.

„Sind wir, meine Herren Richter, sind wir denn schlechter als körperlich Kranke? Sind wir etwa schlechter als Wahnsinnige? All diese Menschen werden als Unglückliche betrachtet, für sie wird gesorgt, man versucht ihr Los zu mildern. Sind wir also keine Menschen, oder gehen Sie mit uns unmenschlich um? Es gibt kein Dazwischen. In der Tat: Was können solche wie Muchortow zur Rechtfertigung ihres Standpunktes vorbringen? ‚Ihr nehmt unseren Glauben nicht an!‘ Nun denn – geben Sie uns die Möglichkeit, Ihre hohen Tugenden ohne Zwang und ohne Verleumdung anzunehmen! ‚Ihr seid hartherzig!‘ Nun denn – leben Sie uns Weichherzigkeit und Humanität vor! ‚Ihr seid blind!‘ Nun denn – geben Sie uns Führer, denen wir vertrauen können! ‚Ihr lahmt!‘ Nun denn – geben Sie uns zuverlässig Stab und Stütze!“

Dorski drückte auf, und die Feder brach ab.

„Verdammt!“ schimpfte er laut und hob den Kopf.

Er stand auf.

Suchte eilig nach einer anderen Feder. Zog die Schubfächer des Tisches auf, wühlte darin, schloß sie wieder.

Versuchte mit der abgebrochenen Feder zu schreiben.

Machte einen fetten Klecks; der Klecks zerfloß und löschte das bereits Gechriebene aus.

Aber Dorski gab nicht auf, er spießte die Feder ins Papier, daß es riß, schließlich tunkte er das spitze Ende des Federhalters ein und versuchte es so, ohne Feder, malte ein paar Buchstaben, stippte noch ein paarmal die abgebrochene Feder ins Tintenfaß, bekleckerte sich die Manschetten, fluchte und kapitulierte endlich.

Er wischte sich die Stirn. Sah aus dem Fenster.

Die Papiertaube schwamm friedlich in einer großen Pfütze.

Taube ... Pfütze ... Schmutz ... All dies wurde Dorski blitzartig bewußt, verschmolz zu einem umfassenden Begriff, zu einer klaren Vorstellung, und er begann mit großen Schritten das Zimmer zu durchmessen, wobei er im Takt seiner Schritte leise ein Wort ans andere fügte, getreu seiner Gewohnheit, all scinc Rcdcn auswendig zu lernen. Für einen Moment kam ihm in den Sinn, dies sei seine Buße und er müßte die Rede eigentlich nicht in Wilno halten, vor aufgedonnertem Publikum, allen möglichen Reportern von „Sarja“ und „Westnik“ und in Barmherzigkeit machenden Damen, die nichts mit ihrer Zeit anzufangen wußten, sondern hier in Gegenwart seiner unterdrückten schlichten Landsleute, die nach Gerechtigkeit und auch einfach nach etwas Neuem dürsteten. Auf einmal stellte er sich vor, mit welch erschütternder Aufmerksamkeit, mit wieviel Ergebenheit und Liebe ebenjene Jentele ihm lauschen würde, wie er in Chaim-Jankels Achtung steigen würde oder in Seldas, sofern sie zum Gottesdienst käme.

Der Marktplatz draußen vorm Fenster, sein Geburtshaus, die Friedhofskiefern, die hinter der Kirche zu ahnen waren, die Wände des Spiwak-Hauses, aus dem er vor reichlich vierzig Jahren in die sengende Glut des Unbekannten aufgebrochen war, all das rief in Dorski zusätzlichen Elan wach, leidenschaftlichen Elan geradezu.

Er hatte ein unglaubliches, schon an körperlichen Schmerz grenzendes Bedürfnis, sich auszusprechen, ein für allemal wollte er sich reinwaschen durch ein öffentliches

Reuebekenntnis, durch gemeinsames Leiden, er wünschte, dadurch geläutert zu werden, um unbefleckt und aller Schuld ledig von hier abzureisen.

Dieser Wunsch warf alle anderen Erwägungen über den Haufen, besiegte seine ewige Vorsicht und Nüchternheit. Zum Teufel mit der Vorsicht! Weg mit der Nüchternheit! Wo, wenn nicht in diesem Nest, in dieser Einöde, die von der ganzen Welt abgeschnitten, wie mit rostigen Läden zugesperrt war, konnte er sich wenigstens für einen Tag, wenigstens für einen Abend erlauben, er selbst zu sein, das heißt ein Mensch!

„Meine Herren Richter! Mein Volk steht vor mir wie ein gefügiges Kind vor dem strengen Lehrer, es schaut mich an und weint. Jegliches menschliche Gefühl empört sich gegen die aus der Luft gegriffene, durch nichts begründete Anschuldigung, die gegen meine Mandanten erhoben wird: gegen Naftali Spiwak, Josua Mandel, Perez Gordon und Anschel Berschtanski."

Dorski machte eine Pause. Blickte um sich.

Naftali Spiwaks Haus lauschte seinen Worten.

Es lauschten der Iltispelz und der Spazierstock am Haken.

Es lauschten die Leuchter auf der Kommode.

Es lauschte die Katze, die zur Tür hereingeschlüpft war.

Der Eichentisch, genauso einer wie bei Tschistochwalow.

Die Fotografie des alten Mannes an der Wand, der ebenso majestätisch, arrogant und unerreichbar wirkte wie der Zar.

„Stellen Sie sich vor", wandte sich Dorski nun an die Katze, die ihren Staatsanwaltschnurrbart sträubte und ihn ungläubig anglotzte. „Stellen Sie sich vor, ich sei einer dieser Unglücklichen, die unter diesem erdachten Vorwand von Ihnen verurteilt werden sollen. Ich würde lieber die Strafe auf mich nehmen, als mich verteidigen. Sollen sie mich doch in Stücke reißen, sollen sie mir die Adern aufschneiden, sich an meinem Blut mästen, dann können sie sehen, daß ich ebenso ein Mensch bin wie sie!"

„Miau", erwiderte die Katze, die die Stimme ihres Herrn nicht erkannte.

„Ich bitte Sie, diesen Prozeß zu registrieren und zu den Akten zu legen, damit später, wenn seine Haltlosigkeit zweifelsfrei und anschaulich nachgewiesen ist, mit Fug und Recht gesagt werden kann: ‚Zu derart schwerwiegenden und betrüblichen Folgen führt der leichtfertige Umgang mit Ammenmärchen, welche Haß und Verachtung eines Volkes gegenüber dem anderen predigen.‘ Die Gesellschaft, als deren Vertreter Sie fungieren, sollte ihren gerechten Zorn nicht gegen Unschuldige, wie sie meine Mandanten sind, richten, sondern gegen den wahren Verursacher allen Übels. Der Triumph der Wahrheit darf nicht mit Blut und Tränen erkauft werden! Niemand darf und kann die Rolle des Sündenbockes in der Weltgeschichte spielen!“

Dorski hob und senkte die Stimme, einmal verschluckte er die Worte halb, dann wieder sprach er überaus akzentuiert, und er kam sich dabei weder lächerlich noch sonderbar vor.

Er arbeitete.

Jentele öffnete mehrmals die Tür, lugte zu dem auf und ab schreitenden, vor sich hin sprechenden Dorski hinein, flüsterte erstickten Tones: „Psst, du Dumme, psst!“, versuchte etwas zu erlauschen, nickte für alle Fälle schuldbewußt und verschwand wieder.

Auch Chaim-Jankel wollte sie nicht zu Dorski einlassen. Aber der Anwalt hörte den Spektakel vor der Tür und sagte: „Er soll reinkommen.“

„Den Spiegel! Den Spiegel!“ jammerte Jentele. „Verhängen Sie bitte den Spiegel!“

Der Fuhrmann verstand nicht, warum sie soviel Wesens machte, er knurrte: „Wir sind auch ohne Spiegel schön!“ Er war leicht angeheitert oder, wie er es nannte, „nicht ganz alleine“, und obwohl er sich die Pranke vor den Mund hielt, nahm Dorski sofort den Schnapsgeruch wahr.

„In der Schmiede war ich“, sagte Chaim-Jankel. „Hab das Pferd beschlagen lassen.“

„Man merkt's.“

„Dort erzählen sie lauter Unfug über Euch ... Jemand hat ein Gerücht in Umlauf gesetzt ...“

„Was für ein Gerücht?“

„Ach“, winkte der Fuhrmann ab. „Zum einen Ohr rein, zum anderen raus.“

„Trotzdem.“

„Sie sagen, Ihr hättet die Kibitka gegen eine Kutsche eingetauscht.“

Chaim-Jankels Worte verwirrten Dorski, machten ihn ganz konfus. Aber er hielt es für unter seiner Würde, weiter in den Fuhrmann zu dringen, um herauszubekommen, was für eine Kutsche dieser meinte. Er hatte getrunken und schwafelte wohl Unsinn.

„Gehen Sie in die Synagoge?“ fragte Dorski.

„Ich werde mich lieber ausschlafen … Und Ihnen rate ich auch ab“, sagte Chaim -Jankel barsch, wie um den Anwalt zu ärgern. „Das Volk ist ganz schön in Rage.“

„Was meinen Sie, wollen wir fahren?“

„An Feiertagen fahre ich nicht. Im Unterschied zu gewissen Leuten bin ich immer noch ein Jude. Wir fahren morgen.“

Er wandte sich um und ging hinaus.

Was ist denn mit dem los? fragte sich Dorski beunruhigt. Welcher Teufel hat den geritten? Unterwegs war er die ganze Zeit wie Balsam auf einer Wunde, und plötzlich diese Frechheit, dieser Hohn.

Dorski legte die beschriebenen Bogen zusammen, warf noch einen schrägen Blick auf die in ihren Erwartungen betrogene, friedlich dasitzende Katze und stieg die Treppe hinab.

Über dem Marktflecken ballte sich milchige Dämmerung. Sie zog vom Neman herauf und ergoß sich über die armseligen Hütten.

Hinter ihm ging Jentele, mit leicht hüpfendem Gang wie ein Huhn, das sich ein Bein gebrochen hat.

Bei der Pfütze machte Dorski halt, besah sich die durchweichte Papiertaube und lief dann weiter.

Von allen Ecken und Enden des Ortes strömten zum Bethaus Männer und Jünglinge mit Pejes, die sich wie Kringel ringelten, in leichten Lapserdaks und schwarzen Käppchen.

Jentele trug in einer Samttasche den Talles für Dorski, und als sie vorm Bethaus ankamen, übergab sie ihm das Päckchen. Dorski nahm es, obwohl er nicht wußte, wann und wo er sich umziehen sollte.

Von seiner vorherigen Entschlossenheit, eine Buß- oder Verteidigungsrede zu halten, war nicht die Spur mehr übrig.

Neben dem Schrein stand der hagere Vorleser Zodik, er war von kränklichem Aussehen, trug eine Brille auf der fleischigen, gar nicht zu seiner Magerkeit passenden Nase, eine Scheitelkappe, glänzend wie Polarfuchsfell, er blätterte in dem heiligen Buch* und murmelte leise, wie geistesabwesend, etwas vor sich hin.

Stände ich doch an seiner Stelle, dachte Dorski und empfand plötzlich schmerzlich seine Fremdheit, sein nun schon vierzig Jahre währendes Waisentum. Nein, so einsam und ruhelos war er damals nicht gewesen. Damals war er ein Waisenkind im Kreise der *Seinen*, und jetzt? Jetzt war er Waise unter Fremden.

Wer war er für sie? Was bedeutete er ihnen? Ein Herr aus der Hauptstadt, auf der Durchreise. Sie würden über ihn reden, sich die Zunge wetzen und ihn wieder vergessen, wie Schnee vom vergangenen Jahr.

Seine Fahrt in die Heimat, seine Begegnung mit den Ursprüngen würde ausgehen wie das Hornberger Schießen. Weder Gewinn noch Verlust, weder Vergebung noch Fluch würde dabei herauskommen.

Dorski hob den Kopf und erblickte auf der Empore Selda.

Er lächelte ihr zu.

Winkte.

Immer mehr Menschen kamen.

Waren die wirklich alle hier, um für die Seele des toten Naftali Spiwak zu beten?

Dorski wurde zu den hinteren Reihen abgedrängt, dorthin, wo gewöhnlich die Armen standen und die Bettler, die hier bei der Synagoge Asyl suchten. Er spürte ihren Atem, den Geruch ihres Schweißes und ihrer Gottesfurcht, den Geruch von saurer Kohlsuppe und Verzweiflung, den Geruch von ungepflegten Bärten und unvorstellbarer Erschöpfung. So also roch der Glaube seiner Vorväter!

Der Vorleser Zodik rückte seine Brille zurecht und verkündete: „Der gesegnet hat Abraham, Isaak und Jakob, der

* gemeint ist der Pentateuch – griech. Bezeichnung der fünf Bücher Mose, die Thora

möge segnen auch Markus ben David, weil er ans Pult getreten ist zum Lesen der Thora und weil er geopfert hat fürs Bethaus fünfzig Rubel und fürs Armenhaus dreißig."

Seine Worte gingen unter in Lärmen und Zustimmungsrufen.

Er meint Markus Fradkin, Seldas Vater, meinen künftigen Schwiegervater, dachte Dorski spöttisch und drängte sich näher ans Vorlesepult. Selda würde sie beide sehen und nach dem Gottesdienst zu ihnen treten.

Doch da durchschnitt die Synagoge ein quiekender Schrei: „Ein Getaufter ist in unserer Gebetsversammlung!"

Ein nikotingelber langer Finger zielte auf Dorski und nagelte ihn gleichsam an die Wand.

Die Anwesenden stießen einander beiseite, um den Anwalt zu sehen, und lärmten.

„Wenn Slata das sähe, sie würde sich im Grab umdrehen", erscholl es von links.

„Sein Vater Mejer, Gott hab ihn selig, der würde ihm die schamlosen Augen verglasen", erscholl es von rechts.

„Ruhe!" rief der Vorleser. „Beruhigt euch! Niemandem ist untersagt, unser Haus zu betreten! Niemandem! Der Mann ist gekommen friedlich und wird friedlich wieder gehen."

Die Beter jedoch hörten nicht auf. Der Lärm schwoll an, ging in Getöse über, Dorski wurde eingekreist und von allen Seiten bedrängt. Er atmete schwer, das Herz schlug in seiner Brust wie eine Glocke – bum, bum, bum!

Die Menge krakeelte, hustete, scharrte mit den Füßen, vierteilte ihn mit Blicken.

O mein Gott, dachte Dorski voll Bitternis. Vor einer Stunde noch, vor einer halben, einer Viertelstunde war er drauf und dran gewesen, ihnen sein Herz zu öffnen, seine aufrührerische, schuldbewußte, seine aus Leiden geborene Rede zu halten. Sie aber wollten ihn gar nicht hören, gleich würden sie ihn ganz an die Wand drücken und zerquetschen.

Was hatte er eigentlich erreicht? Er hatte nur Öl ins Feuer gegossen, nur die Wunde wieder aufgerissen, nur die nagenden Zweifel neu genährt. Von der erhofften Erleichterung keine Spur. Und alles bloß, weil man den Teufel nicht mit

Beelzebub austreiben kann. Wie naiv war er doch gewesen, als er annahm, die Heimat sei wie ein Fegefeuer, wie ein Geistesaufschwung. Sie ist eine Eiterbeule; diese aufgestörte Unduldsamkeit hier – das ist sie. Mußte er so weit reisen, um sein Sklaventum zu empfinden, um vom Einzelsklaven zum Kollektivsklaven zu werden? Sklaven! Sklaven! Sklaven ihrer Barbierstuben und Kramläden, ihrer Gräber und Gebete, ihrer Verzweiflung und ihrer Furcht. Und auch er ist ein Sklave. Und Sklaven winkt kein Paradies – kein gemeinsames, kein individuelles.

„Schande!"

„Daß er sich nicht schämt!"

„Das ist nicht wahr", schrie Jentele von der Empore. „Er ist besser als ihr alle, als ihr alle zusammen! Gebt ihm das Wort!"

Sie wand sich in einem hysterischen Anfall und wollte nach unten eilen, doch die Frauen hielten sie zurück.

„Gebt ihm das Wort!" sprach Markus Fradkin gebieterisch.

Die Beter wurden ruhiger, ließen von ihm ab.

Das Wort? Was für ein Wort erwarten sie von ihm?

Wer ist er, Dorski? Wessen Gatte, wessen Bruder, wessen Sohn?

Und was ist überhaupt der Mensch?

Eine Insel, von Schuld und Unbill überflutet? Oder ein Fels inmitten der Sintflut, deren Wasser nicht zurückgehen?

„Rede!" kreischte Jentele wütend. „Sprich zu ihnen!"

Worüber? Einen *Sklaven* kann man mit Worten nicht verteidigen. Verteidigen kann man nur einen *Freien*! Nur einen Freien! Doch was, zum Teufel, soll ihnen Freiheit, wenn diese für sie nur in Form von sattem oder halbhungrigem Herdendasein existiert? Hauptsache, der Ortspolizist rührt sie nicht an, Hauptsache, der Kreispolizeichef drangsaliert sie nicht, Hauptsache, der Säufer bezahlt seine Rechnung und kotzt ihnen nicht auf den Kopf! Sie haben sich von der Welt abgekapselt mit ihren Thorarollen, sie haben mit ihren Lapserdaks den Horizont verhängt wie einen Spiegel am Trauertag! He, ihr! Verlaßt eure Bethäuser und Friedhöfe, eure Barbierstuben und Kramläden! Fürchtet euch nicht vorm Leben, in dem es Blut und Niederlagen gibt! Und auch den Tod fürchtet nicht! Dann wird der Herr euch die Pforten des Paradieses öffnen, denn nicht den Menschen vertrieb er daraus, sondern den Sklaven.

Dorski stützte sich auf das Pult, und während ihm schon die Sinne schwanden, sagte er: „Leute! Ich bin schuldig vor euch, schuldig vor Vater und Mutter, gesegnet sei ihr Name! In Bälde verlasse ich euch. Doch zuvor ...“

„Erzähl keinen langen Schmus!“ grölte jemand.

„Wer von euch wirft den ersten Stein auf eine Waise? Wer legt ihn in die ausgestreckte Hand eines Bettlers?“ Die Kräfte verließen ihn, das Pult rückte weg, die Worte flatterten davon, wie aufgestörte Sperlinge vom Friedhofszaun, und er stürzte vor aller Augen zu Boden.

„Wasser! Wasser!“

„Gott hat ihn gestraft!“

„Knöpft ihm den Kragen auf!“

„Selda! Selda!“ rief Markus Fradkin.

Im Bethaus begann ein Tohuwabohu. Alles drängte zum Pult. Jentele und Selda eilten von der Empore herab nach unten, wo den Frauen seit eh und je der Aufenthalt verboten war. Staub wölkte vom Fußboden auf, und die ohnehin stikkige Luft war wie mit Nadeln gespickt.

„Vorsicht! Erdrückt ihn nicht!“ flehte Jentele. Das Tuch war ihr auf die Schulter gerutscht, aber sie richtete es nicht, sie drängte sich durch wie eine halb Wahnsinnige, die Männer beiseite schiebend, wofür diese sie schmähten und schimpften.

„Er atmet ja nicht mehr!“

„Doch atmet er!“

Lärm, Wirrwarr, Gedränge.

„Macht Platz! Laßt sie durch!“ befahl Markus Fradkin.

Die Menge bildete eine schmale Gasse.

Selda ging hindurch, beugte sich über den hingestreckten Dorski, nahm seine Hand, fühlte ihm den Puls und bewegte flüsternd die Lippen.

„Nu?“ seufzte es von rechts.

„Nu?“ hielt man links den Atem an.

„Er lebt“, sagte Selda.

Aufseufzen, Rufe, Geflüster.

„Schachna! Avigdor! Benjamin! Kalman! Kommt her! Hebt ihn auf und tragt ihn hinaus an die frische Luft!“ bestimmte der Vorleser eifrig.

Junge, kräftige Arme hoben Dorski hoch und trugen ihn, und die Unduldsamkeit gab ihm den Weg frei, und Vergebung schwebte über dem reglosen Körper und streifte ihn mit Engelsflügeln.

Der Anwalt öffnete die Augen und sah sich über der gepflasterten Straße, und in dieser Minute, in diesem Augenblick, lang wie die reichlich vierzig Jahre der Trennung, wünschte er sehnlich, nicht in Spiwaks Haus gebracht zu werden, nicht in die Kibitka, auch nicht nach Wilno, sondern unter die Friedhofskiefern, zu den Ziegen, die Gras zwischen den Grabsteinen rupften, zu den Krähen, die seiner Mutter Slata und seines Vaters, des Glasers Mejer, besser gedachten als er, zu den Würmern, die von allen Wohltaten der Welt nur Namenlosigkeit, Stille und Aas anerkannten.

Tod ist Vergebung, Tod ist Gleichheit, Tod ist Rückkchr, dachte Dorski. Das Leben trennt, der Tod vereint, und darin liegt der Weisheit letzter Schluß, liegt jegliche Rechtfertigung. Darin, in nichts anderem. Weder Glaube noch Rasse haben Bedeutung, im Tod sind alle gleich.

Er wußte nicht, wohin man ihn trug, aber es war ihm auch egal, Hauptsache, man setzte ihn nicht ab. Er fühlte sich leicht und leer, er spürte seinen Körper nicht, der schaukelte wie in einer Wiege, und in seinen Ohren klang nicht Seldas Stimme, nicht Jenteles Schluchzen, sondern die Melodie eines Wiegenliedes, das ihn einlullte und alle Gebrechen heilte.

In Spiwaks Haus schickte Selda alle hinaus, und Jentele sah durch den Türspalt, wie Fradkins Tochter ihn entkleidete, ihm Schuhe, Hose, Jacke auszog, seine Brust entblößte und versuchte, wie bei einem Ertrunkenen seine Atmung wiederzubeleben.

Ganz in sich zusammengekrochen, erwartete Jentele Seldas Anweisungen, doch diese bat um nichts, atmete ihm in die Nase, in die Augen, befühlte seinen Leib, strich ihm das spärliche Haar zurück, und sein Körper schien unter ihrem Atem aufzutauen.

„Vielleicht ein bissel Salmiak?"
Selda nickte.
„Decken Sie ihn zu", sagte Jentele, als sie die Flasche hinreichte.
Dorski verzog das Gesicht von dem Salmiak, schlug die Augen auf und flüsterte: „Wo bin ich?"
„Liegen Sie still, nicht sprechen!"
„Selda?"
Dorski ergriff ihre Hand und führte sie an seine Lippen.
„Sie sind ein Engel!" sagte er. „Ein Engel vom Himmel."
„Sie sollen nicht sprechen!" sagte Selda strenger. „Das dürfen Sie vorerst nicht."
„In meiner Hose sind Pillen ..."
„Nicht sprechen", hauchte Jentele, holte die Tabletten aus der Hosentasche und gab sie ihm. Sie wünschte, daß er Seldas Hand losließ, daß er schwieg, aber Rechtsanwälte bringt offenbar nur der Sensenmann zum Schweigen.
„Als Sie damals zu mir in die Sawalnaja kamen ..."
„Wenn Sie nicht still sind, gehe ich", drohte Selda.
„Ich schweig ja schon."
Dorski legte ihre Hand an seine Wangen, auf seine Stirn, dann wieder an seine Lippen, und sie zog sie nicht weg.
„Geh, Jentele, geh! Mir ist schon besser", murmelte er.
„Wohin?"
„Schlafen."
„Und ihr ... ihr?" Sie stand starr und hätte am liebsten Selda die Hand verbrannt oder abgehackt.
„Wir werden auch schlafen."
Dorski richtete sich ein wenig auf, Jentele eilte zum Bett, schob ihm noch ein Kissen unter den Kopf und warf einen Seitenblick auf die verschlungenen Hände der beiden.
„Danke, Jentele. Nun geh!"
Doch Jentele rührte sich nicht, sie wartete, daß Selda ihre Hand frei machte, und Selda hielt es nicht aus und rückte von Dorski ab.
„Ich gehe, ich geh ja schon", hauchte Jentele erleichtert, schlich widerwillig hinaus und lehnte die Tür nur an.
Sie legte das Ohr an die Tür. Lauschte.

Lange war es still.

Dann plötzlich drang es an ihr eifersüchtiges Ohr: „Ich habe nur eine Frau geliebt … leidenschaftlich … wahnsinnig … und ich habe gedacht: nie wieder jemanden …“

Jentele stand da, wie mit heißem Wasser übergossen – jedes Wort, jeder Seufzer brannte in ihr, und sie bewegte die Füße, als wolle sie dem Feuer entrinnen.

„Ich gehe.“

„Bleiben Sie!“

„Morgen, morgen …“

„Nein, nein! Wenn Sie wüßten, wie sehr ich vor ihnen allen schuldig bin …“

„Genug jetzt! Genug!“

Jentele öffnete einen Spalt breit die Tür, doch die beiden hörten das Knarren nicht.

„Jetzt ist mir alles klar“, fuhr Dorski fort. „Ich bin nicht hergekommen, um Vergebung zu erlangen … Ich wollte Sie sehen. Schon lange … Schon in Wilno … Glaube, Heimat, Gerechtigkeit! Nichts als Worte! Was nützt alle Gerechtigkeit, wenn man einsam ist, was aller Glaube, wenn man unglücklich ist, was die Heimat, wenn niemand einen liebt.“

„Ich liebe dich“, flüsterte Jentele vor der Tür. „Und werde dich ewig lieben.“

Sie erschrak vor ihrem eigenen Flüstern und verstummte.

„Ohne Liebe ist die ganze Welt nur Fremde, Ungerechtigkeit, Betrug“, seufzte Dorski heftig atmend.

„Auch die Liebe ist Betrug“, sagte Selda, ergriffen von seinem Bekenntnis.

„Nein, nein! Selbst wenn sie unglücklich ist, selbst wenn sie nicht erwidert wird – hundert Wahrheiten für einen einzigen solchen Betrug!“

Jentele erbebte.

Sie trat von der Tür zurück, verschwand im Dunkeln und kehrte bald mit einer brennenden großen Lampe zurück.

„Ihnen ist es doch zu finster“, sagte sie beim Eintreten und stellte die Lampe auf den Tisch.

„Es geht ihm besser“, stammelte Selda verwirrt und erhob sich. „Gute Nacht.“

„Gute Nacht“, erwiderte Jentele für sich und Dorski. „Vielen Dank für die Hilfe.“

„Fahren Sie mit uns?“ fragte Dorski.

„Ich habe hier noch Geburtshilfe zu leisten. Bei der Frau von Josua Mandel.“

„Schade“, sagte er.

Und nach kurzem Schweigen fügte er hinzu: „Wenn Sie in die Stadt kommen, werde ich mich auf jeden Fall bemühen, eine Lungenentzündung zu kriegen oder wieder irgend etwas Dummes anzustellen.“

„Sie müssen ins Krankenhaus. Und Sie brauchen mich nicht zu begleiten“, sagte Selda zu Jentele und schlüpfte zur Tür hinaus.

Die Flamme in der Lampe flackerte, ihr Widerschein tanzte über Fußboden und Wände.

„Warum schläfst du nicht?“ fragte Dorski.

„Ich kann nicht.“

„Leg dich nieder!“

„Gleich. Soll ich die Lampe löschen?“

„Ja.“

Jentele trat an den Tisch und blies die Flamme aus.

Dann legte sie sich auf den Fußboden.

„Wo bist du?“ fragte Dorski, als er ein seltsames Geräusch vernahm.

Es hörte sich an, als würde der Fußboden mit einem großen Lappen gewischt.

„Hier.“

„Auf der Erde?“

„Mach dir nichts draus. Ich bin ohnehin wie tot ...“

Umzustimmen versuchte Dorski sie nicht. Andere Gedanken bohrten in seinem Kopf. Warum bloß war er ins Bethaus gegangen? Was hatte er dort zusammengeredet? Noch so eine Ohnmacht – dann konnte er gleich die Totenmesse bestellen.

Der Anwalt bemühte sich, in seiner Erinnerung den ganzen Tag wiedererstehen zu lassen, angefangen beim Gefängnis von Rossieny bis hin zu dem Skandal in der Synagoge, aber zu einem Bild fügte der Tag sich nicht, er zerkrümelte, zerbröselte wie Lehm, das eine spießte heraus wie ein Knochen, anderes trieb an die Oberfläche, drittes wurde noch nebulöser und verworrener. Es gelang Dorski einfach nicht, das Wichtige vom Zweitrangigen zu trennen, und das ärgerte und quälte ihn, er hätte weinen mögen.

Das Ergebnis war nicht erfreulich.

Erschöpft von der Rebellion, sank er auf deren verlöschender Glut in Schlaf.

Jentele hörte, wie unruhig er atmete, sie erhob sich vom Fußboden, trat ans Bett, schaute angestrengt in die Finsternis, die nur von ihren Haarsträhnen erhellt wurde.

Dann beugte sie sich nieder und küßte ihn.

Noch einmal.

Und noch einmal.

Schüchtern wie eine Braut, verschämt wie eine junge Frau nach der Hochzeitsnacht, dankbar wie eine Muter, die unter Qualen ihr erstes Kind geboren hat.

15

Auf die Rückfahrt machten sie sich nicht am Sonntag, sondern am Dienstag.

Dorski hatte sich auf Spiwaks Daunen auskuriert, war wieder zu sich gekommen, hatte der Schenke einen Besuch abgestattet, die Schwangere beruhigt, nach alter Advokatengewohnheit hatte er mit den üblichen heuchlerischen Worten seinen Mandanten, ihren Gatten, gelobt, auch ein paar Worte mit Selda gewechselt, die offenbar hier in der Schenke als Hebamme zu wirken gedachte, er hatte einen dankbaren, beinahe schmeichelnden Blick von ihr aufgefangen, hatte vieldeutig den Kopf gewiegt, obwohl dazu gar kein Anlaß bestand, und sein Gehabe war dabei noch ernster und gewichtiger geworden.

„Wann ist die Verhandlung?“ fragte Itzik seltsam stammelnd, er empfand wohl, wie unpassend seine Frage jetzt war.

„Bald. Sofern die Untersuchung nicht neu aufgenommen wird“, entgegnete Dorski, auf den Zehenspitzen wippend, und wollte sich dann verabschieden.

„Wie heißen Sie?" flüsterte Morta und sah ihn eindringlich an.

„Miron … Miron Alexandrowitsch." Auf so eine Frage war er sichtlich nicht gefaßt gewesen.

„Und Ihr jüdischer Name?"

Dorski druckste.

„Meilach", sagte Selda an seiner Statt. „Der König."

„Wenn Josua zurückkommt … wenn ich … wenn es ein Junge wird, dann gebe ich ihm Ihren Namen."

„Ergebensten Dank für die Ehre", knurrte Dorski mit derselben Advokatenheuchelei.

Er verließ die Schenke und lenkte seine Schritte zum Markt.

Er konnte selbst nicht erklären, weswegen er dort hinging, was er dort wollte, aber er ging, einer blinden, seine Seele aufwühlenden Macht folgend, die weder mit Worten noch mit einer Geste oder einem Seufzer zu beschreiben war und die ihn doch vorantrieb, gegen die jeglicher Widerstand versagte.

Auf dem Marktplatz wimmelte es von Menschen. Aus der ganzen Umgebung, sogar aus Miškiniai, waren knauserige, geschäftstüchtige Bauern in den Marktflecken gekommen, in der Hoffnung, ihre Waren loszuschlagen und sich für den Winter etwas dazuzuverdienen.

Da quiekten Ferkel, Kühe richteten ihre schweren hörnergekrönten Häupter muhend gen Himmel, Pferdekruppen glänzten in der Sonne, zwischen den Fuhrwerken schlenderten geschäftige Käufer umher, sie beschauten sich alles, schätzten es ab, schnüffelten herum. Zigeuner, grellbunt wie Hähne, verzinnten Geschirr direkt neben den Karren.

Dorski drängte sich zwischen den Bauernwagen hindurch und begab sich ohne Eile dorthin, wo kecke ärmliche Jungs ihre Rufe über den ganzen Platz, über den ganzen Ort, über die ganze weite Welt ausschrien, die schönsten und hilflosesten Rufe, die er je gehört hatte.

„Fische! Frische Fische!"

„Brachsen, Brachsen – allerbeste Sorte!"

„Barsche! Barsche! Frisch aus dem Fluß!"

„Hechte! Hechte! Taufrisch!"

Der Anwalt blieb stehen, hörte zu, schloß die Augen, und es war, als gäbe es nichts anderes – kein Petersburg, keine Taufe, kein Wilnoer Bezirksgericht, keine Herzanfälle, keine Schuld, keine Gewissensbisse –, als gäbe es nur Fische, Fische, Fische, die mit dem Schwanz schlugen, Kiemen und Flossen, so zart und weich wie Seide, bewegten, Fische mit silbrig glänzenden Schuppen wie flirrendes Mondlicht, nur Schrammen an nackten Jungensbeinen und eine verwegen sitzende Schirmmütze!

Welch herzzerreißende Wonne! Wie auf einmal die Zeiten sich überschlugen! Welch trauriges, unwiederholbares Entzücken! Und nur für einen Fünfer, einen Zehner, einen halben Rubel!

„Hierher! Hierher!"

Und Dorski ging hin.

Der kleine Junge musterte ihn von Kopf bis Fuß, sein Blick krallte sich an der Glatze fest, und er umspannte mit beiden Armen sein Eimerchen, als könne der Anwalt es ihm wegnehmen.

„Was kostet der Fisch?" fragte dieser aufgeregt.

„Zehn Kopeken das Stück. Billiger kriegen Sie's nirgends. Das ist kein Fisch, die reinsten Perlen, Brillanten sind das!"

„Jaja … Perlen und Brillanten!"

Der kleine Händler betrachtete Dorski aus den Augenwinkeln, seinen städtischen Mantel, seine von Jentele gebügelten Hosen, seine Glatze, die wie verzinnt wirkte – etwa von den Zigeunern? –, und plötzlich kamen ihm Zweifel an diesem Käufer, er hielt den Fremden für einen gewöhnlichen Gaffer, der sich langweilte. Wo gab es denn so was, daß ein Mann Fisch kaufte? Den Fisch suchten die Frauen aus, die Männer verdienten das Geld.

„Einen halben Rubel für alle", trieb der Händler den Preis hoch.

„Mitsamt dem Eimer?"

„Den Eimer verkaufe ich nicht."

„Kaufen Sie bei mir", mischte sich seine Nachbarin ein – es hätte die sommersprossige Chaja-Lea sein können. „Ich lasse sie Ihnen billig ab, mitsamt dem Korb."

„Ich brauche sie mit Wasser und Eimer."
„Auch mit Wasser?" Der Junge riß die Augen auf.
„Was denn, ist es dir leid ums Wasser?"
„Nein ... Geld hast du?"
„Natürlich."
„Zeig her."
Dorski holte ein Goldstück hervor.
„Oho! Aber ich kann nicht wechseln."
„Ich will nichts zurück haben ... Hauptsache mit Eimer und Wasser."
„Verkauf schon, du Dummchen, ehe der Herr sich's anders überlegt", brummelte die verblüffte Nachbarin, die vor Neid fast barst und mit Blicken nach dem Goldstück pickte.
„Erst das Geld!" forderte der Junge.
Dorski legte die Münze auf den rissigen Holztisch, auf dem Fischschuppen glitzerten.
„Da haben Sie Ihren Fisch", stieß der kleine Händler hervor, grapschte nach dem Goldstück, steckte es weg – nicht in die Tasche, sondern vorn unters Hemd – und rannte davon, was seine Beine hergaben.
Dorski nahm den Eimer und schritt von dannen.
„Abka! Henochke! Schloimke!" schrie der glückliche Händler aus vollem Halse. „Kommt her! Hierher! Ich zeig euch was! Ihr platzt vor Neid!"
„Nu, was bläkst du wie ein Meschuggener?" fuhr Schloimke, der Älteste, ihn an.
„Seht nur!" Der glückliche Händler zog das Goldstück unterm Hemd hervor und schwenkte es in der Luft. „Für zwei Barsche und zwei Brachsen! Und den Eimer mit Wasser! Der dort, der Glatzkopf, hat gekauft ...! Lauft hin! Vielleicht nimmt er euch auch was ab! Lauft!"
Die Bürschlein ergriffen ihre Ware, stürzten Dorski nach, umringten ihn und schrien um die Wette:
„Brachsen, Brachsen! Bessere finden Sie nirgends!"
„Gründlinge! Gründlinge! Sind gar im Nu! Greifen Sie zu!"
„Schleie für Schabbes*!"

* (jidd.) der gänzlicher Arbeitsruhe gewidmete siebente Wochentag der Juden

„Ich brauche nichts mehr“, sagte Dorski traurig und rätselhaft.

Ach, wie sollte er es ihnen erklären? Er war ja gar kein Käufer. Das waren seine Fische, die Fische von Meilachke Wainstein, der es satt hatte, in der heißen Sonne zu stehen, ihm qualmte ja schon der Kopf. Das war sein Eimerchen, sein Wasser, gleich würde er es nach Hause tragen, und Mutter Slata würde mit ihm schimpfen, es ihm ordentlich geben, dann würde sie den Fisch, den er nicht verkauft hatte, kochen, und er, Meilachke Wainstein, würde sich an den Tisch setzen und mit vollen Backen kauen, denn so schön verdientes Geld auch ist, man kann sich nicht daran gütlich tun, die Mutter steckt es in den Strumpf, wie im vorigen und vorvorigen und im vorvorvorigen Jahr.

„Wie vor vierzig Jahren“, flüsterte Dorski.

Vor seinem Geburtshaus machte er halt, schaute noch einmal auf die halbblinden Fenster, die sein Vater, der Glaser Mejer, eingesetzt hatte, stieg dann plötzlich die Vortreppe hinauf und begann zu sprechen wie ein Zauberer.

„Schwimm, schwimm, erster Barsch, zu meiner Mutter Slata!

Schwimm, schwimm, erste Brachse, zu meinem Vater, dem Glaser Mejer!

Schwimm, schwimm, erste Schleie, zu meinem Wohltäter Naftali Spiwak!

Schwimm, schwimm, erster Hecht, zu Jentele, meiner Braut!“

Und die Fische – Barsch, Brachse, Schleie und Hecht – schlugen mit dem Schwanz, und das Wasser aus dem Eimer überflutete den Marktplatz, die Luft, spritzte bis zu den Wolken empor, und die Fische schwammen darin – schnell wie die Gedanken, unaufhaltsam wie die Jahre, unwiederbringlich wie die Liebe.

Dorski stand unter dem Tropfengesprüh seiner Kindheit, unter dem Sturzregen seiner Schuld, er war pitschnaß und konnte seine Augen nicht von dem Eimer losreißen!

Jentele versorgte ihn und Chaim-Jankel mit Proviant für die Reise – sie kochte ein Huhn, schnitt Kuchen ab (den ganzen wollte Dorski nicht mitnehmen), bereitete für alle

Fälle das Haarwuchsmittel und begleitete die beiden bis zum Rande des Marktfleckens.

Am Ortsausgang stieg Jentele aus der Kibitka, nestelte an ihrem Tuch und sagte leise, in entsetzlicher Verlegenheit: „Ich habe alles gehört."

„Was alles?" murmelte Dorski, der an die Beschwörungsworte vor seinem Geburtshaus dachte.

„Alles, was du mit Selda geredet hast ..."

Sie wandte sich um und taumelte davon, ihrer trostlos-trüben Verlorenheit zu.

„Jentele!" rief Dorski.

Sie blieb stehen.

Der Anwalt lief zu ihr, drückte sie an seine Brust, küßte sie auf die Augen.

„Und das Mittel ... nu, das Mittel gegen die Glatze, das haben wir auch vergessen", flüsterte sie, wobei sie am ganzen Leib zitterte.

Als Dorski wieder bei der Kibitka angelangt war und zurückschaute, war Jentele nicht mehr da.

Sie hatte den von Kosaken abgeschlagenen Kopf vom Pflaster aufgehoben – ihren Traum, die von der Krähe weggepickten Sommersprossen wieder eingesammelt und hatte sich verloren, wie ein Fisch in trostlos-trübem Wasser.

Chaim-Jankel starrte auf den ungekämmten Schwanz des Pferdes, das langsam die kräftigen Beine setzte, als könnte der Pferdeschwanz ihn wie eine Brücke zu einem tröstenden Gedanken führen. Seine Gedanken waren unfroh, und auch der Fahrgast war mürrisch und wortkarg. Zusammengekrümmt saß er da, gewissermaßen mit gesträubten Federn, wie ein Huhn vorm Schlachten.

Lärm, der von der Kreuzung herüberdrang, weckte ihn aus der Erstarrung.

„Was ist dort los?"

Dorski sah, wie eine Rotte Menschen vom Wald her auf die Kreuzung zukam. Sie schwenkten Knüppel, schrien laut und böse und hieben mit Forken durch die abendliche Luft. Voran ging ein kräftiger Kerl mit Soldatenmütze und Stiefelhosen. Er watschelte wie ein Enterich, der soeben von der Ente gestiegen ist, wahrscheinlich war er betrunken.

„So schnell wie möglich vorbei!“ rief Dorski.

„Die gehen, scheint’s, zu dem armen Schlucker. Sie können ja tun, was Sie wollen, aber ich fahre hin und warte ab“, sagte Chaim-Jankel.

Chaim-Jankels Antwort gefiel Dorski nicht. Er hatte ihn durchaus nicht gemietet, damit er an jeder Kreuzung hielt und seine Nase in fremde Angelegenheiten steckte. Chaim-Jankel war der Herr des Pferdes, er, Dorski, hingegen der Herr der Lage. Wenn er sagte: „So schnell wie möglich vorbei!“, dann war dieser Befehl, bitte schön, auszuführen! Das fehlte noch, nach all den Unannehmlichkeiten in irgendein Abenteuer verwickelt zu werden.

Die Kibitka hielt.

Auch die Kerle mit den Knüppeln und Forken hatten die Kreuzung erreicht.

„Na los, Semjon, empfang den Messias“, sagte der Kerl mit der Soldatenmütze und grinste. Seine wenigen Zähne waren scharf wie Hauer.

Hinter der Kibitkaplane hervor beobachtete Dorski, wie sie den Wirtssohn umringten, ihn mit ihren Knüppeln umstellten, als schichteten sie Reisig um eine Feuerstelle, und das Gefühl von Mitleid und Ohnmacht, das ihn all die letzten Tage gequält hatte, begann aufs neue in ihm zu bohren und aufzuschäumen.

„Haut ab!“ schrie Chaim-Jankel. „Laßt den Kranken in Ruhe! Komm, Bruder“, wandte er sich an Semjon.

Aber Semjon riß seine Hand los.

„Chaim-Jankel!“ rief Dorski den Fuhrmann, absichtlich laut. „Legt Euch nicht mit ihnen an. Ihr seht doch – sie sind betrunken.“

Kaum hatte er das gesagt, bereute er es schon. Was ging es ihn letztendlich an, ob sie betrunken oder nüchtern waren, der Teufel mußte ihn geritten haben, er hatte nur Feuer ins Öl gegossen.

„Legt Euch nicht an“, äffte der Kerl mit der Soldatenmütze ihn nach. „Nicht dein Geld vertrinken wir, räudiger Jid!“

„Hör zu, Soldat. Mach, daß du fortkommst … Ich bitte dich als ein Soldat den anderen!“

„Soldat!“ Der Kerl mit der Soldatenmütze lachte auf.

„Wenn du ein Soldat bist, dann bin ich ’ne Jungfrau!“ Und er holte aus und schlug Chaim-Jankel ins Gesicht.

Das kam so unerwartet, daß der Fuhrmann schwankte, doch er hielt sich auf den Beinen, das Blut schoß ihm in die Augen, und geschickt stieß er dem Betrunkenen die Faust in die Magengrube, einmal, zweimal, bis dieser erschlafft auf die Knie sank.

„Die Jidden schlagen die Rechtgläubigen!“ kreischte der Kerl mit der Soldatenmütze und hielt sich den Leib, der wie aus dem Backtrog quellender Teig war.

„Was tun Sie?“ schrie Dorski und stieg aus der Kibitka. „Woher nehmen Sie das Recht dazu?“

„Wer bist denn du?“ stoppte der Kerl mit der Soldatenmütze den gerechten Zorn des Anwalts. „Na, wer?“ brüllte er und tippte mit den Forkenzinken an den Saum von Dorskis Reisemantel.

„Rechtsanwalt Dorski.“

„Genauso ein räudiger Jid wie die anderen“, erboste sich der Kerl mit der Soldatenmütze.

Es war der ehemalige Soldat Jerofejew, unglückseliger Kneipenstammgast, im ganzen Umkreis bekannter Säufer und Raufbold.

„Ich werde mich beschweren“, sagte Dorski großspurig.

„Hier tut was anderes not als Beschweren“, fauchte der Fuhrmann und ging auf Jerofejew los.

Ehe sie aneinandergerieten, hatten Jerofejews Anhänger sich schon auf Chaim-Jankel gestürzt, sie warfen ihn zu Boden und droschen mit ihren Knüppeln wie mit Keulen auf ihn ein.

Der Fuhrmann strampelte, wand sich, stöhnte.

Seine Lippe war gespalten, eine Braue kaputtgeschlagen, Blut mischte sich mit Staub.

Semjon ging im Kreis herum, fegte mit seinem Kranz die roten Flecken zu und plapperte unentwegt: „Hinweg, Wodka! Hinweg, Blut!“

In seinen Augen war weder Verwirrung noch Furcht zu erkennen. Für ihn schien ringsum niemand zu existieren. Sein kranker Geist weilte irgendwo weit weg, und in dieser nur ihm erreichbaren Ferne herrschten Ruhe und Frieden, flogen Engel, die wie Tauben gurrten und ihn mit ihrem unsichtbaren Flaumsegen überschütteten.

Mit einem harten Hieb in die Kinnlade streckte Jerofejew auch ihn nieder, entriß ihm den Kranz und hielt ihn sich vors Geschlecht.

„Da habt ihr ihn, euren Messias!"

„Hinweg, Wodka, hinweg Blut", tönte Semjons Stimme wie ein Schellenglöckchen. „Auf dem Wodka wächst die Bosheit, auf dem Blut gedeiht das Unglück."

Er umfaßte Jerofejews Beine und bettelte: „Gib meinen Kranz zurück, gib ihn mir!"

Jerofejew versetzte ihm einen Fußtritt und peitschte ihn mit dem Kranz ins Gesicht, in die Augen. Semjon spuckte, brüllte, kroch auf allen vieren und kratzte, wie mit Katzenpfoten, die Blutspuren weg.

„Bezahlen werdet ihr für die Tränen des Jungchens! Bezahlen!" zischte Jerofejew. „He, Leute, packt die Wirtsbrut unter den zarten Ärmchen und ab in den Sumpf! Damit er die Kreuzung nicht besudelt."

„Lassen Sie ihn! Rühren Sie ihn nicht an!" flehte Dorski.

Sie waren blind und stur in ihrem Zorn, an dem die Bitten des Anwalts abprallten wie an einer Wand. Bestien! Wilde Bestien! Was konnte er ihnen entgegensetzen? Seine Gelehrsamkeit, sein Wissen, seinen Schmerz, der ihm die Adern sprengen wollte? Eine Rede, gespickt mit Zitaten von Plato und Mirabeau?

Pfeifend und johlend trug Jerofejews Bande Semjon an dem hingestreckten Chaim-Jankel vorbei zu einem versumpften, mit Entengrütze bedeckten kleinen See, der dunkel in der Ferne schimmerte.

„Platz da für den Messias! Platz da für den Messias!" lärmte der betrunkene Anführer.

Dorski stand starr vor Entsetzen. Zum erstenmal in seinem Leben wurde vor seinen Augen ein Mensch massakriert, und er konnte ihm nicht helfen. Plötzlich dachte er mit Widerwillen an seine Hände – wozu hatte Gott sie ihm gegeben, um die Schreibfeder zu halten? –, an seine Beine – ihm war, als hätte er nicht zwei, sondern sechzehn, und jedes wollte am liebsten davonlaufen –, an sein Herz –

wozu glühte es in seiner Brust, wenn es nicht einen dieser Schlagetots zu Asche verbrennen konnte?

Chaim-Jankel stützte sich auf den Ellenbogen, erhob sich, klopfte sich den Staub ab, verschmierte das Blut auf seinem Gesicht und trottete zur Kibitka.

„Fahren wir!“ sagte er.

„Wir haben getan, was wir konnten. Die Kräfte sind einfach zu ungleich“, stammelte Dorski.

Nur schnell fort! Nur schnell fort von hier! Fort von der dreimal verfluchten Kreuzung, fort aus der verhexten Heimat. Hinweg, Wodka! Hinweg, Blut!

Der Fuhrmann zog die Zügel straff, wendete die Kibitka und schwang wild die Peitsche.

„Wo wollen Sie hin?“ entfuhr es Dorski.

Die Kibitka holperte übers Feld, blieb ab und zu im Lehm stecken, Chaim-Jankel stieg immer wieder vom Bock und stemmte sich mit dem ganzen Körper gegen sie, um sie mitsamt dem Anwalt rauszuschieben.

„Es langt!“ schrie er. „Es langt! Die kann man nicht ändern!“

Dorski schüttelte ein widerlich weibisches Zittern. Sein ganzer Körper war vom Ausschlag der Angst bedeckt. Angst um sich und die ganze Welt, wo Macht und Gesetzlosigkeit regierten, wo die Stimme der Vernunft dem Piepsen eines aus dem Nest gefallenen Jungvogels glich, wo es weder Mitleid noch Liebe gab, sondern nur unersättliche, nicht zu stillende Bosheit, welche die Seele von Verfolgten und Verfolgern, von Armen und Reichen, von Gerechten und Schuldigen fraß. Er strengte sich an, vorn jemanden zu erkennen, doch von der Anspannung flimmerte es ihm vor Augen, ihm wurde schwindlig, und alles verschwamm zu einer dichten grauen Masse – das Feld, der See und auch der junge Kiefernwald am Horizont.

Die Oberfläche des Sees schimmerte im Dunkel wie Fischschuppen.

„Wie heißt er?“ fragte Chaim-Jankel.

„Semjon.“

„Semjo-on!“ rief der Fuhrmann. „Semjo-on! – Stehen Sie nicht herum wie bei einer Beerdigung“, wandte er sich an seinen Fahrgast. „Suchen Sie mit! Ein Mensch ist doch keine Stecknadel."

„Semjo-on!" rief Dorski anstandshalber.

In der Stille hörte man das Pferd mit den Hufen die Erde aufwühlen.

„Ich bin der Messias", schrie der Fuhrmann auf einmal langgezogen. „Ich bin der Messias!"

„Ich bin der Messias", echote Dorski.

Oh, wie sehr wünschte er in diesem Moment, nicht Dorski zu sein, auch nicht Meilachke Wainstein, sondern der Messias für alle – für den unglücklichen Semjon, für Jentele, für seinen Sohn Andrej und auch für die mit den Knüppeln und Forken. Was half's, wenn ihre einzige Freude der Pogrom war, ihr einziger Zeitvertreib trunkene Ausschweifung?

Oh, wie gern wollte er für die Welt ein Wunder tun – das Wunder der Liebe und der Erlösung.

Mit Leidenschaft, mit geradezu unvorstellbarer Ekstase sprach er die nutzlosen, die heiligen, die unwiederholbaren Worte: „Ich bin der Messias!"

Kein Laut, keine Antwort.

„Ich bin der Messias", wiederholte Chaim-Jankel zum letztenmal, dann watete er ins Wasser, zuerst bis zum Gürtel, dann bis zum Hals, breitete die Arme aus, schüttelte sich vor Kälte, wusch sich die verletzten Lippen und die Stirn.

„Haben sie ihn wirklich ertränkt?" fragte Dorski.

Und plötzlich begann er zu schluchzen, laut, hemmungslos, mit der Nase schniefend, bitter und untröstlich, so, wie er nicht einmal bei Krystynas Beerdigung geweint hatte.

Dorskis Tränen flossen unaufhaltsam, ohne Erleichterung zu spenden, doch sie machten ihn hellsichtig, sie rannen ihm über die unrasierten Wangen, übers Kinn, drangen ihm unter den Hemdkragen, und er fühlte sich völlig durchnäßt, als wäre er auf den Grund des Sees getaucht, auf den Grund des Lebens, in seine tiefsten Tiefen, wo sich hinter Not und Armut, unter dem goldenen Erz von Erfolg und Wohlstand der Sinn allen Seins verbirgt: ein Friedhof im Rücken, doch vor den Augen ebenfalls einer.

Weit draußen auf dem Feld schwankte eine verschwommene Gestalt, bewegte sich ein schwer zu erkennendes Gespenst, eine Mischung aus Abenddämmer und seiner, Dorskis, Hoffnung; doch die Frage, wer das wohl sei, Semjon oder der Messias, konnte er sich nicht beantworten.

Er wünschte, es wäre Semjon.

Nur länger warten mochte er nicht mehr. Im Leben ist es immer so: Du wartest auf den Messias, und das Schicksal beschert dir statt dessen einen Schlagetot mit Knüppel.

Unterdes hatten Jerofejew und seine Kumpane den Marktplatz überquert.

Jentele hörte Glas klirren, sie beugte sich aus dem Fenster und sah, wie die versoffene Bande grölend den Drogen- und Eisenwarenladen zerstörte.

„Der Laden ist geschlossen!" jammerte sie. „Der Laden ist geschlossen!"

„Komm runter, du Ziege! Her mit deinen Titten!" verhöhnte sie der lahme Stasis, ein Kumpan von Jerofejew.

„Hi-hi-hi!" lärmte es ringsumher.

„Die stinkt nach Knoblauch!"

„Statt der Titten hat sie 'n Geldsack!"

„Teert sie, die Schöne! Teert sie! Teert sie alle! Für die Mazze! Für das Blut von dem Jungchen!"

Noch nie hatte den Marktflecken solch ein Rausch erfaßt wie an diesem Abend. Ob es nun um den kleinen Jungen ging oder nicht – ein Vorwand findet sich immer. Das verpfuschte Leben, die verhaßte eintönige Arbeit, die Sehnsucht nach Unalltäglichem, und sei es auch blutig und mörderisch, ist das etwa kein Vorwand? Jerofejew und seine Helfershelfer trieb weniger blindwütiger, gemeiner Haß als vielmehr das Streben, für kurze Zeit einmal im Suff zu vergessen, sich für alles schadlos zu halten und sich auszutoben, die trunkene Verantwortungslosigkeit zu genießen, die ihren endlosen grauen Alltag, ihre ewige Armut und ihren dauernden Geldmangel vertuschen sollte.

Sie träumten von Rache. Rache für alles: für den gestrigen Tag, für den morgigen Tag, für Vergangenheit und Zukunft, für die Qualen des Katzenjammers und für lange zurückliegende Demütigungen, die auch die kurze, betäubende Freude einer Zecherei nicht vergessen machen konnte.

Sie brachen das Schloß von Spiwaks Laden auf, stürmten

hinein und begannen Spaten, Harken und Eimer auf die Straße zu werfen.

„Kommt her, liebe Leute! Nehmt alles, was ihr wollt!“

Jerofejew und der lahme Stasis rollten ein Teerfaß heraus, hoben es hoch und schmissen es aufs Pflaster.

„In den Teer mit ihnen, den Blutsaugern!“

Nachdem sie ihre Knüppel in den Teer getaucht hatten, setzte sich die Meute in Richtung Schenke in Bewegung, wüst fluchend und durcheinandertorkelnd.

Itzik sah sie vom Fenster aus. An Berschtanskis Friseurladen machten sie halt, schmierten Teer auf das Aushängeschild, das der Barbier von einem durchreisenden Wilnoer Verwandten geschenkt bekommen hatte und auf dem der üppig gelockte Kopf einer schönen Frau vor dem Hintergrund einer Brennschere abgebildet war; dann kamen sie auf die Schenke zu.

Daran, wie Itzik sein Gesicht ans Fenster preßte, merkte Selda, daß nichts Gutes zu erwarten war.

„Bei Morta ist schon das Fruchtwasser abgegangen“, sagte sie und wies mit einer Kopfbewegung auf die fest verschlossene Schlafzimmertür.

„Wenn mir etwas passiert, dann sagen Sie's ihr lieber nicht“, entgegnete Itzik und schob sich die Axt hinter den Gürtel.

„Versuchen Sie es menschlich mit ihnen“, flehte Selda.

„Menschlich mit Unmenschen?“

„Sie sind Menschen ... Menschen ... Genauso wie wir beide ... nur unglücklicher als wir.“

„Dann sagen Sie es ihnen!“ fauchte Itzik.

„Ein Blinder ist immer unglücklicher als ein Sehender.“

Itzik hörte nicht mehr hin. Er trat auf den Hof. Lehnte sich an die Wirtshauswand, packte den Axtgriff.

Jerofejew sah den Holzfäller von der Seite an, leckte sich die trockenen Lippen und sagte einfältig, beinahe kindlich treuherzig: „Itzik! Kauf uns 'n Eimer Wodka, dann tun wir euch nichts, aber sonst gibt's Prügel.“

„Kauf dir selber einen.“

„Mein Säckel ist leer.“ Jerofejew grinste.

„Hi-hi!“ wieherte der lahme Stasis.

„Uns steht was zu, Itzik … Du weißt ja“, singsangte der verabschiedete Soldat friedfertig, immer wieder auf die Axt in der Hand des Holzfällers blickend, „wir haben großen Kummer … Ein Kindchen von uns ist umgebracht worden. In Christi Namen – rück was raus, sonst setzt’s was!“

„Du hast sowieso schon mehr als genug“, rügte Itzik ihn. „Wie willst du denn morgen Heu machen?“

„Nicht deine Sorge … ’n Krug voll für das Blut des Jungen, und wir sind quitt“, sagte Jerofejew, der Feilscherei überdrüssig. „Sonst hauen wir die Schenke in Klump! – Stimmt’s, was ich sage, Jungs?“

Keiner antwortete. Sich mit einer Axt anzulegen, das ist etwas anderes, als eine Dienstbotin zu erschrecken oder den Knüppel in Teer zu wälzen.

„Auf Borg gebe ich nichts“, sagte Itzik. „Geld auf das Faß, und du kriegst ’n Krug.“

Itzik spürte, wie Jerofejews Bande nüchtern wurde und den Zusammenhalt verlor. Der lahme Stasis war, an einen wilden Birnbaum im Hof gelehnt, sogar eingenickt. Und auch Jerofejew selbst ging nicht sonderlich forsch vor, er drohte mehr, als er handelte.

„Wenn du kein Geld hast, dann zahl in Naturalien“, schlug Itzik plötzlich vor. Er wußte, ohne Wodka würde Jerofejew nicht gehen, und so war er bemüht, möglichst viel dafür herauszuschlagen.

„In Naturalien?“ feixte Jerofejew. „Du bist ein Spaßvogel, Itzik! Ein Spaßvogel! Solche gibt’s bloß in Fradkins Wald!“

„Ich gebe dir ein Glas Wodka, du mir den Knüppel. Und wenn du ’n ganzen Krug willst, dann her mit der Forke!“

„Ach, du Teufel!“ Jerofejew leckte sich begeistert die Lippen. „Entwaffnen willst du uns?“

„Wodka bewaffnet, aber entwaffnet auch. Nu was – einverstanden?“

„Ich bin einverstanden“, ließ sich eine Stimme vernehmen.

„Na, und du?“ fragte Itzik Jerofejew.

„Ich heb mir meinen Knüppel für später auf, wenn ich ’n Kater hab.“

Verächtlich sah er den aufgewachten lahmen Stasis an,

verächtlich seine kleinmütigen Gefährten, die Itzik ihre Knüppel und Forken vor die Füße warfen.

Itzik hob die Trophäen auf, trug sie in die Scheune und kam bald mit einem Krug Wodka zurück.

Jerofejews Helfershelfer, die Itzik von Kindesbeinen an kannten, setzten sich im Kreis – einer auf den Tränketrog, einer auf einen Holzklotz, ein anderer auf eine leere Kiste – und begannen, zu ihrem Anführer schielend, zu trinken. Sie wollten Jerofejew mit Blicken anstacheln, der aber blieb standhaft, stirnrunzelnd bemüht, der Versuchung zu widerstehen.

„Nimm 'n Schluck", forderte der lahme Stasis ihn auf. „Wirst dich schon nicht vergiften."

Jerofejew druckste ein Weilchen herum, dann ergab er sich schließlich auf Gnade und Ungnade dem teuflischen Versucher. Der Wodka ließ seine vor Schlaflosigkeit entzündeten Augen heller leuchten, versöhnte ihn mit den treulosen Gefährten und sogar mit Itzik. Wenn sonst vielleicht zu keinem, aber zu dem Holzfäller hatte Jerofejew ein gutes Verhältnis, er hegte keinen Groll gegen ihn. Wenn nur alle Juden so wären! Nicht Blutsauger, nicht Schankwirt, sondern Holzfäller – dann würde überall eitel Frieden herrschen. Man sollte sie alle in die Taiga schicken, nach Sibirien! Dort gibt es so viel Wald, da können sie ihr Lebtag Holz fällen, ohne je damit fertig zu werden.

Plötzlich ertönte in der Abendstille, in der sich wie Teer verdichtenden Dunkelheit ein seltsames Geräusch, ähnlich dem Winseln eines jungen Hundes oder dem Piepsen einer aus dem Nest gefallenen Jungkrähe.

„Hört nur!" sagte Itzik. „Hört nur! Ein Mensch ist geboren worden! Ein Mensch!"

Jerofejew und seine Freunde lauschten.

„Ja, wirklich! Hach, der geht ja ran! Gerade erst auf die Welt gekommen und schreit schon nach Wodka."

„Hi-hi!"

„Prozente will er", knurrte Jerofejew. „Noch ein Halsabschneider mehr für uns!"

„Trinkt auf seine Gesundheit", sagte Itzik versöhnlich. „Und dann schert euch fort. Morgen müßt ihr bestimmt Heu machen."

„Hm-ja“, stimmte der lahme Stasis ihm zu.

„Und die Forken?“ beklagte sich ein pockennarbiges Bäuerlein.

„Schlaft euch aus, dann bekommt ihr eure Forken. Aber jetzt – ab mit euch! Ab!“ rief Itzik.

Die Zechbrüder verzogen sich einzeln, als hätten sie sich nicht gekannt: einer ging durch den Hof, ein anderer durch den Gemüsegarten, ein dritter durch den Wald.

„Ein räudiger Jid ist zur Welt gekommen! Ein räudiger Jid!“ tobte Jerofejew und zerschmetterte die Gläser am Staketenzaun.

„Ein Junge und ein Mädchen!“ sagte Selda, die erschöpft aus dem Hause trat.

„Und was ist mit Morta?“

„Die weint.“

„Kann ich zu ihr?“

„Nur leg die Axt weg.“

„Ach ja, die Axt ...“

Itzik legte die Axt auf einen Hocker, trat sich die Füße ab und ging ins Schlafzimmer.

Morta lag geschwächt und ausgelaugt in den leichentuchweißen Kissen, während rechts und links von ihr zwei runzlige, krebsrote, stupsnasige Wesen schlummerten, eingewikkelt in die von ihr selbst genähten, für den Zeitpunkt der Niederkunft bereitgehaltenen Windeln. Die Zwillinge sahen aus wie zwei Zuckerhütchen aus dem Kolonialwarenladen, den früher der arme Avneri unterhalten hatte.

„Für eins hab ich Windeln genäht, und Gott schickt ein Pärchen ...“

„Gott hat es gut gemacht.“

„Waisenkinder, ohne Vater ...“

„Sie werden einen Vater haben. Alles werden sie haben.“

„Ach, wer das glauben könnte.“

„Glaub es doch! Glaub es! Alles wird sich ändern.“

„Wann?“

„Bald! Der Haß wird sterben, die Liebe wird geboren werden ... Die hier“, Itzik sah auf die Zwillinge, „die werden in einer anderen Zeit leben, leben auch für uns, für dich, für deine Verwandten, für Josua ... Teufel noch eins, wie gerne würde ich selbst so in den Windeln liegen!"

Das Wesen an Mortas linker Seite begann plötzlich erst zu greinen, dann zu schreien, und dieses Schreien, so schien es, öffnete Wände und Zeiten, tilgte Feindschaft und Zwist, beschämte die Hartherzigen und ermutigte die Verzweifelten, und alle reagierten darauf – Gefangene und Wächter, Pogromhelden und Propheten, ja sogar der Vorleser Zodik, dem sie den Bart mit Teer eingeschmiert hatten, trat aus der Synagoge und ging, allen Drohungen zum Trotz, dem Ruf des soeben geborenen Lebens entgegen.

16

So eilig es Dorski auch hatte, nach Wilno zu kommen, Chaim-Jankels Pferd in einen flinkflügligen Vogel verwandeln konnte er nicht. Auch das Pferd schien in diesen Tagen schwerfälliger geworden zu sein, die Bürde, die Fahrgast und Fuhrmann bedrückte, schien auch auf ihm zu lasten.

Rossieny passierten sie in völliger Dunkelheit, kein einziges Licht war zu sehen, und Dorski verlor kein Wörtchen wegen einer Übernachtung. Nur fahren, fahren, ohne abzubiegen, fahren, bis die Ziegeldächer von Wilno auftauchen, bis im frühen Morgendämmer die Kirchturmspitzen leuchten, bis die Räder über das vom Zahn der Zeit benagte Steinpflaster holpern.

Nach Wilno? Aber was erwartet ihn dort? Das leere Haus, der flüchtige Sohn, der Prozeß des Gattinnenmörders Strelnikow? Was ist Erfreuliches an solch einer Heimkehr?

Fahren, fahren, nirgendwohin zurückkehren – weder in die Vergangenheit noch in die Gegenwart, weder zu den Toten noch zu den Lebenden, möge der Weg sich endlos hinziehen, mögen die Räder nicht aufhören zu rattern, möge die Kibitkaplane sich ewig über seinem Kopf breiten, wie Nacht und Morgen, wie Wolken und Sterne.

Finsternis, undurchdringliche Finsternis hüllte Dorski ein, und nicht einmal das Denken, scharf und hell wie ein

Blitz, nicht einmal das Denken war imstande, sie auszufüllen und zu zerstreuen.

Weg mit dem Denken! Weg mit dem Blitz, der sich selbst zerstört und die Finsternis nur unterstreicht!

Das Gefühl, innerlich ausgehöhlt, ja geradezu ausgeweidet zu sein, verließ Dorski keinen Augenblick, und die öde Straße, die ihr geheimnisvolles graues Band vor ihm aufrollte und seinem Herzen so wohl tat, verstärkte nur das Empfinden der Leere, weckte in ihm eine unklare und unausweichliche Angst.

Vergebens versuchte der Anwalt sich an eine tröstliche Erinnerung zu klammern, die Gespenster jedoch, die sich zu beiden Seiten der Straße drängten, in der Kibitka lauerten und ihr nachliefen, gesichtslos, vielarmig, die sich ihm entgegenreckten, teils um Hilfe flehend, teils ihn verfluchend, die Gespenster verschwanden wieder, und abermals gähnte Leere, abermals wälzte sich Finsternis heran.

Eine Heimat der Gespenster, dachte Dorski traurig, kaum aufgetaucht, sind sie schon wieder verschwunden.

Und auch er selbst war ein Gespenst! Gespenst von einem Sohn, einem Bruder, einem Gatten, einem Verteidiger!

Ein Blitz erhellte die Kreuzung, und Dorski erinnerte sich, wie stolz und selbstsicher er gesagt hatte: „Rechtsanwalt Dorski!"

Vor den Pogromhelden hatte er diese Worte so ausgesprochen, als wäre er wahrhaftig der Messias.

Von wegen Messias! Ha!

Einer hat eine Peitsche, einer eine Forke, wieder andere haben Nadel und Rasiermesser, Pferdezügel und Besen – aber er? Was hat er? Worte! Schöne, aufgeblasene Worte! Ein Gespenst aus gespenstischen Worten – Rechtsanwalt Dorski!

Dieser Fuhrmann hier, dieser Trunkenbold Chaim-Jankel, ist tausendmal besser als er. Chaim-Jankel lebt, ohne zu grübeln, abzuwägen, vorauszuberechnen – er handelt, er bezahlt für seine Worte mit Blut, er geht für die Gerechtigkeit ins Unglück, in den Sumpf, in den Dreck.

Er, dieses grobe Mannsbild, hat eine Heimat.

Er hat seine Kibitka.

Er tauscht sie nicht gegen eine Kutsche, gegen goldene Wagenfedern und ein silbernes Verdeck.

Er hingegen, Dorski, ist aus der Armut ausgeschirrt und vor eine Kutsche gespannt.

Nur daß er die ganze Ladung aus der Kibitka mitgenommen hat.

Reichlich vierzig Jahre ist er mit der Kutsche gefahren und hat allmählich einen nach dem anderen hinausgeworfen: in Petersburg Vater und Mutter, in Wilno Meilachke Wainstein und seinen Wohltäter Onkel Naftali Spiwak.

Und weiter?

Reichlich vierzig Jahre sind sie ihm nachgelaufen und immer wieder aufgesprungen mit Sack und Pack, mit all ihren Wunden und Nöten.

Jetzt sitzen in der Kutsche der Schankwirt Josua Mandel, der Friseur Anschel Berschtanski, der Synagogendiener Perez, die Braut Jentele, jetzt sind alle Fische vom Marktplatz, alle Grabsteine vom Friedhof des Marktfleckens hineingeplumpst und dazu noch die Mauern seines Geburtshauses mitsamt dem Haken an der Decke.

Und die Kutsche ist umgekippt.

Und die Räder sind abgegangen und fortgerollt.

Und er kommt nicht mehr vom Fleck. Weder vorwärts noch rückwärts.

„Machen wir halt in Kowno?“ fragte Chaim-Jankel.

Dorski schrak auf.

„Ach doch“, sagte er. „Ich hab's versprochen.“

Dorski hatte Puschkarjow tatsächlich versprochen zu kommen, eher aus Höflichkeit als aus Notwendigkeit hatte er es getan. Er hätte sein Versprechen nicht unbedingt einzuhalten brauchen, doch an dem Ton, in dem der Fuhrmann fragte, merkte er, daß Chaim-Jankel in Kowno gern eine Rast eingelegt hätte.

Offen gestanden, verspürte der Anwalt keine besondere Lust, in diesem derangierten Zustand bei Puschkarjow aufzutauchen, doch auch der Gedanke, in einer Herberge Quartier zu nehmen, die ganze Nacht die Wanzen zu füttern und die Schaben abzuschütteln, lockte ihn nicht. Gewiß, er hätte sich ein Zimmer im „Imperial“ oder im „Passage“ mieten können, aber auch diese Variante sagte ihm nicht zu – mehr als die Wanzen fürchtete er die Einsamkeit, die konnte man nicht hinter die Tapete vertreiben oder zur Tür hinauskehren.

Puschkarjow freute sich unsagbar über Dorskis Erscheinen, er tischte alle möglichen Speisen auf, umsorgte den Gast, las ihm jeden Wunsch von den Augen ab und rieb sich vor Vergnügen die runzligen Hände. Sogar die Zurückhaltung des Anwalts konnte seinen Eifer nicht dämpfen.

„Ich habe eine gute Nachricht für Sie“, sagte er. „Der Hof hat den Fall Rossieny unter seine Kontrolle genommen. In Kowno ist aus Petersburg ein Beamter mit Sondervollmachten eingetroffen. Der Herrscher will ins Ausland reisen, und er wünscht offensichtlich nicht, einen Schweif von Blut hinter sich herzuschleppen.“

Dorski zeigte für Puschkarjows Mitteilung nicht das gebührende Interesse, er lächelte säuerlich und sagte: „Sie beziehen den Ofen und heizen das Bett.“

„Das hab ich nicht verstanden, mein Lieber.“

„Auf gut russisch: Sie streuen uns Sand in die Augen. Ist doch alles eine Wichse, Hof und Höflinge.“

„Der Abgesandte Seiner Majestät hat eine Delegation der Kownoer Juden empfangen. Vielleicht könnte es nicht schaden, wenn auch Sie bei ihm vorsprächen. Er residiert im Hotel ‚Füstenhof‘.“

„Ich erkenne Sie nicht wieder, German Porfirjewitsch! Sie und krumme Pfade?“

„Zur Gerechtigkeit, genau wie nach Rom, führen viele Wege, darunter auch krumme.“

„Die Unschuld meiner Klienten liegt doch auf der Hand.“

„Und Spiwaks Aussage?“

„Mit Gewalt erpreßt, von einem Toten unterschrieben.“

Puschkarjow verfinsterte sich, seine Augen erloschen, seine Hände griffen zur Karaffe, er goß sich schnell ein Glas ein, trank es in einem Zug leer, räusperte sich.

„Ich habe hier etwas für Sie bereitgelegt. Die Fragen an den Experten Lapin.“ Puschkarjow ging in sein Arbeitszimmer, holte ein beschriebenes Blatt und reichte es Dorski. „Achten Sie besonders auf Frage Nummer eins!“

„Ist der Schnitt mit dem Rasiermesser möglicherweise erst an der Leiche vorgenommen worden?“ las der Anwalt gleichgültig.

„Na?“ Puschkarjow lebte wieder auf. „Hübsche Frage, nicht …? Wenn eine tote Hand eine Aussage unterschreibt, die den Verhörten des Mordes überführt, warum könnte dann die lebendige Hand eines unwürdigen Untersuchungsführers nicht auch einem Leichnam die Kehle aufschneiden?“

Puschkarjow versuchte Dorski mit seinem Eifer und seinem Scharfsinn anzustecken, aber der Anwalt hörte ihm nur zerstreut zu und schien sogar einzunicken.

„Ja, was ist denn mit Ihnen, mein Lieber? Fühlen Sie sich nicht wohl?“ Puschkarjow sah seinen Gast prüfend an. „Wo ist Ihr Elan geblieben? Wer hat Ihnen den Schneid abgekauft?“

Sollte Dorski wirklich passen? Solche Trümpfe in der Hand haben und passen? Ach, wäre nicht die verfluchte Stimme, wäre nicht dieses heisere, frostige, unheilbare Alter! Dieser Prozeß würde sein, Puschkarjows, Schwanengesang werden, und er sänge ihn in den allerhöchsten Tönen. Sänge ihn und faltete dann die ausgedienten Flügel endgültig zusammen.

„Ich werde wohl meine Gesundheit erst wieder aufbessern müssen. Im Krankenhaus“, sagte Dorski matt.

„Ja, aber … aber, mein Lieber, was wird mit dem Prozeß?“

„Mit dem Prozeß …? Alles hängt von den Ärzten ab …“

„Ach, gehen Sie mir mit den Ärzten! Fürst Urussow, heißt es, hatte im baltischen Prozeß schon Blut im Halse, und doch hat er seine Rede nicht unterbrochen, hat Ihre Leute verteidigt. Nehmen Sie es mir altem Mann nicht übel, aber ich halte es für besser zu sterben, als abzusagen.“

„Aber ich … ich sage ja nicht ab … obwohl …“

„Lassen Sie nur, mein Lieber! Ich verstehe schon: Der Besuch in der Heimat, die Wiederbegegnung mit der Kindheit – das hat Sie alles tüchtig mitgenommen … Doch wieso denn gleich ans Sterben denken? Sie sind noch so jung, beneidenswert jung, geradezu unanständig jung … Und Sie werden jung bleiben, solange Sie von der Bosheit zehren wie der Geier vom Aas – sie in Stücke reißen, daß die Fetzen fliegen ...! Wissen Sie was – wir sollten uns zusammentun, zum Ruhme Rußlands! Wir sollten einen solidarischen Appetit entwickeln ..."

Puschkarjow wollte sich noch ein Glas eingießen, aber die Karaffe war leer.

Dorski nickte dankbar mit dem Kopf und gab sich alle Mühe, die Scharte wieder auszuwetzen: Gottbehüte, er hatte doch nicht ernsthaft daran gedacht, die Verteidigung aufzugeben, nur mußte man für so etwas einfach in Hochform sein, wennschon kämpfen, dann richtig, jedoch im Leben kann alles mögliche passieren, nicht alles ist vorauszusehen. Und war er denn der Nabel der Welt? Sollte er, Dorski, in dem Prozeß nicht auftreten können, so fände sich ein anderer, und sei es jener Fürst Urussow.

„Wenn Sie nichts dagegen haben", sagte Puschkarjow, „dann werde ich, sozusagen parallel zu Ihnen, auch eine Verteidigungsrede aufsetzen. Ich komme nach Wilno, wir vergleichen beide und machen die endgültige daraus. Für den Anfang habe ich sogar schon ein Zitat von Montesquieu herausgesucht. Augenblick! Wo ist meine Brille?"

„Auf Ihrer Nase, German Porfirjewitsch", sagte Dorski, gerührt über den Vorschlag.

„Ach ja!" Puschkarjow rückte die Brille zurecht und nahm ein kleines Buch in Ledereinband vom Regal. „Ich versuche es Ihnen gleich mal zu übersetzen." Er suchte die entsprechende Seite und las stockend: „‚Vor einem müssen wir Euch warnen: Wenn jemand die Kühnheit besitzt ... wenn jemand von Euren Nachfahren die Kühnheit besitzt, eines Tages zu behaupten, daß in dem Jahrhundert, in dem wir leben, die Völker Europas von hoher Kultur waren, dann wird man sich auf Euch beziehen zum Beweis, daß sie Barbaren waren; und die Vorstellung, die man von Euch bekommt, wird von solcher Art sein, daß sie Euer Jahrhundert brandmarkt und alle Eure Zeitgenossen hassenswert erscheinen läßt!' – Nun, wie finden Sie das?"

„Dunkel", erwiderte Dorski. Er begriff nicht ganz, an wen dieser Ausspruch adressiert werden könnte, die Geschworenen hatten nie etwas von Montesquieu gehört, und auch

Tschistochwalow und Turow würden nicht begeistert sein, als Barbaren charakterisiert zu werden. Doch er beschränkte sich wieder, wie vorher, auf ein dankbares Kopfnicken.

„Sie können es mitnehmen. Ich schenke es Ihnen!“ sagte Puschkarjow großzügig und markierte die entsprechende Seite akkurat mit einem Lesezeichen.

„Behalten Sie es für Ihre Verteidigungsrede“, entgegnete Dorski.

Er hätte nicht gedacht, daß der Fall von Rossieny Puschkarjow so stark beschäftigen und bis zur Unkenntlichkeit verändern würde.

Das Alter spielt Jugend, dachte er traurig, die Überflüssigkeit gibt sich unabkömmlich, die Stummheit lautstark, die Gans spielt Raubtier. Vielleicht stand auch ihm, Dorski, zehn Jahre später ähnliches bevor: für einen erfolgreichen Kollegen in Montesquieu oder Plato zu blättern, in seinem leeren Haus in der Sawalnaja Gerichtsprozesse zu veranstalten und dabei in Personalunion als Angeklagter, Ankläger, Verteidiger und Publikum aufzutreten.

Würde er Puschkarjows Vorschlag, nach Wilno zu kommen, jetzt ablehnen, dann könnte sich dessen Drama in eine Tragödie verwandeln. Bereits einmal hatte man ihn aus der Schlinge gezogen. Das war auch der Grund, warum Puschkarjow in die Provinz umziehen mußte. Ein Advokat, der sich hatte erhängen wollen, konnte in Wilno auf nichts mehr rechnen. Indessen wußte niemand so gut wie Puschkarjow, was eine Schlinge ist. Für Dorski und seine Kollegen waren Schlinge und Zuchthaus abstrakte Begriffe, die keinen Schmerz verursachten, ihren Hals drückte höchstens der Schlips, nicht der Strick.

„Ein Vierteljahrhundert war ich nicht dort“, sagte Puschkarjow zum Abschied, und die Augen wurden ihm feucht. „Vermutlich ist Wilno nicht wiederzuerkennen?“

„Gewiß, vieles hat sich verändert. Außer dem Gericht.“ Dorski wurde weich. „Die Adresse wissen Sie noch?“

„Sawalnaja siebzehn. Gegenüber den Moskauer Bädern.“

„Kurz davor“, sagte Dorski und reichte Puschkarjow die Hand.

Wilno erreichten sie rascher, als sie gedacht hatten.

Die Kibitka fuhr die Bolschaja Poguljanka hinunter und bog kurz vor der Trokskaja rechts ab.

Es war Mittag.

Die Junisonne strahlte verschwenderisch, doch ihr üppiger Glanz verstärkte nur Dorskis böse Vorahnungen.

Der Anwalt wußte selbst nicht, was eigentlich geschehen sollte, aber der aufdringliche Gedanke an irgendeine Art von Strafe, der er in der Heimat glücklich entgangen war, hatte ihn auf der ganzen Fahrt begleitet. Es konnte doch nicht sein, daß seine Reise so komplikationslos zu Ende ging.

Die Kibitka näherte sich dem Haus von der Seite, wo Arnatskis Laden lag, und fuhr am Haupteingang vor, an dessen Tür das Kupferschild prangte: „Rechtsanw. M. A. Dorski".

Zum erstenmal seit langen Jahren hatte Dorski das Bedürfnis, das Haus in jemandes Begleitung zu betreten, ganz gleich, ob mit dem Fuhrmann oder mit einem Passanten, nur nicht allein. Er konnte sich dieses Gefühl nicht erklären, doch plötzlich schien ihm, er brauche nur die Tür zu öffnen und vor ihm stünde, aus dem Nichtsein wiederauferstanden, Pan Stanisław Dorski, freundlich, mit seinem üppigen Rassekaterschnurrbart, im Schlafrock, und würde beiläufig fragen, wie damals in jener unvergeßlichen Zeit, als Miron Alexandrowitsch mit Krystyna aus Petersburg kam: „Krystyna! Kto ten żydek?"* (Obwohl er ja wußte, er war ihr Ehemann.)

„Kommen Sie bitte einen Augenblick mit hinein", sagte Dorski zu dem Fuhrmann.

Lange und umständlich schloß er die Tür auf, als wäre es nicht seine eigene – erst fand er das Schlüsselloch nicht, dann betrachtete er die Spuren auf der Schwelle.

Von wem waren die?

Von Pani Katarzyna?

Von Garkawi?

Von seinem Schwiegervater und Quälgeist Stanisław Dorski?

Endlich hatte der Anwalt die Tür geöffnet und stürmte hinein wie in ein brennendes Haus.

Und das Haus brannte wahrhaftig.

* (poln.) Wer ist dieser Jude?

Nur daß es nicht in Flammen stand, sondern im kalten Feuer der Verwüstung dalag. Der Anblick, schlimmer als Qualm, würgte einem den Atem ab.

In der Diele war die Flurgarderobe heruntergerissen, der Spiegel weggerückt, im Wohnzimmer lagen in großer Unordnung Kleidungsstücke umher – teure Pelze mit Fehkragen, fellgefütterte Mäntel –, der Louis-Quartorze-Sessel zeigte seine Füllung. Durchzug ließ die Schranktüren klappern, wie eine Gans mit den Flügeln schlägt, bevor sie geopfert wird. Das Bett war zerwühlt, die Kissen aufgeschnitten. Die Federn bedeckten den Fußboden wie Neuschnee.

„Einbrecher!" sagte Chaim-Jankel teilnahmsvoll. „Das müssen Sie der Polizei melden."

„Gar nichts muß ich melden", erwiderte Dorski, während er in dem umgekrempelten, verwüsteten, vergewaltigten Haus umherschritt. „Das war kein Diebstahl, das war eine Haussuchung ... Verstehen Sie, eine Haussuchung."

Chaim-Jankel riß die Augen auf und starrte ihn fassungslos an, der Anwalt aber stieß seine Pelze und die Füllung des königlichen Sessels mit dem Fuß beiseite, haschte nach den durch die Luft treibenden Flaumfedern und pustete sie von seiner Hand. Sein Gesicht war nicht von Zorn oder Kränkung gezeichnet, sondern von leichtem, noch nicht ganz manifestem Wahnsinn.

Er benahm sich wie im Fieber. Hob umherliegende Papierbogen vom Fußboden auf und streute sie gleich wieder aus, ruhig und gemessen wie ein Sämann. Auf einmal hüllte er sich theatralisch in ein Bettlaken, wie in ein Leichentuch, und stand starr wie eine antike Statue vor dem verdutzten Fuhrmann.

„Nach Saretschje!" rief er dann, das Laken abwerfend.

Chaim-Jankel hätte das erschöpfte Pferd wohl kaum dorthin getrieben, aber er wohnte ja selbst in Saretschje, und so war er einverstanden.

Dorski, über und über voller Flaum und Federn, stieg in die Kibitka und verzog sich unter die Plane, um niemanden zu sehen und von niemandem gesehen zu werden. So eine Schande! Vermutlich klatschte bereits die ganze Stadt darüber, vermutlich riefen die Zeitungsverkäufer schon auf

Schritt und Tritt: „Lesen Sie! Lesen Sie! Haussuchung bei Rechtsanwalt Dorski!“, vermutlich hatten Tschistochwalow und Turow es bereits im Gericht ausposaunt, wo er sich jetzt keinesfalls blicken lassen durfte.. Er war ein Gezeichneter, gezeichnet bis ans Ende seiner Tage.

Sein Zorn auf den Sohn hielt einem schwachen Mitleid die Waage, doch das Mitleid war weniger brennend als Verzweiflung und Scham.

Armer Junge! Hatte er ihn etwa nicht gewarnt, womit solche Spiele enden? „Säet das Vernünftige, das Gute, das Ewige!“ Nun, Sämann, hast du es endlich begriffen? Dieses Zeitalter ist ein Schnitter, es hat nicht Samen im Korb, sondern Fesseln! Einen ganzen Korb voller Fesseln!

Pani Moczar war nicht daheim.

Dorski eilte die Treppe hinauf zur Galerie, wo das Zimmerchen seines Sohnes lag! Er klopfte, und heraus kam ein geschminktes Mädchen, das die Hüften schwenkte und sagte: „Das Geld vorab, mein Junge! Und keine Fisimatenten.“

„Sie ... Sie ... Wohnen Sie schon lange hier?“ Dem Anwalt verschlug es den Atem.

„Ich wohne nicht hier, mein Junge, ich arbeite hier.“

Und sie schleuderte ihm das kreischende Lachen einer käuflichen Puppe ins Gesicht.

„Bringen Sie mich zur Nemezkaja“, bat er den Fuhrmann. Es war ihm peinlich gegenüber Chaim-Jankel, immerhin hatten sie nicht vereinbart, daß der ihn in der Stadt umherfahren sollte, aber er hatte schreckliche Angst vor jeder Minute, jeder Sekunde Alleinsein. Die Einsamkeit könnte ihn womöglich schneller umbringen als die Krankheit in seiner Brust.

In Garkawis Sprechzimmer brach er ein wie ein entflohener Zuchthäusler. Er scherte sich nicht im geringsten um den durch sein plötzliches Auftreten schockierten Patienten, der instinktiv seinen Leib bedeckte, als müsse er sich vor einer Kugel schützen.

„Ich habe Sprechstunde.“

In Garkawis Stimme klirrten Eiskristalle. Klirrten, ohne zu schmelzen.

„Ziehen Sie sich an!“ befahl der Arzt seinem Patienten, und seine hochmütige Gleichgültigkeit traf Dorski wie eine kalte Dusche.

Du Holzklotz! Du Mumie! Du Sphinx! kochte es in dem Anwalt.

Nachdem der Patient gegangen war, platzte er heraus: „Das ganze Haus ist durchwühlt.“

„Wessen Haus?“

„Meins.“

Garkawi sah ihn immer noch ungerührt von oben herab an.

„Andrej haben sie geschnappt.“

Atemlos und sich immer wieder an die Kehle fassend, erzählte Dorski Garkawi von der Haussuchung.

„Zieh dich aus“, sagte der Arzt.

„Jetzt doch nicht!“

„Zieh das Hemd aus ... Leg alles ab ...“

Dorski sperrte sich hartnäckig, aber Garkawi stimmte ihn schließlich doch um, setzte ihm das Hörrohr auf die Brust und horchte lange sein Herz ab.

„Nun leg dich auf den Bauch!“

Dorski biß in das weiße Kissen. Er konnte sich nicht verzeihen, daß er Garkawi nachgegeben hatte, daß er zu dieser törichten Auszieherei bereit gewesen war, anstatt von dem Freund Erklärungen zu verlangen. Allerdings, wozu brauchte er noch Erklärungen? Ohnehin war alles klar. Er, Miron Alexandrowitsch Dorski, war bankrott! Er war zerquetscht, zerdrückt, zerrieben. Ein gewesener Vater, ein gewesener Rechtsanwalt, ein gewesener Jude!

„Du mußt ins Krankenhaus. Hier, trink das.“ Garkawi gab aus einem Arzneifläschchen Tropfen in ein Glas und reichte es dem bleichen, nach Atem ringenden Dorski.

Ins Krankenhaus? Lieber gleich in die Letnjaja, in die Irrenanstalt!

„Und Andrej?“ hauchte er.

„Dein Andrej hat ein gesundes Herz. Du hingegen ...“ Garkawi zog die buschigen Brauen hoch. „Hast du schon mal gehört, wie ein Bettler an die Tür klopft?“

„Ein Bettler – was soll das?“

„Er klopft so: Poch, poch, poch – und Pause. Poch, poch, poch – und Pause."

„Ich muß ihn finden."

„Glaub mir, Miron, in deinem Zustand kannst du nicht die Polizeireviere, Gefängnisse und Kanzleien abgrasen."

„Doch, doch."

„Du hilfst ihm damit sowieso nicht."

„Ich helfe ihm! Ich helfe ihm!" schrie Dorski. „Was weißt denn du! Dein Zalik sitzt nicht im Gefängnis, sondern in Jena!"

Garkawi hob vielsagend die Arme: Na schön, mein lieber Herr, mach, was du willst.

Dorski begann sich anzukleiden.

„Gewiß, jemanden für seine Überzeugungen ins Gefängnis zu sperren, das ist dasselbe, wie eine Uhr zu zerstören", sagte Garkawi nachdenklich. „So viele du auch kaputtmachst, die Zeit hältst du trotzdem nicht an. Aber genauso töricht ist es, eine Uhr in einer fremden Tasche umstellen zu wollen."

„Wovon redest du?"

„Jedwede Macht, Miron, ist eine Uhr in einer fremden Tasche. Sie mag diejenigen nicht, die ohne Erlaubnis hineingreifen … Erzähl lieber von deiner Reise."

„Später, Moulin, später."

„Wir haben hier auch nicht geschlafen … Es gibt den Vorschlag, Baron Rothschild um Hilfe zu bitten."

„Unsinn", unterbrach Dorski ihn.

„Der Zar braucht Kredite für den Bau der Transkaukasischen Eisenbahn. Baron Rothschild gibt ihm Geld, und Seine Majestät schenkt den Angeklagten die Freiheit … Man sollte sich nicht nur aufs Gesetz verlassen."

„Keinen Pfifferling ist eine Gerechtigkeit wert, die auf Gesetzlosigkeit beruht!"

„Reg dich nicht auf. Das schadet dir, Miron … Nun, wie ist's, geht's schon besser?"

„Danke, Moulin." Dorski erhob sich vom Stuhl, ordnete sein Hemd, zog sich den Mantel an.

„Wenn du durch die Gefängnisse läufst, verschärft das nur die Situation deiner Mandanten. Solltest du nicht lieber eine Zeitlang in den Hintergrund treten?"

„In den Hintergrund? Weißt du, was du von mir verlangst? Um meiner Mandanten willen den eigenen Sohn zu opfern? Nein, mein Sohn ist mir mehr wert. Viel mehr!"

„Gar nichts verlange ich von dir. Ich bin ein offenherziger Mensch, ich sage, was ich denke ... Für deinen Sohn ist das Gefängnis mehr wert als du. – Laß dich in ein, zwei Tagen wieder sehen. Mit deinem Bettler müssen wir etwas machen. Der kommt jetzt nicht ohne Almosen aus."

„Ob es nun einen Bettler mehr oder weniger gibt", sagte Dorski und wollte sich verabschieden.

„Warte! Hier hast du ein Almosen. Dreimal täglich nach dem Essen fünfzehn Tropfen."

Garkawi schob ihm ein Arzneifläschchen in die Tasche.

In der Gouvernements-Gefängnisinspektion arbeitete eine alte Bekannte von Krystyna.

An die wollte Dorski sich wenden.

Er würde einfach zu ihr gehen, zur Tarnung einen Blumenstrauß mitnehmen und alles in Erfahrung bringen. Da war weiter gar nichts dabei.

Dorski kaufte einen Strauß weißer Rosen und machte sich auf den Weg zum Kathedralenplatz, wo in einem zweistöckigen Steinbau die Gefängnisinspektion ihren Sitz hatte.

Teresa – so hieß Krystynas Bekannte – war nicht wenig erstaunt über sein Kommen. Nachdem sie gehört hatte, worum es ging, schlug sie ein Treffen im Botanischen Garten vor und versprach, in einer Stunde eine konkrete Antwort zu geben, falls nicht, wie sie hinzufügte, Andrjuscha schon auf Transport geschickt wäre.

Im Botanischen Garten spielte, wie an jedem anderen Tag, ein Blasorchester, liefen schmucke Pärchen umher, spazierten strenge Gouvernanten, die keinen Blick von ihren Schützlingen ließen, ergingen sich wohlgestalte Junker, leblos wie Schaufensterpuppen, zwitscherten die Vögel auf den Bäumen, und von dieser Vielstimmigkeit und Buntheit schwirrte Dorski der Kopf, und der Bettler klopfte mit hartem, knochigem Finger an die Tür, und die Bank, auf der er saß, knisterte wie Reisig im Feuer, und vor seinen Augen zog sein ganzes Leben vorüber mit all seinen Aufschwüngen und Abstürzen, mit Liebkosungen und Fußtritten, mit Süße und Bitternis. Auf einmal mußte Dorski daran denken, wie er an der Newa, genau wie jetzt an der Wileika, auf Krystyna gewartet hatte, wie er aufs Wasser geschaut hatte, und das Wasser, klar und ungetrübt, war in ihn eingeströmt wie ins Meer, und er hatte sich unergründlich tief und grenzenlos weit gefühlt, vor Jugend und Unsterblichkeit überschäumend, und dann hatte Krystyna ihn an der Hand gefaßt, und sie waren schweigend bis zum Morgen am Ufer entlanggegangen, als gingen sie durchs Paradies, und der Engel der Liebe hatte sich auf ihren Schultern niedergelassen und ihnen in seiner stammelnden Sprache aus dem Reich über den Wolken etwas zugeflüstert.

Teresa kam zum vereinbarten Zeitpunkt, setzte sich neben Dorski und flüsterte: „Ein Andrej Dorski ist in keinem Gefängnis der Stadt registriert."

Und sie fügte hinzu: „In den letzten zwei Wochen sind nur zwei Politische festgenommen worden, Fjodor Krjukow und Aaron Wainstein."

„Und wo sind die?" fragte Dorski, ohne mit der Wimper zu zucken.

„Im Etappengefängnis."

„Offenbar hat man mich genasführt", setzte Dorski das Spiel fort. „Andrej wird mit Freunden verreist sein."

„Ihr Andrjuscha und im Gefängnis? Undenkbar", plapperte Teresa.

„Trotzdem möchte ich gern, daß meine Bitte ..."

„Aber Pan Dorski! Oh, diese Rosen! Mein Gott, wie bezaubernd sie duften!"

Der Anwalt blickte auf die Rosen, die er ihr geschenkt hatte, und wußte nicht, was tun – sitzen bleiben konnte er nicht, aber aufzustehen wäre unhöflich.

„Arme Krystyna! So früh ist sie dahingegangen. Verblüht wie eine Rose ..."

Dorski murmelte Zustimmung, wiegte sich wie ein Stehaufmännchen, während Pani Teresa weiterplapperte: wie schnell das Leben verfliege, wie wunderbar gegenseitige Liebe sei, dann über die Herbstmesse und den Bau eines Gefängnispalastes. („Ach, was für ein erstaunliches Projekt! Der Ingenieur-Oberst Keltschewski ist mein Cousin! Stellen

Sie sich bloß vor – ihm sind die Arbeiten übertragen worden. Sie belaufen sich auf vierhundert ... auf vierhunderttausend Rubel!")

„Oh, Pan Dorski! Ich will Sie nicht länger aufhalten! Gehen Sie nur! Ich bleibe noch ein Weilchen mit ihnen hier sitzen." Teresa führte ihre gepuderte Wange an die Rosen. „Mit Blumen sprechen, das ist, wie mit dem Herrgott selber reden."

Zur Poltawaer Straße, wo das Etappengefängnis lag, ging Dorski durch den Stadtteil Saretschje, um niemandem unter die Augen zu kommen.

Er suchte den Gefängnisaufseher Oberstleutnant Smirnow auf, mit dem er schon des öfteren zu tun gehabt hatte, und bat, den Gefangenen Aaron Wainstein sprechen zu dürfen.

„Jederzeit", sagte Smirnow.

Meine Güte! Wie glücklich hatte sich alles für ihn, Dorski, gefügt. Keiner – weder Teresa noch Smirnow noch die Wärter – vermutete, daß der Gefangene Aaron Wainstein sein einziger leiblicher Sohn Andrej war, Andrjuscha Dorski.

Tausendmal hatte Dorski die Wilnoer Gefängnisse besucht, tausendmal war er gekommen und wieder gegangen, mit den unterschiedlichsten Gefühlen – Bedauern, Mitleid, Verwunderung. Er trug tausend fremde Geständnisse mit sich herum, ehrliche und falsche, tapfere und kleinmütige, eine Legion von Häftlingen war vor ihm Revue passiert, reumütige und auch solche, die trotzig an ihren Sünden festhielten, doch niemals hätte er gedacht, daß er eines Tages als Vater hier erscheinen würde. Noch vor gar nicht allzu langer Zeit, vor zwei Jahren noch, wäre ihm ein solcher Gedanke geradezu lasterhaft vorgekommen: Gefängnisse gab es für alle möglichen Leute, nur nicht für seine Familie. Das Gefängnis war, wie Dorski zu scherzen pflegte, ihr Ernährer, aber er hatte nie darüber nachgedacht, daß auch ein Ernährer jeden Tag gefüttert werden muß. Nun hatte sein Andrjuscha ihn gefüttert, und auf dem Friedhof der betrogenen Hoffnungen war noch ein weiterer Grabhügel emporgewachsen, den kein Spaten abtragen, keine Tränen wegschwemmen konnten.

Sollen doch andere den Ernährer füttern, hämmerte es in seinen Schläfen, andere, nur nicht Andrej.

Während er durch den langen Kasemattenflur schritt, verglich Dorski sich mit dem Erzvater Abraham, von dem Gott gefordert hatte, seinen geliebten Sohn Isaak zu opfern, um seine, Abrahams, Liebe zu ihm, dem Herrn, auf die Probe zu stellen.

Er sah die eisenbeschlagenen Zellentüren, und am liebsten hätte er lauthals gerufen: He, du, der du immer und ewig im Himmel thronst, wie lange noch wirst du mich quälen und peinigen, wie lange noch die Stärke meines Geistes und meine Liebe auf die Probe stellen? Genügt es dir nicht, daß du mir bereits die Mutter, die Gattin, die Verwandten genommen hast? Ich will es nicht verhehlen: Ich liebe meinen Sohn mehr als dich. Wenn du in Wahrheit so allmächtig bist, dann laß uns die Plätze tauschen – mag er seinen Vater zum Opfer darbringen, schlage mich in Fesseln, doch ihm schenke die Freiheit, denn nicht uns kommt sie zu, sondern ihnen, unseren Söhnen! Sie haben sich noch nicht in Sünden gesielt, sie haben noch niemanden verraten und verkauft, sie haben noch keine Gnade von dir erfahren außer der Gnade zu leben. Strafe mich, vernichte mich mit Donner, verbrenne mich mit dem Blitz deines Zorns, nur ihn rühre nicht an! Verschone ihn, erbarme dich seiner! Beweise mir Ungläubigem deine Allmacht und Stärke! Nicht im Strafen liegt die Stärke, nicht in eisernen Schlössern, sondern in der Liebe – also heile unsere Wunden und Schwären, unsere kranken, sündigen Seelen nicht mit Eisen, zeig uns deine Liebe, sei uns ein Vater, kein Stiefvater!

Dorski wurde von einem langen, heftigen Hustenanfall geschüttelt, der ihn würgte, als hätte er etwas Übles gegessen, er schlug sich mit den Fäusten an die Brust, doch es kam nur ein heiseres Röcheln heraus. Den Husten mit dem Taschentuch erstickend, erreichte Dorski die Tür der Einzelzelle.

Der Wärter, der ihn mit herablassendem Interesse beobachtet hatte, ließ das Schloß schnappen und gewährte ihm Eintritt in die saubere, wie leergebrannte Zelle, wo auf einer Pritsche Andrej lag.

„Papa!"

Andrej setzte sich auf, seine Füße staken in Schuhen, die noch aus seiner Schulzeit stammten und ihren Glanz längst verloren hatten.

„Setz dich!"

Dorski setzte sich neben seinen Sohn, er mußte abermals husten, riß sich zusammen und sagte: „Hast ja deine Schuhe ganz abgetragen."

„Ja."

„Solche Löcher!"

„Bin nicht mehr dazu gekommen, sie flicken zu lassen."

Dorski wußte nicht, worüber er noch sprechen sollte. Alles war bereits früher gesagt, als Andrej noch klein war, kurze Höschen und eine Strickmütze trug und den Vater „Milon" nannte. Das war gestern, vorgestern, vor hundert Jahren gewesen.

„Zieh sie aus", sagte Dorski.

„Was?"

„Die Schuhe."

Der Anwalt beugte sich vor, band seine Schnürsenkel auf und entledigte sich als erster des Schuhwerks.

„Zieh sie aus, zieh sie aus! Meine sind fast neu. Ich habe sie erst vor der Reise gekauft."

Er zog die Schuhe aus und spürte an den Fußsohlen die beruhigende Kühle des Gefängnisfußbodens.

„Hier!" Er reichte Andrej seine Schuhe. „Gib mir deine!"

Der Wärter sah durchs Guckloch, wie Häftling und Besucher die Schuhe tauschten.

„Drücken sie auch nicht?" fragte Dorski.

„Passen genau."

„Wir haben ungefähr die gleiche Größe", brummelte der Vater.

Unablässig sah er auf Andrejs Füße in seinen Schuhen, und es schien, als kühle der Fußboden des Etappengefängnisses seinen fiebrigen Blick, seinen Schmerz, seine gereizten Gedanken.

„Das nächste Mal bringe ich dir Strümpfe", murmelte er; er fürchtete, das Schweigen nicht auszuhalten.

„Nicht nötig ... Nun, wie geht's dem Onkel?"

„Der Onkel ist tot."

Dorski wußte, daß es sinnlos war, Andrej mit Vorwürfen und Moralpredigten zu quälen, mit vorsintflutlichen Weisheiten, die der Sohn sowieso auf der Stelle spießig nennen würde; sinnlos war es auch, das Frage-und-Antwort-Spiel fortzusetzen. War es ihm, Dorski, nicht einerlei, wie und wofür Andrej und Fjodor Krjukow geschnappt worden waren? Eines wußte er: Aus dem Etappengefängnis – dem strengsten im ganzen Nordwestgebiet – bekam man einen Häftling weder mit Tränen noch mit Bitten noch mit Geld heraus.

Es blieb nur ein Ausweg – Flucht.

Flucht in Frauengewändern oder als Geistlicher verkleidet, nachdem das Gitter durchgesägt oder die Wache eingeschläfert war.

Im Schrank hingen so viele Kleider von Krystyna!

Andrej war genauso groß wie sie, und seine Gesichtszüge waren weiblich weich.

Dorski warf einen Blick zur Zellentür und hauchte, da er keinen anderen Ausweg sah: „Ich könnte dir zur Flucht verhelfen."

„Das ist unmöglich, Papa."

„Warum? Fliehen kann man aus jedem Gefängnis."

„Sie fangen uns auf jeden Fall wieder ein."

„Uns?"

„Ich bin nicht allein, Papa."

„Wieder dieser mystische Fjodor?"

„Eher legendär als mystisch", sagte Andrej und lächelte.

„Nun ja, wie du meinst ... Aber gestatte mir eine Frage: Ist dieser Fjodor dir wirklich mehr wert als dein Vater?"

„Laß das doch, Papa."

„Ich bringe dich ins Ausland", hauchte Dorski und mußte abermals scheußlich husten.

„Lieber Gefängnis in der Heimat als Freiheit in der Fremde", entgegnete Andrej.

„Du hältst dich jetzt wahrscheinlich für einen Helden, aber denk an meine Worte, es wird eine Zeit kommen, wo du es bitter bereust. Ideen sind gefräßig. Sie fangen bei den anderen an, und zuletzt fressen sie ihre eigenen Kinder. Denk an

Robespierre. Deine Gesinnungsgenossen, zum Beispiel dieser Fjodor, werden dir eines Tages deine Herkunft vorhalten, den bourgeoisen Vater, die adlige Mutter, und dich ans Kreuz schlagen."

„Dennoch wird das Ergebnis ein und dasselbe sein – eine von Sklaverei befreite Menschheit."

Dorski schwieg, blickte wieder zur Zellentür und sagte dann: „Menschheit? Sind wir mit der verwandt? Wodurch?"

Er streifte bis zum späten Abend durch die Stadt, in seinem Innern war es wüst und leer, wie auf dem heimatlichen Marktplatz nach dem Jahrmarktsfest im Herbst. Andrejs Schuhe waren ihm offensichtlich zu klein, sie drückten an den Zehen, immer wieder zog er sie von den geschwollenen Füßen und stakste wie auf Stelzen den Bürgersteig entlang. Die Passanten sahen sich nach ihm um, aber er achtete nicht auf ihre befremdeten Blicke, er ging jetzt nicht durch Wilno, sondern durch eine Wüste ohne Anfang und Ende, ohne Oasen und Brunnen, und ein Sandsturm verwehte Spuren, Schmerzen, Gesichter, und in diesem brennenden Sturm, in dieser grenzenlosen zerfließenden Weite waren sie alle – er selbst und Krystyna, seine Mutter Slata und sein Sohn Andrej, sein Onkel Naftali Spiwak und seine Braut Jentele – nur winzige Sandkörnchen, nicht einzufangen, nicht zu berühren, man konnte nur mit ihnen herumwirbeln, niederfallen, die Erde bedecken.

Das Gefühl, winzig klein zu sein, war so stark, daß Dorski schließlich zu hüpfen begann und barfuß daheim anlangte.

Alle sechs Türen, alle zehn Fenster standen offen, und doch schien das Haus unzugänglicher als das Etappengefängnis, und flüchten konnte er daraus nur in Friedhofserde gehüllt.

17

Jede Gerichtsverhandlung war für Dorski eine Art Feiertag, auf den er sich rechtzeitig und mit großer Sorgfalt vorbereitete.

An solchem Tag machte er alles anders: rasierte sich, bewegte sich, sprach und lebte anders.

Pani Katarzyna bügelte sein schwarzes Jackett mit Weste, das als Glücksjackett galt, auf Hochglanz, putzte seine Schuhe mit den weichen warmen Sohlen mit Lipskis Qualitätsschuhkrem, legte ihm sein Lieblingshemd bereit, begleitete ihn bis zur Tür, verkniff ihre ungeküßten, abweisenden Lippen zu einem schmalen Strich und bekreuzigte ihn inbrünstig.

„Viel Erfolg, Pan Mecenas*!"

Wie jeder Themis-Diener war Dorski abergläubisch, besonders glaubte er an Zahlen, die eine Sieben enthielten.

Der Fall Alexander Strelnikows, der seine junge Frau umgebracht hatte, sollte am Sechsten verhandelt werden (keinesfalls einen Tag später!), und allein schon das Datum verunsicherte ihn, obwohl er sehr wohl wußte, das Urteil wird nicht von Daten gefällt (mit Ausnahme des Geburtsdatums, das einem aufgeschobenen Todesurteil gleichkommt), sondern von den Richtern.

Bis zur Verhandlung blieb eine knappe Woche, und die Verteidigungsrede war noch nicht fertig, sie strotzte von Lücken und glich eher einer Improvisation.

Nach der Rückkehr aus Rossieny hatte Dorski sie umschreiben und vervollständigen wollen, doch nun ging es in seinem Leben drunter und drüber.

Andrejs Festnahme und die Haussuchung verdrängten alles andere.

Zwar fand er Zeit für ein flüchtiges Gespräch mit einem der medizinischen Gutachter, der ein alter Freund von ihm war – leidenschaftlicher Kartenspieler und ewig in seiner Schuld – und Strelnikow vor der Verhandlung untersucht hatte, und steckte ihm sogar zwei bunte Banknoten zu, angeblich leihweise, doch besondere Bedeutung maß er diesem Bestechungsgeld nicht bei.

Dorski überließ Pani Katarzyna sämtliche Sorgen und Scherereien wegen des Hauses, er selbst pendelte hin und her zwischen dem Etappengefängnis, wo er seinen Sohn besuchte, und seinem Arbeitszimmer, wo er ganz allein saß und das Bild über dem Schreibtisch anstarrte, auf dem der Erlöser im Garten Gethsemane dargestellt war.

* (poln.) Herr Rechtsanwalt

Stundenlang betrachtete er dessen mädchenhaft glattes Gesicht, das auf die Schultern fallende Haar, die nackten, wie aus Libanon-Zeder geschnitzten Beine, und er erinnerte sich, wie Andrej, wie Andrjuscha vor vielen Jahren Christus einen Gymnasiastenanzug und eine Gymnasiastenmütze angemalt hatte. Krystyna hatte lange hysterisch geschluchzt, und er, Dorski, war losgestürzt, um einen Maler zu suchen, der die Sünde des Gott lästernden Sohnes überpinseln oder vielmehr löschen würde.

Zuweilen brachte Pani Katarzyna starken Tee, stellte ihn auf die Tischkante und entfernte sich wieder, bekümmert und würdevoll, denn sie bangte um die Gesundheit ihres Herrn.

Klienten empfing er nicht mehr.

Wenn Pani Katarzyna die Türglocke läuten hörte, öffnete sie und antwortete auf die Frage nach dem Pan Advokat mit derselben bekümmerten Würde: „Er ist krank."

Er fühlte sich in der Tat unwohl. Früher hatte ihm das Herz weh getan, jetzt tat ihm das weh, was üblicherweise mit dem kurzen und verschwommenen Wort „Seele" bezeichnet wird.

Unvermittelt konnte Dorski eine quälende Erstarrung überkommen, die tagelang anhielt. Er wurde noch verschlossener, verlor jegliches Interesse am Leben und reagierte äußerst gereizt, wenn jemand ihn aufzustören versuchte. Besonders schwer wurden ihm die Nächte, immer wieder stand er auf, streifte durchs Haus, öffnete die Schranktüren, wühlte in den Kleidungsstücken, zog Krystynas Kleider heraus, legte sie neben sich, atmete den Geruch, der ihnen immer noch anhaftete, und schlief ein wie ein Betrunkener.

Zuweilen umfing seine Seele, diese unsichtbare Schwiele, diese eiternde Wunde, die dichte, pralle Schwärze der Ausweglosigkeit, dann redete er mit sich selbst oder mit ebenjenen Kleidern, und davon wurde ihm leichter, und die Nacht verging rascher.

Auf den schneeweißen Laken ruhend, ließ er seine Vergangenheit noch einmal an sich vorüberziehen, untersuchte Schritt für Schritt sein Leben, doch er sah nicht das, was gewesen war, sondern das, was hätte sein können, er hörte nicht das, was einst zu ihm gedrungen war, sondern das, was sein Ohr nie gestreift hatte. Gegen Morgen war er völlig ermattet von seinen Visionen, aber diese verschwanden nicht bei Tageslicht, verflüchtigten sich nicht, sondern zeichneten sich noch schärfer ab als zuvor.

Die erste Stelle nahm dabei seine Mutter ein.

Sie kam um Mitternacht, an der Grenze zwischen Schlaf und Wachen, er vernahm ihre Schritte, das Rascheln ihrer Kleidung, den Klang ihrer Stimme.

„Sprich mir nach: Meine Rechte verdorre, meine Zunge soll an meinem Gaumen kleben, wenn ich deinen Namen vergesse!“

Und wie vor reichlich vierzig Jahren wiederholte Dorski mit tauben Lippen die Worte des Psalms, und das Haus in der Sawalnaja 17 schrumpfte auf einmal zusammen, die Erinnerung verwandelte es in den Cheder, in die enge Hütte des Melammed* Leiser, vor deren Fenster eintöniger biblischer Regen strömte, die weißbärtigen Ziegen des Marktflekkens grasten, der Wagen des Trödlers Mottl vorüberratterte.

Alles, was Dorski in reichlich vierzig Jahren erworben hatte, erlangte auf einmal die Fähigkeit, sich auf erstaunliche Weise zu verwandeln, und er selbst war der Verwandlung nicht weniger unterworfen als die Dinge, womöglich sogar noch mehr.

Beispielsweise entdeckte er plötzlich Schrammen an seinen Beinen, wie in der Kindheit, oder er kämmte vor dem Spiegel sein dichtes schwarzes Haar, das noch keinerlei lichte Stellen zeigte, oder er zog sich den Filzhut tief ins Gesicht, als wäre es eine Schirmmütze aus Leinen.

In seinem Bewußtsein geriet alles durcheinander: Jentele trug kostbare Moirékleider, eine goldene Brosche und Ringe, während Krystyna weißgraue Trauerweidenhaarsträhnen hatte und einen Kupfergroschen am Ringfinger trug; Naftali Spiwak strich sich einen üppigen Schlachtschitzenschnurrbart, und Pan Stanisław Dorski trug eine Scheitelkappe, legte vor Muchortow ein Geständnis ab und unterschrieb es mit toter Knochenhand; Josua Mandel saß hin-

* privater, ungeprüfter Lehrer des Cheder

term eichenen Richtertisch Ecke Georgijew-Prospekt und Gendarmengasse, Boris Jewgenjewitsch Tschistochwalow hingegen, der Adlige aus altem Geschlecht, stand mit einem Tuch über der Schulter an der Wirtshaustheke; der Trödler Mottl blätterte raschelnd im Gesetzbuch des Russischen Reiches, während der Stellvertretende Staatsanwalt Alexej Nikolajewitsch Turow in einem klapprigen Wagen ganze Haufen von altem Kram und Lumpen transportierte.

Und so ging es Tag für Tag, Nacht für Nacht. Dorski erhob sich zerschlagen und mit bleischweren Gliedern vom Bett, übergoß sich mit kaltem Wasser, doch das rief nur Zittern und Gänsehaut hervor, Klarheit und Ruhe verschaffte es ihm nicht.

Völlig verzweifelt aber war er, als er plötzlich entdeckte, daß sein Leib sich zusehends auf katastrophale Weise vergrößerte. Streng vernahm er Pani Katarzyna, sie sollte seine Beobachtung bestätigen, jedoch dic arme Frau schwor bei Gott und Jesus Christus, er, Dorski, sei rank und schlank wie früher, vielleicht sogar noch wohlgestalter.

Dennoch wollte das absonderliche Gefühl nicht weichen. Er war überzeugt, er sei schwanger, in ihm wachse unaufhaltsam ein Knabe heran – Meilach Wainstein! –, und er selbst werde bei der Geburt sterben und neben Krystyna beerdigt werden.

Das war der Beginn einer Gemütskrankheit, und er dachte sogar daran, freiwillig aus dem Leben zu scheiden.

Einmal ertappte Pani Katarzyna ihn bei einer seltsamen Beschäftigung: Er stand auf einem Stuhl und versuchte seine Hosenträger dem Lüster überzuwerfen, wie einer störrischen Kuh den Strick.

„Was tun Sie da, Pan Mecenas?“ rief Pani Katarzyna entsetzt. „Lassen Sie sofort den Lüster in Ruhe!“

Beunruhigt klagte sie Doktor Garkawi ihr Leid, ohne allerdings den Lüster und den Leib ihres Herrn zu erwähnen.

„Eine Depression, Pani Katarzyna, eine schwere Depression“, sagte der unerschütterliche Garkawi.

Nach wie vor bestand der Arzt darauf, Dorski solle ins Krankenhaus gehen, bevor die Depression sich zur ernsten psychischen Zerrüttung auswüchse.

Doch vom Krankenhaus wollte der Anwalt nichts hören.

„Du mußt den Fall Strelnikow einem anderen übergeben“, sagte Garkawi. „Mit zwei Fällen kommst du bestimmt nicht zurecht, Miron. Am Sechsten Strelnikow und zwei Wochen später die Unsrigen ... Den Fall von Rossieny wird ganz Rußland verfolgen.“

Doch weder die nahe bevorstehende Verhandlung über Strelnikow noch das Interesse ganz Rußlands an dem Ritualmordprozeß übten auf Dorski irgendeine Wirkung aus, und so nahm der erfahrene Garkawi Zuflucht zum letzten Mittel – zu einer Frau. Er suchte Selda und führte sie in die Sawalnaja.

„Du bekommst Besuch, Miron“, sagte er, als wäre nichts dabei. „Und laß dir nicht einfallen, in ihrer Gegenwart krankzuspielen oder ans Sterben zu denken.“

Garkawi holte aus seinem Arztköfferchen eine Flasche Sekt und sagte: „Muntern Sie ihn auf, Selda!“

Garkawis Ungezwungenheit war Selda peinlich, doch sie ließ sich nichts anmerken, sie stand vor dem hohlwangigen, kreidebleichen Dorski und sah ihm in die Augen, die von unauslöschlicher Trauer umflort waren.

„Auf Ihr Wohl“, flüsterte sie, nachdem Dorski den Sekt eingegossen hatte.

„Sie halten das Glas wie Krystyna“, murmelte er.

Seine Worte waren keine Übertreibung, auch keine falsche Schmeichelei – er sah einfach, was er sehen wollte.

Garkawis Gesicht verfinsterte sich, er warf einen ärgerlichen, beinahe leidenden Blick auf den Freund.

„Trinken wir auf deinen Erfolg!“ rief er aus, dann schützte er eine dringende Arbeit vor und entfernte sich.

Dorski und Selda blieben allein.

Mit abwesendem Blick sah Dorski über ihren Kopf hinweg, als wolle er hinter den Steinmassen der Häuser etwas erkennen – vielleicht Petersburg, vielleicht den heimatlichen Marktflecken, vielleicht auch das Etappengefängnis –, und Selda störte ihn nicht, sie wartete geduldig, bis sein unbegreifliches, nicht ihr geltendes Interesse gestillt war und er zu reden begann.

„In letzter Zeit geht mit mir etwas vor“, sagte Dorski.

„Sie sind einfach erschöpft.“

„Nein, nein. Das ist es nicht. Ich spüre, daß jemand in mich eingegangen ist ...“

Das Glas in seiner Hand zitterte, und Selda stieß mit ihm an, und der Klang des Kristalls zerbröselte in dem abgedunkelten Zimmer.

„Mit jedem Tag werde ich weniger, und er wird immer größer.“

„Sie haben sich alles zu sehr zu Herzen genommen ...“

Dorski ließ sie nicht aussprechen und fuhr fort: „In der vergangenen Nacht habe ich endlich begriffen, warum der Tod im Russischen weiblichen Geschlechts ist.“

„Und warum?“

„Weil nur eine Frau so ungebeten und machtvoll in unser Leben eindringen kann ... Sehen Sie mich nicht so an. Ich phantasiere nicht ... Genauso war es auch mit Krystyna ... Ich habe gar nicht vermutet, daß sie mich betrügt, daß sie einen anderen gefunden hat. Erst jetzt habe ich begriffen: Sie hat mich mit dem Tod betrogen.“

„Wissen Sie, es ist mir peinlich“, stammelte Selda verblüfft. „Fahren wir lieber ein Stück vor die Stadt, in den Wald. Sie brauchen Zerstreuung und Ablenkung.“

„Lebt er noch?“ fragte Dorski unvermittelt.

„Wer?“

„Steht er immer noch an der Kreuzung?“

„Sie meinen Semjon?“ fragte Selda lebhaft, froh, daß das Gespräch eine andere Wendung nahm.

„Ja.“

Seit kurzem war Dorski von dem Wunsch besessen, Schuld und Qualen aller Menschen auf sich zu nehmen. In ihnen, in diesen Qualen, suchte er die Befreiung von seinen eigenen, die er lange Jahre vorsätzlich und kleinmütig verborgen hatte. Nach dem Besuch in seinem Heimatort war in ihm plötzlich ein tiefes läuterndes Interesse für die jüdische Vergangenheit erwacht, für seine eigenen, lange von Vergessen verschütteten Ursprünge.

„Ich weiß nicht. Sicherlich steht er dort. Wo soll er denn sonst hin?“

Dorski versank in langes, zähes Schweigen. In der Tat –

wo soll er hin? Wenn es den Messias gibt, muß es auch welche geben, die auf ihn warten.

„Ich beneide ihn", sagte er. „Ich habe niemals warten gekonnt. Und das hat mir vermutlich die Seele verdorben."

„Übrigens, Josua Mandel hat Zwillinge bekommen", sagte Selda und stellte ihr Glas auf den Tisch. „Einen Jungen und ein Mädchen. Richten Sie's ihm aus, wenn Sie ihn sehen. In welchem Gefängnis ist er?"

„Ich weiß nicht", erwiderte Dorski zerstreut. „Wohl im Etappengefängnis ... Apropos, ich habe auch einen Jungen geboren. Lange habe ich ihn unterm Herzen getragen, reichlich vierzig Jahre ... Verstehen Sie, wovon ich spreche?"

„Ja", sagte Selda, die kein Wort begriff.

„Ich werde ihm Geld für die Reise geben, und dann soll er dorthin zurückkehren, wo seine Mutter Slata gelebt hat und sein Onkel Naftali Spiwak. Nur richten Sie ihnen aus: Sie sollen ihn nicht nach Wilki zum Studium schicken, er soll auf dem Marktplatz Fisch verkaufen, seine Braut Jentele an den Zöpfen ziehen und immer an die Psalmenworte denken: Meine Rechte verdorre, meine Zunge soll an meinem Gaumen kleben, wenn ich deinen Namen vergesse ..."

Je aufmerksamer Selda lauschte, um so stärker erfaßte sie ein sonderbares, beinahe mütterliches Mitgefühl für ihn. Am liebsten wäre sie zu ihm hingegangen, hätte ihm etwas Tröstliches gesagt oder ihm vielleicht sogar eine Liebeserklärung gemacht, so wie er ihr in Naftali Spiwaks Haus. Unbezwingbar, fast sündhaft war der Drang, der sie zu ihm hinzog, sie sah in ihm das, wonach sie sich schon lange gesehnt hatte, was sie innerlich die Macht des Leidens nannte, eine Macht, die ihn von ihren anderen Bekannten unterschied und in ihren Augen anziehender und jünger erscheinen ließ.

„Nun habe ich Sie traurig gemacht", sagte er, und ein leidvolles Lächeln verzerrte sein Gesicht.

„Ach was!"

Seine Aufrichtigkeit und sein Vertrauen schmeichelten ihr ungemein. Wie lange war er unglücklich gewesen?

„Ich möchte, daß Sie es wissen", begann er erregt, „das, was ich Ihnen dort zu Hause gesagt habe, es ist wahr. Aber der Engel der Liebe hat einen Rivalen."

„Lassen Sie doch."

„Dieser Rivale ist der Engel des Todes. Das ganze Leben lang fliegen sie gemeinsam, und keiner gönnt dem anderen die Beute, doch dann kommt der Tag, da der Engel der Liebe, vom eigenen Glanz geblendet, die Augen schließt, und das ist das Ende. Ich bitte Sie – schließen Sie nicht die Augen, sehen Sie mich an!"

„Sie müssen leben", flüsterte Selda.

Sie nahm ihn an der Hand wie ein Kind und führte ihn.

Führte ihn ohne Scham und ohne Zaudern.

Und er folgte ihr, und die schneeweißen Laken trockneten von ihrer beider Atem, von der Bewegung ihrer Körper, die sich ineinander verschlangen und sich verwandelten in das wundersame unzerstörbare zweiköpfige und vierbeinige Lebewesen, das sich von Liebe nährt wie von Gras und vom Gras des Vergessens wie von Liebe.

Es war Tag, es wurde Nacht, und das Haus in der Sawalnaja wiegte sich wie auf Wellen und schwamm dahin wie von einem Wirbelwind erfaßtes Treibholz.

Sie hörten nicht, wie aus dem vergoldeten Rahmen die stolze, bezaubernde Krystyna stieg, wie sie die Glassplitter von ihrem eleganten Moirékleid schüttelte, die Tür öffnete und im Morgendämmer verschwand.

Dorski schlug die Augen auf, sah zum Nachttisch, doch dort blitzten nur kleine Glassplitter und der leere Rahmen.

Die Splitter schnitten ihm in die Augen, die Augen tränten, die Tränen tropften aufs Kissen, das Kissen leuchtete weiß in der Finsternis, wie ein schneeverwehter Grabhügel.

So seltsam es auch war, Seldas Nähe füllte die Leere, die Dorski umgab, nicht aus, sie beglückte ihn nicht, sondern deprimierte ihn noch mehr. Er bereute, einem Moment der Schwäche nachgegeben zu haben, der Versuchung des Lebens nicht ausgewichen zu sein, zu einem Zeitpunkt, da dieses Leben bereits nicht mehr ausreichte, um den Sohn vor der Verbannung zu bewahren oder die Verteidigungsrede fertigzuschreiben. Was ist das für ein Glück, wenn einen von allen Seiten Splitter durchbohren, wenn sämtliche Gegenstände im Hause und auch draußen – das Bett, die Kissen mit der Spitzenstickerei, der Perserteppich, der Leuchter, der Erlöser im Garten Gethsemane, der Haken an der Decke, der Grabhügel auf dem Gefängnishof in Rossieny, die weißgrauen Trauerweidenhaarsträhnen, die Grabsteine mit den verwischten Inschriften – einen als Verräter entlarven? Was ist das für ein Glück, wenn man sich des Morgens schämt, die von Erinnerungssplittern getroffenen Augen zu heben?

Aber jemand muß doch auch ihn lieben. Jemand muß doch auch ihn beweinen.

Gott hatte ihn mit der furchtbarsten Strafe geschlagen: Er hatte noch so viele Tränen und wußte nicht, wohin damit, er konnte sie nicht vergießen – weder aus Leid noch aus Freude.

Nicht er hatte seine Mutter, seinen Vater Mejer, sein unglückliches Volk beweint.

Wer würde ihn beweinen?

Selda?

Er wollte sie nicht sehen. Wozu sollte er abermals seiner Schuld begegnen, seinem Kleinmut? Hatte das Schicksal sie ihm wirklich nur geschickt, um ihn noch mehr zu erdrükken, seine Seele noch mehr zu verwunden? Wenn sie bloß nicht zur Verhandlung käme! Wenn sie doch irgendwohin verschwände, sich auflöste, unsichtbar würde! Was für Unsinn hatte er gestern geredet. „Engel der Liebe! – Engel des Todes." Wenn überhaupt jemand über uns schwebt, dann einzig der Satan! Er ist da und befiehlt, was wir tun, wohin wir gehen sollen – in welchen Schmutz, in welche Hölle.

Er, Dorski, wollte niemanden sehen. Weder sehen noch verteidigen. Jeder verteidigt sich selbst, bis der Satan ihn aufs Kreuz legt. Gegen den Satan gibt es keine Verteidigung. Die einzige Verteidigung ist der Tod. Und er würde sterben. Wie freudig, wie erleichtert würde er, Dorski Bindestrich Wainstein, ehemaliger Sklave und ehemaliger Herr, seinen Geist aufgeben!

Selda sah er erst im Saal des Gerichts Ecke Georgijew-Prospekt und Gendarmengasse wieder.

Er gab sich einen Ruck, trat zu ihr und reichte ihr die Hand.

„Hier ist besetzt", knurrte ihr Nachbar.

„Seien Sie unbesorgt. Er setzt sich nicht“, beruhigte Selda ihn.

Sie verhielt sich zu Dorski wie zu einem Fremden, ihr Nachbar sah beide aus den Augenwinkeln an, und Dorski trat verlegen von einem Fuß auf den anderen.

„Wir sprechen uns in der Pause“, schlug er vor.

Der Gerichtssaal war zum Bersten voll. Alle Bänke waren besetzt, leer nur noch die Anklagebank und die Plätze der Geschworenen.

„Gott behüte Sie!“ sagte Selda. „Vergessen Sie alles.“

Alles vergessen, alles vergessen, klopften seine Absätze. Sich selbst vergessen – den Rechtgläubigen und den Juden –, die Mutter Slata vergessen, den Vater Mejer, sein ganzes Volk vergessen! Boris Jewgenjewitsch Tschistochwalow vergessen! Das Russische Reich vergessen! Die Schweiz vergessen, wo Andrej nicht hingelangt war, und Sibirien, wo er auf jeden Fall hinkommen würde!

„Das Hohe Gericht!“ verkündete der Gerichtsdiener laut.

Alles erhob sich.

Es erschienen Boris Jewgenjewitsch Tschistochwalow, Alexej Nikolajewitsch Turow und die Geschworenen.

Strelnikow wurde hereingeführt.

Sein Gesicht zeigte weder Furcht noch Bedauern. Er war jung und widerstandsfähig.

Von weitem grüßte er Dorski, sein Blick suchte in der Menge nach seiner Stiefmutter, die von der ersten Reihe aus die majestätische, unnahbare Phalanx der Geschworenen betrachtete. Sie trug ein weißes Cape und ein teures zimtbraunes Barett, und sie war allein, ohne ihren Gatten.

„Verhandelt wird die Sache Alexander Strelnikow, angeklagt des Mordes an seiner Ehefrau Anastasia Iwanowna Strelnikowa“, verkündete Tschistochwalow routiniert. „Angeklagter, bekennen Sie sich schuldig?“

„Durchaus nicht“, antwortete Strelnikow soldatisch knapp.

„Aber ich, stellen Sie sich vor, bekenne mich schuldig“, sagte Dorski kaum hörbar vor sich hin.

Die Richter wechselten Blicke.

Schuldig, hämmerte es in seinen Schläfen, schuldig, rundum schuldig. Und plötzlich wurde er von anderen Gesichten überschwemmt – da war Andrejs Gesicht, dann das der Mutter, das des Vaters und schließlich das von Naftali Spiwak; was er jetzt sah, überschnitt sich mit dem Gestrigen, wie sich zwei auf entgegengesetzte Ebenen gerichtete Strahlen überschneiden, und in dem Gestrigen leuchtete mit neuer Kraft alles auf – die Kindheit, Petersburg, Rossieny, der heimatliche Marktplatz, die Perücke der Mutter und der Glasschneider des Vaters –, und dahinter verschwanden Selda und Strelnikow und die Richter. Den Saal füllten dichtgedrängt andere Gesichter und Schicksale, andere Ketten und Urteile.

Die Explosionswelle von Erinnerungen und Schuld schleuderte ihn in eine andere Dimension, in ein anderes Gericht, wo andere Fragen gestellt und andere Antworten gegeben wurden, wo am eichenen Richtertisch nicht Tschistochwalow und Turow saßen, sondern seine Verwandten, die ganze *Menschheit*, und auf der Anklagebank hockte nicht Strelnikow, nicht der Schankwirt Josua, sondern er, Miron Alexandrowitsch Dorski, der einen kecken, sommersprossigen kleinen Jungen namens Meilachke Wainstein umgebracht hatte.

Turow verlas die Anklageschrift.

Hüstelnd und bösartig krächzend verbreitete er sich über die Laster der gegenwärtigen Gesellschaft, über das Fehlen von Idealen bei gewissen Leuten, über die Glaubenslosigkeit der jungen Generation, der er die Generation der Väter gegenüberstellte, die auf Treu und Glauben dem Vaterland dienten. Unter der Generation der Väter verstand der Herr Staatsanwalt wie immer sich selbst und den ehrenwerten Boris Jewgenjewitsch Tschistochwalow und unter dem Vaterland sein eigenes Haus an der Ostroworotnaja-Kapelle.

Dorski versuchte über die Köpfe des Publikums hinweg Selda zu erblicken, doch vor Anspannung wurde ihm schwindlig, er sah alles doppelt, wie ein Betrunkener, und so schwebte ihm hartnäckig eine andere Frau vor, jene bezaubernde, die aus dem Rahmen gestiegen war.

Krystyna! Krystyna!

Sie saß Tschistochwalow gegenüber und winkte ihm zu –

aus dem Rahmen, aus der Jugend, aus dem Grabe – mit ihrer kleinen Hand im jungfräulich weißen Handschuh.

Dorski erinnerte sich, wie Krystyna ihn zu seinem allerersten Prozeß begleitet hatte, wie sie ihn vor dem Gerichtseingang bekreuzigt hatte, wie sie durch den ganzen Saal auf ihn zustürmte, um ihn zu umarmen, als sein Mandant freigesprochen worden war. Und das in Gegenwart des hochmütigen Tschistochwalow, des steinernen Turow, in Gegenwart sämtlicher Geschworenen und Gaffer!

In seinem entzündeten Hirn verwirrte sich alles.

Dorski wartete nicht, bis ihm das Wort erteilt wurde.

Hör zu, Mutter Slata!

Hör zu, Vater Mejer!

Hör zu, Krystyna!

Hör zu, Selda!

Hört zu, gute Leute – Juden und Nichtjuden!

„Herr Vorsitzender! Meine Herren Geschworenen! Dieser Prozeß ist kein Prozeß nur innerhalb dieser vier Wände. Von ihm wünscht ganz Rußland Kenntnis zu nehmen."

Tschistochwalow und Turow wechselten Blicke. Kein übler Anfang! Wie aber würde das Ende sein?

Dorski vermochte sich nicht mehr zu stoppen. Ungeachtet des zunehmenden Schmerzes in der Brust, des Schwindelgefühls und der Schwäche, trotz seines Vorsatzes, alles zu vergessen, versuchte er zum letztenmal im Leben (daß dies das letzte Mal war, war für ihn klar) alles auszusprechen, er wollte aus dem Gerichtssaal und aus Seldas Erinnerung fortgehen nicht als Schönredner, nicht als erfahrener Wortedrechsler, dessen Zorn, wenn nicht bezahlt, so doch kunstvoll berechnet ist, sondern als freier Mensch, zu sterben bereit für die Wahrheit, für *sein* Volk, für jeden Verfolgten, wer immer er sei – Tatare, Litauer oder Russe.

Im Saal wurde mit Stühlen gescharrt, ersticktes Flüstern lief durch die Reihen, Strelnikow reckte den Hals und vergaß für einen Moment, daß er ein Mörder war.

„Herr Vorsitzender!" dröhnte Dorski. „Meine Herren Geschworenen! Das Vaterland, von dem der hochverehrte Alexej Nikolajewitsch hier, wie immer, so würdevoll und gerecht gesprochen hat, ist für uns keine Braut, keine junge

Frau, die man aus Berechnung oder vermeintlicher Liebe heiratet und von der man sich im Falle einer Enttäuschung wieder trennt, um eine neue Ehe einzugehen. Als unser Vaterland betrachten wir nicht jenen Landstrich, wo uns mehr bezahlt wird, sondern jenen, wo wir geboren sind, wo man uns als gleichberechtigte und vollwertige Menschen akzeptiert!“

„Herr Verteidiger, bitte zur Sache“, unterbrach Tschistochwalow Dorskis Tirade.

Er war ein strenger und äußerst penibler Richter, Schlamperei und Oberflächlichkeit duldete er nicht, er knackte jeden Fall wie eine Nuß, um an den Kern der Sache zu gelangen, die Verhandlungen führte er ohne Eile und recht solide, das Publikum, wenn es zu Mißfallenskundgebungen oder Beifallsstürmen neigte, hielt er im Zaum, er machte sich lustig über Advokaten, die besonders redselig waren, und schätzte am meisten jene, die ohne Effekthascherei für die Wahrheit stritten.

„Herr Verteidiger! Ich darf Sie erinnern: Jetzt wird nicht der Fall von Rossieny verhandelt – der ist, soviel ich weiß, ans Wilnoer Kammergericht übergeben worden –, jetzt geht es um eine völlig andere Straftat.“

Tschistochwalows Warnung konnte Dorskis Eifer nicht dämpfen. Übrigens war es weniger Eifer als eine eigentümliche Besessenheit. Dorski schien es, als träume er, als höre er wieder die Schritte seiner Mutter, sehe ihren kahlgeschorenen Kopf und ihre Perücke auf dem eichenen Richtertisch neben dem Glöckchen.

Der Traum, der Traum, jener ferne und doch so nahe Traum, nur mit dem Unterschied, daß er, Miron Alexandrowitsch Dorski, Meilach Wainstein, sich jetzt vor niemandem fürchtete. Töricht und lächerlich ist es, angesichts des Todes jemanden zu fürchten.

Auf einmal hatte der Anwalt das Gefühl, man hätte ihn umgestoßen, von den Beinen auf den Kopf gestellt, und er wäre zu einer riesigen Sanduhr geworden, durch die seine letzten Augenblicke rannen. Er glaubte das Rieseln des abnehmenden Sandes zu hören, und jedes Sandkörnchen begleitete er mit einem Seufzer der Erleichterung und der

Dankbarkeit, nannte es bei seinem Namen und fragte nicht, wo es hinfiel. Er befreite sich von der ihm zugemessenen Zeit, von den Ängsten, die das Schicksal ihm zugedacht hatte, von seinem Fleische, und je mehr er abnahm, um so geläuterter wurde er, um so weiter konnte er sehen.

Ob der Mensch nun lebendig ist oder tot, dachte er, Gericht wird gehalten über alle und jeden, über Gut und Böse, und es gibt keine Sieger. Gericht wird gehalten für und für.

Dorski beeilte sich. Er mußte es schaffen, ehe der Sand verronnen war, ehe seine Stimme versagte, ehe sein Herz stillstand.

„Herr Vorsitzender! Meine Herren Geschworenen! Man sagt uns: Solange ihr geistig nicht unsere Staatsbürger geworden seid, so lange könnt ihr auch rechtlich nicht unsere Staatsbürger werden. Wir dagegen behaupten: Solange wir rechtlich keine Staatsbürger sind, können wir auch geistig keine werden!"

„Ich entziehe Ihnen das Wort, Herr Dorski!" brauste der Gerichtsvorsitzende auf.

„Empörend!" kreischte Margarita-Miriam Strelnikowa und hielt ihr Barett fest.

„Wofür bezahlt man Ihnen soviel Geld!" Strelnikow sprang von der Anklagebank auf und schüttelte die Fäuste.

„Weiter! Weiter so!" stachelten die Arbeiter und Handwerksleute im Saal Dorski an.

„Gib's ihnen! Gib's ihnen!"

„Er ist verrückt geworden!"

„Tüchtig, tüchtig! Die sollen uns kennenlernen!"

„Kennenlernen!" echote jemand.

„Herr Gerichtsdiener, führen Sie den Herrn Anwalt aus dem Saal!" ordnete Tschistochwalow an.

Als der Gerichtsdiener Dorski am rechten Arm ergriff, war dieser starr wie Holz.

Als er ihn mit der Schulter anstieß, erwiderte der Anwalt kein Wort, denn die Zunge haftete ihm fest am Gaumen.

Nur seine Augen lebten noch, doch bald wurden auch sie trüb.

Schwimm, mein rechtes Auge, schwimm zu meiner Mutter Slata!

Schwimm, mein linkes Auge, schwimm zu meinem Vater Mejer, dem Glaser.

Und die Trübe lichtete sich plötzlich, und aus jedem Augapfel löste sich die Pupille, und sie schwammen – eine Schleie und eine Brachse – davon, schwammen durch Gerichtssäle und Gefängnisse, durch Schenken und Läden, über Landstraßen und Feldwege, durch enge Gassen und über Kreuzungen bis hin zu dem Eimerchen, das auf der Vortreppe seines Vaterhauses stand, und das letzte, was Dorski im Leben vernahm, war das Plätschern des von den Fischflossen bewegten Wassers.

„Fische! Frische Fische!“

1982-1984

Erläuterungen zu den geographischen Bezeichnungen

Bobty	heute Babtai
Dörpt	auch Dorpat, heute Tartu
Juodgiriai	fiktiver Ort
Kowno	heute Kaunas
Miškiniai	fiktiver Ort
Neman	auch Njemen, heute litauisch Nėmunas
Oschmjany	heute Ošmiany
Papievis	fiktiver Ort
Ponewjesh	heute Panevėžys
Rasčiai	fiktiver Ort
Rossieny	heute Raseiniai
Saujenai	fiktiver Ort
Schawli	heute Šiauliai
Skruždinė	fiktiver Ort
Smalininki	heute Smalininkai
Tilsit	heute Sowjetsk
Užežerėliai	fiktiver Ort
Vailabai	fiktiver Ort
Widukli	heute Viduklė
Wileika	heute Naujoj Vilnia
Wilki	heute Vilkija
Wiłkowyszki	heute Vilkaviškis
Wilno	auch Wilna, heute Vilnius
Žmud	heute Žemaitiai